Les éditions MNÉMOS

**Steven Brust**
&
**Megan Lindholm**
*alias* Robin Hobb

# LA NUIT DU PRÉDATEUR

Traduit de l'anglais (États-Unis) par Thibaud ELIROFF

ICARES

*L'Aventure imaginaire*

**Titre original :**
*The Gypsy*



15, passage du Clos-Bruneau
75005 PARIS
www.mnemos.com
*
ISBN : 2-915159-69-6

*Ce livre est dédié à Corwin et Katie,*
*avec notre bénédiction*

*Tisse un conte comme l'araignée sa toile,*
*Conduis-moi par la voix et les sens.*
*Montre-moi les lieux où la beauté se dévoile*
*Et je te dirai pourquoi ils n'ont rien de réel.*

Tellers of Tales

*Il portait un vieux chiffon autour du crâne enroulé*
*Une chemise d'étoffe jaune finement tissée*
*Des cicatrices au visage, traces d'anciennes blessures*
*Et une ficelle en guise de ceinture.*

The Gypsy

*La justice est partout,*
*Elle a pouvoir sur moi ;*
*Sur sa nef des fous, bien sûr, on peut faire la loi*
*Mais personne ne dicte à la mer sa conduite.*

Chanty

# Prologue

*J'espère que ça ne t'ennuie pas*
*Que je hante la porte de chez toi*
*Je t'en prie, pardonne les empreintes de pas*
*Que je laisse dans la neige devant moi.*

Red Lights and Neon

Fin de l'automne, demi-lune, cirage

*Doom teka teka teka doom teka tek.*
*Doom teka teka teka doom teka tek.*
*Doom teka teka teka doom teka tek.*
*Doom teka teka teka doom teka tek.*

Le son du tambourin mérite que l'on s'y attarde.

Les zils vibrent ou tintent de la même manière que les bouilloires où l'on chauffe l'eau et où l'on cuit les ragoûts ; la peau tendue est si vieille qu'il suffirait à Nagypapa de dire *dum* ou *doooooom* pour prédire la pluie ou la sécheresse. Quand le joueur de tambourin est bon, les pieds se mettent à remuer de leur propre chef, et le cœur bondit à leur côté, tandis que les lèvres, ces lointaines observatrices, ne peuvent retenir un petit sourire, même si vous êtes d'humeur sombre. Voilà pourquoi la danse et le rire ne font qu'un. Quiconque affirme le contraire se berce d'illusions ou sert Qui Vous Savez.

Et Qui Vous Savez a de nombreux serviteurs.

Certains sont forts, d'autres faibles. Certains ont besoin qu'on les guide au quotidien ; d'autres s'y entendent pour accomplir le mal de leur propre initiative, et font ainsi passer davantage d'âmes sous domination. Il y a par exemple la Belle Dame, Luci, qui…

Non. Nous n'allons pas nous attarder là-dessus, nous aurons mille fois le temps plus tard. Pour le moment, souvenons-nous du tambourin, étincelle aussi efficace au violon que l'oignon l'est au lard. Or la mémoire auditive comme les papilles est éternelle. Ces choses demeurent indissociables d'un être, quel que soit le temps qui passe ou le chemin qu'il a choisi. Une fois que ces sons ont pénétré dans son sang, il ne peut plus les oublier…

Jamais…

Umm…

Quelque part, peut-être moins d'un kilomètre sur sa gauche, une sirène déchira la nuit. Pourquoi les appeler des sirènes ? se demanda-t-il. Quel marin fallait-il être pour y trouver de l'attirance ? Question purement rhétorique. La sirène ne l'inquiétait pas. N'ayant aucune raison de croire qu'elle en avait après lui, il continua sa promenade sur Saint Thomas, qui semblait être le lieu de rendez-vous de tous les magasins d'électroménager de la ville, à peine interfoliés d'épiceries et de magasins de spiritueux, semblables en cela au tissu épais qui sépare les poteries entre elles pour éviter qu'elles ne se brisent, quand…

Umm…

Il avait été marin une fois – deux ? Quelque chose comme ça. La peau de ses mains se rappelait la brûlure des cordages ; les interminables seaux de soupe de poisson ; les hommes édentés à la tignasse blonde et à la barbe souillée de nourriture vociférant en hollandais ; l'eau salée dans sa bouche ; l'odeur doucereuse et écœurante du rhum ; les boules Quiès pour ne pas devenir sourd à cause des batteries ; le raclement d'un outil trop petit contre une affreuse coque verte en métal ; l'eau salée dans sa bouche. Il se rappelait presque avoir rencontré un petit requin une fois, mais peut-être n'avait-ce été qu'un rêve. En tout cas, il n'avait jamais croisé de sirène.

Elle se rapprochait. Le besoin de fuir faillit le précipiter dans le premier magasin venu, mais il n'y avait vraiment aucune raison de croire qu'ils étaient à sa recherche. Il poursuivit sa promenade.

Une porte de bois s'ouvrit à la volée presque sur lui et une silhouette solidement charpentée enveloppée d'une veste rouge à motifs écossais en sortit avant de s'éloigner dans la direction opposée. À la vue du vêtement, il se demanda s'il faisait froid. En réponse à sa question informulée, il remarqua la buée qui s'échappait de sa bouche ainsi que la fine couche de neige recouvrant le trottoir. Baissant les yeux sur ses propres habits, il se rendit compte qu'il ne portait qu'une chemise de coton de facture très fine, jaune clair, brodée de quelques fils bleus. Un pantalon bleu bouffant taillé dans la même étoffe et des bottes montantes en daim complétaient l'ensemble. Cela n'aurait pas dû suffire à lui tenir chaud. Peut-être devait-il entrer. Une enseigne au-dessus de la porte annonçait : ST THOMAS BAR, autrement dit un lieu public. La porte s'était ouverte devant lui, ce qu'il pouvait interpréter soit comme un signe, soit comme un piège, ou bien se dire que ça n'avait aucune signification. Et la sirène, qui devait n'avoir aucun rapport avec lui, s'approchait bel et bien. Il ouvrit la porte et pénétra dans un monde étranger – ce qui est le cas de tous les endroits qu'on ne connaît pas, après tout, non ?

Bleu anémique de la fumée de cigarette suspendue au-dessus d'une table de billard, dans laquelle s'entrelaçaient les arabesques d'un néon BUDWEISER. Le nuage gagnait peu à peu un long bar où un homme corpulent en tablier devisait avec un client souriant. Le gros homme n'avait pas des traits désagréables, malgré son nez cassé en deux endroits au moins ; le client voûtait les épaules comme si elles supportaient le poids du monde depuis trop longtemps, et il arborait une grande cicatrice le long du cou – un coup de couteau.

Le gros homme remarqua sa présence.

« Qu'est-ce que ça sera ? demanda-t-il.

— Je… c'est-à-dire, cognac.

— Vous l'voulez comment ?

— Comment… ?

— Ça va bien, mon gars ?

— Je crois.

— Vous voulez que j'appelle quelqu'un ?

— Non. Laissez-moi juste m'asseoir.

— Bien sûr. Assis-toi. P't-être que vous devriez rien boire pour le moment.

— Vous avez sans doute raison.

— Vous conduisez ?

— Quoi ?

— Vous avez des clés de voiture ?

— Des clés… de voiture ? Je ne crois pas.

— Bon. Restez assis là pendant que j'appelle un taxi. Vous avez de l'argent ?

— Eh bien, je… je ne sais pas. »

Il plongea la main dans sa poche et en sortit plusieurs choses : un morceau de lourd métal gris d'une forme étrange, la clé de la chambre 14 d'un hôtel quelconque, une boîte vide ayant contenu des pilules de Darvon[1] dosées à soixante-cinq milligrammes, une pièce de cinq cents et trois pennies. Il regarda ce butin en se demandant s'il fallait y trouver la moindre signification. La boîte de pilules ; il se rappelait quelque chose à ce sujet… Il avait essayé peu de temps auparavant d'en trouver d'autres, quand… Que s'était-il passé ? Il secoua la tête de frustration.

« Merde. Laissez tomber, pour l'instant. Comment vous vous appelez ?

— Heu… Chuck… Charles, je crois.

— Ouais, vous avez bien l'air d'un Charles. Ok, restez assis là. Personne ici vous fera d'ennuis. Ça ira mieux dans un moment. Je m'appelle Tony, au fait.

— Merci, Tony. N'écrivez pas la lettre.

— Quoi ?

— N'écrivez pas la lettre. Elle va rebondir et mordre trois fois avant de vous rouler dans la poussière.

— C'est un poème, un truc de ce genre ?

— C'est pour vous.

— Mais de quelle lettre vous parlez ?

— Je n'en sais rien. »

L'homme à la balafre leva les yeux. « C'est une espèce de cinglé, Tony ?

— Du diable si je le sais.

— Tu as écrit une lettre ? »

Le barman marqua une pause, lança un coup d'œil à Charles puis se tourna de nouveau vers le client. Il s'éclaircit la gorge. « Ce que je viens de te dire à propos de ma fille, fit-il.

— La gouine ?

— Ferme-là.

— Hé, c'est toi qui l'as dit. »

Le barman baissa les yeux sur le verre qu'il était en train de laver. « J'allais lui écrire de pas venir pour les vacances de Noël, mais…

— Ce type me fout les boules, Tony.

— Alors trouve-toi un autre siège, le bar est grand. Il dérange personne.

— Je suppose que non. »

Mais Charles, après avoir remis ses possessions dans sa poche, décida que c'était à lui de déménager à l'autre bout du bar. Il put ainsi voir les agents de police entrer avant qu'eux ne le repèrent. Sa gorge se serra. Il est *impossible* qu'ils me cherchent. Il est impossible qu'ils *me* cherchent. Non ? L'un des deux était très jeune et rappelait à Charles la phrase : « La main attrape les rênes tandis que le pied glisse dans le fossé. » Qui avait dit cela, et dans quelle langue ? L'autre policier ressemblait à un vieux chef de meute, aux yeux de qui rien n'échappait, même s'ils paraissaient clos.

Charles se retourna, en espérant que la fumée bleue le dissimulerait, mais il sentit le regard de l'agent lui accrocher la nuque. Il y aurait une poursuite, et la poursuite conduirait à la capture, et la capture à...

Non, il n'avait pas non plus le temps pour ça.

L'atmosphère saturée de fumée de tabac pourrait s'opacifier – il le savait – et ainsi lui fournir une cachette, mais il faudrait en payer le prix.

Il fit le nécessaire, vaguement conscient de perdre quelque chose au passage.

Il trouva la sortie de secours et s'enfuit. Sa migraine revint à la charge, lui rappelant qu'elle était un compagnon de longue date. Il sentit la poursuite s'engager. Au moins, la terreur qu'elle lui causait n'avait plus rien de la peur irrationnelle qui l'étreignait depuis...

... Depuis...

La nuit de l'aveugle est la musique du sourd, et tout un chacun a *deux* chemins, pas un, d'où la tragédie et la comédie, en vérité, fils.

Il se tenait sous le rabat de la tente. La vieille femme l'observait et lui la voyait, elle et la statuette. Difficile de deviner lequel de ces deux étrangers – tous deux savaient, d'une certaine manière –, lequel fut le plus surpris des deux. Et, oh, les choses qu'ils se sont dites sans la moindre parole ou le moindre geste ; la colère, la douleur, les justifications, silencieuses bien sûr, peut-être juste imaginées, jusqu'à ce qu'il s'enfuie à toutes jambes, une fois de plus, ne s'arrêtant qu'à la rivière, qui accepta de le porter, une fois de plus, d'une série de problèmes à une autre. Des tiraillements du cœur aux tourments de la chair.

Drôle de façon de conduire son carrosse.

... Depuis...

Après tout, ils étaient entrés dans le bar et, plus important encore, il *devait* se fier à ses instincts qui l'avaient aussi souvent tiré d'affaire que l'inverse. On pourrait dire la même chose de son couteau, et peut-être en tirer une moralité.

Serait-ce différent, cette fois ? Bien sûr. Ça l'était à chaque fois. Il respirait avec difficulté mais sans douleur, ses jambes déroulaient des foulées longues et régulières, malgré la fatigue. Il s'arrêta pour se reposer un moment près d'une barrière en fer forgé doublée d'un grillage dans sa partie inférieure, puis reprit sa progression en jetant de fréquents regards en arrière.

La barrière s'interrompait pour devenir un portail, auprès duquel quelqu'un se tenait. *C'est Luci, je suis fichu*, fut sa première pensée. Mais non. Il ne distinguait qu'une partie de la silhouette dans les ténèbres ; assez pour voir que le visage était marqué du sceau de la beauté, malgré des rides de souffrance sur le front et au coin des yeux. Un écureuil à ses pieds se mit à jacasser avec animation alors qu'il approchait ; il commença à courir, puis se détendit. La femme se tourna vers lui au son de ses pas. Leurs yeux se rencontrèrent. Il sentit un picotement à la base de son crâne. Les yeux de l'inconnue étincelèrent. « Vous êtes venu me remplacer, pour que je puisse aller me reposer, n'est-ce pas ?

— Je ne comprends pas.

— Que faites-vous là ?

— Je marche, c'est tout. À vrai dire, je fuis. Et vous ?

— Je garde cet endroit afin que personne qui ne soit attendu ne passe. Ce que vous ne devriez pas faire, je pense, à moins que vous ne soyez venu me remplacer. »

Il regarda derrière elle, à travers la grille de fer forgé, et comprit. « Non, je suis toujours en vie. Vous devez attendre le prochain défunt, c'est lui qui vous remplacera.

— Alors, comment se fait-il que vous me voyiez ?

— Parce que je suis qui je suis.

— Et qui êtes-vous ?

— Je n'en suis pas certain. Et vous ? Et comment êtes-vous morte, à votre âge ?

— Leucémie », l'informa-t-elle d'un air absent, comme si cela n'avait aucune importance à ses yeux. Et peut-être qu'en effet, cela n'en avait pas. « Je m'appelle Karen.

— Depuis combien de temps faites-vous la vigile ?

— Je ne sais pas trop. Pas plus de quelques jours, je pense. J'ai relevé un vieil homme las qui est resté ici pendant quatre jours. »

L'écureuil bondit vers lui, puis recula aussitôt.

« Je ne crois pas que vous devriez attendre encore longtemps. Vous pourrez bientôt aller vous reposer.

— Oui. Vous veillerez sur mon compagnon ? Nous avons vécu ensemble pendant trois ans, et il a été très bon lorsque la maladie m'a emportée, mais ça a été dur pour lui. Plus que pour moi, je crois.

— Comment s'appelle-t-il ?

— Brian MacWurthier. Nous habitions sur Roosevelt, au 320, à l'étage. »

Il répéta le nom et l'adresse dans sa tête afin de ne pas l'oublier. « Très bien, je le ferai… » Une lumière vive l'éclaira de plein fouet. Son cœur manqua un battement lorsqu'il se retourna et vit la voiture de police. Il prit ses jambes à son cou, sachant qu'il était déjà trop tard.

« Je suis désolée », l'entendit-il dire. L'écureuil fila entre les barreaux de la grille du cimetière, comme s'il s'échappait d'une cage.

« Ce n'est rien », répondit Charles avec douceur tandis que les deux agents lui attrapaient les bras et le jetaient contre le grillage. Ils procédèrent à la fouille avec méthode et brutalité. Que ressentent-ils à cet instant ? se demanda Charles. Ennui ? Fierté professionnelle ?

« J'ai mal à la tête », dit-il faiblement, mais ils ne semblèrent pas l'avoir entendu.

Le plus vieux des deux trouva son couteau et le laissa tomber d'un geste à la fois délibéré et négligent. Charles tressaillit en l'entendant toucher le sol du trottoir. L'autre tenait ses avant-bras d'une poigne douloureuse. À certains moments, il songea à résister, mais ne put s'y résoudre, et bientôt il fut trop tard : ils lui tirèrent les mains dans le dos et lui passèrent les menottes.

Cette sensation lui était familière. Pourquoi ? Un écho de la Vue, ou les reliquats d'un souvenir réel ? Les policiers le firent monter sans ménagement à l'arrière de la voiture. Les menottes le contraignaient à s'asseoir de côté. En remuant les poignets, il se rendit compte qu'elles étaient reliées par une barre de métal rigide plutôt que par une simple chaîne. C'est donc qu'ils le connaissaient. Il fronça les sourcils, son épaule inconfortablement calée contre le siège arrière. Il fut un temps où leur peur l'aurait flatté. Il fut un temps…

*Il marche sans but sur la route du Vieux Manoir, ses pieds instables dans les sillons creusés par les roues du carrosse. Il la voit devant lui – celle qu'il a aimée, et qui l'a trahi pour épouser un homme fortuné.*

*« Tu m'as détruit, crie-t-il, tu m'as brisé le cœur. » Alors il fouille sa poitrine et en retire son cœur, pour le lui montrer, mais elle, pétrie de honte*

*ou bien d'orgueil, refuse de regarder, et il finit par le jeter sur la route.*

*Bientôt arrive une vieille nourrice. En voyant ceci, elle dit : « Ma foi, nous ne pouvons pas laisser faire. » Alors elle coasse trois fois comme le corbeau et hulule trois fois comme la chouette, et une forme apparaît derrière elle. L'apparition, une femme plus jeune que la nourrice mais plus âgée que la séductrice, ramasse le cœur, en brosse la poussière et le serre contre son sein. En l'observant de près, il remarque que c'est le fantôme de sa mère, qui le couve toujours d'un regard bienveillant par-delà la tombe.*

*La séductrice, la nourrice et la mère disparaissent de conserve dans la brume, dans la poussière. Lui reprend son cœur, le remet à sa place et continue son chemin.*

La cellule de détention provisoire mesurait sept pas de large sur neuf de long. Les murs étaient en briques jusqu'à hauteur de poitrine, et le sol en ciment, avec en son centre un écoulement afin de pouvoir nettoyer la cellule au jet d'eau. Un banc recouvert de tuiles, à environ vingt centimètres du sol et profond d'à peu près quarante-cinq formait un seul bloc avec deux des murs. De l'autre côté, il y avait des toilettes en aluminium, d'un seul tenant. Charles comprit au bout d'un moment que c'était un moyen de s'assurer qu'aucun détenu n'irait se servir de la cuvette comme d'une arme. Le lavabo était aussi en aluminium. Il n'y avait ni savon ni serviette. Seul le robinet d'eau froide fonctionnait. Un mur à hauteur d'épaules garantissait un semblant d'intimité en séparant les toilettes de la fenêtre aux vitres épaisses qui jouxtait la porte.

Deux paires de plafonniers fluorescents, munies de deux ampoules chacune, diffusaient dans la cellule une lumière vive. On avait pourvu ces installations d'un solide bouclier en plastique, sans doute pour les protéger du jet d'eau, car le plafond était trop haut pour que quiconque y touche.

Ils étaient trois dans la cellule. Pendant un instant, Charles songea à ses frères mais, bien qu'incapable de se rappeler leurs traits, il savait que ce n'était pas eux. L'un de ces hommes approchait la quarantaine. Il se trouvait déjà là quand on avait amené Charles. Grand, filiforme, avec des cheveux noirs qui ne grisonnaient qu'aux tempes, vêtu d'un T-shirt noir, il restait assis sur le banc. L'autre, incarcéré à peine quelques minutes plus tôt, donnait à Charles l'impression que ce n'était pas sa première visite en ces lieux. Ses cheveux d'un gris uniforme et sa bedaine trahissaient un âge compris entre cinquante et soixante ans. Il portait une chemise rouge délavée avec des boutons en fausses perles, un jean fatigué et des santiags. Il faisait les cent pas en décrivant un ovale paresseux près de la porte. L'homme, de petite taille, dégageait une odeur si atroce que Charles se demanda si on l'avait repêché dans un égout. Comme chacun évitait de se rapprocher de ses codétenus, il était difficile de trop s'éloigner de lui.

Il essaya de reconstituer la suite d'événements depuis qu'on l'avait attrapé, mais ils se brouillaient, s'effaçaient et lui glissaient entre les doigts. Deux gardes qui avaient l'air de s'ennuyer l'avaient consciencieusement fouillé sous l'œil d'une caméra, une vieille femme à la mine revêche l'avait pris en photo et avait enregistré ses empreintes tandis qu'un employé impeccablement manucuré avec un embryon de moustache blonde lui posait des questions auxquelles il n'avait pu répondre, pour la plupart. Puis on lui avait pris toutes ses affaires – y compris ses bottes – avant qu'un garde aux allures de nazi ne l'introduise dans la cellule. Ce dernier portait les plus grosses clés que Charles ait vues depuis…

… Depuis…

Son enfance. Sa mère portait une énorme clé ornementée accrochée à une chaîne autour de son cou. « À quoi sert-elle, Anya ? avait-il demandé.

— C'est la clé de notre palais.

— Notre palais ?

— Nous sommes membres de la famille royale, tu sais. Un jour nous retrouverons notre rang et tu deviendras un grand roi, avait-elle répondu en souriant et en lui adressant un clin d'œil.

— Qu'est-ce que ça fait d'être roi ? » l'avait-il interrogée d'un ton à la fois sombre et grave.

Elle avait souri, comme le rire cascadant du violon lorsque Sandi attaquait les *csardas*. « Ah ! mon petit homme, parfois je pense que tu n'aimeras jamais ce que tu feras, quoi que cela puisse être, car le bonheur se gagne dans la souffrance. » Elle l'avait serré contre lui et, le visage pressé contre la clé de fer, il avait médité ses paroles.

… Depuis…

Il s'assit sur ce qu'on pouvait à la rigueur appeler un banc et observa ses compagnons. Il se demanda quels avaient pu être leurs crimes. Il lui vint à l'esprit que tous ceux qui passaient par cet endroit n'était pas innocents. Un frisson naquit à la base de sa colonne vertébrale et remonta le long de son épine dorsale comme une fusée. Se retrouver là alors qu'on était innocent, dépouillé de son identité, de sa dignité et de ses chaussures, avec des gens aussi sales que des porcs, derrière une glace de verre renforcé, voilà qui était une réelle damnation. Un homme pouvait très bien se mettre à paniquer, en ces lieux, imaginer que personne ne viendrait jamais l'en sortir. Il n'y avait aucun moyen d'apercevoir le ciel, pas plus qu'il n'y avait d'horloge.

Soudain incapable de détacher son esprit de ces pensées, il s'adressa à ses codétenus. Il opta pour la prudence. « Est-ce que l'un de vous sait combien de temps ils peuvent nous garder ici avant qu'il se produise quoi que ce soit ? »

Échos, échos, échos, détonnant à l'intérieur de son crâne, si douloureux maintenant qu'il aurait voulu crier. Si la police, pour quelque raison que ce soit, souhaitait écouter les conversations des détenus, elle n'obtiendrait rien d'autre que des échos. Charles n'était pas sûr que les deux autres aient entendu sa question, mais il n'avait aucune envie de la répéter. Celui qui puait lui lança des regards mauvais, effrayant Charles de ses yeux d'un bleu profond. L'autre, le jeune échalas, secoua la tête et retourna à sa contemplation du sol entre ses bras.

Charles ferma les yeux et prit deux profondes inspirations. Il évalua au mieux ses options. À la façon dont les agents de police l'avaient traité, et au vu de la diligence de leur recherche, il en déduisait qu'il était considéré comme dangereux et appréhendé pour un crime grave. Peut-être avait-il tué quelqu'un ? Ses sentiments ne lui fournissaient aucune réponse, sinon l'idée qu'avoir pris une vie ne remplissait pas son cœur de répugnance.

S'il laissait son sort entre leurs mains, pouvait-il compter sur la justice ? *Souhaitait*-il la justice ? Certes, mais il y avait peu de chance pour que leur idée de la justice coïncide avec la sienne. Le banc lui meurtrissait les fesses, mais le sol n'était pas aussi froid qu'il s'y serait attendu. Il patienta, les yeux fixés sur la porte, cillant à peine, respirant à peine. Le plus jeune de ses compagnons lui lança un curieux regard, presque une grimace. Le plus vieux continua à faire les cent pas.

Charles n'aurait pu dire combien de temps s'était écoulé avant que la porte ne s'ouvre de nouveau. Un policier au dos droit et à la moustache grisonnante se planta dans l'encadrement, une immense clé à la main et appela : « Jeffrey Simmons. » Le grand détenu se leva et se dirigea vers la porte. Puis le nouveau venu dit : « Vincent Petersen », et l'autre leva les yeux et gagna la porte en traînant les pieds. Le regard de l'agent croisa un instant celui de Charles, mais il ne lui révéla rien.

La porte de la cellule lança des échos en se refermant, telle une pierre jetée dans une piscine. Les échos, durs et métalliques, déclenchèrent une vibration persistante dans ses oreilles, trop aiguë pour prétendre être un bourdonnement confortable, grinçant comme un violon dans les dernières mesures d'une *csardas* sauvage. Dans sa tête, il compléta avec le tambourin. *Doom teka teka teka doom teka tek. Doom teka teka teka doom teka tek.* Le goût de ses propres larmes lui brûla la gorge. Il tendit la main, comme pour toucher du doigt son foyer, puis serra le poing, comme s'il voulait déchirer tout ce qui pourrait se mettre en travers de son chemin.

*Doom teka teka teka doom teka tek.*

La vibration prit encore plus d'ampleur, jusqu'à emplir le monde qui fut ou celui qu'il pourrait un jour devenir. Charles synchronisa sa respiration avec le rythme du tambourin imaginaire.

*Doom teka teka teka doom teka tek.*

Il s'enveloppa de ses propres bras et, au même moment, le rythme se fit bourdonnement d'abeilles et le tintement carillon. Il laissa celui-ci l'emporter, l'emplir, le dilater et le mouvoir d'une façon bien plus physique qu'il ne l'aurait cru.

Mouvement ?

Musique.

Sa migraine avait disparu.

Le violon s'invita pour accompagner le tambour une fois de plus et, l'espace d'un instant, il se souvint de ses frères. Mais cette fois l'instant suffit.

*Doom teka teka teka doom teka tek.*

*Doom teka teka teka doom teka tek.*

*Doom teka teka teka doom teka tek.*

*Doom teka teka teka doom teka tek.*

# I

# Un Loup, un Homme et une Vieille Gitane

*Mon partenaire est un connard, mon ex-femme une chienne,*
*Ma fille est une pute, et le suspect une magicienne.*

Stepdown

5 novembre, 17h30

« Est-ce que vous allez la mettre en sourdine, les gars ? »

Personne ne l'entendit. Le bruit de fond bourdonnant de salle commune du commissariat, important pour un dimanche, ne faiblit même pas. C'était déjà assez pénible d'avoir son bureau au beau milieu de la pièce, avec les gars qui passaient constamment dans son dos, lui foutant les jetons les mauvais jours. Fallait-il en plus que son bureau soit mitoyen à celui de Dugland ? Il leva les yeux des touches maculées de la Smith-Coronamatic et de la liasse de papier qu'il venait de lui fourrer dans la gueule, et se retrouva nez à nez avec le cul de Durand. Dugland était assis sur son propre bureau, dos à Stepovich, les pieds sur sa chaise, comme un lycéen à tendance punk, et racontait ses conneries assez fort pour que tout le monde l'entende. Le môme portait environ dix kilos d'équipement réparti dans toutes les poches de cuir poli de sa ceinture Sam Browne. Y compris la matraque non réglementaire et sans doute illégale que Stepovich avait dû lui confisquer un peu plus tôt, lorsqu'il avait fait mine de l'utiliser sur le Gitan. Le jeter contre le grillage n'avait pas suffi à Dugland, il avait aussi voulu le matraquer. Connard.

Stepovich s'adressa au cul de Durand. « Comment s'appelle la rue qui passe devant le cimetière ? »

Durand interrompit son monologue et lâcha : « Quince. » Puis il reprit pour Colette, pendue à ses lèvres : « Alors je le vois entrer dans le *St Thomas*, je dis à Step : "Voilà notre salopard", je freine, sors de la voiture et me lance à sa poursuite avant même que Step ait débouclé sa ceinture, et… »

Stepovich laissa l'écho des paroles de Durand décroître dans son esprit. Step. D'où cette bleusaille de Dugland se permettait-il de raccourcir son nom ? Mike, voilà comment il aurait dû l'appeler s'il avait voulu se montrer informel. Mike. C'est ainsi que Ed l'avait toujours appelé avant de prendre sa retraite huit mois plus tôt. Mais Dugland, lui, devait prendre son nom de famille et en couper la moitié. La veille, un des intérimaires l'avait appelé Step. Fait chier. Cela faisait trois mois que ce môme et Stepovich faisaient équipe, mais il ne s'habituait toujours pas à lui. Il arrivait juste à lui taper sur les nerfs un peu plus chaque jour.

Il se força à se concentrer sur le rapport, utilisa le levier pour le recentrer et tapa : « Au sud de Quince. » Il s'arrêta, les doigts sur les touches, et réfléchit à la façon dont il allait consigner l'arrestation. Il avait déjà laissé de côté le fait d'avoir perdu le Gitan dans le bar, pour la simple et bonne raison qu'il ne voyait aucun moyen de l'expliquer. Pas plus qu'il ne pouvait comprendre comment ils avaient retrouvé sa trace par la suite. « Instinct », avait-il grogné quand Durand avait eu le culot de lui poser la question. Stepovich écrivit deux phrases de plus, inintéressantes mais nécessaires, dans lesquelles le Gitan devint « le suspect » et lui et Durand « les agents responsables de l'arrestation ». Comme dans le théâtre japonais traditionnel, où les acteurs prenaient des poses et portaient des masques affichant l'expression appropriée, alors que le vrai visage se cachait derrière. Tenir le rapport d'arrestation toujours deux pas en retrait de la réalité. Personne ne voulait entendre le bruit du grillage ployant sous le poids du Gitan quand Durand l'avait jeté dessus. Il n'y avait pas vraiment eu de lutte. Alors autant laisser de côté le froid soudain qui s'était abattu sur lui au moment où il avait posé la main sur le Gitan, autant éviter de mentionner comment Durand avait grimacé, juré et sorti sa matraque en réponse – réponse totalement hors de proportion – au regard préoccupé du Gitan et à sa résistance passive.

Il tapa quelques phrases de plus et relut rapidement. Il avait passé sous silence le « test de résistance » que Durand avait voulu faire passer au Gitan. « Tu sais, Step, accélérer puis freiner brutalement. Il n'y a pas de ceinture à l'arrière. Donc quand il s'écrase contre la grille entre les sièges, on peut voir si elle tient bien. Test de résistance, tu saisis ? » Puis il s'était mis à glousser comme un môme. Stepovich se demanda s'il existait une blague de flic qu'il ait jamais entendue.

Il se rendit compte qu'il avait omis le couteau. Une raideur soudaine s'empara de son échine, une étreinte de quasi-culpabilité. Comment Durand pouvait-il ne pas avoir entendu le couteau tinter contre le trottoir au moment de l'arrestation? Il avait sûrement tenu sa langue quand Stepovich avait oublié de le remettre à qui de droit lors de l'incarcération du Gitan. Et c'était mal. Si Stepovich s'appuyait contre le dossier de sa chaise grinçante, il pourrait sentir le couteau dans son fourreau faire pression sur son dos à travers la doublure de sa veste. L'arme avait glissé dans le trou perçant sa poche jusque dans la doublure comme un animal à la recherche d'un abri.

Les doigts de Stepovich continuèrent à taper. Il jeta un rapide coup d'œil à une note griffonnée et inscrivit le nom : « Chuck ? – John Doe[2]. » Mais il n'avait pas la tête à ce rapport, ni au reste du travail qu'il devrait faire avant la fin de son service ; il sentait le poids du couteau tirer sa veste comme si quelqu'un lui touchait l'épaule ; il pensait au curieux manche en os ou en bois de cerf, mais pas en plastique ; et au fourreau de cuir sensible. Il aurait dû parler du couteau dans le rapport, le faire enregistrer lorsqu'ils avaient incarcéré le gars. Bon sang, conserver une arme peut-être liée au meurtre pour lequel ils avaient écroué le Gitan n'était pas une infraction mineure. Si quelqu'un le découvrait, Stepovich se ferait attraper pour dissimulation de preuve ou une autre merde du même genre, et tout ça pour quoi ?

Pour quoi ?

Il n'avait aucune réponse. Et quand on commence à faire des choses sans raison, le genre qui peut vous coûter votre placc, c'est qu'il est temps de prendre du recul et de faire une pause. Blanchis-toi. Il pourrait par exemple s'appuyer contre le dossier de sa chaise, puis se redresser brusquement en disant : « Oh, merde, j'ai oublié le couteau, il a dû tomber de ma poche trouée dans ma doublure. » Puis aller le repêcher, le tendre à Durand et envoyer son équipier expliquer la situation à l'enregistrement pendant que Stepovich jouerait du blanc correcteur sur le rapport d'arrestation. Alors tout rentrerait dans l'ordre. Facile.

Le téléphone posé sur son bureau sonna et, sans même regarder, Durand tendit la main derrière lui et souleva le combiné de son support. « Allô », répondit-il, contrariant Stepovich encore davantage. Ce satané gamin ne pouvait même pas répondre correctement au téléphone, s'identifier ou au moins informer son interlocuteur qu'il avait bien appelé le poste de Stepovich. « Une seconde, dit-il avant de tendre le combiné à Stepovich.

— Qui est-ce ? » demanda-t-il en l'attrapant.

Durand haussa les épaules. « J'sais pas. C'est pour toi. »

Stepovich ravala une réponse irritée. « Agent Stepovich à l'appareil, que puis-je pour vous ?

— Papa ?

— Laurie ! Comment va ma petite fille ?

— Bien, papa, sauf que je danse dans le quadrille de l'école, vendredi, et que j'ai une jupe qui va bien, mais j'ai besoin d'un corsage, un corsage blanc à dentelle. »

Il fut un temps où Laurie aurait tourné autour du pot, lui aurait parlé du programme et de son partenaire, s'il était dégoûtant ou sympa, puis suggéré d'un air entendu qu'elle pourrait danser encore mieux dans un corsage blanc à dentelle. Mais plus maintenant. Et Stepovich ne savait pas si c'était parce qu'elle grandissait et s'exprimait de manière plus directe ou bien parce qu'elle ne l'appelait plus que lorsqu'elle désirait quelque chose de précis, et qu'elle ne voulait pas passer avec lui plus de temps que nécessaire.

« Papa ? » La voix de sa fille lui rappela qu'il n'avait pas encore répondu. « Je sais que tu as déjà envoyé le chèque de la pension. Maman l'a reçu, mais ce mois-ci, elle dit qu'elle doit payer la taxe foncière, alors elle dit qu'elle ne peut pas se le permettre. Mais j'ai pensé que comme tu habites un appartement et que tu n'as donc pas de taxe foncière à payer, peut-être que…

— Bien sûr, mon ange. Tu veux que je passe te prendre en fin de journée et qu'on aille dans l'un des centres commerciaux en chercher un ?

— Eh bien, en fait, j'ai déjà trouvé celui que je voulais. Il coûte trente-deux dollars chez Carson's et, heu… si tu es d'accord, Maman a dit que je pourrais aller l'acheter avec sa carte tout de suite, avec Chrissy et Sue. Elles… Comment dire… Elles m'attendent, là.

— Je vois. » Stepovich songea à ce qu'il pourrait dire d'autre, quelque chose susceptible de la toucher par-delà la ligne du téléphone, de les rapprocher. Il s'appuya contre le dossier de sa chaise et, déplaçant son poids, en fit grincer les barreaux ; le couteau du Gitan se pressa contre son épine dorsale. Il se redressa vivement. « D'accord, chérie, dis à ta mère que je lui envoie un autre chèque, tu peux aller chercher ton corsage. Quand c'est, ton spectacle de danse ?

— Vendredi à sept heures. On le fait pour la réunion parents-professeurs. Oh, Papa, n'oublie pas la taxe. Ça coûtera sans doute un peu plus cher avec la taxe et tout[3].

— D'accord. Je n'oublierai pas. » Stepovich griffonna *$30* sur un coin de son sous-main et l'entoura d'un cercle paresseux. « Alors, quoi de neuf ? Tu as un petit copain ?

— Non. » L'irritation dans sa voix n'était pas feinte. Il supposa que cette vieille blague n'avait plus grand-chose de drôle. Ce qui voulait dire qu'elle en avait peut-être un. Elle avait quoi, presque quinze ans ? Déjà quinze ans ? Il se mordit la langue jusqu'au sang.

« Je te taquine, mon cœur. Alors, qu'as-tu à me raconter ?

— Rien, vraiment, à part ce spectacle de danse. Écoute, Chrissy m'attend, et Sue doit téléphoner chez elle pour s'assurer qu'elle peut nous accompagner, alors je dois raccrocher, maintenant, ok ? Oh, et si tu fais le chèque à mon nom, je pourrai l'encaisser pendant que Maman est au travail, du coup, elle n'aura pas besoin de passer à la banque. C'est plus simple, tu sais. Merci mille fois. Je dirai à Jeffrey que tu l'embrasses.

— Oui, ok, Laurie. Écoute, j'essayerai de venir vendredi, ok, mais si…

— Ok, papa, c'est super, on se verra là-bas. Au revoir. »

Elle raccrocha, et il se retrouva à serrer trop fort le combiné du téléphone en écoutant le silence. Il aurait voulu tendre la main, marteler son numéro, la rappeler et lui dire quelque chose pour qu'elle sache combien elle lui manquait, qu'elle comprenne à quel point le fait qu'elle grandisse et le laisse derrière elle comme un vieil ours en peluche usé jusqu'à la corde lui faisait peur.

Au lieu de cela, il fit rouler les pages du rapport hors de la machine, les relut en vitesse, repassa à l'encre deux corrections et le signa, avant de le pousser vers le cul de Durand.

« Voilà. Occupe-toi du reste. »

Et avant que Durand ait eu le temps de se retourner et de dire quoi que ce soit, Stepovich se leva et sortit de la pièce d'un pas raide. Il fallait bouger, faire quelque chose, ne pas rester assis.

Il se servit un verre à la fontaine d'eau potable, dépassa l'ascenseur puis le hall encadré de murs couleur de crème tournée jusqu'à une porte marquée SORTIE – ESCALIERS. Il monta deux volées de marches en écoutant l'écho de ses pas mais n'utilisa pas la rampe, contraignant son corps à ce petit surcroît d'exercice pour se prouver qu'il en était encore capable. Le Gitan se trouvait là-haut, enfermé dans l'une des cellules de détention.

Stepovich ralentit sa progression. L'homme n'avait montré aucun signe de compréhension lors de son appréhension. Cela ne ressemblait en rien à une arrestation justifiée. Ce n'était pas le bon type. Il le savait déjà quand ils lui avaient mis la main dessus, et il n'avait d'ailleurs pas vraiment voulu l'emmener. Mais ce maudit Durand se conduisait comme un pitbull : tout dans la mâchoire et rien dans la tête. Le Gitan correspondait à la description du tueur qui avait abattu l'employé du magasin d'alcools, jusqu'aux vêtements, et Durand ne bandait que pour la gloire, les éloges, les honneurs du journal du soir, les mains féminines reconnaissantes lui tâtant l'entrejambe. Ç'avait été un meurtre dégueulasse, perpétré par un voleur qui avait déjà le fric en main au moment de tuer le caissier. Il n'avait eu aucune raison de le tuer. Dégueulasse. La presse s'emparerait de l'affaire, et tout le monde réclamerait du sang.

Voilà peut-être pourquoi il avait gardé le couteau. Il était sûr qu'on relâcherait le Gitan, au bout du compte. Mais seulement à contrecœur, et après un séjour pour le moins pénible. Et peut-être sentait-il que ce type ne méritait pas de tomber pour avoir possédé une arme, simplement parce qu'il ressemblait à quelqu'un d'autre, quelqu'un qui avait refroidi un type pour cent soixante-dix-neuf dollars et des poussières.

On le salua depuis le guichet, non pas de manière décontractée mais respectueuse. C'était lui, le gars qui avait pêché le plus gros poisson du jour. Personne n'allait l'empêcher d'aller inspecter sa prise. Il répondit à leurs félicitations sans y penser, quelques « bien sûr, bien sûr ». Cellule numéro trois.

En parcourant le couloir, il se rappela un instant la première fois où il était venu ici. Il avait eu l'impression de visiter un zoo, de voir des animaux que l'enfermement rendait irréels. Tout lui paraissait normal, maintenant. Désormais, c'est le zoo qui lui rappelait cet endroit. Il y regardait les animaux et imaginait la raison pour laquelle on les avait coffrés, et lesquels seraient jugés coupables. Le zoo. Bon sang, sa dernière visite au zoo avec Jeffrey remontait à deux ans. Seul le vide qui le séparait de cette époque-là rendait la chose plus proche. Tous ces après-midi au cinéma à regarder des films que ni lui ni Jeffrey n'avaient envie de voir. Ça stigmatisait bien ce type de paternité : trop d'activités avec les enfants, mais pas assez de présence. Trop de sorties organisées et de journées planifiées jusqu'au moindre détail. Pas assez de temps passé à regarder la télé en les sachant dans leur chambre à faire leurs devoirs ou dehors à traîner avec leurs copains. Trop jouer le rôle de père, mais pas suffisamment en être un.

Merde.

Il arrivait devant la cellule de détention numéro trois, et quelqu'un avait merdé, car le Gitan ne s'y trouvait pas. Il vérifia les cellules deux et quatre, puis la un, avec une efficacité toute professionnelle. Le Gitan n'était dans aucune d'elles non plus. Marrant. Si cet endroit était le zoo et que les autres détenus avaient été les animaux, le Gitan n'aurait pas paru si hors de propos. Stepovich l'avait trouvé sauvage ; il inspirait naturellement le danger, un peu comme certains hommes le prétendaient à leur égard. Le Gitan aurait été à sa place dans une cage entre les tigres et les loups. Mais il n'appartenait pas à cet endroit. Et son absence tendait à le prouver.

Stepovich s'appuya contre la porte, les yeux fixés sur la cellule. Il n'était pas là. Il aurait dû se dépêcher de mentionner ce fait à quelqu'un, demander si on l'avait éjecté par erreur ou emmené ailleurs pour l'interroger. Mais au lieu de cela, tout ce qu'il ressentait, c'était le poids du couteau à l'arrière de la doublure de sa veste.

*La Dame sourit quand elle contemple ta face*
*Elle t'ouvre ses bras, elle veut que tu l'embrasses.*

The Fair Lady

UN JOUR OU L'AUTRE

*La Belle Dame travaille sans relâche sur le foulard qu'elle tricote. Il doit être beau ou bien personne ne le ramassera, et solide, pour attraper une âme. Quand elle aura fini, il se pourrait qu'elle prépare un bouillon pour y cuire la pureté d'une vierge, ou qu'elle fabrique un soufflet capable de soulever une tempête pour naufrager des navires. Elle a fait ce genre de chose durant mille milliers d'années mais ne s'y applique pas moins qu'au premier jour. Un* nora *à tête chauve est assis à Ses côtés. Devant Elle se tient une mère qui a tué son propre enfant dans le but de devenir une sage-femme. La Belle Dame se balance devant son âtre, dans lequel brûlent les os de ceux qu'elle a fait périr avant leur heure, et tout cela la satisfait.*

*« Eh bien ? » interroge-t-elle.*

*— La voici, maîtresse », lui répond la sage-femme toute tremblante en lui tendant une mèche de cheveux gris.*

*La Dame l'examine de près avant de gratifier la sage-femme d'un sourire approbateur. « Cela fera l'affaire, dit-elle. La vieille bique s'est-elle doutée de quelque chose ?*

*— Non, maîtresse, elle ne m'a vue à aucun moment.*

*— Alors comment l'as-tu obtenue ?*

*— J'ai soudoyé le chasseur pour qu'il me laisse entrer dans la chambre, puis la lui ai prise pendant qu'elle dormait.*

*— Parfait. Tu ne manques pas de ressources, très chère. Retourne à ton tricot, maintenant.*

*— Que dois-je tricoter, maîtresse ?*

*— Un voile destiné à troubler la vue de la vieille femme. Avec cette mèche de cheveux, cela ne devrait pas être difficile.*

*— Très bien, maîtresse, ça sera fait… » Elle s'arrête, confuse. Elle ne peut dire quand, car le passage du temps n'a plus aucune signification pour elle. La Belle Dame lui accorde néanmoins un autre sourire, car tout cela la satisfait.*

*Vieille femme, tes mains sont frêles*
*Et je crois tout aussi balafrées que les miennes*
*Vieille femme, tout ceci n'est qu'une farce,*
*Ou bien est-ce ce à quoi tu passes tes semaines ?*
*Vieille femme, on me dit qu'ici,*
*Tes crimes appellent la haine.*
*Vieille femme, tu lis les augures*
*Mais ça n'en vaut pas la peine.*

Blackened Page

11 NOVEMBRE, L'APRÈS-MIDI

Elle marchait les mains dans les cheveux, comme si elle avait perdu son peigne, sans savoir ce qui l'avait réveillée. Un coup d'œil au réveil matin mensonger lui apprit qu'il était trop tôt pour partir voir sa sœur, alors quoi ?

La Vue était un don rare, qui allait et venait au gré de ses caprices ; ne pas l'avoir reconnu tout de suite n'aurait donc pas dû la surprendre. Il s'était écoulé tant d'années, de kilomètres, de vie. Et pourtant, après tout cela, voilà qu'il était de retour. Qu'elle n'ait pas su, au début, ce qui l'avait tirée de sa sieste, ou pourquoi elle ressentait cette inquiétude vague, quoique familière, logée quelque part au-dessus de son cœur, cela n'avait rien d'étonnant.

Elle s'assit dans le lit étroit du motel et regarda à nouveau le réveil. S'asseoir était souvent la chose la plus difficile qu'elle ait à faire de la journée. Une fois, la façon dont son cœur s'était emballé l'avait alarmée, mais elle en était venue à l'accepter, aujourd'hui comme chaque jour depuis…

Ah, la voilà.

Elle reconnut la Vue car celle-ci lui remettait en mémoire les souvenirs de ces yeux accusateurs, noirs et hantés. Chemise ouverte, pantalon bouffant serré aux chevilles, cheveux noirs frisés, mains puissantes, oui, elle se souvenait de celui-ci, et ce qui l'avait réveillée avait un rapport avec lui. Donc, la Vue. Elle l'accepta sans étonnement et avec un plaisir mesuré, car elle avait vécu assez longtemps pour savoir que la connaissance est aussi souvent un fardeau qu'une bénédiction.

Elle sortit du lit, enjamba son matériel de tricot et enfila sa robe de chambre capitonnée déchirée. La valise, petite, marron, une poignée manquante et un fermoir cassé, se trouvait sous le lit. Elle contenait une boîte en cèdre marquetée d'un motif semblable aux symboles celtiques, quoique peut-être pas aussi finement détaillé et avec davantage de filigranes baroques. À l'intérieur de la boîte, enveloppé de satin rouge, il y avait un cristal de quartz d'une longueur de cinq centimètres. Il mesurait à peine plus d'un centimètre d'épaisseur et un petit éclat saillait sur l'un des côtés. Il s'en dégageait un froid très léger tandis qu'elle le tenait entre le pouce et l'index. Un client satisfait de sa divination le lui avait donné lors d'une foire quelque part en Nouvelle-Angleterre. Les tarots, songea-t-elle, ou peut-être les feuilles. Mais le jeune homme lui avait plu, avec ses yeux d'une innocence inhabituelle pour l'époque et l'endroit ; et ce cristal contenait encore une partie de ce charmant jeune homme, ce qui expliquait pourquoi elle continuait à l'utiliser. Si alors elle avait su qu'elle s'y attacherait autant, elle lui aurait demandé les détails de son histoire, mais il l'avait probablement acheté dans un musée ou autre, c'était donc aussi bien qu'elle ne sache pas.

Mon esprit se remet à vagabonder. Je dois arrêter ça.

Elle se cala dans le fauteuil rembourré du motel et regarda vaguement le cristal. Elle le tourna entre ses doigts et songea à l'homme en pantalon bouffant et turban, l'homme qui avait trébuché dans sa vie avant d'en ressortir très vite, il y avait si longtemps. Qui était-il ? se demanda-t-elle une fois de plus. Il y avait cette marque sur lui, disant qu'il allait faire partie de sa vie, d'une certaine manière. Que ça ait pris si longtemps la surprenait davantage. Quel genre de problème avait-il ? La police ? Est-ce que ça avait quelque chose à voir avec un vieux policier aux yeux gris et à la mâchoire proéminente, qui tenait un couteau dans ses mains ? Le couteau avait sûrement une grande importance, mais pas de manière objective. Peut-être seulement parce que le policier le croyait important. Qui était cet agent de police, et pourquoi ne pas savoir de quel côté il était le rendait si confus ? Devait-elle se mettre à sa recherche, ou à *sa* recherche ? Et par où commencer, si elle se résolvait à le faire ? Peut-être devrait-elle commencer par Little Philly, vérifier les hôtels là-bas, surtout ceux orientés au coucher du soleil, surplombant une rue étroite aux trottoirs abîmés, avec une concession de moto dont la vitre était fêlée et plusieurs jeunes gens assis devant dans une attitude de protection. Et peut-être devrait-elle s'y mettre bientôt – avant que les frères échouent à se retrouver, ou bien qu'ils se retrouvent mais laissent l'ignorance les paralyser.

Oui.

Elle fit rouler le cristal entre ses paumes. La forme ressemblait plutôt à une balle de revolver. Intéressant que cela doive lui arriver à elle. Sa bouche s'assécha et il y eut un moment de peur, un cœur palpitant. Au fil des années, elle avait acquis une conscience croissante de son cœur, de ses forces et de ses faiblesses. Elle saurait sans doute avant qu'il ne la lâche, ce qui avait ses avantages et ses inconvénients. Mais il n'allait pas rendre les armes maintenant.

Elle s'habilla avec lenteur, son esprit lancé à toute vitesse sur ses pensées éparses. Elle accrocha deux fins anneaux d'argent à son lobe gauche, et au droit deux plus petits. Une bague ornée d'un crâne vint enserrer son petit doigt, car elle l'avait portée la première fois qu'elle l'avait vu. Elle attacha autour de son cou un lapis-lazuli au bout d'une chaîne en or. Par-dessus sa robe jaune clair classique, elle jeta un châle bleu ciel. Un coup d'œil dans le miroir à la recherche de traces du futur ne lui révéla rien. Elle finit par appeler un taxi.

*Que désires-tu ? La gloire, l'amour ou l'or ?*
*Tout est là entre tes mains, mon bon ami.*
*Mais réponds donc à cette question, cher ami :*
*Quel serait ton trésor ?*

The Fair Lady

Samedi après-midi

« Et alors ? Au moins je l'ai fait, non ? » Laurie jeta le chèque que son père lui avait envoyé sur la commode. Trente dollars ! Plus d'argent qu'elle n'en avait jamais demandé en une seule fois de toute sa vie. Et son père le lui avait envoyé illico. Mais elles disaient maintenant que ça ne suffisait pas. Elle dépassa cette bêcheuse de Sue et s'affala sur son couvre-lit rose. Tarte Sablée aux Fraises. Elle l'avait depuis ses neuf ans, mais aujourd'hui elle la haïssait, surtout à cause de la façon dont l'amie de Chrissy, plus âgée, le regardait. Elle commençait à désirer que Sue s'en aille. Où se croyait Chrissy, d'ailleurs, pour amener une étrangère chez elle ? Chrissy ne parlait plus que de ses amis « plus vieux », à quel point ils étaient super cool. À côté, Laurie se sentait un bébé. Et sa mère qui rentrait bientôt n'allait pas apprécier de trouver une invitée qu'elle n'avait pas rencontrée auparavant. Surtout quelqu'un comme Sue, qui devait avoir au moins seize ans, peut-être dix-huit. Et elle se comportait d'une manière si radicale qu'on l'aurait crue encore plus vieille. Comme maintenant, allumant une cigarette comme si de rien n'était.

Sue souffla sa fumée au visage de Laurie. « T'as vraiment raté ton coup. Se faire vingt ou trente billets, c'est facile. Je t'ai dit qu'il en fallait cinquante. T'aurais pu les avoir si t'avais fait comme je t'ai dit.

— Mais je n'ai pas vraiment besoin de chaussures, protesta Laurie.

— Merde ! » Sue exhala de longs jets de fumée par les narines. « Je sais bien. T'as pas besoin de corsage non plus. Tout ce que t'avais besoin de dire, c'était un truc du genre : “Mes vieilles chaussures me serrent un peu les pieds quand je danse, mais Maman dit qu'elles feront l'affaire jusqu'au prochain chèque.” Il aurait été si pressé de foutre la honte à ta mère qu'il t'aurait sûrement envoyé le fric en express.

— Non, il aurait sans doute appelé ma mère pour lui poser la question », rétorqua Laurie. Elle en avait assez de cette fille plus âgée qui l'influençait et qui agissait comme si elle savait tout. Il fallait la voir souffler la fumée par la bouche pour l'aspirer de nouveau par le nez. Répugnant. Laurie commençait à penser qu'elle n'appréciait pas du tout la nouvelle amie de Chrissy.

« J'parie qu'il aurait pas téléphoné à ta mère. C'est à peine s'il t'appelle, toi, alors laisse ta mère en dehors de ça », enchérit Chrissy.

Génial ! Voilà que sa meilleure amie prenait parti contre elle. Laurie souhaita qu'elles s'en aillent toutes les deux. La cigarette empuantissait maintenant toute la chambre. Sue surprit le regard de Laurie et fit tomber ses cendres partout sur le tapis.

« Hé ! » objecta Laurie. Mais Chrissy se contenta de glousser. « Utilise ça comme cendrier, ok ? » ajouta Laurie en retirant une soucoupe de sous une de ses violettes africaines. Sue s'en empara comme si elle lui faisait une grande faveur. Personne ne parla pendant un moment. Sue restait assise à fumer et contemplait la chambre autour d'elle avec un sourire narquois.

« Écoute ! commença Laurie avec conviction. Tu crois peut-être tout savoir, mais tu ne connais pas mes vieux. Ils ont beau être divorcés, quand il s'agit des enfants, ils sont toujours ensemble. Il l'aurait appelée. En plus, un policier ne gagne pas tant que ça. Mon père ne pourrait pas m'envoyer cinquante billets, même s'il le voulait.

— Merde ! » dit à nouveau Sue, ce qui fit glousser Chrissy. « Les flics se font tout le fric qu'ils veulent. La moitié d'entre eux se sert dans la caisse. J'suis bien placée pour le savoir, j'en ai vu assez. Comme ce vieux schnoque de la brigade des mineurs, qui disait que si je tenais ma langue, il consignerait pas ma violation de conditionnelle. Me parle pas des flics.

— Ils ne sont pas tous comme ça. » Laurie sentait son cœur battre la chamade. Elle avait conscience de la rougeur qui lui empourprait le visage, ce qui arrivait à chaque fois qu'elle se mettait en colère.

« Conneries ! » dit Sue d'une voix traînante en jetant un coup d'œil de biais à Chrissy qui la fit éclater de rire. Il apparut soudain à Laurie qu'on la provoquait, que Sue s'appliquait à la mettre en colère et partageait la blague avec Chrissy. Ses yeux lui faisaient mal comme si elle était sur le point de pleurer, mais elle se retint. Elle attrapa son vieil ours en peluche qui était resté sur le lit et le serra avec force. Chrissy sembla se rendre compte de son état d'énervement, car elle s'assit soudain et changea de sujet.

« Bon, et maintenant ? » lança-t-elle d'une voix joviale avec un regard d'excuse pour Laurie. Mais il ne s'agissait que d'un regard, pas de mots, songea Laurie avec amertume. Pas devant sa nouvelle amie.

« Et maintenant ? » fit Sue en écho. Elle se pencha en avant et écrasa son mégot sur les feuilles duveteuses de la violette plutôt que sur la soucoupe. Laurie serra les dents, en essayant de masquer sa colère, mais le petit sourire sur les lèvres de Sue disait qu'elle savait avoir marqué un point. « Et maintenant, rien du tout, Chrissy. Ta chère amie a tout foutu en l'air. Si je vous emmène voir la Dame et Ses amis avec moins de cinquante billets, ils me riront au nez. La Dame attend des cadeaux pour Ses amis. Tu veux être Son amie, être dans Ses petits papiers, faut lui apporter des cadeaux. Du fric, des bijoux et d'autres trucs.

— Eh bien, peut-être que je n'ai pas envie de devenir Son amie ! répliqua Laurie.

— Parfait, Peggy la cochonne », dit Sue. Chrissy éclata de rire. Laurie mit quelques secondes à comprendre la plaisanterie. Puis elle cria : « Foutez le camp de chez moi ! »

— Ça me va », dit lentement Sue. Elle se leva avec des gestes paresseux, jeta un regard de dédain sur la chambre. « J'en ai un peu marre de rester assise dans une crèche, de toute façon. Tu rappliques, Chrissy, où tu préfères rester ici et jouer à la Barbie ? »

Chrissy eut l'air prise au piège. « J'arrive, je pense, répondit-elle sans conviction. Dans un instant. Faut que je prenne mes affaires.

— Ouais, bien sûr. Mais tu ferais mieux de t'activer, petite, parce que je t'attends pas. J'ai d'autres trucs à faire. À plus, Peggy. » Sue sortit de la chambre d'une allure nonchalante et quelques secondes plus tard, Laurie entendit la porte d'entrée claquer.

« Bravo, Laurie, t'as tout fait foirer pour nous ! » Chrissy poussa un soupir exaspéré en enfilant son manteau et son sac à dos.

« Moi, j'ai foiré ? Quelle idée de fréquenter quelqu'un comme ça ! Elle est horrible !

— En général, non. Mais là, elle était énervée parce que t'as pas eu l'argent. D'habitude elle est vraiment cool, et tu devrais voir la voiture de son copain ! Tu parles d'une virée ! Sur l'autoroute, avant-hier soir, il est monté à cent quatre-vingt-dix ! Et alors il a éteint les phares ! C'était comme de voler dans le noir. Oh, Laurie, faut que tu trouves cet argent et que tu viennes avec nous. Tu devrais voir les choses que la Dame lui donne. Des bijoux comme t'en as jamais vu, et cette écharpe qui a l'air noire, mais qui devient argent quand tu la secoues ! Et… Écoute, faut que j'y aille parce qu'elle m'attendra pas. Mais je lui dirai que tu es désolée, que tu te sentais malade ou autre chose. Et j'essayerai de rassembler le reste de la somme, parce qu'il faut qu'on rencontre cette Dame. En général, seuls les plus vieux sont invités, alors t'as vraiment de la chance.

Chrissy-moulin-à-parole parlait toujours en nouant son écharpe autour du cou, et encore lorsqu'elle quitta la pièce. Laurie ne prit pas la peine de la raccompagner à la porte, ce dont Chrissy ne s'aperçut même pas. Sa meilleure amie. Depuis qu'elle avait rencontré cette Sue, elle se comportait comme une abrutie. Au moment où elle entendit la porte se refermer, Laurie se leva et ôta le mégot de cigarette de la plante, la nouvelle, celle qui était censée avoir une double floraison. Un trou aux bords calcinés béait furieusement au milieu du vert doux de la feuille. Laurie la détacha soigneusement et alla jeter mégot et feuille dans la cuvette des toilettes avant de tirer la chasse d'eau.

*Vieille femme, tu n'apportes rien d'autre*
*Que de faux espoirs,*
*Vieille femme, à ton doigt*
*Une bague à tête de mort brille dans le noir.*
*Vieille femme, voici venir notre hiver*
*Jamais plus un printemps nous ne pourrons voir.*
*Vieille femme, voici venir l'heure des pleurs,*
*Pourquoi faut-il encore que tu chantes ce soir ?*

Blackened Page

11 NOVEMBRE, FIN D'APRÈS-MIDI

Le chauffeur du taxi était un gros homme qui lui rappelait Jackie Gleason, ce qui rendait sa voie profonde et râpeuse encore plus surprenante. Quand elle l'informa de sa destination, il resta muet mais lui décrocha un regard pensif dans le rétroviseur en s'engageant dans la circulation. Durant le trajet, qui, à cause du Jour des Anciens Combattants, prit une demi-heure, elle prêta peu d'attention au quartier qu'ils traversaient. Elle laissa son esprit vagabonder, faire des associations libres, trouver des mélodies dans la plainte du trafic à l'extérieur et des motifs dans les fissures du trottoir.

Il la déposa à un coin de rue où un vieux Noir vendait des journaux et du cirage devant une épicerie dont les produits verts et jaunes reposaient dans des boisseaux sous la vitrine munie de barreaux. L'idée de filer sans payer sa course lui vint spontanément à l'esprit du fin fond de son enfance, et elle donna au chauffeur un pourboire somptueux pour la renvoyer d'où elle venait. Elle y réfléchit cependant. Était-ce un signe de l'âge, ou fallait-il voir un sens à cette résurgence inattendue des vieilles habitudes ?

Le taxi démarra en rugissant. Elle renifla, comme dans l'espoir de saisir un parfum, et se mit en marche vers l'est en longeant le pâté de maisons, parce que descendre lui semblait approprié. Elle savait que ce qu'elle cherchait se trouvait dans les parages et qu'elle le trouverait plus vite et plus facilement à pied, si lente soit-elle. Elle ne l'avait pas toujours été. Une fois, elle avait dansé. Une fois, elle avait dansé assez bien pour gagner…

Arrête, se tança-t-elle. Ce sont les idiots qui vivent dans le passé, et les saints dans le futur. Son destin était de ressentir les ondes du second – elle ne pouvait se permettre de laisser son esprit demeurer dans le premier.

Des enfants jouaient dans la rue, et ne la virent pas, car elle n'avait rien à voir avec leur monde. Elle croisa des hommes et des femmes de son âge, qui tous s'enveloppaient si bien dans leurs rêves qu'ils ne regardaient jamais à l'extérieur d'eux-mêmes. Elle arriva à l'endroit qu'elle avait Vu, et l'excitation d'une authentique Vision restait bien en retrait dans son esprit. La scène qu'elle Voyait contenait une promesse et une menace qu'elle pouvait presque sentir sur la langue, acides et juteuses comme du citron, mélange de peur et de plaisir.

Elle identifia l'hôtel à son enseigne lumineuse, dont la majeure partie avait grillé, puis jeta un bref regard aux alentours. Il se trouvait sur une colline et lui présentait une façade couverte de peinture rouge écaillée. Il ne possédait qu'une porte, rouge elle aussi, pas plus grande que celle d'une maison et sans la moindre fenêtre. Elle se sentit presque jeune à nouveau lorsqu'elle l'ouvrit et pénétra dans le hall.

# 2

# Le Loup et le Gitan

*La ville est un cloaque, mon appart en bordel*
*Tu dis que t'as un problème, tu crèches dans quel hôtel ?*

Stepdown

11 NOVEMBRE, 13H22

« Nom de dieu », gémit le gérant de l'hôtel. Il essuya son front luisant avec un mouchoir sale et le frotta avec vigueur contre deux boutons enflés comme des fruits trop mûrs. Il s'agitait autour du cadavre tout en lui jetant de fréquents coups d'œil, avant d'en détourner le regard, renâclant comme un cheval nerveux. Ce type était trop jeune pour faire tourner un hôtel miteux. Stepovich sentait son malaise, mais se trouver là lui donnait l'impression d'être si important qu'il n'aurait pu supporter de partir. Cette pauvre vieille femme qui répandait son sang sur la moquette bon marché de l'hôtel était sans doute la chose la plus excitante qui lui soit jamais arrivée.

« Vous croyez qu'ils l'ont violée ? » Le gamin se récura de nouveau le front, gratta un de ses boutons, puis le pressa d'un geste machinal. Stepovich détourna le regard. Mieux valait examiner le corps.

« Bien sûr », répondit Durand, la voix pleine de sarcasme. « Quel type ne banderait pas pour elle ? Je veux dire, les rues grouillent de violeurs de mamies, non ?

— La ferme. » Les deux garçons le fatiguaient. Un jour, quand Durand aurait vu à quoi ressemblent les très vieilles femmes victimes de viol, il n'en rirait plus. « Laisse le môme, euh, le témoin tranquille. La criminelle voudra le voir en premier.

— Ouais. Ils auront tout un tas de questions à te poser. Et ils aiment leur viande fraîche. J'espère que vous n'aviez aucun projet pour les douze prochaines heures », ajouta Durand avec cruauté.

Le gamin le regarda, ne sachant s'il fallait le prendre au sérieux ou non. Durand lui opposa un regard professionnel. « Je… euh, je devrais retourner en bas si le téléphone sonne, grommela-t-il non sans peine. Si je ne suis pas juste derrière le comptoir, vous seriez surpris par le nombre de personnes qui essayent de filer à l'anglaise.

— Probablement que non.

— Si, si, je vous assure, se défendit-il. Ils…

— Non, je veux dire, je ne serais pas surpris. Allez-y, retournez à votre téléphone. Si on a besoin de vous, on vous appelle. (Puis :) Essayez de ne pas toucher la porte en partant, ok ? »

Stepovich se demanda pourquoi Durand se souciait de ça. Le gamin l'avait déjà salie une fois en entrant dans la pièce, puis de nouveau lorsqu'il les y avait amenés. Du reste, ce n'était pas comme si la criminelle allait investir les lieux et tout épousseter. Les fonds du commissariat étaient limités et en grande partie destinés à cette affaire d'enfant mutilé et à celle du cogneur de l'Exxon, deux cas très prisés par les médias. Le meurtre d'une vieille gitane n'avait rien des crimes de la « famille » Manson. Qu'avait dit Durand lorsqu'ils étaient entrés ? « On aurait pu s'en douter. Une gitane. Ils finissent toujours par s'entre-tuer. »

Il avait déjà téléphoné. Il n'y avait maintenant plus grand-chose à faire d'autre qu'attendre que la criminelle prenne le relais. Durand et lui avaient répondu à un appel pour violence domestique. Pour autant qu'il le sache, ç'avait peut-être été le cas. Mais le gérant junior n'avait rien vu et ne savait pas bien à qui la chambre avait été louée. Stepovich jeta un regard au corps par-dessus son épaule. Quelle merde. Mourir dans une flaque de sang dans une chambre d'hôtel miteux, c'était le genre de chose qui arrivait aux maquereaux ou aux dealers, pas aux vieilles dames. Quiconque vivait aussi longtemps méritait une mort plus décente.

Elle s'était défendue. Il fallait le lui concéder. On trouverait à coup sûr de la peau sous ses ongles. Et il avait manifestement fallu plus d'un coup pour en venir à bout. Le dernier avait été porté dans la position où elle gisait, afin de s'assurer de sa mort ; la lame avait creusé un trou béant dans son dos avant de ressortir par la poitrine. Ses jambes étaient restées écartées, une chaussure à moitié enlevée. Un châle bleu aux motifs compliqués courait jusqu'à la porte. S'était-il accroché à la montre du tueur? On ne le saurait jamais. Elle avait le visage tourné de l'autre côté, et sa chevelure, épaisse comme celle d'une jeune fille, quoique grise, s'était à moitié défaite. Un lobe d'oreille rose percé d'une boucle en argent en émergeait.

Durand se tenait accroupi au-dessus d'elle et examinait son visage. Il affichait un air perplexe, comme un chiot les yeux fixés sur une enceinte stéréo écoutant des hurlements de loups enregistrés. Stupéfait.

« Qu'est-ce qu'il y a? demanda Stepovich.

— Une gitane m'a lu l'avenir, une fois. Je me demandais si ça aurait pu être elle. »

Stepovich fronça les sourcils. « Tu es en train de me dire qu'on devrait appeler la brigade de répression des fraudes, qu'elle aurait arnaqué des gens dernièrement?

— Non. Mais non », fit Durand, embarrassé. « C'était il y a longtemps, à une foire, quand j'étais môme. Dans une petite caravane blanche couverte de poussière, remorquée par une vieille Cadillac toute cabossée. Elle m'avait dit que trente-deux était mon chiffre, et que les digitales auraient une importance pour moi.

— Les digitales?

— Tu sais, une sorte de fleur rosâtre qui pousse parfois au bord de la route. »

Stepovich se contenta de fixer son partenaire en attendant qu'il continue.

Durand se releva. « Bon. (Il s'éclaircit la gorge, croisa les bras.) On devrait peut-être appeler la répression des fraudes, peut-être qu'ils la reconnaîtront.

— Peut-être. Et peut-être aussi qu'on devrait laisser la criminelle le faire, comme ça, on n'aura pas besoin de leur répéter tout ce que les fraudes nous diront. » La plupart des flics de la criminelle que Stepovich connaissait ne supportaient pas qu'un simple agent marche sur leurs plates-bandes. Non, il valait mieux se la couler douce et protéger la scène du crime en attendant que les inspecteurs de la criminelle arrivent et prennent le relais. Il serait alors l'heure de leur pause de l'après-midi, puis suivraient deux heures de patrouille, après quoi il pourrait rentrer chez lui. Il gagna l'unique fenêtre de la chambre et contempla la rue en contrebas, en se demandant combien de temps ils allaient mettre. Combien de questions ils poseraient, et combien de temps ils les retiendraient, Durand et lui, ici. Il semblait à Stepovich que le temps s'était arrêté et ne repartirait que lorsqu'ils seraient là. Il ne repartirait plus jamais pour cette vieille femme. Mais quand les inspecteurs arriveraient, ça serait la fin de « l'attente auprès d'un corps » ; commencerait alors « l'attente de la fin du service ». Il voulait rentrer chez lui.

Alors il pourrait se débarrasser du couteau.

Cette arme qui ne lui sortait pas de l'esprit l'agaçait.

Il souhaitait ne jamais avoir vu ce maudit couteau. Rien que de le toucher lui donnait la chair de poule. Il aurait dû le laisser sur le trottoir, il aurait dû s'exécuter et coincer le Gitan pour possession d'arme illégitime. Il songea à toutes les fois où il avait posé le pied sur un couteau à cran d'arrêt avant de l'écarter discrètement pour ne pas avoir à incarcérer un gamin pour ça. Le couteau du Gitan, lui, n'aurait pas cédé à ce genre de traitement. Lame épaisse, au moins cinq centimètres au niveau de la garde. Une garde étrange. Sur sa surface, du côté de la lame, trois petites pointes ou pics en forme d'étoile saillaient. Les trois étoiles s'élevaient au milieu d'une demi-lune gravée. Il n'avait jamais rien vu de pareil. Il le gardait chez lui, dans le tiroir du bas, avec les chaussettes, depuis cette nuit où il s'était rendu à la cellule que le Gitan avait quittée, d'une façon ou d'une autre. Personne n'avait encore réglé ce problème ; toute la paperasse affirmait qu'il aurait toujours dû y être. Quelle embrouille. Stepovich aurait parié qu'il ne reverrait plus jamais le prisonnier.

La meilleure chose à faire était de ramener le couteau aux portes du cimetière où ils avaient secoué le Gitan. Le déposer là et l'envoyer d'un coup de pied dans les buissons. Il ne voulait pas le garder, ça non. Il considéra l'idée de le jeter dans une benne à ordures ou de le glisser dans une bouche d'égout. Mais ces solutions ne lui convenaient pas. Non, il l'emporterait au cimetière et le jetterait dans les broussailles, là où il aurait échoué s'ils l'avaient laissé échapper lorsqu'ils avaient attrapé le Gitan.

« Step ?

— Ouais ? » Il ne détourna pas les yeux de la rue. Son regard absent englobait leur voiture et les fainéants devant le magasin de motos. Est-ce qu'ils traînaient ou bien montaient la garde ? Qu'est-ce qu'ils guettaient ? Qu'est-ce qu'ils protégeaient ? Cela valait-il vraiment la peine de faire un effort pour le découvrir ?

« Step, tu crois que cette gitane a quelque chose à voir avec celui que nous avons attrapé la semaine dernière ? »

Il haussa les épaules. « La ville est pleine de gitans à cette époque de l'année. Ils viennent de Dieu sait où, louent de vieilles boutiques où ils vendent des tapisseries bon marché fabriquées au Japon dans des bars miteux et lisent l'avenir à ceux qui n'en ont aucun. Dans une semaine ou un mois, pffuitt ! ils seront tous repartis Dieu sait où. Au point qu'on se demande s'ils ont jamais été là. Voilà pourquoi on ne saura jamais qui a tué celle-ci, ni où l'autre a disparu.

— Step ?

— Non, je doute que les deux affaires soient connexes. » Il soupira et se détourna de la fenêtre.

« J'aimerais bien savoir ce qui est arrivé à celui que nous avons ramené au poste. J'ai le pressentiment que c'est lui qui a planté l'employé du magasin d'alcools.

— Ah oui ? Eh bien, moi, j'ai le pressentiment du contraire.

— Pourquoi ça ?

— Parce que. » Il se tourna vers la fenêtre. Une voiture banalisée se gara derrière la leur. Un homme vêtu d'un imperméable – évidemment – en sortit. Stepovich ne le connaissait pas, mais il était accompagné par Scullion. Bien. Scullion était rapide et méthodique. Ils seraient dehors en un clin d'œil. Un camion réfrigéré tournait au coin de la rue.

« Tu sais, dit Durand tout bas, j'ai vraiment l'impression que c'est elle qui m'avait lu l'avenir. »

*Marcher dans une rue déserte,*
*Dans une ville que je ne connais pas.*
*Siffler un air entraînant*
*En foulant la neige de mes pas.*
*Je garde mes mains sans gants*
*Comme des poings serrés*
*J'essaye de ne pas penser*
*Au total de nos pertes.*

No Passenger

## XX^e SIÈCLE

Le Cocher se réveilla en comprenant qu'il s'était de nouveau soûlé. Cela le fit rire jusqu'à ce qu'il remarque qu'il n'était plus ivre, et pourtant éveillé. Ce paradoxe le laissait perplexe. Près de lui trônait une bouteille estampillée Mr. Boston Five-Star Brandy, aux deux tiers vide. Il commença à en dévisser le bouchon, puis se ravisa en clignant des paupières.

Il se souvenait d'avoir rêvé qu'il avait un passager.

Et voilà qu'il se retrouvait sobre sans explication.

Il se leva, accorda un regard à la chambre miteuse qu'il pouvait se payer avec le fruit de sa mendicité, et à la bouteille qu'il n'avait pas bue, et se mit soudain à rire. Quelque chose était en train de se produire, quelque part.

Il dévissa le bouchon, huma l'odeur de l'alcool, puis décida qu'il n'était pas d'assez bonne qualité. Si ç'avait été le cas, il s'en serait servi un coup dans un verre et l'aurait bu, comme ça, pour porter un toast. Mais puisque c'était du tord-boyaux, il n'en fit rien. Il dressa l'inventaire de ses poches et y trouva presque trois dollars en monnaie, ce qui suffirait à lui payer un café et un pain aux raisins. Bien. Il se doucha en sifflotant, sans plus se préoccuper de la pression d'eau insuffisante, et se demanda où et comment il trouverait son carrosse.

*Je ne les ai pas vus, je n'ai pas entendu parler d'eux*
*Depuis bien trop de vies,*
*Mais l'explosion des casseroles en cuivre*
*Hante encore mes oreilles meurtries.*

Raven, Owl and I

FIN D'AUTOMNE, DÉBUT DE SOIRÉE

Le Gitan sortit marcher, comme il l'avait fait si souvent par le passé, non pas tant à la recherche de quelque chose que pour observer. Sauf qu'il marchait là où il n'y avait rien à voir et nulle part où aller. Il portait du jaune, mais un jaune plus brillant qu'il n'aurait selon lui dû l'être, et ses bottes lui paraissaient plus souples que dans son souvenir, mais les regarder lui demandait trop d'efforts.

Une main lui barra le passage, et, chose étrange, il reconnut l'anneau passé à l'un des doigts ; il ne put se rappeler d'où lui venait ce souvenir. Deux yeux sombres et familiers fixèrent les siens, mais alors la lumière qui brûlait au fond d'eux s'éteignit. Il lui vint la pensée d'avoir été sauvé à l'instant de quelque chose.

Il continua sa progression et trouva un loup, grognant, le poil hérissé. Il s'arrêta et regarda de plus près ; l'une de ses pattes était prisonnière. Il songea à la libérer, mais le loup lui montra les dents. Il interrompit son mouvement, perplexe. « Pourquoi te montres-tu agressif? dit-il. Suis-je ton ennemi ? Non, je suis celui qui va essayer de t'aider. »

Le loup fixa sur lui son regard âgé et intelligent. Le Gitan ne s'arrêta pas de parler. « Je vais te laisser partir, mais tu ne dois surtout pas m'attaquer ; tu dois trouver ta propre proie. Tu le feras ? »

Le loup l'étudia avec attention et suspicion. Il lui vint à l'esprit que la bête se demandait non pas s'il pouvait lui faire confiance, mais s'il était *capable* de le libérer. Le loup n'est pas un animal idiot, songea-t-il, les yeux dans les siens.

Ceux de l'animal se contractèrent jusqu'à n'être plus qu'une fente lumineuse se découpant sur fond de ténèbres, qui se réduisit à son tour à un point lumineux pas plus gros qu'une tête d'épingle. Le point devint l'Univers et pulsa d'un bleu pâle. Sa concentration était totale, ses questions, nulles. Un moment plus tôt, lui avait-il semblé, il pouvait entendre ce point lumineux, ce bleu, cette pulsation. Un moment plus tôt, ç'avait été le battement du tambourin, le rire joyeux des zils, le grattement de la peau tendue. Ça avait duré comme ça depuis toujours, un moment plus tôt, et maintenant c'était un point de lumière, qui existait lui aussi depuis toujours.

L'odeur des voitures le fit suffoquer. Le point lumineux grandit et devint une fleur tandis que le son revenait. La sécheresse dans sa bouche, le gravier contre sa joue et un rayon de soleil couchant frappant son visage de plein fouet lui ouvrirent les yeux, alors qu'il essayait de se rappeler à quoi il venait de réchapper. Il maintint ses paupières fermement serrées. Sur son ordre, des visions envahirent son esprit et ne le quittèrent plus : quelque chose d'effrayant se lançait à sa poursuite, et cette chose devenait son frère armé d'un couteau, puis son autre frère, en pleurs, bien qu'il sache que ce n'était pas ses frères qu'il avait fuis.

L'une des visions fut celle d'une vieille femme qui tendait un doigt vers lui en disant : « Ne gaspille pas mon présent », ce à quoi il répondait : « Tu ne l'as pas donné qu'à moi, mère, et pourtant j'en ferai le meilleur usage possible. » Parmi les visions, il y avait celle d'une petite fille, qui semblait à la fois être la vieille femme avec des yeux marron, mais elle riait comme si elle savait que ce n'était qu'un jeu. Ou encore un homme vêtu d'un tablier lui demandant son nom, qu'il était incapable de lui donner. C'était étrange ; il savait qui il était. Il était… Charles ? Non, ce n'était pas vrai. Comment l'avaient-ils appelé ? Hum… « Cigány », dit-il à voix haute, avant de se mettre à tousser à cause de la poussière. Il déglutit plusieurs fois, mais restait assoiffé.

Au-dessus de lui, un pont de ciment servait de support à une autoroute ; il se trouvait au bord d'une rue qui passait en-dessous. Autour de lui s'étendait un mur de soutènement, qui l'avait caché aux yeux de la grande ville. Cela le fit sourire malgré son inconfort. Le jour semblait toucher à sa fin. Il se rendit compte qu'il devait être étendu là depuis plus d'un jour, peut-être plusieurs. Aurait-il pu mourir d'hypothermie ? Pourquoi pas ? Il lui fallait à boire, des toilettes et à manger. Dans cet ordre.

Il faillit soulager sa vessie dans son bosquet de ciment protégé, mais cela ne lui sembla pas la bonne chose à faire, car il aurait ainsi sacrifié quelque chose qu'il ne pouvait se permettre de perdre, maintenant qu'il vivait dans la brousse de la ville. Il se leva en prenant appui sur le mur et se mit à marcher. Il vit une station-service de l'autre côté de la rue et sut qu'il vivrait.

*Je cherche les embrouilles partout dans la ville*
*Je suis à cran mais pas fébrile.*

Stepdown

11 NOVEMBRE, 19H00

Il voulait du poulet et des galettes pour le dîner. Comme autrefois, le poulet braisé puis cuit dans une sauce au jus de viande, les galettes blanches de Jennie avec leurs petits points marron croustillants sur le dessus, Jennie qui riait en disant à Jeffrey et Laurie que, par Dieu, elle ne voulait jamais les voir saucer leur assiette avec leurs galettes comme leur père. Alors il riait à son tour et rejetait la faute sur elle, car sa sauce était si bonne qu'il ne voulait pas en laisser une goutte.

Peut-être était-ce de cela dont il avait envie, davantage que de nourriture. Les rires autour d'une table.

Il vida la boîte de ragoût Dinty Moore dans une casserole qu'il posa sur le gaz. Ça sentait la nourriture pour chien, froide. Cette saleté ressemblait à de la nourriture pour chien, mais chaud, ça allait. Un peu trop poivré, mais ça allait. Et les petits pois avaient la couleur d'une vieille veste fatiguée, mais ça allait. Ça allait. Tout va bien, relaxe-toi, ne t'énerve pas.

Il prit sa bière, s'installa sur le canapé et alluma la télévision. Les nouvelles. Il zappa au hasard, ne voulant pas entendre parler d'une vieille gitane trouvée poignardée à mort dans un hôtel bon marché. Il tomba sur les Jettsons, un jeu télévisé, « Sésame Street », un autre journal et un programme de bondieuseries à vendre. Il revint au jeu télévisé. Une femme sautait de joie et hurlait tout en s'accrochant au bras du présentateur. Elle venait de gagner un réfrigérateur qui ne faisait pas de givre, muni d'une surface anti-traces de doigts, d'un distributeur de boissons et d'un appareil à glace.

« Dommage qu'il n'y ait pas de surface anti-traces de doigts sur le couteau, dit le Gitan.

— Ouais », acquiesça Stepovich. Il but une autre gorgée de bière.

« Tu m'apportes le message de la vieille femme ?

— Ouais, je l'ai quelque part. » Stepovich tâta ses poches à la recherche de la lettre, mais ne put mettre la main dessus. Il trouva à la place un cristal rocheux qu'il sortit. « Scullion a trouvé ça dans son foulard, à l'intérieur de son sac. Ça vous était adressé. » Stepovich le lui tendit, mais le Gitan ne faisait pas mine de s'en emparer.

« C'est votre nom inscrit là, pas le mien », dit-il. Il était en train de sculpter un bâton avec son couteau, envoyant des copeaux partout autour de lui. Jennie serait folle. Stepovich tint le cristal près de ses yeux, essayant de voir quel était le nom inscrit sur sa surface. « Pas la peine, commenta le Gitan en produisant de longs copeaux bouclés. Tout ce que ça dit, c'est : "Découvrez qui m'a tuée". » Un corbeau arriva en sautillant et se mit à picorer les copeaux. Le Gitan le chassa d'un moulinet de son couteau.

« Ça n'est pas mon boulot, dit Stepovich avant de boire une autre gorgée de bière.

— Ça n'est le boulot de personne, acquiesça le Gitan. Personne n'en a plus rien à fiche. » Il se leva et ôta la cafetière noircie du feu. Elle était en émail bleu, le genre d'émail avec des tachetures noires. Stepovich se demanda comment il faisait pour ne pas se brûler. Le Gitan se servit un café dans un mug en porcelaine, qu'il remua du doigt. Il en but une gorgée et de la vapeur s'éleva pour venir flotter devant le croissant de la lune.

Il tendit un doigt vers le carrosse, où une silhouette sombre attendait en tenant des rênes qui flottaient dans la brume. Ou bien s'agissait-il d'un foulard tricoté ? « Si tu veux, on s'en va. »

Stepovich fronça les sourcils, songeur. Voulait-il partir ? « Et pour cette vieille femme ? demanda-t-il.

— Ça n'est pas ton boulot, tu te rappelles ? fit le Gitan avec un sourire chaleureux. Nous pouvons partir quand tu veux. Pourquoi pas maintenant ? » Il se gratta la poitrine à travers sa chemise jaune. Stepovich remarqua que quelques fils de la broderie bleue s'étaient défaits. Jennie pouvait réparer ça en deux minutes. Elle le pouvait mais ne le ferait pas. Elle ne réparait plus rien.

Quelque chose d'autre cuisait sur le feu, quelque chose qui bouillait par-dessus les lèvres de la vieille casserole et tombait en gouttes paresseuses sur le feu. Les flammes jaillissaient pour attraper les gouttes, impatientes de les dévorer. Une puanteur et une fumée terribles s'élevèrent. Cette dernière piqua les yeux de Stepovich. « Où va le carrosse ? haleta-t-il en se frottant les yeux pour distinguer le Gitan à travers la fumée.

— L'endroit où l'on ne peut accéder d'ici, répondit-il en se levant et en rangeant son couteau. Tu veux y aller ?

— C'est bien le seul endroit où j'ai envie d'aller. » Stepovich se leva.

Le coin de la table basse le frappa à la pommette et la douleur, aiguë, manqua l'assommer. Il se remit péniblement à quatre pattes, tituba jusqu'à la cuisine où il ôta la casserole de la cuisinière et coupa le gaz. Il mit la hotte électrique en marche et la laissa tourner malgré son grincement agaçant. Le ragoût que contenait encore la casserole avait l'air dégoûtant, épais et filandreux. Il le jeta dans un bol et trouva du pain. Ainsi qu'une autre bière. Il posa le tout sur la table basse, coupa la ventilation et gagna le miroir de la salle de bains.

Ça enflerait, mais au moins ça ne deviendrait pas un œil au beurre noir. Il se regarda. Mâchoire carrée. Yeux bleus. Le genre de cheveux qu'on disait couleur sable, et qui commençait à rebiquer sur les tempes. Il avait perdu du poids au cours des deux dernières années. Sans interruption. À son dernier examen à la médecine du travail, le docteur l'avait complimenté. « Vous m'avez l'air en forme, Stepovich, avait dit l'homme en lui donnant une petite tape sur les abdominaux. Vous pourriez en remontrer à pas mal d'hommes moins âgés. Vous faites souvent de la musculation ? » Oui, avait-il dit au docteur. Bien sûr. Très souvent.

Pendant un moment, ç'avait été le seul moyen pour lui de ne pas penser. Maintenant, même cela ne marchait plus.

Il retourna sur le canapé. Le jeu était terminé. Trois personnes dans une salle de séjour faisaient rire aux éclats le public du studio alors que l'un des personnages prenait une pose offusquée et que les deux autres souriaient d'un air niais. Stepovich ouvrit sa bière, but, prit deux cuillerées de ragoût brûlé. Il tendit la main jusqu'au côté opposé de la table basse et en ramena le téléphone. Il composa le numéro puis raccrocha avant que l'appareil ait eu le temps d'appeler.

Il se demanda ce qu'elle ferait s'il allait un jour jusqu'au bout. Simplement l'appeler pour lui dire : « Je suis désolé, c'était une énorme erreur, je t'aime, puis-je rentrer à la maison, je t'en prie ? »

Il avala quelques bouchées supplémentaires. Elle obtiendrait sans doute une autre ordonnance restrictive et enverrait les enfants chez sa mère.

Il but encore de la bière. Ça n'avait pas été une erreur. Tous deux en étaient bien conscients. Le divorce avait été une bonne chose. Et il ne l'aimait pas. C'est autre chose qu'il aimait, l'idée d'être marié, d'avoir des enfants et tout ce qui allait avec. Voilà ce qu'il aimait. S'il retournait chez eux, ils se disputeraient avant que deux heures ne se soient écoulées. Non. Il avait merdé dans les grandes largeurs. Une première fois en partant lorsqu'elle l'avait mis au défi de le faire. Une deuxième fois en la suivant partout, en essayant chaque fois de lui parler, en lui téléphonant à minuit, en l'attendant en bas de l'immeuble lorsqu'elle partait au travail, en la suivant quand elle rentrait chez elle tous les soirs. Elle avait cru qu'il pourrait lui faire du mal, avait obtenu les ordonnances restrictives, avait joint au dossier des accusations de harcèlement, et lui avait presque fait perdre son emploi.

Voilà où il en était. Lui envoyer un chèque, parler aux enfants par téléphone. Manger seul, dormir seul, parce qu'il était beaucoup trop fatigué pour avoir le moindre rendez-vous de merde. Il ne restait plus qu'à se déconnecter dans le métro, après avoir fait trois heures d'exercice sans lesquelles il était impossible de dormir, puis rêver d'un nom de Dieu de gitan.

Il reposa le bol vide. Bon, au moins en avait-il fini avec la dernière partie. Il ramènerait le couteau au cimetière ce soir même. D'une certaine manière, il était certain que le Gitan lui sortirait de l'esprit après ça.

# 3

# Le Gitan et le Loup

*Les bêtes et les démons ricanent*
*La sage-femme chante une ritournelle*
*Ils dansent telles des marionnettes*
*Mais c'est la Dame qui tire les ficelles.*

The Fair Lady

Fin d'automne, après le coucher du soleil

Cigány quitta le restaurant sans payer ; il lui suffit de se lever et de sortir en douce, puis de tourner au coin d'un immeuble et de disparaître. Même s'il aurait préféré pouvoir plonger dans une rivière, il se sentait désormais moins sale, et dans son estomac, deux morceaux de poulet insipide baignaient dans une grande quantité d'eau du robinet.

Alors qu'il marchait, des scènes du passé le plus récent lui revenaient en mémoire. La cellule de détention, d'abord ; là où on vous met quand on ne sait pas quoi faire de vous. Cela, il l'avait compris. Il ne savait pas avec certitude comment il s'en était échappé, ni ce que cela lui avait coûté. De plus, il n'était pas sûr de connaître la raison de son arrestation. Il ne pensait pas s'être rendu coupable de quoi que ce soit, mais dans ce genre de cas, cela se passait toujours ainsi. Un copain originaire d'Irlande lui avait une fois chanté une chanson qui parlait d'être né au mauvais endroit. Le souvenir le fit sourire. Lui, Cigány, était né au bon endroit, puis l'avait quitté. Pourquoi ?

Sa tête se remit à lui faire mal, et il s'efforça de se rappeler un souvenir qui lui échappait. Des pilules ou quelque chose comme ça ? Il avait déjà souffert de ce genre de migraines, il le savait ; en fait, maintenant qu'il y songeait, il se souvenait presque que ça lui revenait à chaque fois qu'il mangeait – ces étranges pulsations sous son crâne, puis sa vision qui vacillait et enfin la douleur.

Il secoua la tête. Ignora la douleur. Il avait quelque chose à faire, cela, il le savait. Il essayait depuis tant d'années qu'il ne pouvait estimer le nombre de décennies écoulées. Mais de quoi s'agissait-il ? Cela faisait-il si longtemps qu'il en avait oublié sa mission ? Il avait promis d'accomplir quelque chose, de cela il était sûr. Il prit une profonde inspiration, se lissa les moustaches et…

Et se rendit compte qu'il n'avait plus le couteau en sa possession.

Il fut pris de tremblements.

Bien sûr qu'il ne l'avait plus, puisque la police l'avait pris. Pourquoi cela le mettait-il dans une telle colère ? Qu'est-ce que ce couteau avait de si spécial ? Il savait qu'il pouvait le protéger, mais…

Il avait tué. Depuis qu'il ne l'avait plus, quelqu'un, qui ne connaissait pas sa nature, lui avait permis de tuer. Ce qui signifiait qu'un ennemi savait que lui, Cigány, ne l'avait pas en sa possession, et s'en trouvait vulnérable. Et l'ennemi avait tué un allié.

Il s'appuya contre le mur, et s'interrogea sur la nature de l'ennemi. Il le connaissait presque. S'agissait-il de son frère vu dans sa vision ? Non, ses frères étaient éparpillés, égarés. L'ennemi était celui qui l'avait empêché de remplir sa mission pendant tout ce temps.

Quelle mission ? Quel ennemi ? Il se glissa derrière un bâtiment, s'y accroupit et essaya de réfléchir. La douleur lancinante lui donnait l'impression qu'une hache lui fendait le crâne en deux.

De la neige était tombée un peu plus tôt, puis avait fondu, bien qu'il ne l'ait pas remarquée. Mais des gouttes d'eau tombant depuis la gouttière formaient sur le sol pavé une flaque d'une trentaine de centimètres de large.

Cigány sentit sa bouche s'assécher de nouveau. Partir à la recherche de son couteau ne le tentait plus tant que ça ; ne pas l'avoir avec lui, lui ôtait tout courage. Il se leva et patienta pendant quelques minutes, le temps que la lune trouve sa place au-dessus de son épaule. Elle n'était pas tout à fait pleine, mais il se pourrait que cela suffise. Il fit un premier pas avec son pied gauche, un second avec le droit, puis un nouveau pas du gauche qui l'envoya carrément dans la flaque.

*La Belle Dame lève soudain les yeux sur une silhouette toute de feu. L'une de ses jambes est une patte d'oie et le bras opposé celle d'un cheval. Elle pose Son tricot et sourit avec douceur. « Oui, qu'y a-t-il ? » Sa voix tinte comme du cristal fin ; on peut même entendre un écho ténu, si l'on écoute attentivement. La jeunesse habite Son visage, mais on sent le poids de l'âge dans Ses yeux qui reflètent la lumière du feu. Elle possède des cheveux et une peau magnifiques. La couronne de chandelles posée sur Sa tête lui plisse la peau du front. Sur les neuf chandelles, trois sont éteintes.*

*« Belle Dame, commence le* liderc, *voilà quelqu'un.*

*— Ici ? Un visiteur ?*

*— On le dirait bien, maîtresse.*

*— Eh bien, qui cela peut-il être ?*

*— Un mortel, belle maîtresse. Un gitan.*

*— Mais son nom, insiste-t-elle gentiment, tu ne connais pas son nom ?*

*— Je ne le sais pas, car lui-même ne le connaît pas.*

*— Ah, eh bien, il peut m'être utile.*

*— Vos désirs sont des ordres, précieuse parmi les précieuses », dit le* liderc *en se précipitant pour accueillir le visiteur.*

*Il se tient debout devant elle, ses yeux reflétant eux aussi la lumière des flammes si bien qu'un instant, on pourrait les croire parents. Elle prend la parole. « Eh bien, mon garçon, que puis-je faire pour toi ?*

*— Tu détiens mes souvenirs, Luci, et je vais les récupérer.*

*— Tes souvenirs ? Et qu'en ferais-je ?*

*— M'empêcher de mener ma tâche à bien.*

*— Et quelle est-elle, cette tâche, mon garçon ?*

*— Je n'en sais rien, puisque tu m'as pris mes souvenirs. Et mon couteau. Luci, rends-moi mon couteau.*

*— Comment se fait-il que tu connaisses le chemin jusqu'ici si tu ne te souviens de rien ? Et comment se fait-il que tu oses t'y aventurer sans ton couteau ? » Le* nora *trouve ceci très drôle et se met à rire. La Belle Dame le gifle sans rancune et il s'en va en trottinant sur ses quatre membres, comme un grand singe.*

*« Si je possède ces choses, mon garçon, reprend la Belle Dame, pourquoi te les rendrais-je ?*

*— Parce que si tu ne le fais pas, j'irai chercher le crampon du fouet d'un Cocher et te renverrai chez toi, sous la terre. »*

*La Belle Dame rit. « Eh bien, mon garçon, on dirait que tu as trouvé ta tâche. Mais j'ai bien peur qu'il soit trop tard pour retrouver ton couteau, car il a tué la seule personne qui aurait pu te mettre sur la voie. Il est aussi beaucoup, beaucoup trop tard pour qu'un crampon te soit d'une quelconque utilité. Et puisque tu es venu sans la moindre protection, je n'ai aucune raison de te laisser repartir. » Ce disant, Elle remonte les soufflets et commence à s'affairer dessus. Il se rend soudain compte qu'il ne peut plus respirer. Il lutte, mais en vain, jusqu'à ce qu'enfin il sorte de sa poche un morceau de métal gris d'une forme étrange, fait de fils électriques en fusion plongé dans l'eau bénite, qu'il Lui lance. Elle pousse un cri et...*

Cigány fut projeté en arrière contre le mur du bâtiment, où il prit plusieurs inspirations profondes. Il se tint là pendant quelques minutes, à se demander s'il avait rêvé ou non. En fouillant dans sa poche, il constata que le plomb avait disparu, alors que s'y trouvaient toujours la clé et le morceau de papier qui devait, il s'en souvenait maintenant, avoir un rapport avec ses migraines, même s'il n'arrivait pas à se souvenir du sort ni à comprendre les symboles. Mais... La police ne lui avait-elle pas pris toutes ces choses ? Impossible de se le rappeler. Il frissonna. Peut-être pourrait-il faire sans. Son mal de crâne sembla s'estomper.

Quoi qu'il se soit passé, cela avait duré longtemps, car il faisait maintenant nuit noire. Quand il se sentit assez fort, il s'écarta du mur, sans direction précise, mais en réponse au besoin de marcher. Quelque part, pas très loin, une sirène retentit. Il tressaillit et continua sa progression à travers les ruelles. C'est à peine s'il nota le rafraîchissement qu'avait apporté la nuit.

Au bout d'un moment, il se rendit compte qu'il était déjà venu par ici. Oui. Le cimetière. *Pourquoi mes pieds m'ont-ils amené précisément là ?* se demanda-t-il. Il se souvint du fantôme et se demanda si quelqu'un d'autre était mort depuis, lui permettant d'accéder au repos. Pauvre enfant. Si jeune. Mais elle était morte de consomption, œuvre d'un *liderc* par définition, une créature de Luci, la Belle Dame, qui résidait sous le monde, là où un soleil noir et une lune noire brillaient sur Ses noirs desseins.

Qu'est-ce qui Lui avait permis d'atteindre le monde du milieu, avec le demi-soleil et la demi-lune ? Et comment La renvoyer chez Elle était devenu le travail de Cigány ? Il se figea sur place. Un loup avait surgi devant lui et lui bloquait le passage, le poil dressé. Il secoua la tête pour se clarifier l'esprit et constata qu'il ne s'agissait que d'un homme, qui fixait sur lui des yeux abasourdis. Cigány se demanda s'il était le dernier mort en date, le remplaçant de la fille.

Mais un pas de plus et il reconnut son vis-à-vis, même sans l'uniforme. Sa bouche s'assécha et son cœur se mit à battre la chamade.

*Quelqu'un a planté une mémé, quelqu'un a buté un employé.*
*J'en ai marre des cadavres, mais c'est mon lot quotidien.*

Stepdown

11 NOVEMBRE, 23H40

Trois bières. Non, peut-être quatre. Bon sang, même s'il en avait bu six, ça n'était pas une excuse. Stepovich tanguait légèrement, en rythme avec le grand chêne qui bruissait de l'autre côté de la haute grille de fer forgé. Bon sang, c'était peut-être bien six. Il en venait presque à l'espérer, et à espérer aussi que les traits de l'homme qui se rapprochait allaient se stabiliser sur un visage qu'il n'avait jamais vu auparavant.

Le Gitan s'arrêta, à pas plus d'un pas et une botte. La peau basanée de son visage paraissait pâle dans l'obscurité, ce qui laissait Stepovich perplexe. Tout comme ses yeux qui se réduisaient à deux points noirs, plus noirs que la nuit autour d'eux. Ils restèrent debout face à face, muets, au milieu de la rue calme.

Le couteau dans la poche de sa veste tirait et semblait peser deux fois son poids. Il pouvait sentir le tissu faire pression sur son épaule, ainsi que la forme saillir contre sa hanche. Sa main fouilla dans sa poche et agrippa le fourreau protecteur en cuir. Le Gitan ne bougea pas alors qu'il cherchait le couteau, mais Stepovich sentit néanmoins un changement en lui, une immobilité active qu'il pouvait quitter à tout instant pour n'importe quelle direction, attaquer, fuir ou défendre. Les yeux de Stepovich ne le quittèrent pas au moment où il sortit le couteau de sa poche.

Il s'était attendu à une réaction, quelle qu'elle soit. Mais les yeux noirs du Gitan se contentèrent d'un seul regard au couteau, puis revinrent sur le visage de Stepovich. Tel un animal acculé, il attendit. Stepovich sentit sous ses doigts les étoiles saillantes de la garde tandis qu'il retournait le couteau afin d'en présenter le manche au Gitan. Stepovich le lui tendit et patienta. Rien ne se passa. Le Gitan se contentait de lui opposer son immobilité et ses yeux consciencieusement vides. Pas même la fausse innocence dont essayent de se draper la plupart des suspects. Pas non plus une expression absente. Cela ressemblait davantage à un masque destiné à rouler l'autorité.

Un fil de colère chauffé à blanc lui transperça l'épine dorsale et se rua à l'assaut de ses nerfs. Le visage impassible du Gitan lui faisait l'effet d'un défi. Non. Une insulte. Le masque de prudence désignait Stepovich non comme un être humain, mais comme un uniforme bleu muni de boutons brillants, pétri de lois et de formalités légales. C'est ce qu'il aurait attendu pendant ses heures de travail. Mais de nuit, en civil, dans cette rue déserte, et pour la raison qui l'y avait amené, c'était la pire des insultes.

La colère l'emporta, ou peut-être l'humiliation. D'un petit coup d'une adresse consommée, il projeta le couteau, dont le manche vint frapper la poitrine du Gitan avant de heurter le sol en tintant. Le Gitan ne fit pas le moindre mouvement ; Stepovich aurait pourtant juré qu'il aurait pu l'attraper en plein vol et le renvoyer lame en avant s'il l'avait voulu. Alors Stepovich parla, rompit le silence avec des mots tranchants, aussi froids et calleux qu'il le put. « On a retrouvé le cadavre d'une vieille gitane. Poignardée à mort dans un hôtel pourri. Mais j'imagine que vous ne savez rien à ce sujet. »

Le Gitan resta muet un long moment. Stepovich écouta ses propres paroles suspendues entre eux deux, la vocalisation du registre légal que le masque du Gitan avait invoqué.

« Avec ce couteau », répliqua enfin le Gitan.

Musique dans la voix, accent d'un pays dont l'existence se perdait dans les brumes du temps. Et accusation, sembla-t-il à Stepovich.

« Si vous me demandez si je l'ai butée, reprit Stepovich, la réponse est non. Mais je vous soupçonne d'avoir une idée sur l'identité de l'assassin. Non que vous me disiez quoi ce soit. Mais vous n'en aurez peut-être pas besoin. Celui qui a fait ça a laissé derrière lui quantité de signes. Avant demain midi, on connaîtra la taille et la forme de l'arme, et un paquet de choses sur l'homme qui l'a utilisée, jusqu'à son groupe sanguin. » Du bluff. Tu bluffes, Stepovich, et ce Gitan le sait. Regarde ses yeux noirs, si noirs, et vois comme ils te méprisent.

« Vous trouverez celui qui tenait le couteau », et de nouveau Stepovich ne sut si l'intonation traduisait une requête, un ordre ou plus simplement une question ou un commentaire.

« Et comment », grogna-t-il. L'énormité du mensonge le faisait se sentir tout petit. « Avec ou sans votre aide », ajouta-t-il en essayant que ça ne sonne pas comme une supplication.

Le Gitan remua de manière quasi imperceptible, les yeux fixés sur ses propres mains qu'il ouvrit, referma puis ouvrit de nouveau, comme pour s'assurer qu'elles étaient vides. « Je n'ai rien à vous donner. » Il se pencha avec désinvolture, ramassa le couteau en prenant ses précautions, comme s'il était maculé d'une crasse indescriptible. « J'espère que vous avez montré plus de soins à son égard que vous ne venez de le faire. Mais vous ne saviez pas ce que vous aviez entre les mains. Je suis aussi fautif que vous. » Ses yeux se déplacèrent et ce fut comme si tout son corps avait bougé, comme s'il regardait Stepovich depuis un autre lieu et un autre temps. « Ce n'est pas un harnais confortable à partager, n'est-ce pas ? » Il se pouvait que ça soit de la gentillesse dans ces yeux, ou de la pitié, ou bien un simple reflet isolé du lampadaire. Le Gitan remua les mains ; couteau et fourreau disparurent dans une quelconque cachette.

« Vous étiez au courant pour le meurtre ? » demanda Stepovich, tâtonnant maintenant, après avoir fait preuve de suspicion professionnelle. « Vous connaissiez cette femme ?

— J'ai seulement supposé qu'une amie a été tuée. Rien de plus.

— Vous ne la connaissiez pas ? »

Le Gitan parut désorienté. « Quel était son nom ?

— Lequel ? Elle avait quatre cartes d'identité différentes, et deux cartes de sécurité sociale. Rosa Stanilaus ? Cynthia Kacmarcik ? Molly Kelly ? » Il mit dans ce dernier nom un ton lourd de sarcasmes, mais le Gitan ne sembla remarquer aucun changement dans sa voix. Il pencha la tête de côté, comme s'il écoutait une autre voix.

« Non », dit-il, comme en réponse à aucune des interrogations de Stepovich. « Elle n'a laissé aucun message pour moi. » Assertion ? Question ?

Stepovich fut pris d'une envie folle de s'esclaffer. « Juste le cristal. Et ça ne disait rien de plus que : "Découvrez qui m'a tué". » Les mots étaient sortis avant même qu'il puisse les contenir. Merde. Ç'avait été stupide. Le cristal était justement le genre de détail que les inspecteurs de la Criminelle gardaient pour eux, pour déterminer si la personne en face d'eux savait ou non qu'il se trouvait dans son sac à main. Et il devait avoir l'air d'un idiot à énoncer les phrases de son rêve.

Mais le Gitan hocha la tête, comme si c'était une chose à laquelle il s'était attendu, mais qu'il n'entendait qu'à contrecœur. Il hocha la tête, tourna les talons et s'éloigna de lui. Stepovich le regarda partir, sa forme sombre s'effaçant dans la nuit. Le vent qui soufflait avec violence dans la rue étouffa le bruit de ses pas.

Alors il fut soudain tard, très tard dans la nuit, et Stepovich frissonnait. Sa veste était trop fine pour le vent mordant. Il se demanda depuis combien de temps il se trouvait là. Sur le chemin qui le ramenait à sa Dodge garée au coin de la rue, il songea à son jour de congé du lendemain et à

Ed qui lui avait demandé de venir le voir. S'il en avait le temps. Comme si le temps n'était pas la seule chose qui lui restait.

Tandis qu'il regagnait sa voiture, il éprouvait une étrange sensation de légèreté. Il n'était pas gai, mais soulagé, comprit-il en ouvrant la portière conducteur. Sa poche était délestée du poids du couteau.

*Je veux seulement m'arrêter et rester là,*
*Je ne veux engager aucun combat ;*
*Je vais juste me reposer ici un moment*
*En attendant le départ de la voiture noir et blanc.*

Red Lights and Neon

Non loin de minuit

Le Loup lui faisait face en grognant, le poil hérissé, aussi surpris de croiser le chemin de Cigány que l'inverse. *Voilà ce que je dois garder à l'esprit*, se dit-il. *Je l'effraye, et il ne m'attaquera pas tant que je ne lui montre pas ma propre peur ou que je ne le menace pas.* La voix de sa grand-mère lui vint spontanément et ajouta du fond des âges : *ou qu'il n'a pas désespérément faim.* Le Loup grogna à nouveau, défiant Cigány de montrer sa peur. Ce dernier resta immobile et soutint le regard du Loup jusqu'à ce que le grognement s'apaise un peu.

Il prit conscience que son couteau était apparu entre les pattes du Loup, qui avait dû l'amener. Pourquoi ? Comment ? Le Loup grogna de nouveau et Cigány prononça des paroles douces et apaisantes. Il lui semblait que le Loup lui posait des questions, lui demandait de l'aide, des conseils.

« Oui, c'est mon couteau, dit Cigány, tu as eu raison de me l'apporter. »

Le Loup grogna encore, de perplexité cette fois. Cigány s'efforça d'expliquer du mieux qu'il put. « La Belle Dame avait le couteau. Tu as rencontré Son serviteur et la vieille femme va trouver la paix. Je ne peux pas t'aider. Ou peut-être le puis-je. Je ne sais pas. » Nouveau grognement, de colère ou de frustration. Cigány ajouta : « Je te donnerais volontiers ce que je possède, mais je n'ai rien. S'il le faut, je te nourrirai de mon propre corps. Que puis-je offrir de plus ? »

Le Loup sembla considérer la proposition. Cigány ramassa le couteau en frissonnant. Il sentait l'empreinte glaciale des doigts de Luci sur le manche, et sut que ce couteau avait tué la vieille femme. Il fixa le Loup, songeur, mais les loups ne tuent pas à l'aide de couteaux. Pourtant il aurait souhaité que le Loup l'ait trouvé plus tôt ou l'ait conservé en sécurité. Le Loup détourna la tête, comme conscient du malaise de Cigány. « Non, dit celui-ci. Tu n'as pas su comment le Lui soustraire. Le fer dont est fait ce couteau provient du cœur du monde, un métal qui n'a jamais vu la lumière du jour ; comment toi, frère loup, aurais-tu pu savoir le soin qu'on doit y porter ? Tu as fait ce que tu as pu et je ne t'en blâme pas. »

L'espace se brouilla, se scinda, se déchira et le Loup disparut ; il fut remplacé par l'officier de police. Cigány savait depuis le début que c'était lui. « Vous étiez au courant qu'on l'avait tuée ? », demanda le policier.

Cigány sentit sa colonne vertébrale parcourue de frissons glacés. Oui, faillit-il répondre. *Dans mes rêves, je le savais*. Mais au lieu de cela, il dit : « Je savais que quelqu'un était mort – quelqu'un qui avait un rapport avec moi – mais sans connaître son identité.

— Vous ne la connaissiez pas ? »

Connaître ? Qu'est-ce que connaître signifiait ? « Comment s'appelait-elle ? », demanda-t-il d'une voix hésitante.

Le policier grogna et lista plusieurs noms qui n'évoquèrent rien à Cigány. Il secoua la tête, se demandant désespérément comment s'échapper. Pourquoi cet homme l'interrogeait-il sur ses rêves ? Comment en était-il venu à éluder les questions du policier, qui ne pouvait pas en savoir assez pour les lui poser ? Et si c'était une chose de mettre à l'épreuve un loup onirique croisé au détour d'une rue, c'en était une autre de faire de même d'un officier de police. Les rêves étaient réels pour l'un, pas pour l'autre. Cigány gardait à l'esprit que cet homme pouvait l'emprisonner à nouveau. Je ne le laisserai pas faire. Je le tuerai s'il le faut. Non. Je ne le ferai pas. Je ne le peux pas. Par mes frères égarés, que dois-je faire ?

Le policier demandait de l'aide, mais quelle aide pouvait-il lui apporter ? Était-il censé imposer à cet homme le fardeau de sa vie ? Mais il songea aux rêves, à la vieille femme qui lui avait parlé. *Avait-elle dit quelque chose que je pourrais transmettre au vieux Loup afin de le satisfaire ? Non, elle n'a laissé aucun message pour moi. Que puis-je...*

Mais le policier avait repris la parole. « Rien que le cristal », dit-il, comme en réponse à une question que Cigány n'avait pas posée. Ou bien l'avait-il fait ? « Et tout ce que ça disait, c'est "Trouvez mon meurtrier". »

Un cristal ? La femme disait la bonne aventure avec, peut-être, mais comment cela pourrait... Et pourtant. Le marché était clair. Le policier lui avait fait cadeau de la vie et de la liberté à la condition qu'il découvre qui avait tué la vieille femme. Il décida que c'était un marché honnête, puisqu'on l'avait poignardée avec le couteau qui lui appartenait, et surtout parce qu'elle l'avait autant prévenu de sa propre mort qu'elle avait empêché celle de Cigány, lui permettant de continuer sa quête.

Il hocha la tête sans quitter du regard les yeux de l'officier de police afin de sceller les termes du marché, puis s'en fut. Il se trouvait presque au coin de la rue quand il lui vint à l'esprit que c'était un policier, et non un Loup, qui lui avait rendu le couteau, et que les policiers *peuvent* s'en servir pour tuer les vieilles dames. Frissonnant dans les ténèbres aux abords du cimetière, il accéléra le pas.

*J'ai cherché un moineau*
*Dans une ville pleine de roitelets,*
*J'ai demandé le prix*
*Pour pouvoir me racheter,*
*J'ai attendu les questions*
*Qui donneraient du sens à mes réponses,*
*J'ai cherché le chemin de la maison*
*Mais la neige est bien trop dense.*

No Passenger

## FIN DU XX^E SIÈCLE, L'APRÈS-MIDI

Peut-être avait-il commis une erreur en restant sobre, car ceci n'était certainement pas le carrosse.

Dix ans plus tôt, leur langage se serait limité à quelques petits rires sots ; il était maintenant parsemé de mots étranges et d'allusions à des choses à propos desquelles elles n'en pouvaient pas savoir assez pour y faire allusion. Mais cela ne faisait pas une grande différence. Quatorze ? Quinze ? Seize ans ? Rêvant d'en avoir dix-huit, l'âge où elles se feraient passer pour des filles de vingt-deux… Et ils étaient habillés… Comment ? Qu'est-ce que cela signifiait, ici et maintenant ? Est-ce que ça avait jamais eu un sens ? Peut-être avait-il commis une erreur en restant sobre, car ceci n'était certainement pas le carrosse.

Il grimpa sur le siège du conducteur, en prétendant aller prendre place tout en haut, sur son banc, juste au-dessus du comte et de sa maîtresse du moment, qui s'installaient à l'intérieur, en dessous, les rideaux tirés pour se protéger du vent des montagnes et…

Mais peu importe. Les chevaux le connaissaient, maintenant ; les oreilles de Bunny se couchaient quand il lui parlait. Bunny aimait sa voix, et ce depuis leur rencontre. Stallone était plus lente, mais son long cou la faisait ressembler à une vieille grand-mère qui prétend, l'espace d'un instant, avoir retrouvé sa jeunesse et sa fierté de jadis. Hé…

Il n'y avait qu'eux cinq : Bunny, Stallone et les deux enfants quand il démarra. Et, des cinq, les deux passagers se trouvaient dans leur propre monde, un monde de voitures, de garçons et de cigarettes volées. Il saisit leur nom et écoutant leur conversation, mais ne pipa mot car on ne lui adressait pas la parole, que les habitudes ont la vie dure et qu'un travail est un travail, même si un tour dans le parc n'a rien d'une course contre une tempête de montagne.

« Hé, chauffeur, dit celle qui s'appelait Sue. Vous ne pouvez pas faire aller votre machin plus vite ?

— Si », répondit-il. Mais il n'accéléra pas pour autant. La question lui fit comprendre à quel point il appréciait ces rares occasions de conduire un attelage ; il ne les risquerait pas pour les beaux yeux de ces deux-là.

Pendant un moment, il faillit craquer mais tint bon. À chaque fois que le jeune « chauffeur » (qu'on ne pouvait appeler cocher), le laissait utiliser sa « calèche » (qu'on ne pouvait confondre avec un carrosse), deux ou trois clients l'incitaient à faire galoper les chevaux, ou essayaient de l'acheter pour qu'il prenne un autre chemin. Il était toujours tenté, mais se retenait.

La dénommée Sue se mit à l'injurier, mais il ne l'écoutait plus. La femme d'un de ses anciens maîtres faisait souvent ce genre de choses, deux ou trois fois par semaine, quand il refusait de suivre la Piste des Bobolos (ce que son maître avait interdit). Il ignorait les insultes avec brio.

Mais il entendit l'autre passager dire : « Oh, laisse tomber, Sue. C'est son boulot. »

On entendit un son comme en produisait Bunny lorsqu'elle avait de la nourriture dans les naseaux. « Un boulot ? Quelle merde. Conduire des trous du cul snobinards dans le parc à longueur de journée. »

Le Cocher demeura impassible.

« C'est sûrement tout ce qu'il a pu trouver. N'est-ce pas, monsieur ? »

Ceci appelait une réponse. « C'est ainsi que je m'occupe, dit-il.

— Quoi, vous ne trouvez pas de job de chauffeur de taxi, alors vous faites ça ?

— Je suis le Cocher.

— Et ?

— Je suis le Cocher.

— C'est censé vouloir dire un truc précis ?

— Mes chevaux s'appellent Vision, Expérience, Sagesse et Amour. Par l'adresse de mes mains, je tiens les rênes de la volonté et du désir. Je vous emmènerai sur les routes qui grimpent et chutent, virevoltent et filent droit. »

Ce n'était plus à elles qu'il s'adressait. Il ne s'inquiétait pas de savoir si elles l'écoutaient ou même si sa voix leur parvenait. « Parfois les chevaux se lancent dans un galop sauvage et je dois combattre leur ardeur, ou bien je les laisse faire, comme il se doit. Parfois ils vont là où je leur dis d'aller, et alors je peux vous emmener dans des endroits dont vous n'avez jamais rêvé, ou peut-être que si. Parfois, c'est vous, dans le carrosse, qui me dirigez, et alors je vous emmène là où vous le souhaitez. Et peut-être serez-vous content d'arriver.

« Mais c'est moi qui conduis le carrosse, pour toujours et à jamais.

« Je suis le Cocher. Vous voilà arrivés. Dix dollars, je vous prie. »

Il les regarda avec tristesse s'éloigner après avoir payé leur course, avec en prime un pourboire de vingt-cinq cents. De l'autre côté du chemin, un homme bien trop vieux pour eux les observa partir avec une intensité qui, en d'autres lieux et en d'autres époques, lui aurait valu la pendaison. Mais nous étions ici et maintenant. Le Cocher tendit la main sous son siège à la recherche de sa bouteille, se ravisa, secoua la tête et alla gratter Bunny entre les oreilles.

« Je suis le Cocher », lui affirma-t-il.

Elle hocha la tête.

# 4

# Le Loup et le Blaireau

*Faut pas me contrarier, je suis crevé comme pas deux*
*J'en ai marre de la télé et des nuits seul au pieu.*

Stepdown

12 novembre, 13h31

Le parc était un endroit agréable, tranquille. Les gens qui en arpentaient les allées et les mères avec leurs poussettes témoignaient du déclin du quartier, mais le parc lui-même – ses plantes, son gazon, son étang – semblait immunisé contre les revers de l'économie. On vandalisait davantage de balançoires, peut-être, et les canards éprouvaient une méfiance grandissante à l'égard des lanceurs de pierres, mais le parc demeurait un endroit plaisant. Froid. Silencieux, à cette heure matinale.

Stepovich trouva un banc en face de l'aire de jeu et s'y assit. Un petit garçon creusait le bac à sable avec détermination, en dépit du froid et de la neige. Un couple se promenait autour de l'étang. Les balançoires pendaient vides et flasques. Il se rappelait s'être balancé sur l'une d'elles en tenant Jeffrey dans ses bras. Et en chantant. De vieilles chansons, celles-là mêmes que son père lui chantait. Et Jennie et Laurie nourrissaient les canards en feignant d'ignorer l'étrange monsieur qui chantait à tue-tête *Bill le vieux loup de mer*[4] au petit garçon assis sur ses genoux pendant qu'il les balançait très haut en s'aidant de ses jambes pour acquérir de la vitesse.

Durant un douloureux moment, il se demanda si Jeffrey se souvenait du moindre de ces instants. Il était si petit, alors. Stepovich se pencha sur son propre passé et essaya de déterminer à quel moment les souvenirs de son père commençaient. Mais impossible de mettre une date dessus. Grandes mains pourvues d'ongles épais coupés court. Grandes mains qui étaient capables de le projeter en l'air jusqu'à ce que sa tête touche le plafond, mais qui pouvaient aussi faire de solides doubles nœuds à ses lacets. Il regarda ses propres mains en se demandant si Jeffrey se les rappellerait un jour.

De ses mains, son regard tomba sur le sol, où deux petites tennis lui faisaient face. Il leva les yeux sur le petit garçon du bac à sable qui le fixait de toute l'intensité de ses prunelles marron et confiantes. « Pousse-moi », dit-il avant de tourner les talons pour courir aux balançoires. Stepovich demeura immobile. Le garçon attrapa la chaîne d'une des balançoires et la secoua avec impatience. Stepovich se leva sans trop savoir pourquoi et alla docilement aider l'enfant à s'asseoir, puis le poussa, d'abord doucement puis de plus en plus fort à mesure que le garçon riait et projetait ses jambes en avant. Puis il dit : « Stop, stop », et Stepovich ralentit le mouvement en attrapant enfant et balançoire et les contraignit à s'arrêter. Le gamin sauta à bas, la chemise débraillée.

« Manège, annonça-t-il en cherchant la main de Stepovich.

— Un instant, jeune homme », répliqua celui-ci en s'agenouillant pour remettre sa chemise droite et la rentrer dans son pantalon. Le petit garçon se trémoussa entre ses mains, gloussant comme sous l'effet de chatouilles.

« Debout, espèce de fils de pute ! »

Stepovich effectua une rotation contrôlée tout en se relevant pour se retrouver face à la moitié masculine du couple qui nourrissait les canards encore quelques instants auparavant. Il avait des bras musculeux et une gueule cassée de voyou. Il essayait toujours d'avoir l'air d'un dur en reculant devant Stepovich. « Touche encore une fois le pantalon de mon gosse et je te tue, trouduc », lança-t-il d'un ton hargneux. Stepovich jeta un coup d'œil derrière l'homme – garder les yeux mobiles, déformation professionnelle – et repéra la femme, les bras toujours serrés sur son sac de pain. Elle observait la scène sans peur ni angoisse, mais absorbée, comme par son feuilleton de l'après-midi. Les yeux de Stepovich revinrent sur papa voyou où ils se fixèrent. Il conserva un visage impassible en disant : « La chemise du petit était sortie.

— Ouais, bien sûr », répliqua Papa sur un ton sarcastique, en reculant d'un pas incertain, comme s'il connaissait la profondeur de la colère de son vis-à-vis. Il fit un pas de côté afin de se mettre à une distance qu'il devait juger hors de portée des poings de Stepovich et darda des yeux furieux sur le petit garçon. « Jamie ! Est-ce que je ne t'ai pas dit de ne jamais laisser quelqu'un te toucher ? Tu as laissé ce vieux pédé promener ses mains sous ton pantalon ? »

L'incompréhension ternit les yeux de Jamie. Tout comme Stepovich, il ne trouva rien à dire.

« Décampe de là et va voir ta mère. Tout de suite. » Et tandis que le garçon s'éloignait clopin-clopant, Papa mit les poings sur les hanches et bomba le torse. « J'devrais vous botter le cul pour avoir touché à mon gamin. Si je vous attrape encore à traîner par ici, ça se pourrait que je le fasse, l'ancien.

— Je ne maltraitais pas votre enfant, dit Stepovich doucement. Mais si vous voulez essayer de me botter le cul, allez-y. » Des petits morceaux de colère, en surface depuis quelques jours, à cause de la façon dont Durand, Dugland le blanc-bec, répondait au téléphone, à cause de cette vieille femme qui avait eu une mort si moche, à cause du Gitan qui ne connaissait pas ou ne lui avait pas donné le coupable, tous ces petits morceaux de colère fusionnaient en lui, non pas une fusion chaude, mais froide et sinistre. Il allait lui faire un deuxième trou du cul. Il allait le faire saigner, et pas quelques gouttes comme en produisent le nez ou les pommettes, non, plutôt comme le sang qui jaillit de derrière la langue et étrangle un homme par sa salinité.

Papa-voyou recula d'un pas. « Il y a des lois dans cette ville pour les gens comme vous. Nous ne les aimons pas.

— C'est mutuel », répliqua Stepovich d'une voix absente. Sa main se dirigea lentement vers sa poche à la recherche du couteau tandis qu'il se campait sur ses pieds. Un sourire involontaire s'empara de son visage et dessina un rictus sur sa bouche.

Quelque chose changea dans l'expression de Papa-voyou à la vue du sourire de Stepovich. Son attitude sarcastique laissa la place à la peur et l'incertitude. Une peur bruyante.

« Si vous me touchez, j'appelle la police. »

Stepovich avait entamé un premier pas en avant quand il entendit le son d'un klaxon. Pas l'avertisseur d'une petite voiture importée mais le mugissement guttural et profond d'une Cadillac *made in America*. Le voyou tourna le regard vers elle alors qu'elle effectuait une marche arrière et les yeux de Stepovich le suivirent par réflexe.

Ed. Dans son nom de Dieu de yacht roulant bleu layette. La vitre se baissa et Ed se pencha à l'extérieur. Malgré la distance, ses yeux sombres accrochèrent ceux de Stepovich et en extirpèrent toute colère, agissant comme un cataplasme sur une blessure empoisonnée. Le couple et l'enfant avaient disparu sous la pression du père qui les hâtait maintenant sur le chemin autour de l'étang. Stepovich se trouvait à mi-course de la voiture quand il recommença à penser. Il eut l'impression de se réveiller d'un rêve. Sortant la main de sa poche, il s'étonna un peu de la trouver vide.

Alors qu'il s'asseyait sur le siège passager, Ed demanda : « Qu'est-ce que c'est que cette histoire ?

— Du diable si je le sais », répliqua Stepovich, s'adossant et étendant ses jambes. S'il fallait reconnaître une qualité à cette voiture, c'était l'espace. D'une consommation scandaleuse, aussi facile à garer qu'un dinosaure, mais spacieuse. Ed effleura la pédale des gaz et ils s'engagèrent sans bruit dans la circulation.

« Pendant un moment, j'ai bien failli ne pas te reconnaître, là-bas, lança Ed.

— Ouais. Moi non plus. » Il faisait chaud dans la voiture après l'air frais du matin. L'habitacle sentait le nettoyant, le piquant du sapin désodorant et le tabac à pipe de Ed. Stepovich s'enfonça dans le siège comme dans un hamac. « Parfois, reprit-il sur le ton de la conversation, je me sens comme le patriarche d'un troupeau d'éléphants. L'un de ceux que les jeunes mâles ont chassés. Et chaque fois que j'essaye de m'approcher des femelles ou des éléphanteaux, ils me tournent le dos. Instinctivement. Est-ce ça te fait la même chose ?

— Tu as besoin de prendre quelques jours de vacances, observa Ed.

— J'ai autant besoin de vacances que toi de travail.

— Peut-être bien que c'est vrai, aussi. Alors pourquoi ne pas s'associer ? Tu poses une semaine et tu viens m'aider à faire quelques petits travaux sur mon bébé, et après on va pêcher sur le lac. On peut même sortir complètement de l'Ohio. Je connais un gamin dans le Michigan, qui travaille pour l'Union Pacific. Il m'a dit qu'il pourrait m'avoir des cabines au bord du lac Noir moins chères.

— Que vas-tu encore lui faire, à cette voiture ? » demanda Stepovich. Non que les plans de Ed l'intéressent de quelque manière, mais il était plus facile de le distraire en lui parlant de la Caddy que de débattre de l'idée.

« Variateur de lumière automatique. C'est un truc qu'on ne peut faire qu'à deux. Je suis censé pouvoir mettre les phares en automatique de façon qu'ils baissent d'intensité quand le variateur perçoit de la lumière en sens inverse, puis qu'ils remontent une fois la voiture passée. »

Ed allumait sa pipe en jonglant entre volant, pipe, tabac et briquet ; numéro éprouvant pour les nerfs. Stepovich regarda par la fenêtre en se remémorant toutes les fois où leur voiture de patrouille avait survécu au rituel de l'allumage de pipe. « Tu l'as fait régler par le garagiste il y a un mois.

— Ouais, c'est vrai, mais ils s'y sont mal pris, répondit Ed d'un ton irrité.

— Oh. » Les garages s'y prenaient mal à chaque coup, d'après Ed. Il devait toujours repasser derrière les ajustements qu'il leur demandait de faire.

« Non, ça baisse bien trop tard. J'ai donc besoin de quelqu'un à l'extérieur qui déclenche le variateur avec une lumière pour que je puisse faire les réglages de l'intérieur. Ça ne prendra pas longtemps, je te le promets. Et après on pourra aller pêcher. »

Ça prendrait quatre heures, sinon la journée entière. La Caddy était un vieux modèle, un dinosaure de l'ère pré-crise pétrolière, mais elle faisait la joie et la fierté de son ancien coéquipier. Il tenait à ce que tout y fonctionne à merveille ; pas seulement les vitres électriques et l'horloge, mais le variateur automatique, la colonne de direction réglable, les amortisseurs hydrauliques, et même le bouton dans la boîte à gants qui ouvrait le coffre depuis l'intérieur. Penser à tous les gadgets que contenait cette satanée voiture suffisait parfois à fatiguer Stepovich. Et il n'y en avait pas un que Ed n'ait démonté puis remonté. Il disait toujours que lorsque tout marcherait à la perfection, il partirait, parcourrait les États-Unis en tous sens, visiterait tout le pays.

« Alors, reprit Ed. Partant pour la pêche ? »

Stepovich se tourna à moitié sur son siège. « Il y a ce Gitan », fit-il sans même savoir qu'il s'apprêtait à dire ces mots. Mais une fois qu'il eut commencé, il raconta toute l'histoire, et pas seulement les faits : le couteau, le rêve, la sensation effroyable, le cristal dans le sac de la vieille femme. À peine eut-il terminé qu'ils arrivaient au parking du Shamrock Bar & Grill. Ed arrêta la voiture et tourna la clé, laissant mourir le ronronnement du moteur. Il tourna les yeux vers Stepovich.

« Eh bien ? demanda Stepovich après une longue pause.

— Je crois que tu as besoin d'aller pêcher », commenta Ed.

Ils mangèrent du rôti de bœuf sur seigle, une salade de pomme de terre et de la moutarde au raifort – la seule chose dont le Shamrock pouvait se vanter –, le tout arrosé de Becks brune. Ils prirent place à une table pourvue de banquettes en cuir rouge avec de hauts dossiers et mangèrent comme ils l'avaient toujours fait quand ils travaillaient ensemble, dans un silence complice, prêtant attention à leur nourriture et faisant confiance à d'autres parties d'eux-mêmes pour s'occuper des problèmes qui les assaillaient. Parfois, Stepovich lançait un regard à Ed. Il n'avait pas tant changé que ça. Un peu plus épais ; son torse se confondait maintenant avec son ventre. Moins de cheveux, et ceux qui restaient grisonnaient. Toujours les mêmes yeux vifs. Des yeux qui pouvaient poser une question tandis que leur propriétaire demandait autre chose au suspect ; une fois sur deux le type finissait par répondre aux deux avant même de s'en rendre compte. Un bon flic et un ami encore meilleur.

Stepovich alla commander deux Becks supplémentaires. Quand il revint s'asseoir, Ed demanda : « Tu veux que j'y mette le nez ?

— Comment ?

— En appuyant sur quelques boutons, en secouant quelques personnes qui avaient toujours des tuyaux pour moi, en posant des questions indélicates d'une manière que tu n'es pas autorisé à utiliser. Tu vois le topo. »

Stepovich voyait parfaitement. « Je ne veux pas que tu trempes là-dedans », dit-il.

Ed grogna. « Fais-moi un peu confiance. Voici le marché : je me renseigne sur le sujet, et après tu prends une semaine et on va pêcher. D'accord ?

— Ok », concéda Stepovich. Une partie de lui en fut soulagée mais une autre eut honte d'avoir entraîné Ed là-dedans. Dans quoi ? Dans un mauvais rêve et une drôle de sensation.

« Tu te sens coupable ? » décrypta Ed. Stepovich hocha la tête d'un air penaud.

« Parfait, reprit Ed avec un sourire malicieux. Alors on peut passer le reste de la journée à régler mes variateurs de lumière à réglage automatique. »

*Je n'ai pas de foyer où rentrer,*
*Personne que je peux appeler un ami.*
*Je ne retrouve pas l'endroit d'où je suis parti*
*Je peux juste deviner comment tout ça va se terminer...*

Hide my Track

L'APRÈS-MIDI

*Ils t'ont presque attrapé*, dit la Voix. *Ils t'ont presque attrapé, et maintenant ils approchent.*

Timothy gémit et roula de côté. Il repoussa les draps humides et martela l'oreiller de ses poings. La Voix ne s'en allait pas pour autant ; elle ne s'en allait jamais. *Ils t'ont presque attrapé*, répéta-t-elle. Il se mit à sangloter.

*Tim*, reprit-elle. *Timothy. Petit Timmy.*

« Non ! » cria-t-il. Il détestait qu'on l'appelle Petit Timmy. Il avait toujours haï ce surnom. Petit Timmy s'est fait bousculer, Petit Timmy s'est fait battre et, le plus souvent, on s'est moqué de Petit Timmy.

*Petit Timmy*, dit la Voix.

Il s'assit et cria dans le vide, peu soucieux cette fois d'être entendu par tout l'immeuble. « S'ils m'attrapent, c'est de votre faute. Vous m'avez dit que vous me protégeriez. Soyez maudite ! »

Il y eut une pause, puis la Voix sous son crâne lui répondit. *Que je sois maudite ?* dit-elle. *Comme c'est redondant.* Timmy sentit un frisson le traverser et, plus que tout autre chose, souhaita être loin d'ici. Mais la Voix ne le laisserait pas partir. *Je t'ai camouflé, Timmy. Je t'ai donné l'apparence d'une autre personne, que la police a attrapée. Mais il s'est échappé. Ils t'ont presque mis la main dessus il y a trois jours, Timothy, mais je t'ai protégé. Alors tu vois...*

« Vous avez fait ça ? » fit-il aux murs, d'une voix hystérique. « C'est moi qui l'ai fait. Vous m'avez fait tuer une vieille femme qui n'avait jamais... »

*Chut, Timothy. Tu me fatigues. C'est vrai, tu l'as tuée, mais pourquoi as-tu mis tant de temps ? Était-elle trop forte pour toi ? Si tu t'étais dépêché, ils ne seraient pas à ta recherche. Mais j'ai fait en sorte de te protéger. Et je vais recommencer. Il est temps que tu te lèves et que tu sortes. On ne va plus pouvoir compter sur ta police, Timothy. Tu dois agir par toi-même.*

Il s'assit sur le lit et contempla ses mains. Un pouvoir s'y logeait, comme dans la Voix. Son estomac se retourna de nouveau au souvenir de la vieille femme, de ses yeux brillants de colère, de fierté et de haine, de la façon dont ses intestins s'étaient noués quand elle avait fait voler le pistolet qu'il tenait. Puis le pistolet avait été remplacé par un couteau. Comment était-il parvenu jusque-là ? Et d'où était-il parti ?

« Que dois-je faire ? » demanda-t-il.

*Le couteau n'est plus entre nos mains, et nous ne pourrions en aucun cas l'utiliser contre lui. Tu dois emporter ton pistolet. Je te dirai ce qu'il faut en faire.*

Il demeurait assis sur le rebord du lit à fixer ses mains. « Pourquoi est-ce que vous me faites ça ? » demanda-t-il.

À sa grande surprise, elle répondit.

*Parce que je le peux, Petit Timmy.*

*Tant que je trouverai des mains*
*Pour m'aider à porter le poids*
*Je continuerai à marcher*
*Le long de cette voie.*

Up the Road

MILIEU DE L'AUTOMNE, APRÈS LE LEVER DU SOLEIL

Tôt le matin. Cigány s'assit en tailleur dans sa planque sous le pont autoroutier et observa son couteau. Il avait conscience que celui-ci aurait besoin d'un bon nettoyage avant de redevenir digne de sa confiance. D'ici là, l'arme pouvait mener la Belle Dame jusqu'à lui, et qui pouvait prédire quelle forme l'attaque prendrait ? Il se savait vulnérable. L'intelligence, l'adresse et la chance l'avaient gardé en vie pendant longtemps, mais maintenant que la Belle Dame l'avait vu, et que lui l'avait vue, Elle, la bataille était engagée pour de bon. Et il savait qu'Elle avait le pouvoir de le détruire s'il ne faisait pas attention. La mort ne l'effrayait pas, mais l'idée qu'il pourrait mourir après toutes ces années d'oubli, toute cette angoisse, toute cette douleur… autant ne pas être né.

Lorsqu'il se leva, les rayons du soleil lui frappèrent le visage. Il frissonna, sachant qu'aujourd'hui quelqu'un essaierait de le tuer. Il traça le signe de croix dans l'air et chercha des yeux un morceau de bois à toucher. N'en trouvant aucun, il ramassa une poignée de gravier et la jeta devant lui en énonçant : « Puisse ma route s'élever plus haut que la rivière et plus bas que le soleil, et puissent mes pieds trouver un chemin sûr jusqu'à chez moi. »

Il se frotta les mains sur sa chemise et se mit en route. Il resta dans les ruelles le plus longtemps possible, attentif au moindre signe de la police. Durant le trajet, il trouva un magasin de vêtements où il vola une ceinture en peau de serpent (la seule peau de serpent qu'il put trouver), arracha une branchette d'un noisetier et mendia une petite quantité d'eau bénite à un prêtre confus. Il but un bol de soupe insipide et une tasse d'un mauvais café dans un Howard Johnson[5] puis se remit à fourrager. Tandis qu'il marchait, sa vision se brouilla et il sentit son mal de crâne revenir. Il sortit le morceau de papier de sa poche et essaya de se rappeler comment les gribouillis pouvaient le guérir de sa migraine, mais sans succès. Il rit amèrement de lui-même. « Quand ma tête me laisse tranquille, se dit-il, je n'y pense pas, mais quand elle me fait mal, je suis incapable de déchiffrer ce morceau de papier. » Il prit de la farine de froment dans une épicerie ainsi qu'une bougie blanche dans une pharmacie. Puis de l'écorce sur le tronc d'un chêne, où il grava des formes de lune et d'étoiles.

Armé de toutes ces choses, il retourna à sa planque sous l'autoroute où il attendit le lever de la pleine lune d'automne.

*Ils demandèrent : « Que fais-tu là ? »*
*Je répondis : « Je fais mon temps, je paie ma dîme*
*Car bien que je souhaite casser les lois*
*Je ne commettrai pas le moindre crime. »*

No Passenger

Années 1980

Devoir prendre un taxi avait quelque chose d'humiliant pour un cocher ; une humiliation que n'atténuait qu'en partie le fait de se trouver à l'avant, à côté du conducteur. Parfois ils ne vous laissaient pas vous asseoir à cet endroit, mais celui-ci, massif comme un patron d'auberge et noueux comme une paysanne semblait ne pas s'en soucier. Son acquiescement s'était accompagné d'un haussement d'épaule implicite tandis que le Cocher prenait place. « Destination ? demanda-t-il.

— La gare routière », répondit le cocher. D'autres humiliations en perspective.

Le taxi démarra. « Vous allez chercher quelqu'un ?

— Non, je vais quelque part. »

Le chauffeur fronça les sourcils un instant puis haussa les épaules. L'absence de bagages devait l'intriguer. « Et vous allez où ?

— Je cherche des oiseaux. » Il prit conscience du sens des mots qu'il proférait au moment où ceux-ci quittaient ses lèvres.

« Des oiseaux ?

— Je dois trouver un Corbeau et une Chouette avant que la Colombe ne se tue. »

Le chauffeur s'éclaircit la gorge ; la nervosité lui contracta les muscles. Il se dit qu'il aurait dû y réfléchir à deux fois avant de laisser monter ce cinglé à l'avant. « Si vous le dites, vieux », finit-il par articuler. Le reste du trajet se passa en silence.

*Mon partenaire ne connaît même pas mon nom.*
*S'il le savait, je crois que je le haïrais pour de bon.*

Stepdown

13 NOVEMBRE, 9H47

Stepovich aurait préféré conduire. Durand parlait toujours en conduisant ; il commençait chacune de ses phrases en donnant une petite tape sur le bras de son partenaire, comme s'il s'agissait d'une part essentielle de son discours.

« Alors le gars du labo dit : "Ce salaud l'a poignardé comme s'il essayait d'ouvrir un chemin jusqu'en Chine, mais ce n'était pas le plus bizarre, pourtant", alors je dis "Ah, ouais ?", genre désinvolte, et il dit "Non, le plus bizarre, c'est la configuration de la blessure. Je ne savais pas ce que c'était, j'ai pensé que le tueur avait un genre de couteau défectueux, mais un des plus vieux de nos gars la regarde et dit : "Hé, t'as vu les marques de la garde sur cette blessure ?" »

Le taxi au coin de la rue fit une révérence pénible au panneau stop avant de partir en tête-à-queue sous leur nez. Durand écrasa la pédale de frein. Stepovich plaqua une main contre le tableau de bord et, de l'autre, s'attacha.

« Merde », siffla-t-il en s'escrimant pour retrouver l'attache de la ceinture de sécurité. Mais elle était une fois de plus coincée dans l'intervalle entre le dossier et l'assise de son siège.

« Ouais », acquiesça Durand avec enthousiasme, marquant à peine une pause dans son histoire. « Tu sais, la marque de la garde. C'est une trace autour de la blessure quand le couteau a été planté bien profond. Celle-ci était vraiment bizarre. Le gars du labo m'a dit que le vieux avait expliqué que le couteau devait être un truc fait main. Ça laisse trois petites contusions autour du point de pénétration, comme s'il y avait trois petits clous qui sortaient de la garde. Ce couteau…

— Durand », coupa Stepovich sans le regarder. La froideur de son ton mit un terme à l'histoire. « C'est un homicide, non ?

— Ben, ouais, fit Durand d'une voix boudeuse.

— Alors laisse ça aux inspecteurs de la Criminelle. Ils détestent quand des types comme nous viennent renifler leur merde. Personne ne viendra te dire merci. Personne ne te prendra pour Sherlock Holmes. Même si tu trouves quelque chose, tu n'en tireras aucun bénéfice. La seule chose qui te reviendra, c'est une réputation de boy-scout modèle qui ne sait pas se mêler de ses oignons. Pire, ils en viendront à croire que tu veux les faire passer pour des nuls. Alors ils consacreront un peu de leur temps à *te* faire passer pour un nul. Sauf qu'ils seront meilleurs que toi à ce petit jeu. Tu découvriras que tu auras bousillé les scènes de crime où tu as été appelé, que tu as négligé des preuves et que tu t'es trompé de témoins. Et tout ça ira dans ton dossier. Tu comprends ce que je dis ? » Dugland.

« Fait chier.

— Ouais. » Stepovich se cala contre le dossier de son fauteuil pour observer la rue en écoutant le charabia sifflant de la radio.

« Mais d'avoir été les premiers sur les lieux, de l'avoir trouvée, ça ne compte donc pour rien ? Et même qu'on leur a sans doute amené le gars, parce que la description du locataire d'à côté correspondait à celle du type qu'on avait arrêté. Nom de Dieu, on avait ce Gitan, enfermé, et tout ça ne serait jamais arrivé si un quelconque merdeux ne l'avait pas laissé partir avant… »

Un petit animal malade et glacial s'était logé dans le ventre de Stepovich, et à présent il s'étendait. Il n'avait pas écouté l'histoire de Dugland avec une grande attention, mais se rendit compte qu'il aurait dû. « Tu parles de cette vieille gitane ? Et du gars qu'on a appréhendé en face du cimetière, celui qui était suspecté dans le massacre du magasin d'alcools ?

— Bordel, oui ! Je n'aurais pas harcelé le type du labo si je ne pensais pas qu'on avait un intérêt dans l'histoire, et…

— Parle-moi encore du couteau », coupa Stepovich, bien qu'il n'ait pas vraiment besoin d'entendre la chose de nouveau. Il pouvait le sentir, froid sous ses doigts tandis qu'il pressait son pouce contre les petites étoiles en se demandant leur signification. Il n'avait pas vraiment songé au type de marques qu'elles laisseraient lorsque, assis sur son lit, il avait examiné la pièce à conviction qu'il n'avait pas remise. Il n'avait songé à rien d'autre qu'à s'en débarrasser. À rendre cette satanée preuve au meurtrier…

« C'est pas possible », dit-il en se souvenant soudain qu'il avait le couteau en sa possession quand la gitane avait été tuée. L'arme reposait au fond du tiroir de sa table de nuit. Mais quiconque possédait une arme fait main pouvait en avoir deux, ou au moins savoir d'où l'autre provenait. Nom de Dieu, ça pourrait être une espèce de culte, dont tous les membres utiliseraient la même arme, et peut-être Durand avait-il raison, peut-être avaient-ils détenu le fil qui aurait pu les y mener le jour où ils avaient mis la main sur ce Gitan anonyme.

« Tout va bien ? »

Durand avait posé la question avec un luxe de précautions, et Stepovich se rendit soudain compte du silence qui régnait dans la voiture depuis un petit moment. Il regarda ses mains plaquées contre le tableau de bord comme pour prévenir une collision imminente. Il se força à le lâcher et sentit que la tension avait transformé ses coudes en coton. « Je m'étire. Et je réfléchis. Ce gars du labo, il a dit autre chose ? » Il contempla le paysage de Cushman Street qui défilait au-dehors. Des pâtés de maisons anonymes. De vieux hôtels qui s'apparentaient aujourd'hui davantage à des pensions bon marché, des halls pleins de poivrots endormis et de l'odeur des tapis sales, le tout parsemé de tavernes minables et de bars à strip-tease. NUS EN SCÈNE proclamait l'enseigne au néon. Bon, au moins il n'était pas écrit CADAVRES EN SCÈNE. Peut-être que ça serait le prochain spectacle. « Je veux dire, y avait-il quelque chose d'autre de bizarre concernant le meurtre ? », fit-il pour encourager Durand. Il aurait dû écouter dès le début, se morigéna-t-il.

« Je croyais que tu avais dit que ce n'était pas malin de se mêler d'une enquête criminelle », fit remarquer Durand avec négligence.

Stepovich jeta un coup d'œil à son partenaire, puis détourna le regard. Comme Joey Petmann, pensa-t-il soudain. Le petit frère de Ted Petmann. Quand Stepovich et Ted étaient petits et meilleurs amis, Joey les suivait partout, collant comme pas deux. Mais ce qu'il préférait faire, c'était mettre la main sur quelque chose qui les intéressait et le tenir hors de leur portée. Les chewing-gums, le dernier numéro de *Blackhawk*[6] ou une photo polaroïd de la grande sœur de Stevie Cadwell dans sa baignoire. Voilà à quoi ressemblait le visage de Durand à cet instant précis : à celui de Joey Petmann lorsqu'il se penchait du haut du fort qu'ils avaient construit dans les arbres et dont il avait tiré l'échelle, et qu'il agitait le Polaroïd sous leur nez.

Stepovich se retourna et regarda par la fenêtre. « Eh bien, dit-il, ces types du labo, ils sont connus pour bien tenir leur langue. Ils n'auraient sans doute rien lâché d'important, de toute façon. Pas à un flic de terrain dans un bar, en tout cas. Hé hé ! » Stepovich s'interrompit à la vue de Durand, bouche ouverte sur un « Ah, ouais ? ». « Eh ! coupa Stepovich. Comment diable se fait-il que Willy soit retourné dans la rue si vite ? Je croyais que Rich et Trope l'avaient coffré pour avoir battu une de ses filles.

— Où ça ? » demanda Durand en manquant heurter une voiture garée et en tordant le cou pour regarder derrière eux.

« Tu l'as raté. Ou peut-être que ce n'était pas lui. » Durand haïssait Willy. Le maquereau, petit et malingre, était vicieux comme l'enfer et pas du tout impressionné par les flics. Personne n'aimait coffrer Willy car il se débrouillait toujours pour rendre la chose pénible aux officiers de police. Repeindre la tapisserie de la voiture de patrouille. Étaler son burger au chili sur l'uniforme du flic responsable de son arrestation. Des rumeurs disaient qu'il avait coulé un bronze sur le siège arrière de la voiture de patrouille de Kelly. Et la première fois que Durand lui avait mis la main au collet, Willy s'était enfoncé les doigts au fond de la gorge et avait rendu le contenu de son estomac à ses pieds. Ce type était malade.

« Où était-il ? » demanda encore Durand. La façon dont il se mordait la lèvre inférieure lui donnait l'air d'un bouledogue. Il en avait aussi la ténacité.

« Bah, il est loin, maintenant. Tu veux qu'on fasse une pause-café bientôt ? » Stepovich lui sourit.

Durand acquiesça vaguement, son regard se posant tour à tour sur le rétroviseur et sur Stepovich, comme s'il était incapable de décider auquel des deux s'intéresser. « Il y avait autre chose d'étrange avec le meurtre de cette vieille gitane, offrit-il.

— Ah oui ? Bon, prends à gauche au prochain feu, continue sur à peu près six pâtés de maisons et sors-nous de ce trou. Je ne veux pas me faire servir par une fille qui arrondit ses fins de mois à la force du poignet. Allons chez Norm, ok ? C'est propre et pas cher.

— Je veux dire, le couteau, c'est déjà assez étrange, tu sais, mais là, ça devient carrément bizarre », ajouta Durand en désespoir de cause.

Eh, Joey, on s'en balance de ton foutu polaroïd. On a un *Playboy* à notre fort, plein de photos de filles, et pas la sœur de quelqu'un. Stepovich jeta un coup d'œil à Durand. « Ah, ouais ? » concéda-t-il. Puis : « Ou alors, on pourrait aller chez le Coréen qui vient d'ouvrir sur la Quinzième. J'ai entendu dire que c'était clean. Tu y es déjà allé ?

— Non. Heu… Norm, allons chez Norm. Mais il y avait quelque chose d'étrange dans ce meurtre. Je veux dire, en plus des petits pics de la garde. Quatre coups de poignard distincts, je te l'ai dit, ça ? Tous jusqu'à la garde. Le gars du labo dit que le premier à lui tout seul a suffi à la tuer. Elle devait se savoir condamnée, mais a continué à lutter. Que dis-tu de ça ?

— Ça veut dire que les vieilles dames sont comme ça. Plus dures à tuer que les chats. » Stepovich n'avait plus qu'à attendre pour apprendre tout ce que savait Durand.

« Peut-être. Ouais, peut-être. Mais il a fait des trucs au corps. »

Stepovich resta silencieux, un peu mal à l'aise. Qu'avait-elle pu faire pour susciter une envie de meurtre ? Et quel genre de personne pouvait planter un couteau dans un autre être humain, non pas une seule fois pour tuer, mais encore et encore alors qu'elle luttait, à l'agonie ? Il songea au Gitan avec ses yeux noirs indéchiffrables et son visage vide. Serais-tu capable de le faire, demanda-t-il à l'image mentale, qui lui répondit silencieusement d'un haussement de ses larges épaules.

« Pas de viol. Rien de ce genre. Quelqu'un lui a coupé une mèche de cheveux sur la nuque.

— Souvenir ?

— Peut-être. Ou alors une preuve que le travail a été fait. »

Stepovich secoua la tête d'un air las. « Une mèche de cheveux gris, c'est trop anodin. Ils auraient pris quelque chose de plus personnel, un bijou, quelque chose de ce genre. Ça ressemble plus à un souvenir, pour moi. »

Ou bien un meurtre rituel, une espèce de fou avec un couteau particulier qui la tue et lui prend une mèche de cheveux, un genre de cinglé. Ou une revanche personnelle. Ou encore un non-sens total, sans raison aucune, juste des pulsions. Le Gitan dans sa tête lui offrait maintenant un sourire secret. Le jour où ils l'avaient coffré, il avait semblé même incertain de son nom. Chuck, peut-être, mais il n'en était pas sûr, et ils l'avaient appelé John Doe. Un homme comme ça, qui ne se souvenait pas même de son propre nom, ne se rappellerait pas ce qu'il avait fait la veille. Peut-être opposerait-il à Stepovich un visage dérouté d'innocent.

« On est arrivés. »

Et il avait lancé Ed à sa poursuite, juste pour voir. Bravo, Stepovich. Ne te contente pas de foutre en l'air ta carrière en dissimulant des preuves et en rendant ce qui pourrait bien se révéler l'arme du crime à un Gitan détraqué au détour d'un cimetière. Fonce et entraîne Ed là-dedans, envoie-le aux basques d'un probable malade mental, qui a déjà sans doute coupé ton vieux pote en morceaux et lui a prélevé un échantillon de cheveux une fois le boulot terminé. Bravo. Quel bon flic tu fais.

« On y va, ou quoi ?

— Quoi ?

— Tu veux aller prendre un café, oui ou non ? »

Ils étaient garés devant chez Norm, nota Stepovich avec un temps de retard. Il se demanda si Tiffany Mary travaillait, espéra que non. Elle semblait toujours si contente de le voir que c'en devenait fatiguant. Il n'avait pas envie de se colleter avec une gamine souriante et bavarde pour le moment. Il ouvrit la portière d'un coup d'épaule, manquant de peu le parcmètre, et sortit d'un pas incertain. Il avait l'impression de se réveiller d'un somme. Durand l'observait sans masquer son amusement. Stepovich contint son envie de regarder derrière lui et suivit son coéquipier à l'intérieur. Ils revendiquèrent deux tabourets au comptoir et commandèrent du café. « Je reviens dans une seconde », déclara Stepovich avant de se diriger vers le téléphone. Le temps de nettoyer le bordel qu'il avait mis.

Le téléphone de Ed sonna. Quatre fois. Cinq. Six. « Allô. » Voix bourrée.

« Ed, c'est moi. Écoute-moi. Au sujet de la petite chose que je t'ai demandée. Ne t'en occupe plus. Ça s'est terminé en queue de poisson, ça n'était pas grand-chose. Pousser les recherches plus loin n'aurait aucun sens.

— C'est pour ça que je me suis tapé tout le chemin depuis le garage ? Pour t'entendre me dire d'oublier, que ce n'est rien ? Merde. Juste quand je croyais avoir un bon tuyau pour toi. Eh, tu sais quoi ? Ça va te faire rigoler, même si c'est pas vraiment drôle. J'ai ouvert le coffre de la Caddy ce matin et tu sais ce que j'ai trouvé ? Un gros trou dans la tapisserie. Je regarde un peu mieux et je vois ce tas de papier et de fibre dans l'emplacement de la roue de secours. Un nid de souris. J'ai une souris qui vit dans ma voiture. Elle a mâchonné les tapisseries du coffre comme c'est pas permis, et je crois qu'une bonne partie du nid est faite avec la garniture, donc Dieu seul sait combien de dégâts elle a causé. C'est dingue, non ? »

Dingue ? Non, c'est de couper une mèche de la nuque d'une grand-mère qui est dingue. Ou de tuer quelqu'un avec un couteau muni de petites étoiles sur la garde qui laissent des contusions révélatrices. « D'accord, c'est très étrange. Pose un piège à souris, Ed. C'est quoi ce tuyau, au fait ?

— Bah, rien, sans doute. Le type qui me l'a refilé marche à la coke depuis si longtemps qu'il n'a plus que trois neurones et rien pour les connecter entre eux. Il m'a dit quelque chose à propos d'un gars qui conduit un véhicule tiré par des chevaux, le dimanche, en remplacement de l'employé régulier. Selon lui, ce gars connaît sûrement tous les Gitans de la ville. Mais il dit aussi qu'il est le plus souvent bourré. Des gens se sont plaints de lui parce qu'il ne reste pas toujours sur le bon chemin. J'imagine qu'ils l'ont attrapé sur la voie cyclable. L'employé habituel s'appelle Spider. Il a une calèche tirée par deux chevaux, un gris et un marron. Voilà. Tu viens samedi soir ? Le match commence à six heures. T'amènes la bière, on se fera des spaghettis.

— Ouais, je crois. Eh, merci, Ed. Désolé que ça se soit révélé n'être rien d'important.

— Ouais, moi aussi. L'info m'a coûté dix billets, mon pote. Mais je suis prêt à l'oublier si tu prends des trucs à grignoter pour faire descendre la bière. Eh, pourquoi t'amènerais pas ton môme ? Jeff est assez vieux pour regarder un match, maintenant. »

Jennie l'avait prévenu qu'elle ferait réviser ses droits de visite si jamais les enfants s'approchaient de ses « copains flics. » « Pas cette fois, Ed. Il pose trop de questions. Peut-être une autre fois. On viendra te voir.

— Ok. Et si mes antennes me fournissent d'autres tuyaux, je te le ferai savoir.

— Laisse tomber, Ed. C'est mort, ça s'est révélé n'être rien du tout, je te l'ai dit.

— Bien sûr. Vas-y, continue à me traiter comme un vieillard. Je peux encore te botter le cul, si tu veux essayer. Passe le bonjour à Durand. Et joue-la relaxe avec le gamin. Il est pas si mauvais. Pas si différent d'un bleu que j'ai bien connu.

— Conneries », lui répliqua Stepovich en raccrochant. Maudit Ed avec ses instincts.

Il revint au comptoir et s'assit avec lourdeur sur son tabouret. En tendant sa tasse, Durand obtint d'une serveuse qu'elle la lui remplisse. « Tiffany ne travaille pas aujourd'hui ? » lui demanda-t-il. Elle secoua la tête et continua son service silencieux. Stepovich prit une gorgée de liquide tiède et amer de sa propre tasse prête à déborder.

« Tu sais quoi ? dit Durand.

— Quoi ? » Il déchira deux sachets de sucre et en versa le contenu dans sa tasse.

« Je crois qu'on devrait retourner au bar où on avait repéré le Gitan. Il se pourrait que ça soit un client régulier, qu'on nous dise où le trouver.

— Perte de temps. » Il prit une gorgée de café.

« Peut-être pas. Je crois vraiment que c'est notre coupable. Et dans le cas contraire, je le soupçonne d'être une piste. J'aimerais jeter encore un coup d'œil au couteau. »

La tasse de Stepovich tinta bruyamment lorsqu'il la reposa dans sa soucoupe. Il remit consciencieusement la tasse en son centre, épongea les quelques gouttes projetées et fit un signe à la serveuse pour qu'elle le resserve. La petite bête glacée nichée au creux de son estomac s'aiguisait maintenant les griffes. Il n'osait pas poser la question, ne pouvait s'en empêcher.

« Quel couteau ?

— Le Gitan avait un couteau quand on l'a secoué. Tu ne t'en souviens pas ?

— Voilà, c'est bien assez. Merci », dit-il à la serveuse avant de la congédier. Il rajouta un nouveau sachet de sucre, en espérant que garder ses mains actives en cacherait les tremblements. « Non », mentit-il en portant sa tasse à sa bouche. Il se cogna les dents deux fois avant d'affermir suffisamment sa prise pour pouvoir boire. Chaud.

« Mais si. Un couteau dans un fourreau en cuir, on le lui a confisqué près du cimetière… »

Stepovich emprunta son regard au Gitan pour l'opposer à Durand. Des yeux vides. Aucune expression, aucun indice, aucune trahison. « Je me souviens même pas qu'il ait eu un portefeuille. » Au moins ceci était la vérité.

« Non. Pas que je me souvienne non plus. Mais j'aurais juré qu'il avait un couteau quand on l'a secoué.

— On n'en a enregistré aucun quand on l'a coffré. » Encore un petit morceau de vérité.

« Non. Ouais, c'est vrai, nom d'un chien. Merde. Je me demande si on ne l'aurait pas oublié sur le trottoir en partant.

— J'en doute. Je crois qu'on l'aurait remarqué s'il y avait eu un couteau par terre. » Marrant comme les mensonges et les demi-vérités lui venaient de plus en plus facilement. Bien sûr, c'était Dugland, et Stepovich ne devait rien à Dugland. Mais c'était aussi son partenaire. Et s'il y avait une chose qu'un flic devait bien à son partenaire, c'était la vérité. Pas des petits bouts, mais la vérité entière. Surtout quand ses mensonges pouvaient valoir un rapport à son partenaire. La chose qui devait être vraie entre deux flics, c'est que votre équipier se mettrait toujours entre vous et l'arme qui vous menace. Si vous ne croyiez pas cela, ça ne fonctionnait pas.

Et ça ne fonctionne pas, comprit Stepovich en buvant une autre longue gorgée de café amer. Pas parce que je ne crois pas que Durand se mettrait dans la ligne de mire pour moi, mais parce que je ne suis pas sûr que je le ferai pour lui. Je ferai face au canon d'un pistolet pour Ed, petit. Mais pas pour toi. Pas parce que tu n'es qu'un gland. Juste parce que je me fous de ce qui pourrait t'arriver.

C'était une sale petite pensée, le genre qui le faisait se sentir visqueux et égoïste.

Durand n'avait cessé de se mordiller les cuticules autour de son ongle de pouce pendant tout ce temps. De toute évidence, cela l'avait aidé à parvenir à une sorte de décision, car il annonça : « Tu as probablement raison. Il n'y avait sans doute pas de couteau. Peut-être que j'ai confondu avec cet autre type. Eh, j'ai dit au dispatcher qu'on ne prenait pas plus de dix minutes. Faut qu'on retourne à la voiture, Step.

— Sûr. » Il paya les cafés et laissa un pourboire. Rongé de culpabilité, il sortit à la suite de Durand. Il y avait déjà trop de personnes dont il devait s'occuper, et il n'apportait aucun bien à aucune d'entre elles. Pourquoi ajouter Durand à la liste ?

Il avait conscience d'avoir franchi une nouvelle frontière. La première avait été passée lorsqu'il n'avait pas enregistré le couteau. La seconde, quand il l'avait rendu au Gitan. Et voilà qu'il se mettait à tenir son équipier à l'écart. Le mois précédent, il aurait mis son poing dans la figure de quiconque aurait insinué qu'il puisse faire des choses pareilles. Et pourtant il en était là, s'enfonçant de plus en plus profond et n'ayant pas la moindre idée de la façon de revenir en arrière. Ç'avait été la même chose quand Jennie avait demandé le divorce, quand il avait dû quitter le domicile familial pour trouver un endroit où vivre et commencer à prendre soin de lui. Rentrer chez soi dans un foyer vide, meublé par le seul bruit de la chasse d'eau qui goutte parce que personne n'est là de la journée pour en secouer la poignée. « Rien ne va plus », se disait-il tous les soirs en mangeant seul avant d'aller se coucher entre des draps glacés. Ça ne va pas, je n'ai pas signé pour ça. Mais il avait continué, de la même manière qu'on continue lorsqu'on a pris la mauvaise sortie sur l'autoroute. Continue et ne ralentis même pas, autrement le connard derrière toi te tamponnera et tu finiras brûlé au fond d'un ravin. Alors contente-toi de continuer. Observe par la fenêtre et regarde-toi t'éloigner de l'endroit où tu es censé être.

« À moi de conduire », dit-il à Durand alors qu'ils atteignaient la voiture. Conduire lui était mille fois plus facile que penser.

# 5

# Comment le Corbeau s'est mis en quête de la Colombe

*Après avoir laissé les feux en arrière*
*Nous avons suivi la piste d'un attelage.*
*Jamais plus je ne verrai mes frères,*
*Qui m'ont peut-être envoyé un message.*

Raven, Owl and I

Lundi après-midi

Au début, quand Daniel avait commencé à travailler au coin d'University et Dale à Saint-Paul, bien des années plus tôt, les enfants l'avaient pris pour un vendeur de glaces, à cause de la cloche sur son camion. Ils furent déçus de découvrir qu'il se contentait d'aiguiser les couteaux. Daniel avait pourtant gagné leur amitié en leur racontant des blagues et en faisant disparaître des pièces. Il faisait désormais partie du quartier. On le saluait quand il arrivait et quand il repartait, cloche tintinnabulante.

La silhouette boulotte de madame Holgrim sortit du petit pavillon qu'elle habitait, vêtue d'un tablier jadis blanc qu'elle arborait comme un uniforme. Elle se dirigeait vers lui avec, dans les mains, des pièces de coutellerie qui n'avaient plus aucune valeur, à l'exception d'un couteau de chef cuisinier dont on lui avait fait cadeau et dont elle ne connaissait pas le prix. Il arrêta le petit camion au bord du trottoir et tira le frein à main. Il ne coupa pas le moteur car le véhicule avait des problèmes de démarrage. Le temps qu'elle arrive à sa hauteur, il avait déjà sorti et huilé la pierre de calibre approprié. Elle lui sourit de toutes ses dents jaunes et lui tendit les couteaux. Il prit le premier, un petit couteau à légumes bon marché, et l'appliqua sur la pierre avant même d'en avoir salué la propriétaire. Puis il dit : « Comment vous portez-vous, aujourd'hui, madame Holgrim ?

— Très bien, Daniel. Robert est à la maison avec un rhume, qu'il ne manquera pas de donner aux filles. Mais vous êtes là.

— Eh oui, madame Holgrim.

— Comment allez-vous, Daniel ?

— Oh, moi, bien, comme toujours. » Madame Holgrim hocha la tête, heureuse de le croire, car pour elle, c'est toujours ainsi qu'il devait être. « Un cataplasme d'ail sur les pieds le guérira de son rhume, madame Holgrim.

— Vraiment ? » Devant son scepticisme, Daniel n'insista pas. Il lui rendit le couteau à légumes et s'attela à un éplucheur sans plus de valeur. Ils papotèrent un moment, puis, lorsqu'il se mit à travailler l'acier du couteau de chef, son seul ustensile valable, il dit : « Vous savez, madame Holgrim, si je puis me permettre, si vous appreniez à vous servir correctement d'un couteau de boucher, vous le garderiez en bon état et n'auriez pas besoin de le faire aiguiser aussi souvent.

Les yeux bleus de madame Holgrim, qui étaient restés très beaux, s'ouvrirent en grand. « Vraiment, Daniel ?

— Oui, m'dame.

— Pourquoi ne me l'avez-vous pas dit plus tôt ? »

Il lui rendit son couteau et accepta la somme de deux dollars par pièce plus un pourboire d'un dollar. Il s'essuya les mains sur sa chemise, où l'huile se fondit dans le vert mousse. « Parce que, madame Holgrim, sinon vous n'auriez pas eu besoin de mes services. »

La mâchoire lui en tomba. Puis elle la referma, ne sachant pas s'il fallait se mettre en colère.

« Alors pourquoi me le dites-vous maintenant ? demanda-t-elle finalement.

— Parce que je ne viendrai plus.

— Vous ne… Où allez-vous ?

— Je ne suis pas sûr. J'en saurai plus quand le conducteur viendra me chercher, mais je crois que c'est quelque part dans les Midwest. Ohio, je crois. Ou Indiana.

— Vous ne savez pas ?
— Non, je sais juste qu'il est temps pour moi de prendre mon violon et de retrouver mes frères. Bonne après-midi, madame Holgrim. »
Daniel continua de descendre la rue, cloche tintante.

*Foulard ceint autour de la tête*
*Pour me protéger les yeux des cheveux ;*
*Si mon couteau taillait plus profond*
*Je comprendrais ce que je veux.*

Raven, Owl and I

SOIR D'AUTOMNE, PLEINE LUNE

« … Et le capitaine me dit : "J'ai une bande de poires pour équipage." Bon, je n'y ai plus repensé jusqu'à mi-chemin des États-Unis, où nous avons heurté un iceberg. Le bateau a coulé. » Pause. « Soixante-cinq fois. » Quelques rires épars saluèrent le comédien alors qu'il traversait la scène en secouant tristement la tête.

Il s'arrêta devant une femme petite et séduisante attablée au premier rang. Il plissa un instant les lèvres de façon obscène avant de reprendre la parole. « Eh chérie, tu veux jouer aux halfsies avec un bébé ?[7] » Il récolta davantage de rires que pour la blague du bateau.

Le Gitan, qui avait oublié son nom, était assis au fond de la salle et se demandait comment il était arrivé ici. Il ne trouvait pas le comique, J.J. McNair, très drôle, mais il appréciait son talent de conteur. Il admirait le minutage du comédien et sa capacité à capter l'attention du public. Comment ? Pourquoi savait-il ces choses alors qu'il ne pouvait se rappeler son propre nom ? Il se souvenait qu'on l'appelait « Petit », mais ce n'était pas vrai. Et comment était-il arrivé là ? La dernière chose qu'il se rappelait clairement était le rituel de purification de son couteau. Il savait qu'il avait fonctionné, mais avait oublié ce qui l'avait rendu nécessaire ?

« Je suis un formidable amant, chérie, poursuivait le comique. Vraiment. J'ai appris tout seul. » Quelques rires supplémentaires. « J'ai acheté un manuel de sexe très complet et l'ai suivi de près. J'en suis à la page quatre-vingt-trois. Il y est écrit : "trouvez-vous une partenaire". » Il leva des sourcils obscènes en réponse aux rires du public, qui s'amusait davantage de l'embarras manifeste de la victime que des blagues. McNair n'était pas mauvais. Bien que le Gitan n'ait pas l'habitude de cette façon de raconter, elle fit naître en lui un sentiment de nostalgie sans qu'il sache pourquoi. La nostalgie de…

De…

Une voix. Rien de plus. Une voix mélodieuse, à moitié ivre, qui racontait des histoires avec un mordant ironique, malgré leur sincérité. Des contes de fées et de héros, que lui, le « Petit », avait écoutés avec enthousiasme et crédulité. Il se souvenait du mâchonnement des chevaux, du tintement des anneaux de la bride rappelant celui des zils sur les tambourins. Il se souvenait des chevaux noirs et du cocher noir.

Oui.

Et il avait appris de cette voix. Il avait appris que lorsque vous faites une promesse, il faut la respecter, car dans le cas contraire, il se peut que vous deviez décapiter la vache à une corne qui vous a nourri quand vous étiez affamé. Oui, il faut toujours tenir une promesse.

Quelle promesse avait-il faite, alors ? Et qui était-il ? Le Gitan, c'est ainsi qu'on l'appelait. Le nom lui revint avec un certain soulagement. Ça n'était pas son nom mais l'un d'entre eux. Il y avait d'autres gitans, il savait ça, mais lui était *le* Gitan. Oui. Maintenant, si seulement il pouvait se rappeler sa promesse et à qui il l'avait faite, et si seulement il pouvait retrouver ses frères… Il avait besoin d'eux et de…

De…

Le comédien se trouvait maintenant en face d'un groupe de femmes d'âge moyen attablées sur le côté de la scène minuscule. « Je sais, mesdames, que l'une d'entre vous va avoir un bébé. » Devant leur air confus, McNair ajouta : « Je n'ai pas encore décidé laquelle. » Rires croissants. Davantage, jugea le Gitan, que la blague n'en méritait, mais McNair les avait dans la poche. Tous, songea-t-il, sauf moi. Et ce n'est pas de sa faute, c'est simplement parce que je ne cadre pas. Je n'appartiens pas à cet endroit. Je ne suis pas l'un d'entre eux. Je suis…

Je suis…

Il se leva et se fraya un chemin jusqu'à la porte. Le comédien l'interpella : « Eh, mon pote, moi je ne suis pas parti quand tu t'es pointé. » Le Gitan ne lui refusa pas un petit rire.

La rue, encombrée de monde, ne lui paraissait pas familière. Partout, des lumières montaient et descendaient le long des façades. Telle une révélation, il lui vint à l'esprit qu'elles voulaient qu'ils les remarquent, que chacune cherchait à attirer l'attention sur elle et la détourner de ses concurrentes. Alors qu'il se tenait là, une voiture de patrouille passa en sens inverse de l'autre côté de la rue. Le Gitan se glissa dans l'ombre du bâtiment qu'il venait de quitter. Le souvenir d'y être entré pour la même raison lui revint. Il était venu par ici sans but précis, après la purification, parce que l'endroit était désert. Mais avec la tombée de la nuit, les gens émergeaient de partout, comme s'ils surgissaient de terre. Il avait ressenti la peur, tel un animal traqué, si bien que lorsqu'il avait vu la voiture de police, il s'était caché dans cet endroit. Comment s'appelait-il ? Ah oui, le *Tiny's*. Mais quelle raison avait-il de craindre la police ?

Il y en avait une. De cela, il était sûr. Il chercha à tâtons son couteau, dont il avait passé le manche à la ceinture, sous sa chemise. Une sensation froide s'en dégageait, porteuse de fraîcheur et d'une certaine clarté. Tiens, prends-le, petit. Je n'en ai pas besoin. Cette voix ! La même que celle qui racontait les histoires. Ses yeux se gonflèrent de larmes, mais il ne sut pourquoi.

Maintenant que la voiture de police était passée, il se mit en marche. Quelques personnes le dévisagèrent, mais seulement un instant. Il essaya de les ignorer. Ses pas le portèrent par ruelles et venelles vers des endroits peu fréquentés. Il s'arrêta dans un quartier presque désert, où ses yeux se posèrent sur un nom de rue. Pourquoi ? Que se passait-il ? Cette rue attirait son attention. Il resta là un moment, jusqu'à ce que la peur qu'on le remarque l'incite à s'y engager.

La nuit avançait, et il constata que son haleine dessinait dans l'air des nuages de buée. Il faisait donc froid ? Cette pensée, ces événements, déclenchèrent une vague sensation de familiarité. Tandis qu'il marchait, il remarqua que les lumières avaient disparu, cédant la place à des petits bâtiments de briques percés de baies vitrées. Près d'une heure plus tard, ils furent à leur tour remplacés par de vieilles maisons, dont la plupart possédaient un auvent, une porte massive au bout d'un escalier branlant et deux ou trois boîtes aux lettres.

Il se rendit compte qu'il s'était arrêté, qu'il ne bougeait plus depuis un certain temps. Il contempla la maison en clignant des yeux. Elle avait jadis été jaune ou peut-être verte, difficile de le dire dans cette lumière. Un vaste auvent, deux boîtes aux lettres, deux portes, dont une qui menait à l'étage. Il la poussa et elle s'ouvrit sur un escalier très étroit qui se terminait en virage sur ses trois dernières marches. Là, un couloir, très étroit lui aussi.

Il hésita pendant ce qui lui parut un long moment avant de frapper. Il entendit une chaise racler le sol, puis des pas lents et lourds. Une voix lui parvint depuis l'autre côté. « Qu'est-ce que c'est ? »

Il prit une profonde inspiration avant de répondre. « Je vous en prie, laissez-moi entrer. Je viens de la part de Karen. »

La porte s'ouvrit à la volée, menaçant de sortir de ses gonds, et le Gitan se retrouva face à deux yeux d'un bleu glacial, agrandis par le choc et la colère. Ils surmontaient un visage rasé de frais qui semblait plus enclin aux sourires qu'à la rage. L'homme avait les cheveux peignés et portait une chemise à carreaux déboutonnée sur un t-shirt blanc. « Bordel, qu'est-ce que vous voulez dire par : je viens de la part de Karen ?

— Vous êtes Brian MacWurthier ?

— Ouais. »

Le Gitan perçut de la confusion sous la colère. « Karen m'a envoyé ici. Elle m'a dit que vous vous étiez bien occupé d'elle, et qu'il fallait que je m'assure que vous alliez bien, et…

— Quand vous a-t-elle dit cela ?

— Je n'en suis pas certain. Il y a quelques jours, je crois. »

MacWurthier cligna des paupières. « Karen est morte, dit-il d'une voix étranglée.

— Oui, je sais.

— Mais…

— Je constate que vous allez bien, c'est ce qu'il fallait que je fasse. Au revoir.

— Attendez une minute ! »

Le Gitan se retourna. « Oui ?

— Je ne comprends… Qui êtes-vous, au fait ?

— Le Gitan. »

MacWurthier jeta un coup d'œil à ses vêtements et hocha la tête. « Vous en avez l'air, en tout cas. Vous devez geler là dehors ; il ne doit pas faire beaucoup plus que zéro. Comment vous appelez-vous ?

— Le Gitan, je crois que c'est mon nom.

— Vous ne connaissez pas votre nom ? Vous êtes amnésique, ou quelque chose comme ça ?

— Oui, ça doit être ça. Mais ça n'a pas d'importance.

— Qu'est-ce qui vous fait dire que je vais bien ? »

Le Gitan resta songeur un instant, puis articula lentement. « Vous n'avez pas négligé de vous raser, et votre haleine ne sent pas l'alcool. Vos yeux ont presque perdu leur rougeur. Le pire est derrière vous, et vous y avez survécu. »

MacWurthier garda ses yeux fixés sur lui. « Eh bien, dit-il. C'est étrange. Voulez-vous entrer un instant ? »

Le Gitan hésita, puis acquiesça. MacWurthier s'écarta pour le laisser entrer dans le petit vestibule, coincé entre une kitchenette à gauche et une salle de séjour de dimensions modestes à droite. Karen, le fantôme, le regardait depuis le mur opposé du salon, au-dessus d'une chaîne hi-fi noir mat. L'endroit était propre et bien rangé, à l'exception de quelques magazines éparpillés çà et là : *Time*, *Le Monde de l'informatique*, *Datamation*.

Sur l'invitation de MacWurthier, le Gitan s'assit au bord d'un canapé marron en Naugahyde[8].

« Je vous offre une bière ? Du café ? Un Coca ? Du thé ?

— Un thé serait parfait.

— Du sucre ?

— Non, merci.

— Très bien, je vous demande un instant. »

Il partit dans la cuisine. Le Gitan sentait la présence de Karen dans la pièce, ainsi que des soupçons, des traces, comme un parfum retrouvé, de ce qu'ils avaient été l'un pour l'autre. Cet endroit avait connu la colère aussi bien que l'amour, mais une colère sans violence, et un amour qui était resté très fort jusqu'au dernier jour.

MacWurthier revint avec deux tasses d'un thé noir et amer, mais d'une qualité supérieure. Le Gitan sentit la chaleur l'envahir alors que le thé descendait le long de sa gorge ; il se demanda s'il avait eu froid, en définitive.

« Alors, vous avez rencontré Karen quand elle était malade ? »

*Non, quand elle était déjà morte.* « Oui.

— Et elle vous a demandé de venir me voir.

— Elle a dit que vous vous faisiez beaucoup de soucis pour elle, elle était inquiète. »

MacWurthier déglutit. La douleur déformait ses traits. De nouvelles rides apparaîtraient avant un an ; il vieillirait. C'était aussi triste qu'inévitable. « Eh bien, merci. »

Le Gitan hocha la tête.

« C'était une leucémie, poursuivit MacWurthier. Quelle saloperie.

— Oui.

— Je pense que je vais déménager.

— Peut-être vaudrait-il mieux. » Alors qu'il parlait, sa vision commença à se brouiller, ce qui voulait dire que sa migraine serait bientôt de retour.

« C'est dur, vous savez ? continuait MacWurthier. Toutes les choses que nous faisions ensemble. À chaque fois que je passe par le parc, je vois ces calèches dans lesquelles nous avions l'habitude de monter et je manque de pleurer. Il y avait ce type qui était là le dimanche et qui ne suivait pas le parcours habituel. Une fois, nous avons fait tout le tour du Lac Circulaire. »

Les yeux dans le lointain, le Gitan en lâcha presque sa tasse. Il lui vint la vision du Cocher, mince et ténébreux, cynique et ivre. Il devait le trouver. Il le devait. Il entendit vaguement MacWurthier lui demander s'il avait un endroit où dormir, mais son attention était ailleurs. Il devait trouver le Cocher, et ses frères. Vite.

Si seulement il pouvait se rappeler pourquoi.

*L'arme s'est évaporée,*
*Le suspect a filé.*
*Pointe ton doigt ailleurs,*
*J'en ai rien à branler.*

Stepdown

14 NOVEMBRE, 8H47

« S'il te plaît », dit Stepovich. Il sentit le mot lui râper la gorge.

Marilyn se retourna et darda sur lui des yeux pleins de reproches. « Tu es un salaud, Stepovich, ce n'est vraiment pas juste !

— Je sais, mais c'est la seule solution qu'il me reste, alors je te le demande. Je t'en prie. »

Elle demeura silencieuse le temps qu'une secrétaire en talons hauts claquants les dépasse, mais aussitôt qu'elle fut hors de portée d'oreille, elle se pencha vers Stepovich et siffla : « Écoute-moi bien, je sais que je suis ta débitrice. Et j'ai dit je ne sais combien de fois que je te renverrai l'ascenseur de quelque manière que ce soit. Mais ce n'est pas ce genre de chose que j'avais en tête. Là, il s'agit de faire pas mal d'entorses au règlement, Mike. Et les gens comme nous ne font pas ça. C'est une des raisons pour lesquelles on se débrouille si bien. Alors ne me le demande plus. »

Il serra les dents un moment et garda la tête baissée. Il savait que ce n'était pas juste. Il avait conscience que ce n'est pas à cela qu'elle pensait quand elle lui avait promis une faveur en retour, mais plutôt à un dîner chez elle, ou une sortie à ses frais, ou quelque chose d'autre qui l'aurait amené là où il n'était pas prêt à aller. Pas une faveur qui pourrait lui faire perdre son boulot. Elle était donc en colère, non seulement qu'il lui ait demandé cela, mais aussi qu'il ne lui ait jamais demandé le reste. Elle posa de nouveau la main sur la poignée de la porte des toilettes des dames. Il l'avait délibérément écartée de son ordinateur et de ses collègues. Elle devait sans doute avoir une sévère envie d'aller au petit coin et lui avait déjà dit non deux fois. Mais il avait besoin d'aide. Et c'était lui qui s'y était collé quand il avait fallu aller chercher son neveu dans ce trou à rat d'asile de fous et d'aider Marilyn à le faire traverser toute la Pennsylvanie pour le faire intégrer un centre de désintoxication. Marilyn n'était même pas son tuteur légal. Ils avaient contourné une règle ou deux au passage, et elle en était consciente. Il avait eu des sueurs froides nuit et jour pendant deux semaines de peur que les parents du gamin ne le poursuivent pour kidnapping. Mais Stepovich l'avait fait, car même si la loi l'interdisait, ça restait une bonne action. Et ce qu'il demandait à Marilyn était peut-être aussi une bonne action. Peut-être.

« Je t'en prie. »

Elle se retourna violemment, elle, la transcriptrice aux doux yeux noisette, soudain transformée en harpie. Elle fit un pas vers lui et il recula involontairement, s'attendant presque à recevoir un coup de griffes. Mais elle le saisit par la manche et l'attira à elle.

« Écoute bien ! » siffla-t-elle, acérée comme du verre brisé. « Donne-moi cette satanée description, je vais faire la recherche. Au niveau national, si c'est ça que tu veux, et au diable mon emploi si quelqu'un se demande pourquoi j'utilise ma connexion en dehors de mes heures de travail. Mais écoute bien, Mike, tu dois faire quelque chose pour moi, toi aussi. Et après, on sera quitte. Plus de faveur entre nous, d'accord ? »

Stepovich détestait la tournure que les choses prenaient. Marilyn n'était pas vraiment son amie, mais ils avaient fait du bon boulot ensemble, et il la considérait comme plus qu'une simple connaissance. Elle avait pensé qu'il ne lui demanderait jamais de se mettre dans la ligne de mire pour lui, en tout cas pas de cette façon. Mais, bon sang, c'était sa seule option. Quelques entorses supplémentaires pour se remettre dans le droit chemin, pour nettoyer le bordel qu'il avait mis dans l'affaire du

Gitan. Il n'hésiterait pas à lui accorder cette faveur, mais demanda : « De quoi s'agit-il ?

— Tu mets une muselière à ce petit merdeux en rut que tu appelles un équipier, voilà de quoi il s'agit ! Il drague Tiffany Marie deux ou trois fois par semaine. Alors tu vas lui dire que ce n'est pas une pute, plus maintenant, et qu'il ferait sacrément mieux d'arrêter de la traiter comme telle.

— Ok, ok », marmonna Stepovich. Il se sentit comme s'il venait de marcher dans du fumier. Durand et Tiffany Marie ? Après ça, Dugland n'aurait plus qu'à se mettre à la corde à sauter et aux billes. Marilyn lui arracha des mains la description rédigée avec soin, se retourna vers la porte des toilettes. « Je t'appelle ce soir, ok ? » lui lança-t-il. Elle ne le montra pas, mais il était certain qu'elle l'avait entendu. Elle ouvrit la porte si fort que celle-ci sauta par-dessus son butoir. Il tourna les talons. La journée avait tourné au rance, et toutes ses bonnes intentions étaient devenues superficielles et mensongères.

Il savait avoir perdu ce qu'ils avaient partagé, ainsi que le respect qu'ils avaient l'un pour l'autre, quel qu'il soit. Elle ne lui ferait plus jamais confiance, et cela allait lui manquer. Mais elle était la seule qu'il connaissait capable de transformer la description du Gitan de ses souvenirs en une liste de noms et d'affaires, sans avoir à remplir tout un paquet de formulaires et de requêtes officielles.

Il passa la tête dans le foyer, dont les murs étaient encombrés de distributeurs automatiques. Des tables pliantes munies de tabourets particulièrement inconfortables occupaient le centre de la pièce. Durand se trouvait là. Il avait résolu le problème des tabourets en s'asseyant sur la table. Sa tasse de café était posée à côté de lui tandis qu'il essayait de sortir un Twinkle de son emballage. « Durand ! On y va ! », se contenta de dire Stepovich avant de poursuivre son chemin en direction du hall. Il entendit le cri de protestation de son équipier : « Eh, une seconde… » mais ne s'arrêta pas pour autant. Il prit au passage leur fusil et leur radio et sortit par les escaliers de derrière sous le ciel gris et maussade du matin.

Il trouva la voiture qui leur avait été assignée pour la journée et procéda aux vérifications d'usage, à la recherche d'éventuelles éraflures non signalées et de bosses que la précédente équipe aurait pu laisser. Tout était en ordre. Le bouclier bleu brillant sur la portière proclamait : SERVICES DE POLICE DE LAKOTA, et en dessous : PROTÉGER ET SERVIR. Il grimaça. Une fois, Ed et lui avaient peint sur le bouclier de l'unité de

Richart la devise : PLUS DE 4 MILLIONS D'ARRESTATIONS. Ça ne lui semblait plus aussi drôle, aujourd'hui.

Il déverrouilla la portière arrière et souleva la banquette pour vérifier si les derniers passagers n'avaient pas laissé un petit bonus. Il lui était arrivé de retrouver un demi-gramme de coke et un pistolet à ressort. Stepovich était de ceux qui n'aimaient rien laisser au hasard. Ne jamais supposer que l'équipe de nuit avait vérifié sous les sièges.

Il avait terminé son inspection, il remit la banquette en place et s'installa derrière le volant avant que Durand ne sorte du poste. Celui-ci monta dans le véhicule en secouant ses doigts maculés de café brûlant. Stepovich lui lança un regard furtif avant de mettre le contact. « T'as du sperme de Twinkie sur le menton », lui dit-il avec dégoût avant de faire rugir le moteur.

Durand nettoya les tâches de glaçage blanc d'un air coupable puis s'enquit : « Tu t'es levé du mauvais pied ou quoi ? » avant d'avaler une gorgée de café à grand bruit.

Stepovich démarra en trombe pour voir si Durand renverserait du café sur son uniforme. Raté.

« Est-ce qu'il faut que tu parles tout le temps ? Est-ce qu'on ne peut pas juste la fermer dans cette voiture ?

— Bien sûr, patron, fit Durand d'un ton ironique. Vous voulez le silence, vous aurez le silence. »

Le silence dura quarante-cinq secondes avant que les premiers appels jaillissent de la radio. Le Cogneur de l'Exxon avait encore frappé tard la veille au soir, la circonscription de la Petite Philadelphie s'embourbait dans le suivi, et il s'était produit un cambriolage, sur lequel Durand sauta. Stepovich les détestait. Bon sang, il y en avait beaucoup trop. Ils le laissaient maintenant indifférent. Lee Est, cette fois, dans un immeuble qui essayait de prétendre se situer en dehors de la Petite Philadelphie. Quelqu'un venait de repeindre le hall, mais un graffiti rouge sang maculait déjà la peinture blanche. Premier étage, appartement E. La fille qui leur ouvrit semblait avoir pleuré. Elle ne pouvait pas avoir plus de vingt ans.

« J'étais juste partie pour la nuit, dit-elle en essayant de maîtriser le tremblement de sa voix. Et quand je suis revenue ce matin… »

Stepovich laissa Durand s'en occuper. Tout ceci n'était qu'un travail de routine. Ils étaient censés garder à l'esprit que le nombre de cambriolages rencontrés chaque jour importait peu : pour la victime, c'était celui-ci qui comptait. Il savait qu'elle se sentait violée, outragée et terrorisée. Il savait qu'elle se posait tout un tas de questions. Sont-ils entrés pendant que je n'étais pas là ? Reviendront-ils en ma présence ? Quand je dors, quand je suis seule ? Mais il en avait trop vu ces derniers temps.

Durand posa les questions de routine. Quand était-elle partie, revenue, comment étaient-ils entrés, qu'est-ce qu'il manquait, qui savait qu'elle n'était pas chez elle, soupçonnait-elle quelqu'un en particulier, etc. Arrivé à la fin de la procédure, il semblait que le coupable soit son ex-petit copain, et cela aussi commençait à devenir la routine. Durand releva ses nom, adresse, numéro de téléphone et description, davantage pour rassurer la jeune fille que pour interpeller le garçon. Il y aurait de grandes chances pour qu'ils ne trouvent jamais assez de preuves pour le coffrer. Durand lui servit le laïus officiel – lui suggéra de mettre des chevilles dans les rails des fenêtres coulissantes, un nouveau verrou à la porte. Stepovich n'écoutait que d'une oreille. Il savait, même si la fille ne pouvait s'en rendre compte, que cela aurait pu être bien pire. Quel que soit l'auteur du cambriolage, il savait ce qu'il recherchait et s'était contenté de le prendre. L'endroit n'avait été ni retourné ni saccagé. Il comprit d'après ce qu'elle avait dit qu'il s'agissait du premier appartement qu'elle habitait seule, et que ce qui venait de se produire en avait gommé tout le lustre. Ses yeux firent le tour de la pièce et se posèrent sur le petit chat en coton rembourré qui faisait office de butoir de porte, les napperons en bout de table ou encore le lévrier afghan à moitié terminé dans le panier au pied de la table basse. Tout ceci lui rappelait une maison de poupée, chaque chose à sa place, comme si l'idée de vivre là comptait plus que la réalité de la chose. Dans la kitchenette, les boîtes portaient toutes une étiquette ; il aurait parié que du thé se trouvait réellement dans la boîte estampillée thé, et que les épices de l'armoire à épices étaient rangées par ordre alphabétique. Dans la salle de bains, les serviettes étaient assorties, de même que les trois pots de fleurs sur le rebord de la fenêtre. Le premier appartement de Barbie, proclamerait l'accroche sur la boîte. Il se rendit compte avec une douleur soudaine qu'un jour Laurie réclamerait un endroit tel que celui-ci, avec un repose-cuillère en céramique sur la petite cuisinière et des casseroles en cuivre suspendues par ordre croissant de taille.

La jeune fille lui lança un regard surpris quand il dit : « C'est une honte que quelqu'un puisse vous voler votre tranquillité d'esprit, sans parler de votre stéréo. Écoutez-moi. Durand a raison au sujet des chevilles dans l'encadrement des fenêtres. Je sais que ça ne vous ramènera pas ce qu'on vous a pris, mais cela aidera à ce que ça n'arrive plus. Ne baissez pas les bras. Vous avez le droit de vous sentir en sécurité dans votre propre foyer.

— D'accord », dit-elle. Ses yeux s'embuèrent soudain et son menton se mit à trembler comme Laurie quand le chien du voisin avait déchiré la jambe de Ann-en-haillons. Alors, il lui avait assuré que Jennie pouvait lui rafistoler de sorte qu'elle aurait l'air toute neuve. Ç'avait dû être le ton plus que les mots qui la catapultèrent dans les bras de Stepovich où elle mouilla sa chemise de ses larmes. Et Durand, maudit soit-il, grimaçait comme un anus fripé. Stepovich lui donna quelques tapes maladroites dans le dos, ce qui lui rappela à quel point les femmes lui paraissaient fragiles, avec leurs os aussi friables que ceux des oiseaux, et comment il avait toujours eu peur de déformer les côtes de Jennie en la serrant de toute la force de son amour. Puis elle s'écarta de lui en marmonnant des excuses, ses longs cheveux collés à son visage humide de larmes. Il l'assura que c'était naturel, qu'elle avait eu une matinée difficile, mais que les choses ne pouvaient que s'arranger.

« Elles ne pourraient pas être pires », approuva la jeune fille en reniflant et en offrant à Stepovich un sourire si fragile qu'il dut s'en détourner. Bon sang, il faudrait qu'il trouve un moment pour appeler Laurie ce soir, et qu'il emmène Jeffie faire quelque chose ce week-end. Il le fallait. Puis ils partirent, et Durand signala au Central qu'ils étaient de nouveau disponibles. L'appel suivant leur parvint presque tout de suite, cette fois pour une voiture vandalisée.

Ainsi passa la matinée. Entre les appels, ils roulaient dans le silence; mais cette petite tension entre eux prenait de l'ampleur car ils ne s'entendaient pas bien. Les stupides questions de routine qu'ils posaient à leurs arrêts furent les seuls mots qu'ils échangèrent. Rien de chaud ni même d'intéressant, ce matin: trois cambriolages terminés, deux vélos volés, un ivrogne, un cinglé et un client parti sans payer son addition. La fois où ils s'approchèrent le plus d'un battement de cœur, ce fut un cas de violence domestique en cours qui s'avéra n'être qu'un chat en chaleur enfermé dans une salle de bains. Stepovich dut admettre que les miaulements passionnés de l'animal ressemblaient à s'y méprendre aux cris d'un bébé torturé. Durand assura la femme qui avait téléphoné à la police qu'ils préféraient être appelés pour rien que ne pas l'être quand leur présence était nécessaire, tandis que Stepovich persuadait le propriétaire du chat que cette « maudite fouineuse de voisine » avait bien fait. Puis ils partirent.

Dans la voiture, Stepovich soupesa l'idée de demander un nouveau partenaire. On lui en accorderait un. Il suffirait qu'il dise au lieutenant : eh, ça ne fonctionne pas. Les gars le faisaient tout le temps. Mais ceux qui le faisaient plus d'une fois ou deux attiraient l'attention des gradés. Si un homme ne s'entend pas avec son partenaire, c'est qu'il y a une raison. Il valait mieux le surveiller de près. Et la dernière chose dont Stepovich avait besoin maintenant, c'était d'être surveillé. Par quiconque.

# 6

# Comment le Démon a trouvé le Gitan, et le Loup l'Araignée

*Par des portes qui mènent à un feu rouge flamboyant,*
*Où elle ne fait aucune distinction*
*Entre les vivants et les morts*

The Fair Lady

Un jour ou l'autre

*La Belle Dame se tient assise les pieds dans le feu, et surveille Ses orteils chauffer. Elle remue de plaisir ces longs appendices terminés par des ongles qui miroitent comme de la nacre. On entend trottiner à l'extérieur, puis le grattement d'une patte d'oie sur la porte de fer noir. Elle fronce les sourcils et la contraint à s'ouvrir, pour laisser entrer le* liderc. *Une patte d'oie lui fait office de jambe, et celle d'un cheval remplace un bras. Chacun de ses pas laisse une flaque de feu d'où aucune fumée ne s'échappe. Il se courbe à plusieurs reprises devant la Belle Dame.*

*« Parle, dit-Elle d'une voix d'acier enveloppée de soie.*

*— Belle Dame, fait le* liderc, *le Loup nous suit toujours à la trace. »*

*Elle fronce les sourcils en entendant cela, car Elle sait que, bien que les loups L'aient servie autrefois, au bout du compte ils ne servent qu'eux-mêmes. « Eh bien, dit-Elle, il faut envoyer le Petit Timmy tuer le Loup. »*

*Mais le* liderc *secoue la tête. « Je ne crois pas qu'il le fera, Belle Dame. Les loups l'effrayent plus que vous. »*

*Elle se retient de peu de le gifler. Peut-être a-t-il raison, car Elle n'a d'autre réalité qu'un rêve pour Timmy, alors qu'il a vécu toute sa vie parmi les loups.*

*« Je ne suis pas démunie. Un de ses louveteaux viendra à moi quand je l'appellerai, et le Loup le suivra.*

*— Vous êtes toujours avisée, Maîtresse. Allez-vous le convoquer maintenant ? »*

*Elle hausse les épaules. « Bientôt. Si le Petit Timmy peut tuer la Colombe, cela ne sera plus nécessaire. Attendons de voir s'il y arrive. Dans le cas contraire, nous pourrons peut-être l'envoyer au Loup, pour distraire celui-ci et punir le Petit Timmy du même coup. Et peut-être allons-nous permettre au Petit Timmy de nous voir. Oui, c'est sans doute ce qu'il y a de mieux à faire. Mais pour le moment, attendons. Va et exécute mes ordres.*

*— Oui, Belle Dame. » Le* liderc *s'en va en trottinant. La porte se referme derrière lui avec un bruit métallique. La Belle Dame s'aperçoit que le feu lui a presque noirci les pieds, qu'Elle retire des flammes à regret.*

*Il est venu en ville par une chaude nuit d'été,*
*Les mouches nous rendaient fous.*
*Il conduisait une Ford presque en pièces détachées,*
*Les yeux noirs comme des trous.*

The Gypsy

MATIN D'AUTOMNE

Il se réveilla dans le fauteuil, enveloppé d'une couverture. MacWurthier buvait un café et lisait un journal, dont il leva les yeux en entendant le Gitan s'animer.

« Vous deviez être fatigué, dit-il. Vous avez dormi plus de douze heures d'affilée.

— Je… Merci.

— De rien. Voulez-vous du thé ? Un petit déjeuner peut-être ?

— Non, merci. Je dois m'en aller. Il ne faut pas que vous l'oubliiez, mais c'est en essayant d'être heureux que vous lui rendrez le plus bel hommage. »

MacWurthier le regarda. « Je le sais, dit-il comme pour lui-même. J'ai essayé. Mais ce n'est pas facile. » Il paraissait perdu dans ses pensées. Le Gitan se leva et sortit, sans un mot de plus, car aucun n'était nécessaire. Il regagna la rue et prit le chemin du parc.

*Je vais descendre une autre bière, faire un autre rêve ;*
*Tout est confus, rien n'est ce qu'il paraît.*

Stepdown

13 NOVEMBRE, 12H00

Stepovich quitta le trafic du regard pour jeter un coup d'œil à Durand. Il boudait dans son coin de voiture de patrouille comme un enfant gâté. La part infantile de Stepovich ne voulait pas rompre le silence, mais le vaincre.

« Déjeuner ? fit-il.

— Ouais. » Durand gardait les yeux braqués sur la rue. « Chez Norm. »

Stepovich acquiesça d'un ton maussade. Là où travaillait Tiffany Marie. « Mais à emporter.

— Tu te fous de moi ? Je ne mange pas dans cette caisse qui pue.

— Je veux prendre mon déjeuner au parc. Il y a un gars que je dois voir.

— Tu le verras plus tard. Il crachine trop pour pique-niquer au parc. Et il y a quelqu'un à qui je veux parler chez Norm.

— Tiffany Mary.

— Qu'est-ce que ça peut te faire ? »

Stepovich le regarda. Les joues du gamin avaient rosi : il savait être dans son tort. Stepovich ne répondit pas directement à la question.

« Je l'ai coffrée deux fois pour racolage avant ses quinze ans, dit-il avec une lenteur et une froideur calculées. C'était une fugueuse, qui travaillait dans les rues, mais trop fière pour le faire sous la protection d'un maquereau. Du coup, elle avait tous les mauvais côtés : les trucs vraiment dégueulasses et les menaces constantes des filles des macs. Les deux fois où on l'a arrêtée, Ed et moi, le juge l'a renvoyée chez elle. Les deux fois son père l'a battue jusqu'au sang. Pas parce qu'elle écartait les jambes, mais parce qu'elle le faisait pour l'argent et non pour son cher vieux papa. Ce qui explique pourquoi elle fuguait régulièrement. La troisième fois, on l'a ramassée parce que son client l'avait laissée inconsciente dans une chambre de motel, dont le gérant lui réclamait maintenant les deux heures supplémentaires qu'elle y avait passées. Elle n'avait pas d'argent. Le client lui avait aussi pris ça. Tout ce qui lui restait, c'étaient des côtes cassées, une clavicule brisée et la chtouille. Et des morpions aussi, d'après ce que j'ai entendu dire. »

Durand serrait les poings sur ses genoux. Stepovich relâcha sa prise sur le volant. Si ce petit connard lui sautait à la gorge, il lui referait le portrait comme il faut. Il s'arrêta devant chez Norm et signala tranquillement qu'ils prenaient leur pause déjeuner, puis se tourna à moitié vers Durand. Droit dans la bouche, c'est là qu'il frapperait si le gamin s'en prenait à lui. Lui dégommer sa grande bouche, et tant pis pour ses phalanges.

« Tu crois m'apprendre quelque chose ? » Une émotion que Stepovich ne put identifier épaississait la voix de Durand.

« Non. Je crois que tes connaissances s'arrêtent là. Ce que tu ne sais pas, c'est que la dernière fois Ed et moi l'avons déposée sur le pas de la porte de Marilyn à deux heures du matin après qu'ils l'ont laissée sortir des urgences. Je ne crois pas que tu saches que Marilyn l'a recueillie. Tiffany Marie n'est plus une pute, Durand. Plus maintenant. Elle suit des cours du soir et paye à Marilyn un petit loyer. Elle va finir par s'en sortir. Tout ce qu'il lui fallait, c'était qu'on lui donne sa chance. Ce dont elle n'a pas besoin en revanche, c'est que tu la dragues et la traites comme une pute. »

Durand fit un mouvement qui aurait pu devenir un coup de poing mais qui finit en tape sur le tableau de bord. « Je ne la traite pas comme une pute, dit-il en détachant chaque mot comme autant de tirs isolés. Et de toute façon, ça ne te regarde pas.

— Tu veux dire que tu la baises pas ? » Stepovich le provoquait de manière délibérée.

« Je veux dire que ce ne sont pas tes putains d'oignons », rugit Durand, d'une manière qui apprit une chose à Stepovich et qui lui en laissa supposer une autre.

Il poursuivit dans la même voie. « Alors comme ça, tu la baises pas. Peut-être bien que t'es tombé amoureux de son petit cul étroit.

— Va te faire foutre », répliqua Durand en contrôlant sa rage. Il sortit de la voiture et entra chez Norm. Stepovich prit son temps pour le suivre. Selon une vieille habitude, ses yeux firent un examen du restaurant avant de venir se poser sur Durand, collé au comptoir. Tiffany Marie prenait déjà sa commande. Stepovich la regarda, et se rappela comment Ed et lui avaient secoué la tête au simple énoncé de son nom. Tiffany Marie, un nom de diamants et de velours pour une petite idiote aux cheveux carotte, aux lèvres boudeuses bariolées rose et aux yeux maquillés comme un raton-laveur en Technicolor. Tiffany Marie, avec des suçons dans le cou, du vernis écaillé sur les ongles et des bas résilles noirs troués.

Merde.

Il additionna les années. Ouais, elle avait sûrement dix-huit ans maintenant, peut-être même dix-neuf. Les doux renflements sous sa blouse blanche immaculée étaient sans doute authentiques, et lorsqu'elle se retourna pour transmettre la commande de Durand au cuisinier, ses hanches n'avaient plus grand-chose à voir avec le petit cul maigrichon dont il avait souvenir depuis le jour où il avait dû le lui couvrir d'une couverture et la porter hors de ce motel bon marché. Les cheveux carotte tenaient maintenant du cuivre doré, et elles les portaient sans doute longs, quoiqu'il ne puisse en juger à cause de son chignon. Cela faisait donc si longtemps qu'il ne l'avait pas vraiment regardée ? Il accapara le tabouret à côté de Durand et eut droit à un sourire de la jeune fille. Ses lèvres n'avaient besoin d'aucun artifice, et il se rendit compte pour la première fois à quel point ses yeux étaient bleus. « Salut, Mike. Comme d'habitude ? » lui demanda-t-elle de sa voix coutumière, si chaleureuse qu'il sut que Durand ne lui avait rien dit de leur conversation dans la voiture.

Stepovich se sentit merdeux.

Il se tourna vers Durand, mais le gamin ne lui rendit pas son regard. Le gamin. Bon sang, c'était juste un grand gamin. Il avait quoi, vingt-deux, vingt-quatre ans ? S'intéresser à Tiffany Marie, ce n'était pas tout à fait comme s'il les prenait au berceau. Et elle lui rendait son intérêt. Alors qu'elle posait les couverts et les serviettes devant eux, c'était bien sa main à elle qui caressait au passage celle de Durand. Il observa discrètement le gamin entre deux cuillerées de chili. Combien mesurait-il, un mètre quatre-vingt-cinq, quatre-vingt-dix ? Quelques rondeurs d'adolescent, peut-être, pas beaucoup. Cheveux bruns, yeux gris. Il avait un boulot, un salaire régulier. Il était propre, la plupart du temps. C'était un débile, mais au moins ne buvait-il ou ne se droguait-il pas. Sans doute pas violent avec les femmes. Peut-être que Tiffany Marie ne le voyait pas comme un débile.

Mais peut-être ne faisait-il pas l'imbécile en sa présence. Est-ce qu'elle remplirait le mug d'un imbécile de sorte qu'il reste toujours plein, comme elle le faisait ? Est-ce qu'elle passerait son temps à tourner autour d'un imbécile et à lui sourire ?

Stepovich émietta des biscuits dans son chili et mélangea. C'est Marilyn qui serait verte de rage ; elle s'était trompée sur toute la ligne.

Et il y avait eu plus d'un imbécile dans la voiture, ce matin.

Il était à ce point plongé dans ses pensées qu'il réalisa seulement après avoir englouti la moitié de son chili et de son spécial cheeseburger qu'ils n'avaient pas pris leur repas à emporter comme il le voulait. Merde. Il voulait aller au parc et parler au chauffeur de l'attelage que Ed avait repéré. Ed n'avait su lui dire son nom, juste le surnom de Spider, et que les chevaux étaient dépareillés, l'un gris et l'autre brun. Stepovich avait compté l'appréhender près des buvettes à expresso où de nombreux jeunes cadres dynamiques venaient déjeuner et se montrer pittoresques. C'était là que les calèches ramassaient leurs clients, les mêmes cadres en quête de lustre et de romantisme, entre deux réunions de travail.

Et Durand avait tout fait foirer.

Après un moment de réflexion, il décida qu'ils étaient quittes. Il s'était conduit comme un con dans la voiture, à cuisiner son équipier à propos de Tiffany Marie. Autant le laisser s'en tirer comme ça. Et puis, c'était aussi bien. Durand aurait voulu savoir de quoi il aurait parlé avec ce type, ce qui aurait été embarrassant. Obtenir l'intégralité du tuyau de Ed sans éveiller les soupçons de celui-ci avait déjà été assez difficile. Et d'ailleurs, Ed se doutait de quelque chose.

Il laissa Durand ramasser l'addition et laisser un pourboire, et le suivit même jusqu'à la voiture. Il cherchait toujours un moyen de faire comprendre à Durand qu'il savait s'être planté dans les grandes largeurs. Il signala au dispatch qu'ils reprenaient leur patrouille dans les rues. Il venait de décider qu'il devait s'excuser et cherchait les mots adéquats quand le dispatcher le sauva en accusant réception de leur appel et en ajoutant, d'une voix plus humaine : « Trois messages pour Stepovich, il faut qu'il rappelle Jennie Edwards dès que possible. »

Edwards. Jennie Edwards. D'une certaine manière, qu'elle reprenne son nom de jeune fille l'avait beaucoup blessé. Et qu'elle se fasse fort de le signaler à tous leurs amis. Comme si elle voulait se débarrasser de la moindre scorie de leur vie commune. « Ça ne prendra qu'une minute », grogna-t-il pour Durand en ressortant de la voiture.

Il y avait une cabine téléphonique au fond du restaurant, juste devant la porte des toilettes. Il composa son numéro au bureau et fit tomber une pièce de vingt-cinq cents dans l'appareil quand elle décrocha. « Tu voulais me parler », lui dit-il sans aucun préambule. Pas de bonjour, comment vas-tu, quoi de neuf, rien d'autre que le message. C'est ainsi qu'ils procédaient désormais.

« Oui. C'est à propos de Laurie...

— Elle va bien ? » la coupa-t-il, alors que des images d'hôpitaux, de kidnappings, d'accidents de voiture et de violeurs lui passèrent devant les yeux.

« Oui, répondit Jennie d'une voix qui trahissait son impatience face à la peur de son ex-mari. Et c'est bien le problème, figure-toi. Depuis la rentrée, elle traîne avec les mauvaises personnes. Des jeunes plus précoces et plus âgés qu'elle. Certains d'entre eux conduisent, pour l'amour du ciel ! Elle est rentrée après minuit hier et avant-hier, et je suis sûre que son haleine sentait l'alcool. Et ces habits qu'elle porte...

— Attends une seconde. » Quelque chose ne collait pas. Sa Laurie avait quoi, treize ans, non, quinze ? Et elle portait des corsages en dentelle pour le quadrille de la réunion parents-professeurs, bon sang, elle ne restait pas dehors jusqu'à minuit avec des garçons plus vieux qui possédaient des voitures. « Comment diable se fait-il que tu la laisses devenir comme ça, Jennie ? Et comment fait-elle pour s'habiller bizarrement ? Où trouve-t-elle l'argent pour tout ça ?

— C'est toi qui le lui donnes, ne crois pas que je ne suis pas au courant ! Tu rôdes autour d'elle, tu lui envoies des chèques derrière mon dos ! Comment crois-tu que Jeffie le prenne, quand il découvre que son papa envoie à sa grande sœur trente dollars d'argent de poche et rien pour lui ? Sans parler du coup qu'en prend mon autorité quand elle sort et s'achète des pantalons tachetés léopard en spandex sans même me demander la permission. »

Spandex ? Bordel, qu'est-ce que c'était que le spandex ? Quoi que cela puisse être, ça n'avait pas l'air d'une chose que Laurie devait porter. « Jennie, attends une minute. Elle m'a demandé de l'argent pour un corsage dont elle avait besoin pour un programme de quadrille...

— Et tu l'as crue ? Sans même me poser la question ? Alors tu t'assieds et tu rédiges le chèque, parce que cette vilaine maman ne veut pas lui acheter un corsage ? Michael, redescends sur terre ! »

Le combiné du téléphone lui glissait dans la main. Durand était rentré dans le restaurant ; appuyé au comptoir, il discutait avec Tiffany Marie.

Il avait conscience que tous deux l'observaient, qu'ils lui jetaient de petits regards comme s'il était un mac sous surveillance ou pire. Il leur tourna le dos, de sorte qu'ils ne puissent plus voir son visage, et revint à la colère de Jennie.

« … peut-être du vol à l'étalage. Elle portait ces jolies boucles d'oreilles qui avaient l'air très cher, et quand je lui ai demandé d'où elles venaient, elle m'a simplement dit qu'elle les avait trouvées. Et elle t'affiche cet air… Je te jure que j'ai envie de la gifler pour le lui enlever. Et cette petite morveuse de Chrissy toujours autour d'elle, à dire : "Considérez ça comme un cadeau de la Dame, madame Edwards."

— Qu'est-ce que c'est censé signifier ? demanda Stepovich.

— À toi de me le dire ! À moins qu'elle ne soit dans le commerce de drogue ou la pornographie infantile ou quelque chose dans ce goût-là. Chrissy lâche ce nom à tout bout de champ, comme s'il s'agissait d'un club secret ou…

— Écoute, coupa-t-il. Nous devons avoir une discussion, c'est évident. Nous tous. Je passe vous voir ce soir après mon service, et…

— Oh, non. Pas question. J'ai parlé à sa conseillère d'éducation au collège, mademoiselle Simmons, et selon elle, la pire éventualité serait qu'une autorité masculine surgie de nulle part essaye de prendre le contrôle de la vie de Laurie. Cette "Dame" pourrait être une figure d'accession à la maturité féminine…

— Pour l'amour du ciel ! » explosa Stepovich, agacé qu'elle lui resserve les paroles d'une conseillère comme un perroquet, mais Jennie parlait plus fort que lui, donnant à sa voix un ton de plus en plus insistant.

« … C'est ce que font les jeunes filles : elles se définissent en tant que femme et non plus comme enfant. Et mademoiselle Simmons dit que si une discussion s'impose, elle doit avoir lieu dans un contexte non menaçant.

— Eh bien, si mademoiselle Simmons détient toutes les putains de réponses, pourquoi me poses-tu ces putains de questions ? » Il avait conscience de l'endroit où il se trouvait et du fait que Durand pouvait l'entendre. Chaque mot furieux sortait dans un murmure raide et distinct, alors qu'il aurait voulu les crier, les faire exploser hors de sa poitrine. À peu près tous les six mois, Jennie semblait trouver un nouveau moyen de lui infliger ça. Il était le père de Laurie, nom de Dieu, il avait le droit de savoir, d'aider, d'être là pour elle. Et voilà qu'elle lui disait qu'il blesserait Laurie s'il « interférait » en lui parlant. Sa gorge se serra et il ne put articuler un mot supplémentaire.

« J'aurais dû savoir que tu réagirais comme ça. Écoute, Michael, je ne prends pas au pied de la lettre tout ce que dit la conseillère d'éducation non plus. Mais nous savons tous les deux que l'idée qu'une femme en sache plus que toi sur quelque sujet que ce soit te pose un problème majeur. Je suis disposée à écouter mademoiselle Simmons si cela peut aider Laurie. Point final. J'en viens à la raison de mon appel : mademoiselle Simmons connaît un groupe de discussion thérapeutique pour femmes et filles qui d'après elle pourrait aider Laurie. Mais c'est cher, et ma mutuelle ne le couvre pas. Tout ce que je voudrais savoir, c'est si la tienne le ferait. Si la mutuelle de la police n'a rien prévu pour le conseil familial, elle devrait, eu égard au nombre de foyers que ce métier a brisés.

— Je ne sais pas. » Petits mots en plomb. « Appelle Bevvie au commissariat. Tu as mon matricule. Demande-lui. Bien qu'elle soit une femme, elle en sait bien plus sur les questions d'assurance que moi.

— Et c'est tout ? Appelle Bevvie ? Tu te contrefiches de ta fille ou quoi ?

— Tu viens de me dire que tu ne veux pas que je vienne et que je lui parle. Alors que diable puis-je faire ? » Il n'arrivait plus à contenir sa voix.

« Oh, laisse tomber ! Désolée d'avoir posé la question. Je vais faire le point avec Bevvie. Je suis désolée d'avoir appelé.

— Ouais, moi aussi », répondit-il avant de raccrocher avec violence. Il jeta un coup d'œil par-dessus son épaule et vit Tiffany Marie et Durand détourner précipitamment le regard. Durand adressa quelques mots à la serveuse qui secoua légèrement la tête, non en signe de dénégation mais de commisération. Stepovich prit une profonde inspiration, se retourna et les dépassa à grandes enjambées. « Durand, on y va », dit-il en ignorant la voix timide de Tiffany Marie qui lui disait : « Prends soin de toi, Mike. »

L'après-midi passa. C'est tout ce qu'il put en dire. Il passa de la même manière que le temps passe pour une boule de flipper : elle rebondit sur les bumpers, allume les lumières, déclenche toute sorte de bruits, mais au bout du compte, elle finit toujours par tomber entre les flips, et on tire une autre boule. Ni lui ni Durand ne parlèrent guère, mais la tension qui régnait dans le véhicule n'était plus la même ; Durand se taisait maintenant pour ne pas énerver Stepovich, et non plus pour le contrarier. D'une étrange manière, Stepovich lui en était reconnaissant.

C'est pourquoi quand il eut fini de taper le dix-neuvième rapport, il se tourna vers Durand et lui dit : « J'étais à côté de la plaque, tout à l'heure.

— Ouais, tu peux le dire. Bah, n'en parlons plus. » Ils furent, à cet instant, plus proches d'être des coéquipiers qu'ils ne l'avaient jamais été.

Stepovich y songea lors du trajet retour en voiture jusqu'à chez lui. Durand s'améliorait, aucun doute là-dessus. Mais quand même, parfois… Un véritable équipier aurait remarqué que Stepovich n'avait pas enfilé d'habits civils après le service, et se serait demandé pourquoi. Et un bon équipier aurait informé le gamin qu'il allait faire quelques heures supplémentaires de chasse et l'aurait invité à l'accompagner. Ferme-la, se morigéna-t-il, et s'approuva-t-il.

*Le Corbeau a son violon,*
*La Chouette un tambourin,*
*J'aimerais encore entendre les sons,*
*Leur dire tout ce que j'ai vu en chemin.*

Raven, Owl and I

FIN DES ANNÉES 1980

« Je crois te connaître, mon ami.

— Me connaître ? Eh bien, oui et non, Daniel. Nous nous sommes rencontrés en un autre lieu et un autre temps, mais ton frère cadet me connaît mieux.

— Oui. Tu es le Cocher, n'est-ce pas ?

— C'est bien moi. Sais-tu où ton frère aîné se trouve ?

— Non, où ça ?

— Hum. Je ne le sais pas non plus. Je croyais que tu aurais pu me le dire. Eh bien, tant pis. Tu dois venir avec moi.

— Je sais. Je t'attends depuis hier.

— Bien sûr.

— Où allons-nous ?

— Lakota, Ohio. Est-ce que ça importe ? Ton frère cadet a besoin d'aide.

— Je suis prêt à l'aider. J'essaye de le retrouver depuis…

— Je sais. Nous avons tous attendu. Mais le temps de l'attente est révolu. Tu as ton violon ?

— Oui.

— Alors viens. Le carrosse nous attend. C'est un Lévrier. »

# 7

# Le Loup et l'Araignée, la Chouette et les Tamias

*Petit Timmy broie du noir,*
*Ne sait plus ce qu'il doit croire.*
*Petit Timmy dans sa cage*
*Ne sait pas ce qui l'enrage.*
*Petit Timmy tout meurtri*
*Ne sait pas d'où vient le bruit.*
*Petit Timmy a des voix*
*Mais n'a pas vraiment le choix.*
*Petit Timmy en cavale*
*Va remplir son flingue de balles*
*Petit Timmy se tapit*
*Et traîne au parc à minuit*
*Petit Timmy le vicieux*
*Se met à l'abri des yeux*
*Petit Timmy devient dingue,*
*Faut qu'il se serve de son flingue.*

*J'étais vêtu de jaune cru*
*Mes frères de rouge et de gris*
*J'ignore ce que nous avons entendu*
*Seulement que nous avons fui*

Raven, Owl and I

AUTOMNE, CRÉPUSCULE

Le Gitan sentit sa nuque le démanger alors qu'il arrivait au parc. Sans pouvoir se l'expliquer, il aurait voulu tenir son couteau à la main. Il ne sortit cependant pas car le jour dispensait encore quelques lueurs et le couteau attirerait à coup sûr l'attention sur lui. Selon une logique obscure, il s'en tint d'abord à la périphérie du parc, puis se dirigea vers la fontaine, de façon qu'elle se trouve toujours entre lui et le bosquet de chêne.

Deux calèches se tenaient de l'autre côté de l'allée qu'il arpentait, mais quelque chose le retint de s'avancer vers eux. Dans les ténèbres grandissantes et la neige, il n'arrivait à distinguer les traits d'aucun des deux chauffeurs. Alors qu'il s'abîmait les yeux à essayer de mieux voir, la scène changea. Un loup émergea du brouillard en bondissant et courut vers les calèches. Il recula d'un pas au moment où l'une d'elles se mit en route ; le Loup, lui, s'avança vers la seconde.

Le Gitan frissonna et s'en alla à grands pas.

*Ce n'est pas pour ça que j'ai signé*
*Montre-moi la sortie que je puisse m'en aller*

Stepdown

14 NOVEMBRE, 19H23

La nuit commençait à tomber dans le parc lorsqu'il s'extirpa hors de la voiture. Il y avait de grandes chances que les calèches soient toutes au garage pour la nuit. La soirée se rafraîchissait et tournait au gris sous la neige tombante ; pas du tout la bonne ambiance pour un tour en calèche à travers le parc. Et pourtant, deux d'entre elles se dressaient côte à côte sous un lampadaire qui projetait une lumière diffuse lorsqu'il le fixait du regard. Il éprouvait la sensation lugubre de se trouver dans un décor, posé là à sa seule intention. Une couverture protégeait les chevaux du froid, et leurs cochers portaient de grands pardessus boutonnés jusqu'au menton et des écharpes autour du coup et du visage. Ç'aurait pu être une gravure, une scène vieille de cent ans. Les grandes enjambées de Stepovich se firent plus incertaines. S'il grimpait à bord d'une de ces calèches et que le chauffeur fouettait les chevaux, serait-il renvoyé en arrière, à une époque plus simple ? Alors l'un des deux hommes sortit une cigarette d'un paquet, la tassa et l'alluma avec un briquet jetable. L'illusion partit en fumée avec cette brève flamme, et Stepovich appela à voix haute : « Spider. »

Un des hommes fit un signe incertain de la main. Même gantée, celle-ci était fine et terminée par de longs doigts, et le bras qui sortait de la manche paraissait maigre. Telle une araignée qu'il était, il se tenait assis sur la masse sombre de son siège, ses longs membres ballants. Stepovich avança vers lui avec lenteur, lui laissant ainsi le temps de prendre conscience de son uniforme. L'autre chauffeur porta la main au chapeau en guise de salut, puis donna une impulsion à ses rênes en poussant une sorte de gloussement et l'attelage s'ébranla. Parfait. Les roues à rayons crissèrent sur la chaussée alors que ses chevaux l'emportaient, laissant Stepovich seul avec Spider.

« C'qui s'passe ? demanda Spider d'un air soupçonneux tandis que Stepovich se rapprochait.

— Rien. Rien encore, en tout cas. Je voudrais juste vous poser quelques questions au sujet de l'homme qui vous a remplacé dimanche dernier.

— Oh, merde. » Spider prit une profonde inspiration. « Pas encore ça. Je vous l'ai dit, les gars, rien de tout cela n'est de ma faute. Le type sait y faire avec les chevaux, moi je voulais prendre un jour de congé, passer un peu de temps avec ma bourgeoise. Alors je laisse ce type conduire, des fois, et on partage les recettes. Comment j'aurais su qu'il ferait des trucs bizarres ?

— Nous souhaitons simplement clarifier les faits. » Stepovich sortit carnet et stylo et essaya d'adopter l'attitude de celui qui est déjà au courant de tout. « Alors, une fois encore, si ça ne vous fait rien. Quand cela a-t-il commencé ? »

Spider avait l'air ennuyé. « Comment je le saurais ? Je n'étais pas là, rappelez-vous, j'ai pris un jour de congé. Demandez au gars qui s'est fait emboutir sa voiture, aux joggers qu'il a failli écraser, aux types qui se trouvaient dans la calèche quand c'est arrivé. Nom de Dieu, c'est de leur faute aussi, à lui proposer de l'argent pour sortir du sentier des chevaux, à le mettre au défi de faire galoper l'attelage. Ils étaient tous bourrés ; ils l'ont sûrement fait picoler.

— D'accord, je vois ce que vous voulez dire. Peut-être que je devrais parler à votre suppléant directement. Redonnez-moi son nom et son numéro de téléphone.

— Hein ? Je vous ai dit que je ne les avais pas. C'est un truc de flic, ou quoi ? Le Cocher n'a pas de nom. Le Cocher n'a pas d'adresse. Tout ce qu'il a, c'est sa gnôle. Comment se fait-il que…

— Je me contente de…

— Qu'est-ce que ça veut dire ? Qui êtes-vous ? »

Stepovich réfléchit à toute vitesse. « Pardon. Ces idiots au commissariat ont encore merdé et je n'ai pas les bonnes infos. » Il marqua une pause durant laquelle il jaugea son vis-à-vis. « Très bien, je vais être franc avec vous. Pouvez-vous garder quelque chose pour vous ? »

— Hein ? Ouais, bien sûr. C'est quoi ?

— Il se pourrait que cette histoire implique d'autres choses.

— Comme quoi ? »

Stepovich secoua la tête. « Avez-vous déjà vu le Cocher avec un couteau ? »

Spider le dévisagea, et Stepovich lut sur son visage le regard du témoin qui veut prendre part à quelque chose d'intéressant. « Un couteau ? Ma foi, il a bien un cure-pied ; c'est même comme ça qu'on s'est rencontrés. Bunny traînait la patte d'une drôle de façon, sans vraiment boiter. Et ce type arrive droit devant la calèche, arrête les chevaux en posant une main sur leur museau. Et avant que j'ai eu le temps de dire merde, il lui attrape la patte et lui enlève un méchant gravier de la fourchette.

— La fourchette ?

— Son pied. C'est ça qui la faisait marcher si drôlement. Donc, un cure-pied, oui.

— En fait je parlais d'un couteau dans un fourreau avec un manche en os. »

Spider parut déçu. « Nan. Une fois, peut-être, je l'ai vu se couper les ongles avec un vieux couteau pliant avec un manche qui aurait pu être en os. Je ne sais pas. Peut-être. Bon Dieu, c'était peut-être quelqu'un d'autre. Vous voulez que je… heu… garde un œil ouvert, ou autre chose ?

— Les services de police apprécieraient, en effet, et si jamais vous apprenez son adresse, faites-le-nous savoir.

— Je n'y manquerai pas. Qu'est-ce qu'il a fait ?

— Rien directement. Ça fait partie d'un truc plus gros. Quand tout sera terminé, je verrai si je peux vous mettre au courant.

— Ah, merci.

— C'est la moindre des choses », conclut Stepovich avant de regagner sa voiture.

Eh bien, ça s'était révélé merdique. Sauf qu'il y aurait sans doute davantage d'informations sur ce Cocher dans une des dépositions des témoins, s'il prenait la peine de creuser. Si seulement il avait remis le couteau comme preuve en premier lieu, dressé une inculpation pour possession d'arme, rien de tout ceci ne serait arrivé.

Alors qu'il montait dans sa voiture, une Chevy ressemblant fort au tas de ferraille de Durand le dépassa. Stepovich fixa la voiture bleue jusqu'à ce qu'elle disparaisse dans la brume. Il était sûr de se tromper. Bon Dieu, voilà qu'il devenait paranoïaque.

*Il trouva la table de Timmy D.*
*Et s'installa comme s'il allait rester*
*Il posa devant lui ses beaux billets*
*Et dit : « Petit, apprends-moi à jouer. »*

The Gypsy

AUTOMNE, LA NUIT

Ça tournait en rond, comme les pas de la *csárda*, qui vous ramenaient toujours au même endroit, quoique différent, avec une tension nouvelle. Il se trouvait devant le *Tiny's*, presque exactement vingt-quatre heures après. Qu'avait-il fait ? Il tenta de se le rappeler, ce qui déclencha une migraine. Où étaient ses pilules ? Un trajet jusqu'à chez quelqu'un, une conversation, une dette réglée, dormir, un repas, un tour au parc, un loup et le voilà de retour ici. Qu'avait-il gagné ? Qu'avait-il perdu ?

Deux jeunes filles sortirent d'un bar plus bas dans la rue et le dépassèrent, se plaignant du « con » qui les avait jetées dehors. Trop jeunes, songea-t-il.

Elles s'arrêtèrent et se retournèrent. « C'était quoi, ça ? » Il ne s'était pas rendu compte qu'il avait pensé à voix haute. Celle qui avait parlé était blonde avec des racines sombres et portait une mini-jupe en cuir et des bas. L'autre, plus grande, les cheveux bruns, avait un jean moulant tâché de gris. Toutes deux portaient une veste très courte qui ne semblait pas vraiment efficace contre la neige ou le froid.

« J'ai dit, trop jeunes, répéta le Gitan.

— Qui t'a sonné ? demanda la blonde.

— Il y a un temps pour le monde des adultes et un autre pour le monde des enfants. Vous vous dupez vous-mêmes en quittant celui-ci trop tôt. »

Elles se dévisagèrent en gloussant. « Quel cinglé », dit la brune. Quand elle parla, le Gitan frissonna. Quelque chose dans sa voix résonnait en lui de manière familière.

Il haussa les épaules et déclara : « La route sera là, quel que soit le moment où vous poserez le pied dessus. Mais vous ne serez plus les mêmes après cela ; il n'y a aucun retour possible.

— Ooooooh, fit la blonde. C'est du sérieux, hein ? » Elle jeta un coup d'œil à son amie et gloussa de nouveau. Puis elle dit : « Tu veux jouer avec moi, beau brun ? » et rit encore.

« Chrissy ! fit la brune d'un ton à la fois choqué et amusé.

— Oh, il ne fera rien. S'il tente quoi que ce soit, on hurle. Compris, mon grand ? »

Le Gitan détourna le regard avant de reprendre la parole. « Si vous donnez tout ce que vous avez à la Belle Dame, que restera-t-il lorsqu'elle en aura terminé avec vous ? » Il tourna les talons alors qu'elles le dévisageaient, les yeux grands ouverts.

« Comment tu sais, pour la Belle Dame ? » murmura celle qui s'appelait Chrissy. Des groupes de piétons les croisaient en les ignorant. La police pouvait passer à tout moment, mais il n'eut pas le cœur à laisser ces deux-là sans avertissement.

« Il y a trois mondes, dit-il, et chacun d'entre eux est maintenu à sa place par un arbre ; chacun possède son soleil et sa lune, son propre ciel rempli d'étoiles. Les branches supérieures de l'arbre de notre monde touchent les racines du suivant, et nos propres racines atteignent les branches supérieures du monde d'en dessous. La Belle Dame vient du monde d'en bas, qu'Elle a recouvert de ténèbres, car Elle veut être la seule lumière au monde. Elle a grimpé à l'arbre de Son monde pour gagner le nôtre, qu'elle essaye maintenant de noircir. À certains, Elle offre des cadeaux dans l'espoir qu'ils La serviront. Les autres, Elle les soumet par la peur ou en plongeant leur esprit dans les ténèbres, de sorte qu'Elle demeure la seule chose qu'ils voient avec clarté. Je suis celui qui a fait le serment de rendre la lumière à Son monde ; mais d'abord, elle doit être bannie du Vôtre. Elle est Luci, la séductrice, celle qui apporte le fléau dévastateur. Ne L'écoutez pas. Elle retirera toute la lumière de votre jeunesse et vous jettera dans des ténèbres qui vous ravageront l'âme. »

Il s'arrêta enfin. Elles le dévisagèrent, puis, sans un mot ni un regard de concertation, se retournèrent et détalèrent vers le haut de la rue. Elles se fondirent bientôt dans la foule. Le Gitan resta seul avec ses propres mots.

« Bon », fit-il pour lui-même, avec calme, sans remarquer les gens qui décrivaient de larges détours pour éviter cet homme bizarrement accoutré qui parlait tout seul. « Bon, maintenant, je connais ma mission. Mais je n'y arriverai pas seul. »

*Je vois les corbeaux se rassembler*
*Depuis les lieux où ils ont festoyé*
*aux informations d'hier soir.*
*Je suppose qu'il va vraiment leur falloir*
*Trouver au juste qui accuser.*
*Ils ne peuvent pas m'attraper*
*tant que je n'ai pas collecté*
*Ce qu'on me doit.*
*Alors je continue de chercher*
*le long de cette route.*

Up the Road

14 NOVEMBRE, 20H18

Il conduisit avec précaution à travers les rues enneigées, le pare-brise balayé à vitesse réduite par les essuie-glaces. Il espérait que la neige ne collerait pas au verre. Le moindre flocon de neige dans les rues rendait le trafic chaotique. Il n'avait vraiment pas envie de passer toute la journée du lendemain à signaler des accidents de voiture et à interroger des conducteurs sauvés par la glissière de sécurité. Merde.

Une fois chez lui, il enleva son uniforme et enfila un survêtement. Il ajouta sa chemise et son pantalon de service au reste du linge sale qu'il descendit à la laverie de l'immeuble. Envoyer le programme.

Retour dans son appartement. Quelques bâtonnets de poisson, quelques frites surgelées. Placer le tout sur une plaque à cookies et mettre au four. Sortir le ketchup. Du givre s'était formé dans les boîtes, restées ouvertes dans le bac à glaçons. Les frites ressortirent chaudes et mouillée dans un nuage de vapeur. Aucun goût. Il les mangea quand même. Descendre le couloir, retirer le linge mouillé de la machine et le mettre dans le séchoir. Retourner à l'appartement et ouvrir une bière.

Stepovich commença le rituel nocturne du zapping. La télévision câblée était incluse dans le prix de l'appartement. Le câble et les cafards. Le câble lui assurait une multitude de chaînes sur lesquelles zapper. Il avalait environ trois heures de télévision par soir, à raison de trois minutes par chaîne, comme Ed l'avait une fois observé.

Les romances alimentaires torrides sur la quatre lui rappelèrent Durand et Tiffany Marie. Il regarda un couple se faire des bouches en cœur l'un à l'autre en songeant à l'abruti qu'il avait été aujourd'hui, à agresser Durand au sujet de Tiffany Marie. Quand il en arriva à un sentiment trop confus, il mit la dix-sept. Jeu télévisé, questions stupides et réponses encore plus débiles, car les participants cherchaient la remarque spirituelle plus que la bonne réponse. C'était lui dans le parc avec Spider, dont il avait appris à peu près autant de choses qu'en regardant le jeu. Zappe. Un clip rock avec des jeunes filles geignantes et frémissantes. Il pourrait appeler Laurie. Bon sang, il fallait qu'il l'appelle, sauf que Jennie ne la lui passerait sans doute pas. Elle lui avait quasiment dit de lui lâcher les baskets. Non que ça suffise à le faire renoncer, mais elle pouvait rendre les choses encore plus difficiles. Il pourrait toujours appeler et promettre de ne pas dire un mot de ce dont ils avaient discuté un peu plus tôt. Personne ne serait dupe. Laurie saurait pourquoi il appellait, c'était une fille intelligente. Qui grandissait si vite. Trop vite ; et lui qui ratait ça. Zappe.

La treize diffusait un programme d'horreur, avec des fantômes en quête de vengeance et une vieille Gitane au visage buriné mettant le héros en garde, mais l'informant aussi qu'il serait celui qui les libérerait tous. Zappe.

Une série policière. Deux équipiers qui avaient mal tourné dispensaient une justice privée, et le bon flic leur courait après. Zappe.

Rocky et Bullwinkle[9]. Il regarda une fois de plus les plans de Boris et Natasha temporairement contrecarrés, puis la petite fée balayer les contes de fées fracturés, et en arrivait tout juste à Shermie et Mr Peabody quand le téléphone sonna.

Onze heures. Seul Ed pouvait l'appeler à pareille heure. Il décrocha le combiné. « Ouais ?

— Je croyais t'avoir entendu dire que tu m'appellerais », aboya Marylin. Il se redressa sur le canapé et coupa l'image de la télé.

« Bon Dieu, je suis désolé, dit-il, j'allais le faire, mais…

— Je croyais que c'était si sacrément important pour toi. Et moi qui ai foncé...

— Ça l'est, ça l'est », l'assura-t-il rapidement. Où avait-il mis son carnet? Au bord de la table basse. Il renversa la bouteille de ketchup par terre en l'attrapant, mais tant pis. C'était une bouteille qu'on presse, ça ne coulerait donc pas trop. Il se saisit de son stylo et lança: « Vas-y, qu'est-ce que tu as trouvé?

— Sacrément trop, voilà ce que j'ai trouvé, et en même temps pas grand-chose. Si tu veux des affaires impliquant des Gitans, j'en ai une tonne. Si tu veux des trucs perpétrés par des John Doe, avec Chuck comme prénom possible, j'en ai aussi des tonnes. Je veux dire, Bon Dieu, Stepovich, la moitié des Gitans que compte ce monde porte des cicatrices au visage. Est-ce que ce type a un tatouage, un défaut d'élocution, une marque de naissance, quelque chose?

— Pas que je sache. Il n'y a aucun recoupement, aucun Gitan correspondant à mon signalement, prénom possible Chuck?

— Je savais que tu me demanderais ça, répondit-elle d'un ton excédé. Je le savais. Alors j'ai creusé, j'ai creusé comme une dingue. Que dirais-tu d'un vagabondage et d'une implication possible dans un incendie criminel, il y a six ans, à Kansas City?

— Ce n'est pas vraiment ce que je cherchais », répliqua Stepovich, incapable de décider s'il éprouvait de la frustration ou du soulagement. Pas de meurtres en série dans un obscur coin des États-Unis, au moins. Pas de liste de crimes liée à cette description et à ce nom. « C'est tout ce qu'il y avait?

— Je le jure devant Dieu, j'ai travaillé avec toi trop longtemps. Si tu n'es pas trop pointilleux sur la description, je peux te parler d'à peu près trente-deux cas de vol à l'étalage. Trois vols de voitures de grande envergure, dont deux organisés par des vendeurs à Sacramento qui ressemble à l'habituelle arnaque à l'assurance. Un réseau porno à Fort Lauderdale, mais ceux qu'ils ont attrapés ne sont pas vraiment des Gitans. Mais il y avait un Chuck impliqué. Détournement d'avion, en Oklahoma. Ce cas est presque drôle tellement il est stupide: un avion-poudreur détourné d'un champ vers un autre.

— Je pensais plutôt à autre chose », coupa Stepovich, frustré. « Comme un crime de sang ou une série de crimes, quelque chose de sérieux. L'incendie criminel et le vagabondage étaient les seuls recoupements conséquents entre le prénom Chuck et la description du Gitan?

— Presque, fit Marylin en soupirant. J'ai pressenti que tu t'entêterais là-dessus. J'ai sorti des trucs auxquels je ne pensais même pas avoir accès. Des affaires que j'aurais jurées trop mortes ou trop froides. Que penses-tu de ça ? Meurtre à la Nouvelle Orléans. Arme du crime : couteau. Dans un bar. Victime : Timothy DeCruz, aussi connu sous le nom de Timmy Dee, ou Tim del Monico. Pas grand-chose sur le tueur, mais la victime avait une liste de condamnations longue comme le bras. La plupart pour escroquerie, mais le genre qui laisse penser qu'il a trempé dans des affaires plus sérieuses, pour lesquelles il n'a jamais plongé. Il aurait triché aux cartes, ce qui a sans doute provoqué la rixe, mais ça n'a pas été clairement établi. Pas beau à voir. Le rapport médico-légal insiste sur la force qu'il faut pour planter un couteau de cette taille à travers une veste en cuir puis dans le corps de la victime jusqu'à la garde. Garde qui a laissé une contusion sous la violence de l'impact. Toi qui me parlais d'un crime passionnel. Le type avait soit une force surhumaine, soit une rage incontrôlable. Les dépositions des témoins corroborent parfaitement ta description. Mais ils ne semblaient pas vraiment disposés à aider l'enquête. On n'a jamais trouvé le coupable. »

Un picotement de certitude courut le long de la nuque de Stepovich, ce petit zeste d'instinct qui ne l'avait jamais trahi. « C'est lui. C'était quand, et qui était en charge de l'enquête ? »

Sa voix contenait des accents de satisfaction vicieuse lorsqu'elle répondit : « 12 août 1935. Mais la description concorde.

— Oh, merde, Marylin, mon suspect n'était sans doute même pas né à cette époque.

— Alors peut-être que c'était son père. C'est peut-être une famille de Gitans criminels, dont tu traques le membre le plus jeune. »

Il commençait à avoir une vague idée des tracas qu'il lui avait causés. « Je suis désolé. Je t'ai fait perdre beaucoup de temps aujourd'hui. » Puis il ajouta avec précaution : « Tu es sûre qu'il n'y avait rien d'autre ? »

Il l'entendit expirer par le nez de dégoût. « Tu as parlé à Durand ? demanda-t-elle en ignorant sa question.

— Ouais. Marylin, je ne crois pas que les choses soient tout à fait comme tu les vois. Je crois qu'il l'apprécie vraiment.

— Et c'est pour ça qu'il lui a posé un lapin ce soir, n'est-ce pas ? Elle a annulé un rendez-vous avec un charmant garçon de la fac pour attendre ce cochon de flic qui ne s'est même pas pointé.

— Je ne sais rien à ce sujet, objecta Stepovich.

— Non, bien sûr que non. Tu ne l'as pas entraîné dans ta chasse au dahu, j'espère ?

— Je te jure devant Dieu que non, Marylin », dit Stepovich avec ardeur et gagné à son tour par l'énervement, il ajouta : « Bon Dieu, Marylin, je suis tombé sur mon partenaire à bras raccourcis comme si j'allais lui arracher la tête sur tes simples soupçons et il s'est révélé qu'il est tombé amoureux d'elle. Comment crois-tu que je me sente ?

— Qu'est-ce qui te fait croire…

— Je les ai vus ensemble. Contrairement à toi. Pas vrai ?

— Hum. Je les aurais vus s'il s'était montré ce soir.

— Marylin, c'est mon équipier, pas mon gamin. J'ai fait ce que tu m'as demandé, et tu t'es trompée sur lui.

— Bon, fit-elle d'une voix un peu radoucie. Bon, je me suis peut-être trompée. Désolé. Mais il faut néanmoins que tu lui parles. En se conduisant comme ça avec Tiffany Marie, il ne lui apportera aucun bien. Tu lui feras la morale.

— D'accord. Je le ferais. Et tu parleras à Tiffany Marie. Ok ?

— Ok. »

Le clic lorsqu'elle coupa la communication fut un soulagement. Il contempla pendant un moment l'écran vide de la télévision. Puis l'effort de se soulever lui arracha un soupir et il descendit à la laverie pour sortir son linge de la sécheuse. En séparant ses vêtements que l'électricité statique avait collés les uns aux autres, il se remémora le frisson qu'il avait ressenti, et se demanda comment un simple agent de police réussirait à se procurer le dossier d'un meurtre commis en 1935 à La Nouvelle-Orléans.

*Le Corbeau, chasseur,*
*Était content de rester braconner,*
*La Chouette souhaitait rentrer de bonne heure*
*Et moi, je voulais trouver le carrosse.*

Raven, Owl and I

15 NOVEMBRE, LE MATIN

Raymond avait vu trois avions ce matin, et dix-neuf oiseaux. Cela faisait maintenant quatre mille six cent douze jours qu'il n'avait pas vu son frère, le Corbeau ; et pour le plus jeune de ses frères, il avait perdu le compte depuis quelque temps, à son grand regret. Un autre oiseau passa au-dessus de sa tête. Vingt. Il débarrassa son tambourin des vieilles serviettes qui le protégeaient des éléments et battit négligemment quelques mesures.

Raymond ne ressemblait pas du tout à un Indien. Il avait le teint basané, mais pas de la même manière. Si ses pommettes étaient hautes, son front n'allait pas et ses yeux n'étaient qu'à peine bridés. Pourtant, les touristes le prenaient pour un Indien, et le payaient gracieusement pour qu'il les guide dans les Rocheuses, près de Boulder. Ça ne faisait aucune différence. Il connaissait le pays. Il passait la plupart de ses nuits blotti dans les ruines du vieux « château » du mont Faucon qui surplombait Red Rocks. Il connaissait les meilleurs sentiers de randonnée, les meilleurs sites pour l'escalade et les plus beaux panoramas. La plupart des autorités l'ignoraient.

La nuit était maintenant tombée, et les étoiles brillaient de toute leur gloire, les Pléiades aussi claires qu'un ruisseau au printemps ; il aurait presque pu les toucher. Quatre tamias apparurent près du feu. Il leur tendit neuf morceaux de pain pour qu'ils viennent grignoter dans sa main. Il n'arrivait pas toujours à les distinguer les uns des autres, mais il en reconnut deux. L'un était une petite femelle âgée qu'il appelait Brandy, et l'autre un grand mâle au pelage très sombre surnommé Fleetwood – d'après une Cadillac qu'il avait eue bien des années auparavant. Fleetwood prit le pain et déclara : « Le Corbeau vole. Il est temps pour la Chouette d'en faire autant. »

Raymond considéra le tamia, surpris de conserver son calme alors qu'un animal s'adressait à lui. C'était presque comme s'il s'était attendu à quelque chose de ce genre. « Cela fait des années que je n'ai pas vu le Corbeau, ou la Colombe, d'ailleurs.

— Il est temps de rencontrer les deux, fit Fleetwood.

— Où ça ? demanda Raymond.

— Cela, je ne peux te le dire. »

Brandy prit la parole d'une voix claire de ténor. « La route te le dira. Il te suffit d'y poser le pied. »

Raymond hocha la tête. « S'il est temps que je retrouve mes frères, alors mes frères je trouverai. Mais quelle est notre tâche ?

— Cela non plus, je ne peux te le dire.

— Y aura-t-il encore un moyen de rentrer chez nous ?

— Ça dépendra, dit Fleetwood, de la loyauté du Cocher.
— De sa sobriété, tu veux dire.
— C'est vrai.
— Et aussi de la loyauté de tes frères, ajouta Brandy.
— C'est assez clair, conclut Raymond. Je me mettrai en route au matin. »
Les tamias acquiescèrent, acceptèrent encore du pain et ne dirent pas un mot de plus au Gitan qui ne ressemblait pas du tout à un Indien.

*Elle peut découvrir ta folie cachée*
*Elle connaît ton nom secret*
*Quels démons dissimules-tu, mon ami ?*
*Quelles créatures se tapissent en toi, cher ami ?*
*Pour elle, tu sais, ça ne fait aucune différence.*

The Fair Lady

MERCREDI, APRÈS L'ÉCOLE

« Je l'ai volé », déclara Laurie avec forfanterie. Ou du moins *essayé*. Les mots ne sortaient pas naturellement, et elle se demanda si Chrissy y décèlerait son mensonge. Laurie s'était rendue à cette stupide vente de charité au centre aéré la veille au soir, après que Chrissy lui avait posé un lapin pour suivre Sue et ses amis dans le centre-ville. Elle voulait maintenant donner à Chrissy le sentiment qu'elle avait vraiment manqué quelque chose ; pas seulement le fait qu'elle ait trouvé cette espèce de couvre-lit noir, mais les aventures de Laurie-la-voleuse.

Et Laurie avait vraiment eu l'intention de le voler. Elle l'avait camouflé dans un peignoir en soie à deux dollars qu'elle comptait payer et l'avait fourré dans son sac avec les vieux livres pour Jeffrey et le pull-over qui plairait sûrement à sa mère. Le couvre-lit, décoré d'étranges animaux aux pattes carrées, coûtait douze dollars. N'ayant pas les moyens de le payer, elle avait donc décidé de le voler. En se dirigeant vers la caisse, elle s'était justifiée en se disant que, si les profits réalisés allaient au centre aéré, tous les articles provenaient de donations, donc ce n'était pas comme s'ils perdaient de l'argent. Mais la dame au comptoir lui avait dit : « Il est cinq heures passées, c'est trois dollars le sac », et lui avait pris son argent. Six mois plus tôt, elle aurait raconté toute l'histoire à Chrissy, et elles en auraient ri. Maintenant, tout ce qu'elle voulait, c'était que Chrissy croie qu'elle l'avait volé.

Mais Chrissy n'y accorda qu'un regard. Elle ne sembla pas même remarquer que toutes les poupées et les peluches avaient disparu, ou les bougies et l'encens disposés sur la commode, ou encore la façon dont elle avait accroché des serviettes par-dessus les rideaux pour tamiser la lumière. Chrissy affichait ce regard inquiet qui ne la quittait plus ces derniers temps. « On dirait que ça Lui appartient », dit-elle dans un murmure avant de glousser d'une drôle de manière. Comme si elle avait voulu gémir mais que seul ce rire sot était sorti de sa bouche.

« Quoi ? » demanda Laurie, qui se sentit stupide. Une fois de plus. Dernièrement, elle se sentait toujours stupide ou larguée, avec Chrissy. C'était la même chose que la fois où elles s'étaient trouvées dans les toilettes au collège et qu'un groupe de filles populaires étaient entrées et avaient commencé à parler de garçon et de maquillage. Sauf que cette fois-ci était pire, car c'était Chrissy qui lui faisait sentir qu'il se passait quelque chose d'important et qu'elle, Laurie, était trop jeune pour y comprendre quoi que ce soit. Si Chrissy grandissait en la laissant derrière elle, alors elle se retrouverait vraiment seule.

« Ces trucs, là. Comme des lions, mais carrés. Elle a quelque chose comme ça. Sauf que ça parle. Et que ça a l'air encore plus bizarre que ça. » La voix de Chrissy s'éteignit alors qu'elle fixait toujours le dessus-de-lit.

« Qui possède un tel animal ? »

Pendant un long moment, la question demeura sans réponse. Lorsque celle-ci vint, ce fut d'une étrange voix essoufflée, sans que Chrissy ferme la bouche entre chaque phrase. « La Belle Dame. Sue m'a finalement emmenée La voir. Elle vit dans un endroit comme un ascenseur arrêté entre deux étages, sauf que c'est un monde entier. Le sol est bleu, comme un ciel sous les pieds, mais froid et dur. Sauf qu'on a parfois l'impression de se tenir dedans plutôt que dessus. Et le plafond semble fait de pierres, de poussière et de racines pendantes. Mais ça n'a pas l'air naturel, ni irrégulier comme dans une cave, tout semble poli, comme si ç'avait été conçu ainsi. Comme des colonnes dans un vieux temple, ou quelque chose du genre. Et les murs sont… Je ne sais pas, comme des rangées de pierres, avec tous ces fossiles dedans. Et ces murs ne sont pas toujours à la même place. Il y a aussi cette fenêtre, Sue a dit que c'était peut-être un tableau, parce que tout ce qu'on voyait au travers, c'était le ciel, un demi-soleil et une demi-lune. Sue a dit que ce n'était qu'un tableau, mais alors qu'elle ne regardait pas, j'ai L'y ai vue jeter le chaton pelé. Il avait l'air beaucoup plus petit sans poils. » Ses yeux se firent encore plus vagues. « Exactement comme l'a dit ce type, le Gitan : il n'est plus resté grand-chose après qu'Elle en a eu terminé avec lui. » Le visage de Chrissy pâlit quelque peu et son débit se fit plus rapide. « Il fait toujours bon, là-bas, même chaud, mais elle a ces feux qui brûlent, dont certains ont des cheminées qui descendent au lieu de monter. Et Elle a ces… choses. Ces gens faits à partir de membres d'animaux…

— Chrissy », intervint timidement Laurie. Cela ne lui ressemblait pas. Elle n'avait jamais aimé les jeux d'imagination ou les histoires de quelque sorte que ce soit. « Est-ce que… Est-ce que Sue t'a fait prendre des drogues ? »

Elle produisit le même gloussement. La question demeura en suspens quelque temps. Puis elle regarda Laurie droit dans les yeux et cilla plusieurs fois. « Des drogues ? Nan. Personne n'a besoin de drogues avec la Belle Dame. On se sent si bien avec elle. Siiiiiii bien. » Chrissy resta les yeux dans le vague, se frottant négligemment les poignets l'un contre l'autre. C'était un geste étrange. « Personne ne peut te faire autant de bien qu'elle, dit Chrissy doucement. Ou de mal, ajouta-t-elle dans un murmure larmoyant. Mais que restera-t-il quand elle en aura terminé ? » Elle se recroquevilla soudain, comme un petit animal balayé par l'ombre silencieuse des ailes de la chouette.

Laurie tendit le bras pour le lui passer autour des épaules, comme elles le faisaient quand elles étaient meilleures amies et que l'une ou l'autre pleurait. Mais à son contact, Chrissy sursauta et s'écarta de l'étreinte de Laurie avec un gloussement méprisant. « Bah les pattes, Laurie ! Tu vires gouine, ou quoi ? »

Cela lui fit l'effet d'un coup de poing dans l'estomac. Laurie se retourna et plongea le regard dans les motifs du couvre-lit, comme s'ils la fascinaient soudain. Garde le contrôle, se dit-elle, avec l'espoir que ses yeux aspireraient les larmes qui enflaient. Chrissy et elle ne s'étaient jamais dit de telles choses, pas même en plaisantant. Elle continua de fixer les animaux mais ils se brouillèrent devant ses yeux. Elle ne leva pas la main pour se les essuyer, de peur de se trahir. « J'ai une saloperie de contrôle de maths, demain, dit-elle plutôt. Je ferais mieux de me mettre à réviser si je ne veux pas me planter. »

Toujours sans croiser le regard de Chrissy, elle se déplaça jusqu'à l'endroit où elle avait laissé son sac de classe quand elles étaient entrées dans la chambre et commença à fouiller dedans. Comme elle penchait la tête en avant, ses cheveux tombèrent de part et d'autre de son visage comme des rideaux. Elle cilla rapidement, en espérant que cela disperse les larmes en suspension.

« Bon, tu veux venir avec nous, une prochaine fois ? Sue et moi, je veux dire ? » La voix était presque celle de l'ancienne Chrissy, le ton presque un ton d'excuse. Mais l'ancienne Chrissy se serait tenue à côté d'elle, lui aurait dit qu'elle était désolée d'avoir dit un truc aussi nul.

« Ma mère ne me laissera jamais », dit Laurie. Elle trouva son livre de mathématiques, le sortit du sac, l'ouvrit et fit semblant de chercher une page.

« Eh bien ? demanda soudain Chrissy. Alors quoi ? Tu veux venir avec nous chez la Belle Dame, oui ou non ?

— Je ne suis pas censée aller chez des gens que ma mère ne connaît pas, à moins qu'elle n'ait leur numéro de téléphone et qu'elle leur ait parlé avant. » Les mots lui sortirent de la gorge comme des cailloux aux bords râpeux, mais elle se força à les dire. Telle était la règle et elle devait s'y tenir. Elle ne pouvait pas les violer sans de graves conséquences ; pas comme la mère de Chrissy, qui remarquait à peine ce que faisait sa fille.

« Bon, trancha Chrissy, alors maman ne te laissera pas venir. Eh bien, la Belle Dame ne m'aurait pas laissé t'emmener, de toute façon. Tu ne corresponds pas à ce qu'Elle recherche.

— Je suppose que non, dit Laurie d'une voix désintéressée.

— Tu vois, la Belle Dame, Elle va changer le monde. Mais Elle doit avoir de fidèles adeptes pour L'y aider. Des gens qui peuvent lui obéirent dans l'instant sans poser de questions. Plus tard, ils seront récompensés.

— On dirait une bande dessinée », dit Laurie d'une voix faible en sortant son classeur. Elle farfouilla au fond du sac à la recherche d'un stylo de manière ostentatoire. Puis elle se mit réellement au travail et commença ses exercices de maths devant elle. Chrissy était en classe de pré-mathématiques.

« Vas-y, ne me prends pas au sérieux. Mais ne viens pas me reprocher d'être laissée de côté plus tard parce que tu étais trop peureuse pour prendre quelques risques. » Chrissy marqua une pause pour laisser à Laurie une chance de la supplier de lui en dire plus. Au lieu de cela, Laurie ramassa son classeur et son livre et les porta jusqu'à son bureau.

« Tu vois, c'est comme s'il y avait une guerre, en ce moment même, reprit soudain Chrissy. Et nous sommes comme Ses espions ou ce genre de trucs. Et certains d'entre nous font même des choses encore plus difficiles, comme être Ses ninjas, ou quelque chose dans ce goût-là. Tu vois, il y a des gens là-dehors qui La connaissent et feraient n'importe quoi pour L'empêcher de mener Ses projets à bien. Parce qu'une fois qu'Elle sera au pouvoir, eh bien, tout va changer. Les gens qui nous bousculaient seront vraiment désolés, car nous Lui appartiendrons et ils devront faire ce qu'on leur dira. Elle les fera ramper devant nous. »

Une grande satisfaction habitait la voix de Chrissy. Laurie lui lançait des regards obliques de derrière le rideau de ses cheveux. Son amie fixait un point situé au-delà du mur, un air de jubilation malveillante dans les yeux. Le même que lorsqu'elle parlait de faire une fugue, pour que son père et sa mère soient vraiment désolés d'avoir été si méchants avec elle, une fois qu'elle serait partie. Mais quand elle s'était enfuie pour de bon et était restée cachée deux jours dans un foyer pour sans-abri, ses parents n'avaient pas même appelé la police. Laurie regarda de nouveau Chrissy, soudain frappée par son air ridicule avec sa frange rigide collée à son front –presque une crête-de-coq– et les cheveux rasés au-dessus des oreilles. C'était une coiffure de punk coriace, mais qui n'enlevait rien à sa petite bouille ronde et grassouillette. Le père de Laurie avait toujours dit que Chrissy ressemblait à une Cabbage Patch Kid[10] trop rembourrée. C'était toujours le cas. La punk à tête de chou, songea Laurie en gloussant.

« Qu'est-ce qu'il y a de si drôle ? » fit Chrissy, immédiatement suspicieuse.

« Rien, marmonna Laurie, je pensais à quelque chose d'autre.

— Écoute, Laurie. Tu veux en être, ou pas ? Parce que si oui, tu vas devoir prendre des risques, et ne pas tant t'inquiéter de ce qu'en disent papa et maman. » Chrissy fit saillir une de ses hanches et mit ses poings sur sa taille. Comme cette fille sur un poster rock. Laurie se demanda si elle s'y était entraînée devant le miroir.

« Je ne sais pas », articula-t-elle. Et elle disait la vérité. Vue la façon dont elle se comportait, elle ne savait même plus si elle voulait être amie avec Chrissy. Sauf que si Chrissy n'était plus sa meilleure amie, elle n'en aurait plus du tout. C'est à peine si elle connaissait qui que ce soit d'autre. « Je dois y réfléchir, d'accord ? » dit-elle pour faire amende honorable. Elle laissa finalement ses yeux croiser ceux de Chrissy, où elle ne trouva aucune compréhension. Chrissy se contenta de hausser les épaules.

« J'ai un contrôle de maths, demain, tu te souviens ?

— Ouais, je sais. J'espère que t'auras un cent pour cent et que maman te collera une étoile dorée au milieu du front. »

Laurie ne leva pas les yeux avant d'entendre la porte claquer. Puis elle fixa l'espace que Chrissy avait occupé en essayant de retenir ses larmes. Elle se demanda vaguement où Chrissy avait pu aller. Et combien de temps il lui faudrait pour abandonner et la suivre.

*Regarde donc la piste, la fin est arrivée ;*
*La rivière dicte les termes de mon destin.*
*J'entends rire le faucon, de même le roitelet ;*
*Mon repentir vient trop tard, je le crains.*

Lannan Sidhe

15 NOVEMBRE, APRÈS LE TRAVAIL

Même son stupide uniforme de serveuse échouait à l'enlaidir. Elle avait toujours les cheveux montés en un chignon hors de vue, mais cela n'empêchait pas les lampadaires d'en saisir le moindre reflet cuivré. Durand la contempla et se sentit de nouveau en colère contre Stepovich. Comment diable cet idiot pouvait-il regarder une femme comme Tiffany Marie et se souvenir de ses bêtises de jeunesse ?

Elle le repéra et se dirigea vers la voiture, ouvrit la portière et se glissa sur le siège côté passager, comme si elle l'avait attendu. Elle se pencha en avant, l'enlaça et lui donna un baiser aussi dur que rapide avant de dire, sans malice : « Tu m'as posé un lapin, hier soir, trou du cul.

— Je n'y pouvais rien, se défendit-il. Le boulot de flic ne s'arrête pas à cinq heures. »

Elle se tenait assise en le regardant de ses yeux immenses. Il aurait dit à n'importe quelle autre femme qui l'aurait traité de la sorte de dégager, de trouver quelqu'un d'autre à insulter. Mais, venant de Tiffany, ça ne le dérangeait même pas. Parfois, quand elle n'était pas près de lui, il se demandait pourquoi. Il savait que tout ce dont Step lui avait parlé était vrai ; avant, il s'était fait une règle de ne jamais sortir avec une fille qui avait eu des problèmes dans le passé, divorce, enfants illégitimes, drogues douces, ou quoi que ce soit d'autre. Parfois il essayait de se dire qu'elle avait fait la pute et qu'il ne devrait pas l'apprécier autant. Mais tout ceci n'avait plus aucune importance quand ils étaient ensemble. Il avait donc violé sa propre règle pour sortir avec elle, et plus tard elle continua à déroger à toutes celles qui définissaient une femme, selon lui. Comme maintenant.

Après s'être accordé deux secondes de réflexion, elle haussa les épaules et le pardonna. « La prochaine fois, essaye d'appeler, dit-elle en se serrant contre lui.

— Attache ta ceinture », fit-il comme à chaque fois.

Elle se déplaça à contrecœur à l'autre bout de la banquette. « Tu devrais installer une ceinture au milieu, comme ça, je pourrais m'asseoir à côté de toi au lieu de me mettre aussi loin.

— Je ferai ça sur mon temps libre », lui promit-il, réchauffant la blague selon laquelle il n'avait jamais une minute de temps libre. « Qu'est-ce que tu aimerais faire ? Dîner et ciné ?

— Ok. Mais je dois rentrer me changer, d'abord. Ça ne t'ennuie pas ?

— Non. » Il s'engagea dans le trafic en faisant grincer l'embrayage de la vieille Chevy. Encore autre chose qu'il faudrait réparer sur son temps libre.

Durand lui fut reconnaissant de le laisser conduire en silence, à simplement respirer les traces ténues du parfum qu'elle avait amené dans son sillage, sentir sa main gauche posée sur son épaule. Elle finit cependant par rompre le charme. « Vas-tu finir par me dire de quoi il s'agissait ?

— Quoi donc ?

— Ce qui t'a retenu hier soir.

— Oh, des trucs de flics. » Il détestait évoquer avec elle la moindre chose concernant Stepovich, la seule sur laquelle ils n'étaient jamais d'accord. L'ironie, c'est que sans lui, ils ne se seraient jamais rencontrés. Stepovich les avait présentés l'un à l'autre, le premier jour de service de Durand. Bien sûr, c'était Tiffany qui avait pris le relais après les présentations d'usage et qui l'avait appelé au travail pour lui dire qu'elle aimerait le voir plus souvent. Aucune femme n'avait fait cela, auparavant.

« C'est Mike, n'est-ce pas ? Qu'est-ce qu'il t'a encore fait ? »

Il dépassa deux pâtés de maisons avant de répondre, et elle lui accorda ce silence. « Je commence à croire qu'il est mêlé à quelque chose de louche.

— Oh », fit-elle, et ce fut tout. Elle attendait le reste de l'histoire avant de dire quoi que ce soit d'autre. Mais il la connaissait sans doute assez bien pour percevoir les notes glacées de son ton.

Durand soupira. « C'est comme ça. Tu sais, je t'ai parlé de ce Gitan qu'on a arrêté, et comment il s'est fait la belle, d'une façon ou d'une autre. Et le meurtre à l'hôtel, tout ça. Eh bien, Stepovich m'a dit qu'on en avait fini avec ça, que c'était à la criminelle de prendre le relais, d'oublier tout ça. Mais hier, j'ai remarqué qu'il n'avait pas enlevé son uniforme après le service. Alors je l'ai plus ou moins suivi et l'ai vu aller au parc et discuter avec ce type qui conduit une calèche. Et après son départ, je suis allé interroger le type à mon tour ; il s'avère que Stepovich lui a posé toutes sortes de questions à propos d'un Gitan et d'un couteau.

— Je ne vois pas en quoi ça signifie que Mike fait quelque chose de mal. Je veux dire, les flics ne font-ils pas tous la même chose : suivre leurs affaires ?

— Ouais », admit Durand, mal à l'aise. « Mais en général, ils mettent leur partenaire dans le coup. Et le passage concernant le couteau ; je crois me souvenir que le Gitan avait un couteau quand on l'a arrêté, mais je ne revois pas Stepovich l'enregistrer au commissariat. Et l'arme du crime de l'hôtel était un couteau. Tu me suis ?

— Pas vraiment », fit-elle d'un ton qui niait catégoriquement que Mike puisse avoir mis le pied là où il ne le devrait pas.

« Comprends-moi, s'expliqua Durand. Je ne dis pas qu'il s'est rendu coupable de quoi que ce soit. Mais je crois qu'il fait plusieurs entorses au règlement, ce qu'aucun flic ne peut se permettre, même dans une moindre mesure. Mon père me l'a appris quand j'étais tout petit. Un flic doit toujours jouer selon les règles, que ça lui plaise ou non. Un flic sans règles n'est rien.

— Et les règles sans bon sens sont stupides », ajouta Tiffany d'un ton définitif.

Durand resta silencieux pendant trois pâtés de maisons. C'était la première fois qu'ils arrivaient si près d'une dispute, et il n'avait pas envie de s'en approcher davantage.

« Bon, dit-il enfin alors que le moteur de la Chevy leur jouait un ralenti bruyant. Qu'est-ce qu'il faut faire selon toi ? L'ignorer ?

— Bien sûr que non ! Bon sang, vous êtes partenaires. Pose-lui la question entre quatre yeux.

— Et bien sûr Stepovich me racontera toute l'histoire, observa Durand d'un ton sarcastique appuyé.

— Il le fera, si tu t'y prends comme il faut », répliqua-t-elle avec calme. Il lui jeta un coup d'œil. Elle regardait droit devant elle et il sut que d'une étrange manière, il l'avait blessée. Cela l'embêtait beaucoup plus qu'il ne l'aurait cru. Surtout maintenant que la main gauche de Tiffany ne quittait plus son épaule. Il essaya de trouver des mots d'excuse, mais s'excuser ne lui sembla pas la meilleure chose à faire.

La Chevy se glissa dans l'intersection, accompagnée par la plainte de l'embrayage. « Ok, fit Durand calmement. Je vais faire de mon mieux pour lui demander.

— Merci », répondit-elle sur le même ton, laissant Durand se demander pourquoi c'était lorsqu'il la comprenait le moins qu'il l'aimait le plus.

*Si nos choix sont plus que le fruit*
*De la chance et du hasard,*
*J'espère ne pas me tromper*
*La prochaine fois que je prendrai un risque.*

No Passenger

AUTOMNE, 1989

Le bus siffla comme un serpent fatigué lorsque la porte s'ouvrit. Le Cocher descendit en premier. Il sauta au sol et pirouetta, un sourire aux lèvres. « Bienvenue à Lakota », déclara-t-il.

Daniel descendit les marches à son tour en boutonnant son épais pardessus vert. Il suivit le Cocher dans la rue, les yeux levés sur les gratte-ciel de verre. « Une ville, fit-il, est une ville.

— Pas tout à fait, chacune possède ses propres rythmes. Tu verras. »

Daniel grogna. « Si tu veux. Quoi qu'il en soit, nous y sommes. Et maintenant?

— Maintenant? Eh bien, c'est aujourd'hui mercredi. Demain nous commencerons les recherches. Si nous ne trouvons rien, j'essayerai d'emprunter un carrosse vendredi. Je suis sûr de l'avoir dimanche, au pire des cas.

— Que comptes-tu faire d'un carrosse?

— Le tour de la ville. Si ton frère aîné est arrivé, et que ton cadet a réussi à ne pas se faire tuer, je les trouverai et les embarquerai. Alors, nous verrons ce qu'il se produira. Rien, peut-être. J'en sais bien moins que tu le crois.

— Et moi encore moins. Comme je le disais, et maintenant ?

— Tu as de l'argent ?

— Un peu.

— Bien. Trouvons-nous un endroit où passer la nuit. Il serait bon de rester à l'abri des regards, si possible.

— À l'abri de quels regards, Cocher ?

— Ceux du Loup, bien sûr », répondit l'autre avec un petit sourire suffisant. Puis il héla un taxi.

# 8

# Le Loup, le Blaireau et la Vieille Femme

*Vieille femme, j'ai trop de haine, il faut que je la chasse*
*Vieille femme, toi qui te caches derrière les murs de ta tente*
*Vieille femme, combien encore faut-il que je me repente ?*
*Vieille femme, laisserai-je une trace*
*Quand mes jours auront touché à leur fin ?*

Blackened Page

15 novembre, 22h00

« Mike ! »

Stepovich se réveilla en sursaut. Par réflexe, il roula à bas du canapé tout en se levant et en cherchant à tâtons un pistolet qui n'était pas là ; ses lacets noués ensemble le renvoyèrent au tapis encore plus vite. Il se rattrapa douloureusement sur un coude et réussit à éviter une rencontre fatale avec la table basse.

« Espèce d'enfoiré ! » articula-t-il non sans clairvoyance.

Ed riait. « Ça marche à chaque fois », observa-t-il avec bonne humeur, et en dépit du fait qu'il s'était bien écoulé quatre ans depuis la dernière fois où il lui avait fait cette blague. Il tourna le dos à Stepovich et se dirigea vers la minuscule cuisine. « Tu veux du café ? lança-t-il par-dessus son épaule.

— Ce verrou m'a coûté quinze dollars. Si tu me l'as bousillé, je te le fais bouffer.

— Moi ? » Ed passa la tête par la porte de la cuisine. « Il n'était même pas fermé, Stepovich. Aucun verrou n'était tiré. Je me suis contenté de rentrer ici avec la plus grande désinvolture.

— Menteur », marmonna Stepovich en dénouant ses lacets. Il n'avait jamais réussi à comprendre comment Ed s'y prenait. Aucune serrure ne résistait à cet homme pourtant trop gros et gauche comme un bœuf. Stepovich ne comptait plus les fois où Ed l'avait pris au dépourvu lorsqu'ils faisaient équipe. Quand il était encore un bleu, Ed l'avait presque convaincu que lui, Stepovich, n'était pas assez alerte pour faire un bon flic. Il lui avait fallu un certain temps pour s'apercevoir que le gros homme pouvait se déplacer encore plus silencieusement qu'un chat et était capable de s'approcher de n'importe qui par surprise. Attraper les monte-en-l'air par-derrière avait été l'un de ses coups préférés, dans le temps.

Stepovich noua de nouveau ses lacets, se leva et gagna la cuisine. Ed avait empilé sur le sol la moitié du contenu des placards. « Où diable mets-tu le café en grains ? » demanda-t-il lorsque Stepovich apparut dans l'embrasure de la porte. Le sournois enfoiré n'eut pas même besoin de tourner la tête vers lui ; il savait précisément où se trouvait Stepovich.

« Je n'en ai pas. » Stepovich tendit la main vers l'étagère au-dessus de la cuisinière, où il attrapa une boîte d'instantané. « Le café est juste là.

— Cette merde ? » Ed s'éloigna du désordre qu'il avait mis d'un pas négligent. « Faisons l'impasse sur le café. On en trouvera sur le chemin. » Il jeta un coup d'œil aux paquets et aux boîtes de conserve parmi lesquelles il venait de fouiller. « Bien piètre butin, Mike. Je ne donnerais rien de ce qu'il y a ici au chat du voisin. À quand remonte la dernière fois où tu as fait des courses ?

— Je n'en fais pas. J'achète ce dont j'ai besoin pour le soir sur le trajet du retour du travail. Où allons-nous ? Et quelle heure est-il, bon sang ?

— Minuit tout juste passé. L'heure du crime. L'heure idéale pour les sorcières, les vampires et les gitanes qui disent la bonne aventure. Mais, Mike, ce n'est pas une façon de vivre. Il ne faut pas prendre le café à la légère. Tu m'as déjà vu le faire : petit moulin, passoire, et tu gardes les grains au frigo jusqu'au dernier moment.

— Où est-ce qu'on va ? » répéta Stepovich d'une voix lasse. Minuit. Merde. Il bossait le lendemain. Ed était-il à la retraite depuis si longtemps qu'il en avait oublié à quel point il était difficile de se sortir le cul du lit à six heures du matin ? Il fallait le voir avec ses yeux brillants et ses cheveux peignés, son blouson d'aviateur qu'il ne pouvait même plus fermer sur son ventre proéminent. Il ressemblait à un ado sur le point de sortir draguer. Il en avait en tout cas le même sourire merdique quand il rencontra enfin le regard de Stepovich.

« Où est-ce qu'on va? On va se faire prédire l'avenir, beau gosse. Madame Moria voit tout, et je lui ai fait la leçon pour qu'elle nous dise tout. Allons-y. »

Il lança à Stepovich son manteau, dont la manche frappa ce dernier au visage. Ed fredonnait *Captain of the Pinafore*[11] alors que Stepovich le suivait à l'extérieur. Celui-ci sentit malgré lui son pouls s'accélérer. Gilbert et Sullivan avaient toujours été les airs de chasse de Ed. Vite, Watson, il se trame quelque chose, et tout le tralala.

Ils avaient déjà pris place dans la Cadillac quand Stepovich pensa à dire : « Mais, je t'ai dit que cette affaire avec le Gitan était classée et que ça s'est révélé ne rien être du tout.

— Conneries », répliqua Ed d'une voix bienveillante avant de claquer sa portière si fort que les oreilles de son ancien équipier se bouchèrent. Le moteur démarra dans un rugissement, puis Ed baissa le régime jusqu'au ronronnement d'un gros chat. Il actionna ensuite le levier de vitesses avec un *whump !* perceptible et s'en alla rôder dans la circulation.

Stepovich poussa un soupir, puis renifla avec curiosité à plusieurs reprises. « Ça sent comme dans une épicerie fine. Tu gardes une pizza à l'arrière, ou quoi ?

— Nan. » Ed s'éclaircit la gorge. « C'est le fromage. » Un peu plus bas dans la rue, il ajouta : « Pour les pièges à souris. Je veux dire, je déteste tuer ces petites saloperies de cette manière, mais j'ai tout essayé. J'ai même emprunté le chat de mon voisin et l'ai enfermé toute une nuit dans le garage avec la voiture. J'ai tout laissé ouvert : coffre, portières, même la capote. Je me disais qu'il aurait faim et attraperait les souris pour moi.

— Ça n'a pas marché, hein ? demanda Stepovich d'un air négligent.

— Non. Et cet enfant de salaud a éjaculé dans le coffre. Il en a foutu partout ! » Ed avait adopté le ton d'une nonne outrée.

— Ah. » Stepovich essaya de paraître compatissant et n'y parvint pas. Pas plus qu'il ne put retenir un petit hennissement. « C'est donc ça, cette odeur. Fromage et sperme de chat. Je croyais que c'était ton nouvel aftershave. Eh bien, voilà un chat qui sait reconnaître une voiture bandante quand il en voit une.

— Connard, grogna Ed. Je me casse le cul pour toi et tu te fous de ma voiture. Quel brave type.

— À quoi serviraient les amis, sinon ? Non, sérieusement, qu'est-ce qu'il y a encore avec cette affaire de Gitan ? Je veux dire, c'est vrai, c'est terminé et classé. Je devrais être chez moi et me reposer en vue d'une nouvelle journée à protéger et servir mes concitoyens. »

Ils roulèrent en silence. Le trafic était faible à cette heure de la nuit et les devantures plongées dans l'obscurité. Roosevelt Nord. Cela faisait des années qu'il n'avait pas patrouillé de nuit dans ce quartier. Il n'avait pas changé depuis lors. Il essayait d'éviter la petite Philadelphie en dehors de ses heures de travail ; il la voyait bien assez pendant le service.

Des flaques de neige dans les zones les moins fréquentées. Seuls les enseignes au néon criardes des tavernes et les feux tricolores brillaient au-dessus de leur tête, projetant au sol des barres de lumière et des éclaboussures parmi le lavis des lampadaires. Carradine Ouest, maintenant. Les rues noires se paraient d'une couche de neige blanche de la dernière chute.

« Est-ce que tu me trouves vieux ? s'enquit soudain Ed d'une voix douce qui alarma son ancien coéquipier.

— Quoi ? Non, mon vieux, rien de ce genre. C'est juste que l'affaire est classée, et…

— Tu mens très mal, Mike. Tu l'as toujours fait et ça ne s'arrangera jamais. Tu prends un ton trop sincère, ça te trahit. » Les yeux noirs de Ed lui firent l'effet d'un coup de couteau pénétrant ; il sentit une douleur sourde quelque part dans au niveau de son sternum.

« C'est vrai, fit-il deux feux plus loin. Je mens. Je suis toujours en train de creuser cette affaire. Mais si je ne voulais pas t'impliquer, ce n'est pas une question d'âge. C'est parce que ça pourrait devenir un vrai bordel. » Il se tourna vers Ed, en quête de son regard. « Assez bordélique pour foutre en l'air ta pension.

— Ah oui ? » Ed tourna au coin d'une rue et ralentit pour trouver une place de parking. Il coupa ensuite le moteur et tourna vers Stepovich un sourire indéchiffrable. « Eh bien, je les emmerde s'ils n'ont pas le sens de l'humour. » Il s'étira dans son siège et fit craquer ses épaules. « Bon », reprit-il d'une voix tout à fait différente, maintenant instructive et professionnelle. « Voilà le topo. Et ça m'a pris deux jours et soixante-dix-sept dollars pour en arriver là, alors garde ça à l'esprit et ne les gâche pas. Je vais t'accompagner, mais tu dois faire comme si tu étais au courant depuis le début. Je reprends tout : j'ai eu le nom de Madame Moria par un certain ami.

— Un certain ami, répéta Stepovich dans sa barbe. Ton certain ami doit commencer à se faire vieux, maintenant. » Il n'avait jamais réussi à découvrir l'identité de ce mouchard-là.

« Peu importe. Il m'a rencardé sur sa diseuse de bonne aventure. Une gitane, sans aucun doute possible, d'après les renseignements de mon certain ami, et une gitane entretenant de nombreux liens avec la communauté, ou quel que soit le nom que tu donnes à tous les gitans qui passent par ici. Bref. Madame Moria habite un appartement au-dessus de ce sordide magasin d'instruments de musique que nous avons perquisitionné plusieurs fois pour recel. Appartement C. Je m'y suis rendu pour m'y faire lire l'avenir. Je lui ai donné dix dollars et suis allé m'asseoir dans une petite pièce au fond. Bougies, foulards, encens, boule de cristal, toute la panoplie. Elle m'a servi le baratin standard, puis a commencé à m'en promettre davantage. Alors je lui ai donné dix dollars supplémentaires pour une voyance plus complète, et lui ai dit sur le ton de la confidence que j'envisageais d'investir mes économies dans l'affaire d'un ami, mais que je ne savais pas si c'était judicieux. J'ai ajouté que ces derniers temps plusieurs de mes petits projets n'avaient pas si bien marché. »

Stepovich grogna. Il connaissait la suite. « Ton argent était victime d'une malédiction, c'est ça ? »

Ed lui adressa un sourire de connivence. « Bingo ! Comment as-tu deviné ? Elle m'a donc demandé de lui apporter toutes mes économies pour qu'elle puisse lever la malédiction. »

Stepovich connaissait cette vieille arnaque, un grand classique pour qui avait un jour travaillé pour la brigade de répression des fraudes. La vieille bique prenait l'argent, l'enveloppait dans un foulard, récitait son charabia et rendait le paquet au client, l'enjoignant de le mettre en lieu sûr et de ne pas y toucher pendant deux semaines, dix-neuf jours, deux mois ou autre. Il fallait laisser le temps à l'antidote de fonctionner. Et le temps que le gogo ouvre le petit paquet et le trouve rempli de vieux journaux, Madame Moria se trouvait à trois États de là. Il avait même entendu parler d'une andouille qui avait ouvert le foulard plus tôt que prévu et était revenue confondre la gitane. Celle-ci devait être particulièrement convaincante, car elle avait réussi à persuader son gogo que la malédiction opérait toujours, et qu'il fallait maintenant lui apporter davantage d'argent pour l'ajouter au paquet afin que l'antidote puisse fonctionner. Ce que le pauvre diable avait fait. La brigade s'était tordue de rire en entendant cela.

« Et que s'est-il passé ?

— Eh bien, je lui ai donné tout le liquide que j'avais sur moi, comme elle le suggérait. Puis elle l'a enveloppé et m'a assuré qu'elle le gardait pour moi.

— Et après ?

— Je suis retourné la voir un peu plus tôt dans la soirée et lui ai laissé me raconter de nouveau tout son baratin. Alors j'ai ouvert d'un coup ma chemise et lui ai montré le micro collé à ma poitrine en lui disant qu'elle était en état d'arrestation. Puis je lui ai dit que je pourrais passer l'éponge pour cette fois si elle nous donnait un coup de main sur quelque chose d'autre, une affaire impliquant une gitane. Ensuite je l'ai laissée seule pour qu'elle puisse réfléchir à tout ça un petit moment. »

Stepovich jeta un coup d'œil aux fenêtres sombres. « Et tu crois vraiment qu'elle est encore là ?

— Je n'en doute pas.

— Qu'est-ce qui te le fait penser ?

— Son visage quand j'ai lâché le nom de Cynthia Kacmarcik. On aurait dit qu'elle avait un intérêt personnel dans l'histoire, Mike. Bien plus personnel que le simple fait de se tirer d'affaire. »

Les portes de la Cadillac produisirent un bruit assourdissant dans la rue silencieuse. Cette partie de la ville, à la frontière du quartier industriel, était encore plus pauvre. On avait condamné ou vidé la plupart des vitrines des commerces, et ceux qui avaient survécu affichaient un air de désespoir, avec leurs fenêtres renvoyant le reflet gondolé de leur enseigne et de leurs marchandises poussiéreuses. De vieux papiers chuchotaient dans les gouttières enneigées.

Ed poussa la porte en verre qui ouvrait sur une étroite cage d'escalier. En le suivant, Stepovich passa devant trois boîtes aux lettres délabrées qui se balançaient sur le mur percé de trous. Une unique ampoule jaune éclairait l'escalier. Le papier peint était si usé qu'il laissait voir le lambris des murs par endroits. Quelqu'un avait laissé une bouteille de bière vide sur l'une des marches. Ed avançait du pas furtif d'un vieux chat roux et Stepovich le suivait en essayant de ne pas faire craquer le parquet sous son poids pourtant inférieur. Ed examina l'étroit couloir en haut des marches puis hocha la tête, davantage pour lui-même que pour Stepovich. Il frappa à la troisième porte qui s'ouvrit presque tout de suite.

La jeune femme aux cheveux châtains et aux yeux gris perçants qui leur ouvrit portait ce que Jenny aurait appelé un tailleur. Le genre de costume qu'elle avait choisi non parce qu'il lui plaisait ou qu'il lui allait bien, mais pour la seule raison qu'il lui donnait l'air d'un cadre. Elle était un tout petit peu trop jeune pour pouvoir enlever la veste, qui lui donnait l'air de la petite sœur d'Al Capone. Ed l'observa quelques secondes avant de refermer la bouche.

« Entrez, lâcha-t-elle d'un ton aussi acide que brutal. Entrez donc. Oubliez l'âge avancé de Madame Sarinsky, sa mauvaise santé et l'heure tardive. Entrez donc. C'est à moi que vous allez parler. Je suis mademoiselle Peabody, de la Coalition Légale de Proximité. Et pour commencer, j'aimerais voir vos insignes. »

Stepovich sentit ses boyaux se tordre. Ed n'en menait pas large non plus. Il secoua la tête plusieurs fois, et Stepovich eut l'impression que s'il avait eu un chapeau, il l'aurait retiré. Il se faufila dans la pièce derrière elle où Stepovich le suivit à contrecœur, avec la sensation de pénétrer dans l'antre d'un lion.

Des couvertures, des tapisseries et d'autres choses tissées drapaient les murs et le plafond, transformant l'intérieur de la pièce en une tente. Toutes les couleurs du monde y étaient représentées, avec une prédominance du rouge. Les fauteuils rembourrés possédaient des pieds comme des pattes d'animal et débordaient de coussins, alors que les nombreuses petites tables semblaient instables sous leur montagne de bric-à-brac. Des tapis de formes et de motifs divers empilés sur le sol contribuaient à rendre la démarche de Stepovich incertaine. De Madame Moria, aucun signe.

« Eh bien, mademoiselle Peabody, je constate que vous êtes en colère, mais je crois que si nous parlons, vous découvririez qu'il n'y a aucune raison de l'être », commença Ed d'une voix apaisante. Trop apaisante. Stepovich observa mademoiselle Peabody hisser sa collerette.

« Il me semble vous avoir demandé vos insignes », fit-elle d'un ton glacé. Son regard sévère passait de l'un à l'autre. Ed lui offrit le spectacle de fouiller dans sa veste. On est bons pour une pièce de dix cents ou un dollar, pensa Stepovich en sortant son badge.

« Officier Stepovich, M'dam. C'est moi qui suis en charge de cette enquête. Ed ne fait que me seconder. Si vous avez des remarques à propos de la façon dont nous la menons, c'est à moi qu'il faut en parler. » Il referma l'étui d'un geste vif en espérant qu'elle n'avait pas eu le temps de lire le numéro de sa licence.

« Des remarques ! » cracha-t-elle comme un lama. « Ce ne sont pas des remarques que j'ai, agent Stepovich, mais des griefs ! Connaissez-vous le sens légal du mot piège ? Et harcèlement ? » Elle marqua une pause avant de reprendre : « Mais ceci n'est que menu fretin comparé au fait que j'ai appelé le commissariat et qu'aucune enquête impliquant ma cliente n'est en cours, aucun agent n'en a la charge. »

Stepovich était maintenant certain que sa petite indigestion tournait à l'ulcère en bonne et due forme. Il adressa à Ed le signe discret qu'il utilisait jadis en opération pour l'inviter à passer devant ou à sécuriser un couloir. Mais cette fois, il le fit en direction de la porte. Il fallait laisser Ed en dehors de tout ça, car rien ne pouvait relier à cette affaire un flic à la retraite. Ed avança d'un pas, mais pas vers la porte ; il se rapprochait de Stepovich. Penché vers lui, secouant sa grosse tête d'ahuri comme un abruti endeuillé, il lui murmura : « Pas question, vieux.

— Oh, que si, vieux. »

Stepovich regarda mademoiselle Peabody, qui dardait sur eux un œil triomphant, tel un charognard tombé sur une mule agonisante dans le désert. « Attendez un instant, dit-il, il faut que nous parlions.

— Vous pouvez toujours parler, aboya-t-elle. Je vais…

— Attendez », répéta-t-il en mettant dans son ton toute la force dont il fut capable. Avant qu'elle puisse répliquer quoi que ce soit, il attrapa Ed par le bras et le conduisit dans un coin près d'une tapisserie verte représentant une chouette verte et un corbeau rouge au-dessus d'un chevalier blessé. « Écoute-moi, idiot. Tu ne dois pas oublier ta pension. Je peux…

— Tu peux te faire virer de la police à coups de pied au cul. Je ne vais pas te laisser jouer les loups solitaires et payer mes pots cassés.

— *Un loup ?* »

Voix ronchon haut perchée, comme celle d'une vieillarde réveillée de sa sieste par un enfant turbulent. Pendant un moment, il fut impossible d'en situer l'origine. Puis la tapisserie s'ouvrit, écartée à tâtons par le bout d'une baguette de métal. Ed et lui reculèrent instinctivement vers l'arrière et adoptèrent une posture défensive avant de reconnaître l'extrémité d'une canne. Une femme se fraya lentement un chemin des épaules à travers la tapisserie, qui cachait une porte derrière elle. Elle était vieille, mais bien vivante, sa vigilance indépendante de ses sens perdus et de son corps raidi. Ses deux cannes, l'une noire en bois vrillé cerclé de fer, l'autre d'aluminium poli, accompagnèrent son avancée d'un lent martèlement jusqu'au centre de la pièce.

« Madame Sarinsky, en tant qu'avocate volontaire, j'insiste pour que vous me laissiez régler cette histoire, dit mademoiselle Peabody d'une voix dure. En fait, il serait préférable que vous n'adressiez pas la parole à ces personnes, ajouta-t-elle d'un ton condescendant.

— Madame Sarinsky, dit la vieille femme d'une voix stridente et impérieuse. Je suis Madame Moria Sarinsky, voyante de l'inconnu. Et moi seule sais ce qui vaut mieux ici. Moi seule. »

Stepovich se fit la réflexion que mademoiselle Peabody paraissait aussi troublée qu'une soliste qui se serait trompée de chœur.

« Dans l'intérêt de vos droits, je vous conseille de... », essaya-t-elle de nouveau, mais Madame Moria Sarinsky leva sa canne noire et la chassa d'un geste, comme si l'avocate n'était qu'un agaçant pigeon.

« C'est différent, maintenant », dit-elle, non pour expliquer mais dans le seul but de la congédier. « Je n'avais pas vu le Loup. Je croyais qu'il ne s'agissait que de ce vieux Blaireau gris qui essayait de me faire sortir de ma tanière. Va, va, jeune fille, il n'y a rien que tu puisses faire ici. Vous, jeune homme, dit-elle en agitant sa canne vers Ed. Débarrassez un fauteuil pour moi. Non, pas celui-là, imbécile. N'importe quel idiot verrait qu'il est bancal. Celui-ci. Plus vite. »

Stepovich hésitait entre regarder mademoiselle Peabody défaite ranger sa mallette et partir, et Ed obéir avec humilité à la vieille bique.

« ... elle ne comprend manifestement pas ce que vous êtes en train de faire. D'ailleurs on ne lui a pas lu ses droits, donc rien de ce qu'elle dira ne pourra être retenu devant un tribunal. Et si l'on en arrive là, j'en témoignerai. Donc si vous croyez que...

— Oui, oui, oui », coupa Madame Moria d'une voix exaspérée. Elle pointa la canne noire vrillée vers Stepovich. « Vous. Fermez la porte. »

Ce qu'il fit, laissant tout juste à mademoiselle Peabody le temps de sortir. Il se retourna pour regarder Madame Moria s'installer dans le fauteuil au prix de divers petits sifflements et grognements. Elle frappa le sol de sa canne jusqu'à ce que Ed comprenne le message et place un coussin à un endroit où ses pieds, dans ses chaussons, pourraient l'atteindre. Puis elle inspira bruyamment plusieurs fois en arrangeant les plis de la robe autour d'elle. Robe était d'ailleurs un piètre mot pour décrire une telle merveille de brocart et de broderie. Et, bon sang, ses chaussons y étaient assortis. Quand elle fut satisfaite du résultat, la vieille femme leva la tête et fixa Stepovich. « Alors, Loup, qu'es-tu venu me demander ? »

Stepovich se fit la réflexion que les tailleurs de l'année suivante ressembleraient peut-être à des peignoirs riches de brocart. Il commença à tirer un fauteuil à lui, mais elle désigna d'un geste impérieux un coussin non loin de ses pieds veinés de bleu. Il s'assit. Mieux valait lui obéir et ne pas la fâcher.

Il observa ses yeux, sombres et vieux, les bruns débordant et maculant les blancs. Si elle n'était pas au moins à moitié aveugle, Stepovich voulait bien manger son insigne. Aveugle. Mais capable de voir des choses à faire dresser les cheveux sur la tête. Il s'éclaircit la gorge et s'entendit demander : « Je veux savoir qui a tué Cynthia Kacmarcik. »

Il entendit Ed changer de position dans son fauteuil devant ce mode d'interrogatoire inhabituel. Madame Moria le perçut aussi, car elle leva sa canne en aluminium et la pointa sur Ed de façon péremptoire. « Toi. Va à la cuisine. Fais du thé. Vous gardez une vieille femme éveillée tard, vous devez vous soucier de sa gorge. Va. »

Ed se leva à contrecœur. « Comment saurais-je où est le thé ? demanda-t-il.

— Creuse, Blaireau, creuse. Dépêche-toi. Et ne t'avise pas de voler quoi que ce soit, car je le saurai ! » lui lança-t-elle alors qu'il se débattait maladroitement avec la tapisserie par laquelle elle était entrée. Ed congédié, elle se pencha plus près de Stepovich. Ses yeux aveugles flottaient au milieu de son visage. Elle tendit une main osseuse et le surprit en l'attrapant par les cheveux. Seule la stupéfaction l'empêchait de se débattre.

« Quelqu'un la retient, murmura-t-elle. C'est aussi simple que ça. Elle aimerait être morte, la pauvre Cynthia le voudrait bien, mais quelqu'un ne la laisse pas partir. J'ai raison, n'est-ce pas ? »

Stepovich sentit sa propre gorge s'assécher. La vieille femme passa sa langue pâle sur ses lèvres flétries et en récupéra la salive du bout des doigts de sa main libre. Elle porta celle-ci à son oreille comme pour l'écouter. « Un petit garçon est impliqué, un vilain petit garnement, qui se cache dans Ses jupes une fois qu'il a commis ses saletés. Mais l'erreur serait de ne courir qu'après lui. Il n'est guère plus qu'une marionnette, tu sais. Mais une marionnette armée d'un couteau ; ne lui tourne donc pas le dos avant d'avoir coupé ses fils, compris ? »

Il entendait Ed faire cliqueter les tasses, verser de l'eau dans la bouilloire, mais tous ces sons paraissaient distants. Non pas feutrés par les tapisseries et les murs de l'appartement, mais lointains, à des kilomètres de là, comme des chiens aboyant à l'extérieur d'un village, ou le grincement des roues d'une charrette sur un pont. Les yeux chassieux ne le regardaient pas, mais ils voyaient pourtant quelque chose ; Stepovich ne pouvait en détacher le regard.

Elle ouvrit d'un coup un mouchoir devant son visage, et il ne tressaillit même pas. « Voici une odeur pour toi, Loup », lui dit-elle, et en effet, un parfum s'en dégageait, celui d'une eau de Cologne macho et bon marché, toute de musc et d'âpreté, dépourvue de la moindre douceur. Il l'inhala et elle sembla disparaître de l'air ambiant pour devenir une part de lui vouée à ne jamais être oubliée. Le mouchoir disparut à son tour, comme s'il n'avait jamais été là.

« Tu pourrais chasser avec le Corbeau sur ton épaule. Mais le Loup préfère toujours chasser seul, n'est-ce pas ? La nuit, tu pourrais voir par les yeux de la Chouette, mais tu crois avoir assez des tiens, n'est-ce pas ? Et le petit, la Colombe, qui pourrait te roucouler des secrets ? Lui, tu refermerais tes mâchoires dessus dans un grand claquement. Idiots. Quatre grands idiots, autant que vous êtes. Le monde appelle des héros à grands cris, et qu'est-ce qu'on lui donne ? Trois oiseaux sans cervelle et un chien galeux. »

Elle relâcha sa prise avec une secousse finale et retomba contre le dossier de son fauteuil en prenant de grandes inspirations. Elle réduisit ses yeux à deux minces fentes. Stepovich sentit comme une grande pression le quitter. Quelqu'un gratta à la porte d'une manière très particulière, mais avant qu'il réagisse, Madame Moria avait déjà relevé la tête. « Je m'en contrefiche ! », cria-t-elle d'un air de défi. S'adressait-elle à lui ? « Je suis trop vieille pour avoir peur de toi, démon en patchwork ! Cours colporter tes contes ! Tu n'es pas le seul à pouvoir rapporter des petits secrets ! » Sa voix sembla se briser sur les derniers mots. Soudain, elle s'adossa de nouveau dans son fauteuil avec un soupir sifflant. Ses lèvres asséchées rentrèrent en elles-mêmes et ses yeux s'opacifièrent davantage.

« Madame Moria ? », risqua-t-il.

Elle prit une nouvelle inspiration, cligna plusieurs fois des yeux. Puis elle tendit la main vers sa canne noire qu'elle cogna faiblement sur les tapis empilés. « Et alors, ce thé ? fit-elle d'une voix désormais plus piteuse qu'impérieuse.

— Je vais voir où ça en est », lui dit Stepovich en se levant. Mais Ed était déjà en train de pousser la tapisserie avec son dos, un petit plateau en argent dans les mains, qu'un vieux motif gravé et la patine du temps rendaient ravissant. Une grosse théière en céramique y trônait et côtoyait une élégante tasse en porcelaine anglaise cannelée. Aucun de ces objets n'était assorti, mais leur présence ensemble tombait sous le sens, comme de vieux amis.

« Approchez… cette table. N'importe laquelle. » Elle paraissait soudain très vieille, mais pas de la même façon qu'auparavant. Stepovich ne sourit même pas à la vue de Ed lui servant une tasse de thé et la lui offrant avec un luxe de précautions. Malgré ses tremblements, pas une goutte ne s'en échappa lorsqu'elle l'approcha de sa bouche et but une bruyante gorgée.

« Elle t'a dit quelque chose ? demanda Ed à mi-voix.

— Pas vraiment », répondit Stepovich en haussant les épaules. Il se demanda pourquoi cela lui faisait l'effet d'un mensonge.

Ed s'accroupit lourdement près de son fauteuil. « Alors, Madame Moria, pouvez-vous nous dire quelque chose sur Cynthia Kacmarcik ?

— Je peux vous dire qu'elle faisait un meilleur thé que ça ! Qui vous a appris à mettre de l'eau tiède sur les feuilles ? Il faut que la vapeur s'élève trente centimètres au-dessus de la bouilloire avant de remplir la théière ! Un thé comme celui-là, Cynthia l'aurait jeté !

— Mais pouvez-vous nous dire…

— Jeune homme, je suis fatiguée. Vous croyez qu'une vieille femme comme moi peut rester éveillée toute la soirée et parler sans être fatiguée ? Imbécile. Si vous voulez en savoir plus, revenez une autre fois.

— Peut-être pourriez-vous simplement… », commença Ed, mais Stepovich lui adressa un signe négatif de la tête. Ed comprit le message et se leva.

Alors qu'ils s'apprêtaient à sortir, Madame Moria frappa le sol de sa canne. « Cinquante dollars, fit-elle quand Stepovich se retourna. Vous croyez que je pratique la voyance gratuitement ? Bien sûr que non ! Cinquante dollars, Loup. »

Ignorant les regards incrédules de Ed, Stepovich lui donna les vingt-trois dollars que contenait son portefeuille. Elle les accepta d'un geste dédaigneux. « La prochaine fois que vous viendrez, vous apporterez le reste. Sinon, je ne vous dirai rien. Rien du tout. »

Ils avaient pris place dans la Cadillac pour le chemin du retour à l'appartement de Stepovich quand Ed sortit de son mutisme. « Pas en forme, commenta-t-il en secouant la tête.

— Elle est très âgée, concéda Stepovich.

— Pas elle, dit Ed en grognant de dégoût. Elle est aussi solide qu'un cheval, derrière ses sifflements sonores. Cette satanée bouilloire en métal fondu pèse ses dix kilos. La soulever tous les jours est sans doute aussi efficace que les entraînements de Jane Fonda. Elle n'a même pas les cheveux gris. Non, je ne parlais pas d'elle, mais de toi.

— Moi? Je ne suis pas malade. Une petite indigestion de temps à autre, mais montre-moi un flic qui n'a pas des aigreurs d'estomac et je t'en montrerai un qui est trop stupide pour avoir peur.

— Mais non, Mike, dit Ed en soupirant. C'est ta façon de vivre. Ça commence à me taper sur le système. Au début, je me suis dit, bon, il va lui falloir un moment pour s'habituer. Mais ça fait plus qu'un moment, et tu ne t'es toujours pas adapté.

— Bon Dieu, mais de quoi tu parles? »

Il se sentait gagné par une colère disproportionnée.

« Je parle de ta cuisine. On dirait que tu ne vis pas là. C'est comme si tu campais pour le week-end, comme si tu t'attendais à revenir avec Jennie et les gosses le mardi suivant ou un autre jour.

— Je n'aime pas m'encombrer.

— Qu'est-ce que tu racontes? Je ne te parle pas d'encombrement. Je te parle d'avoir autre chose que du ketchup dans ton placard, ou plus de trois fourchettes dans le tiroir. À quand remonte la dernière fois que tu t'es acheté un pot de glace, ou que tu as mangé de la viande fraîche? Tu n'as même pas de vraie salière, rien que ces boîtes en carton du supermarché. Sans parler des livres. Tu n'arrêtais jamais de lire dans la salle de repos du commissariat. Et cette habitude de dormir sur le canapé plutôt que dans ton lit la plupart des nuits pour ne pas admettre que tu y es seul. Et d'ailleurs, pourquoi est-ce que tu dors seul, ça, je n'en sais rien. Et…

— Ed, fous-moi la paix, d'accord?

— Je t'ai foutu la paix beaucoup trop longtemps. Tu ne peux pas te contenter de mettre ta vie en pause, tu dois…

— Écoute. » Stepovich peinait à contrôler le volume de sa voix. « J'ai compris ce que tu voulais dire. Laisse tomber. Je sais que tu es mon équipier, et…

— Non, Mike. Je ne suis pas ton équipier. Et ça aussi, c'est un problème. Ton équipier, c'est ce grand dadais qui n'apprend pas une seule putain de chose parce que tu ne te donnes pas la peine de lui apprendre quoi que ce soit. Peut-être parce que tu crois que ce n'est pas permanent, ça non plus. Eh bien, si tu l'ignores encore longtemps, c'est sûr qu'il ne sera pas permanent, parce qu'il sera mort.

— Laisse-moi là, coupa Stepovich d'une voix dure et froide.
— Oh, va te faire foutre », fit Ed tristement.
Le reste du trajet se passa en silence.

# 9

# La Vieille Femme et le Démon

*J'ai l'impression d'arpenter cette route*
*Depuis que je suis gosse ;*
*Je me sentirais misérable, sans doute,*
*Si je savais seulement ce qu'on me reproche.*

Red Lights and Neon

Automne, fin de matinée

Après une autre nuit sous le pont autoroutier, le Gitan se réveilla dans les brumes matinales et la promesse de nouvelles chutes de neige. Immobile, il regarda droit au-dessus de lui et éprouva sa mémoire. Oui, il était bien le Gitan, un nom qui ferait l'affaire pour le moment. Et, oui, il avait juré, longtemps auparavant, d'apporter la lumière au monde d'en bas – Son monde, si vous préférez, car chacun des mondes qui ne connaissent pas la chaleur du soleil, la promesse de la lune ou la beauté des étoiles Lui appartient. Il avait juré d'apporter la lumière dans un endroit sombre, en dépit de Luci ; voilà tout ce dont il se souvenait.

Mais que lui avait-Elle fait pour que ses souvenirs aillent et viennent ainsi ? Et pourquoi se trouvait-Elle désormais dans ce monde ? L'avait-il jamais su ? Est-ce que cela reviendrait, de la même manière qu'il pouvait maintenant se rappeler son passé récent ? La majeure partie des événements se réduisait à ça : l'arrestation près du cimetière, le couteau, le Loup Qui Attendait Avant De Frapper. Seuls ses frères manquaient.

Il se leva et inhala une bouffée de l'air de la ville, vaguement écœurant et parsemé de traces de fatigue et d'humanité. Les voitures et les camions rugissaient au-dessus de sa tête ; que les hommes aient pu construire un pont assez solide pour supporter un tel trafic l'émerveillait. Une épaisse nappe de brume sortie de la bouche d'égouts vint tordre ses volutes devant lui. Il l'interpella. « Reste donc, frère brouillard. Reste et parle-moi. Toi qui voyages sous nos pieds d'un bout à l'autre de la ville, toi qui entends toutes nos paroles, reste et dis-moi où trouver la vieille femme. » Puis, mu par une impulsion soudaine dont il ne connaissait pas l'origine, il jeta un morceau d'ail et le cordon qui serrait son pantalon dans la nappe. Il ne fut pas surpris de ne pas les entendre retomber au sol.

L'air chaud tourbillonna devant lui.

Aucune voix n'en sortit, mais le Gitan entendit les mots suivants : « Tu ne dois plus faire ça.

— Faire quoi ?

— Te servir des lois d'un autre monde dans celui-ci. Cette fois, je peux te protéger, mais…

— Me protéger de quoi ?

— Ces tours n'ont pas leur place en ce monde, et tes souvenirs de ce monde-ci n'ont rien à faire dans l'autre. Tu ne peux avoir les deux.

— Je crois comprendre, mais…

— À l'avenir, ne l'oublie pas.

— Mais…

— Et tu ne dois ni manger, ni boire, ni dormir.

— Ni manger, ni boire ? Ni dormir ? C'est impossible.

— Pas pour toi.

— Pourquoi ?

— Idiot ! Fais ce que je te dis.

— Qui es-tu, et comment puis-je t'aider ?

— Qui je suis ? Tu le sais, tu as demandé au Loup de me libérer. Et pour m'aider, tu dois faire de cette nappe de brume un rouet et me l'envoyer. Cela empêchera la Belle Dame de me tourmenter le temps que je fasse ce que j'ai à faire. »

Le Gitan commença à faire tourner ses mains et bientôt la brume suivit ses mouvements. Sans s'arrêter, il demanda : « Peux-tu me donner un indice qui m'aidera à renvoyer la Belle Dame dans son royaume ?

— Tu dois trouver le Cocher.

— Mais où ça ?

— Où ça ? En haut d'un carrosse, idiot. » La voix était devenue très faible. « Et tu dois trouver tes frères. Tu seras impuissant si le Loup te mange, et il ne manquera pas de le faire à moins que tu n'ailles toi-même te jeter dans sa gueule. Mais seulement au bon moment. Trop tôt, il te dévorera, trop tard, il ne te protégera plus.

— Comment connaîtrai-je le bon moment ? » demanda-t-il.

Mais il n'y eut aucune réponse. Une brise légère dissipa la nappe, et le Gitan se retrouva à contempler la rue brumeuse où le trafic matinal reprenait peu à peu ses droits.

*Je ne sais pas pourquoi*
*Tu retiens tes cris*
*Au nom de la liberté.*

If I had the Choice

UN JOUR OU L'AUTRE

*La Belle Dame pose son tricot et fronce les sourcils. La* sage-femme *lève les yeux et s'enquiert : « Qu'y a-t-il, Maîtresse ?*

*— Je ne sais pas, répond La Belle Dame. Quelque chose ne va pas.*

*La* sage-femme*, qui tricotait elle aussi, tire la langue et la fait frétiller. Sans doute goûte-t-elle l'épaisseur de l'air, ou la saveur de la fumée du feu de bois. « Il s'agit peut-être de la prisonnière, Maîtresse. Je vais aller vérifier. »*

*Mais avant qu'elle puisse esquisser le moindre geste, le* nora *entre dans la pièce en trottinant de ses quatre pattes. « Maîtresse, Maîtresse, crie-t-il.*

*— Eh bien, qu'y a-t-il ?*

*— Elle a trouvé une gousse d'ail je ne sais où et l'étale contre sa poitrine pour que je ne puisse pas l'approcher ! »*

*La Belle Dame sourit et flatte la tête du* nora*. « Est-ce tout ? Bon, c'est ce que j'avais dû sentir. Viens, je vais m'occuper de cette jeune effrontée. »*

*Mais lorsqu'Elle arrive là-bas, Elle se rend compte qu'Elle ne peut entrer, car la pièce où est enfermée la prisonnière a été fermée par le cordon d'un pantalon.*

*« Que crois-tu être en train de faire là-dedans ? » crie-t-elle en vain. Elle appelle la* sage-femme, *qui chante une chanson douce au cordon, lequel finit par se délier. Quand la Belle Dame entre dans la pièce, Sa prisonnière s'y trouve toujours, mais maintenant elle sourit. Elle tient dans ses mains un rouet, qu'elle fait tourner, bien que rien n'apparaisse sur sa surface.*

*« À présent, tu as beau me tenir prisonnière, tu ne peux plus m'approcher », dit la vieille femme.*

*De colère, la Belle Dame grince des dents ; Elle trépigne tant et si bien que le* nora *craint de se voir botter le derrière jusqu'au fin fond de l'enfer. Enfin elle redevient calme. « Je sais qui a fait ça, dit-Elle. Et il en paiera le prix. Et bien que je ne puisse te toucher, tu resteras là jusqu'à tomber de sommeil à l'ouvrage, alors tu seras mienne à nouveau. »*

*Là-dessus, la Belle Dame claque la porte.*

*Un moment plus tard, elle reprend son tricot.*

*Le Cocher me sourit*
*Quand il me vit derrière lui*
*Il dit : « Ton frère le Corbeau est vivant,*
*Mais je crois que tu le cherches en vain ».*

Raven, Owl and I

AUTOMNE, 1989

« Est-ce que c'est ce que je crois ? » demanda Daniel.

Le Cocher leva les yeux sur le gitan tout de vert vêtu, qui revenait juste d'un tour en ville, et sourit.

Les frères se ressemblaient, d'une certaine façon, décida le Cocher ; certains auraient dit qu'il leur ressemblait aussi, mais il savait n'avoir pas une goutte de sang gitan. Daniel était plus fin, portait ses moustaches plus longues et ses cheveux plus longs. Ils auraient pourtant pu passer pour frères. Le Cocher mit sa mémoire à rude épreuve en tentant de se rappeler la dernière fois qu'il avait vu les trois frères réunis. Ils étaient jeunes, mais même alors Daniel semblait le plus fin, le plus fragile. Le cadet avait le teint aussi pâle que la chemise jaune qu'il portait, et l'autre frère qui, lui, portait du rouge, était le plus grand. Ils possédaient cependant tous trois le même menton en pointe, les mêmes yeux d'un noir profond et des sourcils qui se rejoignaient au-dessus du nez. Le même nez crochu, aussi, qu'ils avaient déjà dans leurs tendres années.

Le Cocher acquiesça. « En effet. Sers-toi. Je suis sobre en ce moment. » Il passa l'eau-de-vie à Daniel qui en avala une rasade virile et grimaça.

« Tu ne l'as pas payée trop cher, j'espère. »

Le Cocher haussa les épaules. « Je n'ai pas eu grand-chose à payer. Est-ce un étui de violon ?

— Oui.

— Ah. Le même que lorsque nous nous sommes rencontrés pour la première fois ? »

Daniel hocha la tête. « J'ai fait quelques modifications dessus. Un nouveau chevalet, des chevilles mécaniques et j'ai ajouté une mentonnière. Mais du bon travail. Sandi aurait approuvé.

— Sandi ?

— C'est lui qui m'a appris à jouer. Bien avant… » La voix de Daniel mourut, il se détourna.

« Joue-moi quelque chose. »

Daniel hésita. « Les voisins…

— Peuvent aller se faire pendre. » Le cocher jeta un regard aux murs en plastique, au lit étroit et unique et à la commode en contre-plaqué. « Dans un endroit comme celui-ci, on n'a pas de voisins. »

Daniel haussa les épaules, sortit le violon de son étui en bois et le cala sous son menton. Il en tira un son caverneux et hésitant, avec à peine un soupçon de vibrato, puis entama un air entraînant parmi les plus simples. Le Cocher sourit et regretta l'absence d'un joueur de tambourin. Quoi qu'on puisse penser d'eux, ces gitans savaient y faire, question musique.

Daniel entama une nouvelle variation sur la mélodie, cette fois avec plus d'assurance, en y intégrant des ornements surprenants et en retenant parfois les notes une mesure de plus que nécessaire. Le Cocher s'adossa dans son fauteuil et approuva de la tête, et Daniel reprit de nouveau la mélodie, en accentuant cette fois les notes les plus aiguës, délaissant parfois tout à fait le thème au profit de l'improvisation sur des pas de danse gitans, la vie des gitans, les voyages à travers les espaces à la fois étrangers et ordinaires, les rencontres dangereuses et amicales, inoffensives et froides. Le Cocher ne s'en rendit pas compte lorsque l'air original fut complètement abandonné, à l'exception de quelques lointaines allusions, échos ou morceaux de phrases ; à ce moment-là, il voyait des couleurs tourbillonner devant ses yeux : bleus foncés pour le grondement des basses, jaunes et verts dans les passages lents et mélancoliques, rouges et mauves vibrants pour les staccatos aigus.

Puis elles cessèrent d'être des couleurs et devinrent des scènes et des visages : les routes du Vieux Pays qu'il avait traversé des milliers de fois avant de rencontrer les trois jeunes gitans, le passage d'Ici à Là, le vieux mendiant dans le caniveau, les murs et le plafond des chambres d'hôtel qu'il avait occupées, ivre, nuit après nuit.

Puis il vit ce qu'il savait n'être jamais arrivé, mais qui pourrait se produire bientôt, et resta paralysé d'horreur et de fascination à la vue du spectacle qui se dévoilait à ses yeux, jusqu'à ce qu'il se rende compte que Daniel était revenu à la mélodie entraînante et simple du début. La musique mourut dans un silence.

« Est-ce que tu m'as montré tout ça intentionnellement ? » demanda-t-il.

Daniel parut perplexe. « Tu as vu quelque chose ? Non, je ne l'ai pas fait exprès. Peut-être était-ce ton… »

Le Cocher se leva. « Je dois y aller.

— Hein ?

— Que tu n'aies pas la moindre idée des choses que tu as exprimées ne les rend pas moins vraies, mon ami. Si je ne reviens pas… » Haussement d'épaules. « Apprends à conduire un carrosse. »

Daniel ouvrit la bouche, mais le Cocher était déjà parti, ses pieds volant presque au-dessus de l'escalier. Il descendit les marches trois par trois, franchit la porte et s'engouffra dans la brume matinale de la rue.

*Et la Chouette ne cesse de surveiller les alentours*
*Elle écoute davantage qu'elle ne parle*
*Mais elle ne comprend pas toujours*
*Que ce n'est pas après toi qu'elle cavale.*

Raven, Owl and I

JEUDI MATIN

Un représentant solitaire d'âge moyen avait véhiculé Raymond à travers tout l'Ohio, et l'avait laissé à Ashtabula County, une heure tout juste après le lever du soleil, à moins de soixante-quinze kilomètres de sa destination. Ils avaient traversé vingt-huit bourgades le long du lac sur l'Interstate 90, et n'avaient croisé que trois voitures de patrouille.

Il ne s'était pas attendu à arriver aussi loin aussi vite. Il déposa ses affaires, ainsi que son tambourin enveloppé d'une vieille serviette, et attendit un autre chauffeur. Une demi-heure plus tard, soixante et un camions et trop de voitures pour pouvoir les compter, un énorme Peterbilt flambant neuf s'arrêta et lui offrit son billet pour Lakota.

Il observa la ville d'un air désintéressé alors que le camionneur, un vieil homme robuste coiffé d'une casquette de base-ball d'où s'échappaient quelques mèches de cheveux gris, lui faisait la conversation.

Les bateaux qu'ils croisèrent le long des docks lui plurent tout particulièrement. Le chauffeur prit la direction du sud sur l'Interstate 79, vers Youngstown. Le nombre de parcs –neuf– satisfit Raymond, qui se désola néanmoins du petit nombre d'arbres qu'ils abritaient.

Alors qu'ils en dépassaient un, situé, aux dires du camionneur, en centre-ville, Raymond remarqua qu'un attelage de chevaux y courait. Il demanda à son chauffeur de le laisser descendre et ils échangèrent des adieux polis.

Il gagna l'un des bancs de béton et s'y assit. Malgré sa première impression, il trouva le parc inconfortable. Celui-ci était un carré de deux pâtés de maisons de côté, semé d'allées de béton et d'arbres en rangs disciplinés. Il semblait que l'herbe était plantée sur une couche de terre d'à peine trente centimètres d'épaisseur amenée là à cet effet. Il ferma les yeux et se représenta les montagnes surplombant Boulder, solides et minérales, mais coiffées d'une épaisse couche de conifères. Il écouta la conversation que tenaient les quelques oiseaux –six– demeurés là malgré la saison avancée. Le froid se durcissait. Il resserra son épais manteau de laine à carreaux rouges et noirs autour de lui et se demanda ce qu'il allait faire.

*Monsieur DeCruz, vous ne me serrez pas la main ?*
*Mon apparence de vos attentes est-elle si loin ?*
*Je suis revenu à la fin de l'automne dernier ;*
*Et à présent, qui allez-vous appeler ?*

Back in Town

16 NOVEMBRE, 07H18

Tout allait de travers, aujourd'hui. Il avait été incapable de s'endormir, et quand il y était enfin parvenu, il avait plongé dans une suite de rêves fragmentés comme autant de morceaux de films d'horreur mis bout à bout. Des poulets géants grattaient à sa porte. Il essayait de ressusciter une colombe morte sur sa table basse. Cynthia Kacmarcik passait pour le thé et sa théière n'était pas assez grande. Il sombra enfin dans un sommeil sans rêve, mais se réveilla en retard avec un mal de crâne encore plus violent qu'une gueule de bois. Des embouteillages terribles n'avaient rien arrangé, si bien qu'il arriva au travail sans s'être souvenu qu'il avait donné tout son liquide à Madame Moria la veille au soir. Il n'avait par conséquent pas le moindre penny sur lui et pas le temps de passer à la banque. Et voilà qu'il se précipitait à travers le hall, pour essayer d'attraper les dix dernières minutes de l'appel du matin, quand quelqu'un derrière lui l'appela. « Oh, Step ! »

Il se retourna, à la fois las et impatient. On aurait dit que tout le commissariat l'appelait Step, maintenant. Merci, connard. Il essaya de composer un sourire à l'intention de la jeune femme qui lui remettait une enveloppe kraft entre les mains. Il n'arrivait même pas à se rappeler son nom. Il retourna l'enveloppe entre ses doigts engourdis.

« Qu'est-ce que c'est ?

— Oh, rien que le dossier de cette vieille affaire de La Nouvelle-Orléans. J'ai promis à Durand que je l'aurais ce matin, mais je l'ai raté. Mais comme il a dit que de toute façon, c'était pour toi, j'imagine que j'ai trouvé le bon type après tout, non ?

— Hein ? » Elle l'avait perdu après les premiers mots, sa voix se dissolvant dans une bonne humeur enjouée. La Nouvelle-Orléans. Durand. « Oh, bien sûr. Merci, merci.

— Pas de quoi, toujours contente de rendre service à un ami. Dis bonjour à Durand pour moi. C'est un bon garçon, n'est-ce pas ?

— Quoi ? Oh, bien sûr.

— Bon, eh bien voilà. J'espère que c'est ce que tu espérais. Et Step, ne le prends pas mal, mais la prochaine fois que tu as besoin de quelque chose, pourquoi ne pas venir le demander toi-même ? Durand est un bon garçon, mais il ne savait plus bien la date et il arrivait à peine à lire ton écriture. Il disait que tu semblais avoir écrit cette note en plein milieu de la nuit. Ç'aurait été plus facile pour moi si tu étais venu directement me voir. Ça nous fait gagner du temps à tous, non ?

— Ah, c'est vrai. D'accord. Merci encore. Merci. » Il reprit son chemin dans le hall en marmonnant pour lui-même. Il abandonna l'idée de se rendre au briefing. Il était de toute façon en retard et en avait plus qu'assez d'entendre quelles nouvelles indignités le Cogneur avait perpétrées sur les stations Exxon. Il essayait de se remémorer où il avait laissé la note manuscrite après sa conversation avec Marilyn. Il l'avait selon toute vraisemblance pliée et coincée sous le pot à crayons en argile que Laurie lui avait fait quand elle était à la maternelle. Ç'avait toujours été son endroit privé et sacré quand Ed et lui faisaient équipe. Mais d'une façon ou d'une autre, Durand avait trouvé la note et avait été demander le dossier.

Une autre chose le frappa : Ed avait lâché le nom de Cynthia Kacmarcik la veille au soir avant qu'il ne le mentionne, et il était certain de n'avoir jamais confié à Ed le nom de la victime. Ou bien l'avait-il fait ?

Il s'assit à son bureau et posa l'enveloppe kraft devant lui. Puis il tendit lentement la main et chercha sous le pot à crayons. Rien. Mais peut-être ne l'avait-il pas mise là. Peut-être qu'il l'avait laissée traîner au beau milieu de son sous-main et que le chiot avait choisi ce moment pour devenir travailleur. Mais il décida de ne pas penser à ça pour le moment.

L'enveloppe ne contenait pas grand-chose. Une liste de faits froids depuis longtemps sur du papier tout juste sorti du Télétype. Sauf que ça ne s'appelait plus comme ça, non ? Il examina les feuillets avec avidité. Une nuit d'août, une partie de carte possiblement truquée et un cadavre appelé Timothy DeCruz. Et malgré une longue description du meurtrier et deux témoins oculaires, ils n'avaient jamais réussi à mettre la main sur lui. Même le couteau semblait familier. Le coroner avait laissé une note décrivant la forme inhabituelle de la blessure. Mais le tueur, lui, s'était évaporé. Stepovich brassa les rapports redondants, puis en arriva aux dépositions des témoins qu'il lut consciencieusement. Celles-ci étaient assez complètes : cicatrice laissée par une arme blanche entre l'œil et l'oreille, du côté gauche. Grain de beauté décoloré à la charnière de la mâchoire, encore à gauche. Nez cassé. Léger strabisme de l'œil gauche.

« C'est lui, n'est-ce pas ? » demanda Durand derrière lui.

Stepovich pivota pour rencontrer son regard. Durand l'ignora, tendit la main et dégagea la description des autres papiers. Il le ramassa. « C'est notre Gitan, Step. Et ce bâtard n'a pas pris une ride depuis 1935.

— Ce n'est pas un bâtard, corrigea Stepovich par automatisme. C'est une Colombe. »

*Un homme recherché à La Nouvelle-Orléans*
*Correspond à ma description.*
*Monsieur le pharmacien, merci de bien vouloir*
*Suivre ma prescription.*

Red Lights and Neon

MATIN D'AUTOMNE

Le Gitan s'assit un moment dans l'œil du cyclone. Il sentait la tension autour de lui – le Loup qui entamait une nouvelle journée de chasse, un meurtrier qui tremblait de peur et tentait de ne pas toucher l'arme par laquelle il avait déjà commis un crime, un autre qui se démenait désespérément pour sauver une vie qu'il ne connaissait pas encore quelques heures auparavant, un autre qui luttait contre la tentation sans en comprendre les enjeux, et un dernier qui essayait de transformer la douleur de la perte en une tumeur.

Tous ceux-là, il le savait, avaient un lien avec lui. Il savait pouvoir aider certains d'entre eux, si seulement il pouvait les trouver ; mais les trouver pourrait signifier oublier pourquoi il s'était mis à leur recherche. Il se cramponna à ses souvenirs comme la misère au pauvre monde et resta assis dans l'œil du cyclone, à attendre.

À quatre kilomètres de là, un barman se réveilla bien plus tôt qu'il ne l'aurait dû, dans la mesure où il ne prenait pas son service avant l'après-midi. Il jeta un regard noir à l'horloge avant de se rallonger, pensif. Au bout d'un moment, il décida qu'il avait tergiversé assez longtemps ; il devait ou non écrire la lettre. Il se leva quelques minutes plus tard, se doucha, s'habilla, puis s'assit et écrivit à sa fille une courte note dans laquelle il ne parla pas de la révélation qu'elle avait connue, mais lui disait qu'il aimerait la voir après les vacances de Noël, et lui parler. Il enfila son manteau et se rendit à la boîte aux lettres avant de changer d'avis.

Le Gitan, assis dans l'œil du cyclone, souriait sans trop savoir pourquoi.

*Si la ville paraît si glaciale,*
*Le vent n'est pas seul responsable.*
*Il serait facile de dire que*
*Je suis là parce que je suis coupable ;*
*En fait, je suis là parce qu'un jour*
*Quelqu'un voudra aller faire un tour,*
*Alors je jetterai ma bouteille et dirai haut et fort :*
*« Le carrosse vous attend dehors. »*

No Passenger

Novembre, 1989

Le Cocher s'arrêta sur le seuil de la porte, toutes oreilles ouvertes. La vieille femme parlait d'une voix aiguë et perçante comme une aiguille et, de ce qu'il en percevait depuis l'autre côté de la porte, sans la moindre trace de peur. Il était donc arrivé à temps. Il attendit qu'elle finisse d'escroquer son client. Il serait toujours bien assez tôt pour l'avertir que…

« Alors te voilà, dit-elle. Je dois avouer que je suis surprise. J'avais espéré un autre de Ses esclaves. »

Il entendit une autre voix mais ne put distinguer les mots qu'elle prononçait. La voix de la vieille femme reprit : « C'est à dessein que j'ai employé le mot "esclave". Ou bien est-ce que *ver* te conviendrait mieux ? Madame Moria n'a pas peur des vers. Maintenant que je te vois, la peur m'a définitivement quittée. Comment te contrôle-t-Elle, ver ? Est-ce qu'Elle te promet mille et une richesses ? Est-ce qu'Elle vient te voir dans tes rêves ? Des Voix sorties de la nuit ? Un feu… Ah, ce sont les Voix, n'est-ce pas ? Eh bien, ça ne devrait pas me surprendre. » Chuchotements qu'il ne put saisir, puis : « Oh, tu as un beau jouet brillant entre les mains. Eh bien, au travail ! Madame Moria a des amis de l'autre côté qu'elle n'a pas vus depuis des années, et elle rira de tout cela avec eux. Mais ne crois pas que ta maîtresse sera capable de me retenir comme Cynthia. Non. Je me suis préparé à te rencontrer depuis hier, et il est trop tard pour ça. Eh bien, qu'est-ce que tu attends ? Tire donc, si telle est ton intention. »

Le Cocher pénétra dans la pièce, et un homme maigre aux cheveux courts derrière un pistolet qui paraissait trop gros pour lui se retourna. Ils se défièrent du regard, puis l'homme au pistolet recula pour pouvoir les voir tous les deux.

« Qui es-tu ? » aboya la vieille gitane.

L'autre homme se mit à trembler. Le Cocher l'ignora. « Votre serviteur, Madame. Est-ce que cette personne vous importune ? »

Quelque chose qui ressemblait à de l'amusement passa dans ses yeux âgés. « Oui, voulez-vous le raccompagner à la porte, je vous prie ? »

Le tremblement s'accentua. « Je vais vous tuer tous les deux, bégaya l'homme armé. J'ai un pistolet.

— Je vois ça », fit le Cocher. Il fouilla dans sa poche arrière avec des gestes lents et mesurés, comme s'il s'agissait de la chose la plus naturelle du monde. « Et moi, j'ai un couteau. »

Le Nevaja s'ouvrit avec un bruit rude et cliquetant. « J'ai appris quelque chose de tous ces gitans, voyez-vous. » La lame mesurait près de vingt centimètres et le manche d'acier chromé portait des incrustations de corne de cerf rouge. Une fois dépliés, lames et manche formaient un arc effilé et vicieux. Le Cocher le tint sur le côté, puis ramena la lame devant lui en l'élevant à hauteur de poitrine. Son adversaire serra les lèvres et dressa son pistolet.

# 10

## Comment le Loup s'est mis à voyager

*T'est-il venu à l'esprit de te demander*
*Qui a lancé l'appel ?*
*As-tu pris le temps de chercher*
*Ce que je fais là*
*J'ignore pourquoi*
*J'ai essayé*
*De te parler*

If I had the Choice

16 novembre, 08h32

« Comment ? fit Durand d'une voix distraite.

— J'ai dit… », commença Stepovich, mais il se ravisa en se remémorant ses propres paroles, dont il ne comprenait pas le sens. Une colombe ? Le mot lui était venu comme une image mentale et il l'avait vocalisé. Le Gitan loqueteux lui rappelait une petite colombe blanche. Il chassa l'image de ses pensées. « J'ai dit qu'un enfoiré avait posé ses sales pattes sur mes papiers privés, improvisa-t-il en pointant un doigt accusateur vers le pot à crayons. Tout ce qui se trouve en dessous est d'ordre personnel. »

Le chiot resta de marbre. « Je ne savais pas qu'un dossier criminel pouvait être privé, répliqua-t-il avec froideur. À moins que tu ne sois toi-même concerné. »

S'ensuivit un petit silence, le temps que toutes les implications contenues dans ces mots fassent leur chemin.

« Es-tu en train de me demander si je trempe dans quelque chose ? » Toutes sortes de variables s'agitaient dans son esprit. S'il faudrait se lever d'abord. Où le frapper en premier. Son cerveau se mit à bourdonner comme un ordinateur jusqu'au moment où il se rendit compte que Durand savait ce qui lui trottait dans la tête mais ne reculait pas pour autant. De deux choses l'une : soit Durand était plus courageux que Stepovich, soit plus stupide. Peut-être les deux. Il se contentait de rester là, à cligner de ses grands yeux de veau. Tiffany Marie le trouvait sans doute beau dans cette posture. Cette pensée décupla la colère qui le rongeait. Nom de Dieu, pour qui se prenait-il à insinuer que Stepovich avait les mains sales, lui qui était devenu flic avant que Dugland ne soit rentré en primaire ?

« Es-tu en train de me dire qu'il n'y avait pas de couteau ? » demanda Durand d'une voie calme qui refroidit puis chassa la colère de Stepovich. Le gamin savait depuis le début. Stepovich se sentit vieux, malade et las. Je veux rentrer chez moi, geignit une petite voix intérieure, et soudain il ressentit la vérité criante de ces mots, mais aussi le désespoir de ne plus savoir où se trouvait ce chez lui, ni comment y retourner. Il tourna le dos à Durand et s'escrima à essayer de remettre les documents dans l'enveloppe brusquement devenue trop petite pour eux. Il éprouva de nouveau le poids malsain du couteau dans sa poche. Es-tu en train de me demander si j'ai les mains sales, s'interrogea-t-il lui-même, et il ne put fournir que des réponses évasives et hésitantes.

« Tu veux parler de tout ça dans la voiture, Step ? Ou bien ici et maintenant ? »

Stepovich ne voulait pas en parler du tout, mais Durand lui prit les documents et l'enveloppe des mains et glissa les premiers dans la seconde avec une facilité déconcertante. Il prenait les choses en main. Encore une minute et il attraperait Stepovich par le coude et l'entraînerait vers la porte. Cette simple pensée suffit à le mettre sur ses pieds. Il marcha en tête jusqu'à la porte d'entrée du commissariat. Une petite voix lui disait que s'il avait pris la peine de connaître Durand, d'en faire vraiment son équipier, il aurait au moins une idée de ce que le gamin allait faire. Mais il n'en savait rien.

Il avait la bouche sèche et se sentait agressé par la luminosité de ce jour gris où tout était trop net. Les pavés du parking, jonchés de bris de bouteille de bière et de mégots de cigarette, crissaient sous ses pieds; il remarqua la marque sur les pneus de la voiture de patrouille. Le présentateur météo avait menti: l'épais brouillard matinal ne se dispersait pas et déposait sur son visage et sur la poignée de la portière comme un linceul de froideur et d'humidité. La garniture du siège était élimée par endroits. Une feuille morte s'était coincée dans l'essuie-glace. Il sentit l'odeur de l'eau de Cologne et des Camel du précédent conducteur. Une fois, au cours de sa troisième année de service, on lui avait tiré dessus. C'était l'œuvre d'un môme armé d'un .22 volé, sous l'effet de la panique lorsqu'ils l'avaient coincé sur le toit d'une école en possession d'un sac rempli de petite monnaie. La balle lui avait traversé l'épaule, lui avait entaillé un os et déchiré un muscle en ressortant. À cet instant, la douleur l'avait engourdi et il s'était cru en train de mourir. Il avait alors perçu tout ce qui l'entourait avec la même acuité: net, concis et plus réel que la réalité. Il se demanda s'il était en train de mourir. Peut-être. Peut-être la dernière bribe de sa vie sur laquelle il avait encore un minimum de contrôle était-elle en train de lui être arrachée. C'était sans doute la même chose que de mourir.

Durand arrêta la voiture. « Step », dit-il d'une voix ferme sans arriver à capter son regard. Le pouvoir que Durand avait à présent sur lui le rendait malade. « Je veux savoir ce qui se passe. Je veux tout savoir. » Stepovich lui répondit par un hochement de tête rapide, tout en oblitérant mentalement Ed de l'histoire, en arrondissant les angles de la vérité, lui qui avait toujours mis un point d'honneur à dire toute la vérité et rien que la vérité. Depuis que ce satané couteau avait atterri entre ses mains, il avait découpé sa vie en lambeaux.

Les trottoirs et les parcmètres défilaient derrière la fenêtre. À un moment ils avaient dû sortir du parking et rejoindre Cushman sans que Stepovich s'en rende compte. Il prit une profonde inspiration. « Quand nous avons vu le Gitan pour la première fois, j'ai su que ce n'était pas lui. Enfin, je sais qu'il correspondait à la description et tout, mais je savais qu'il ne s'agissait pas du type qui avait descendu l'employé du magasin d'alcools. Ce genre de certitudes qu'on a parfois, si tu vois ce que je veux dire. » Durand ne voyait sûrement pas de quoi il parlait, il n'était pas flic depuis assez longtemps; mais il croyait savoir. Au feu suivant, il tourna sur Eucalyptus et adressa à Stepovich un autre regard bovin.

Stepovich ferma les yeux le temps de trouver quelques arguments logiques pour étayer son impression. « Premièrement, commença-t-il d'une voix qu'il voulait péremptoire mais qui tremblait trop, il y a la question de l'arme choisie. On utilise un pistolet pour un hold-up, en général. C'était le cas. Mais quand nous avons arrêté le Gitan, tout ce qu'il possédait, c'était un couteau.

— Alors maintenant, tu te souviens du couteau », fit Durand d'une voix faible.

Stepovich se sentit soudain trop fatigué pour seulement tressaillir. « Plaques expirées », dit-il en pointant le doigt vers une Chevrolet Chevette rouge toute cabossée. Durand alluma le gyrophare et fit sonner la sirène une fois. Obéissante, la Chevette se rangea. Stepovich resta assis dans la voiture avec une sensation de lourdeur pendant que Durand rejoignait le conducteur du véhicule. Attraper le micro pour communiquer la plaque et le numéro de permis de conduire du contrevenant lui coûtait un effort immense. Il n'y avait là rien d'exceptionnel. Stepovich l'aurait laissé partir avec un avertissement, mais Durand rédigea un P.V. Du Durand tout craché : appliquer le manuel, sans distinction.

Il rentra dans la voiture. Ils observèrent la Chevette s'insérer dans le trafic, et la suivirent quelques instants plus tard. « Donc, reprit Durand après quelques pâtés de maisons, il y avait bien un couteau quand nous avons arrêté le Gitan.

— La victime a été tuée par une balle, s'entêta Stepovich.

— Mais il a utilisé le couteau par la suite. » Stepovich prit une inspiration et s'apprêtait à essayer une autre approche quand la radio cracha : « Coups de feu au 3416 Oak Street, appel à toutes les unités à proximité. Répondez. »

Durand tourna vers lui des yeux écarquillés qui demandaient : *Est-ce que ça veut dire nous ?*

« À gauche sur St Thomas », aboya Stepovich, qui reprenait soudain le contrôle de la situation, tandis que Durand mettait en marche sirène et gyrophare pour écarter les conducteurs médusés devant eux. Stepovich attrapa le micro et dit : « Quatre point huit, on y va », avant de le reposer. Il s'agrippa au siège à l'endroit exact où il était abîmé et se demanda brièvement combien d'autres flics avaient fait de même avant lui. « Encore deux feux et tu prends à droite, et on devrait y être, ou alors sacrément près. » Les mâchoires de Durand saillaient comme du roc taillé au burin, et Stepovich réalisa que c'était son premier appel pour des coups de feu. Les yeux du gamin brillaient et jetaient des éclairs. Stepovich sentait ses propres intestins faire des nœuds, nom de

Dieu, ça y était, en temps réel ; mais il s'agissait d'une peur plus saine que celle qu'il avait ressentie quelques instants plus tôt. À croire qu'il préférait faire face à un cinglé armé jusqu'aux dents qu'aux questions de Durand.

La cruelle lumière du jour mettait à nu la grisaille de la rue. La neige se mêlait aux ordures dans les caniveaux ; des nappes de brouillard se tapissaient, menaçantes, entre les immeubles et les poivrots aux habits trempés. Il fallut à Stepovich un moment pour faire le lien entre cet endroit et celui où il se trouvait la veille au soir. Quand l'idée s'insinua dans son esprit, il se sentit acculé. Cette histoire de Gitan allait finir par l'avoir, pas moyen de l'éviter. Il n'attendit pas de voir Madame Moria monter dans une calèche tirée par des chevaux dépareillés pour comprendre à quel point il était dans le pétrin.

Durand était en train de dépasser l'attelage quand Stepovich aboya « Arrête-toi là. » Un homme sombre aidait Madame Moria à monter dans le véhicule. Pas un Gitan. Mais il avait quand même quelque chose d'étrange. Il portait des vêtements actuels, mais ceux-ci lui allaient à peu près aussi bien qu'à Groucho son nez et ses lunettes postiches. Quelque chose dans la façon qu'il avait d'installer la couverture sur la vieille femme, de la couvrir contre les brumes humides et le vent qui venait du lac, dans la manière dont il lui tendait ses cannes, cette courtoisie oubliée depuis des temps immémoriaux…

Il devait être le Cocher. Stepovich en fit une photographie mentale. Il portait une casquette plate en cuir fermement enfoncée sur ses boucles noires qui descendaient jusqu'au col de sa veste élimée. Ses yeux étaient aussi noirs que les moustaches qui encadraient ses lèvres, pleines et douces comme celle d'une putain, mais encore plus tristes. Sa veste ne faisait qu'effleurer le haut de ses hanches étroites, et il avait rentré le bas de son jean dans des bottes qui ne semblaient provenir d'aucun magasin. Il regardait la voiture pie comme s'il s'agissait d'une meute de loups, puis leva un bras dans un étrange mouvement défensif et, pendant un instant, Stepovich crut qu'il cherchait une arme. Mais le Cocher se contenta d'empoigner sa chemise, puis se hissa péniblement sur le siège du conducteur.

Il se saisissait des rênes au moment où Durand écrasait la pédale de frein, le nez de la voiture de patrouille face à la calèche. Stepovich et lui furent dehors en un instant, Durand dégainant déjà son arme. Stepovich essaya de le calmer. « Je boucle ces deux-là, toi, tu…

— Je vais voir là-haut », le coupa Durand en partant à toutes jambes. Il ignora ou n'entendit pas les protestations de son équipier : « Bon sang, pas tout seul, attends-moi… »

Stepovich se retrouva déchiré entre, d'un côté, son partenaire qui se ruait, seul, au mauvais endroit, et le Cocher qui secouait les rênes. Déjà les roues commençaient à s'ébranler dans un crissement sur l'asphalte. « Nom de Dieu, Durand, ramène ton cul », cria-t-il avant de se tourner vers le véhicule en hurlant : « Vous, ne bougez pas ! »

Il avait la main posée sur la crosse de son pistolet pour leur montrer qu'il était sérieux. Madame Moria lui lança un regard désapprobateur, comme une douairière toisant depuis le siège arrière d'une limousine un garnement qui lui agiterait un cadavre de rat sous le nez. Il ne l'impressionnait pas. Le Cocher, immobile et droit sur son siège, opposait un vif contraste. Stepovich les rejoignit rapidement. L'homme se tenait si raide qu'il se demanda ce qui clochait. Est-ce qu'il dissimulait quelque chose ? Les doigts qui tenaient les rênes étaient à la fois puissants et élégants. Des mains de prestidigitateur. Les chevaux, gris et brun, attendaient, impassibles. Le Cocher regardait droit devant lui, entre les deux animaux, comme si les événements à ses pieds ne le concernaient pas le moins du monde.

« Très bien. Descendez de là. Tous les deux. Lentement. » Il avait l'intention de les maîtriser rapidement, de les boucler à l'arrière de la voiture de patrouille et de rejoindre Durand avant qu'il ne se fasse dessouder.

Mais ils ne descendirent pas lentement ; en fait, ils ne descendirent pas du tout. « Vous m'avez entendu ? » demanda-t-il. L'envie d'attraper le conducteur et de le secouer jusqu'à en faire tomber sa veste le démangeait. Le Cocher se balançait imperceptiblement, comme s'il s'apprêtait à faire un mouvement, puis il s'immobilisa de nouveau. Stepovich sentait la transpiration lui coller l'uniforme à la peau ; ses oreilles redoutaient d'entendre le coup de feu qui pouvait arriver à tout moment. D'autres sirènes se rapprochaient, Dieu merci.

« Montez. » Madame Moria s'exprimait d'une petite voix pleine d'irritation, telle une grand-mère s'adressant à un enfant mal élevé. « Et faites vite. Le fil se fait de plus en plus ténu entre mes doigts. Si nous voulons le suivre jusqu'à sa source et voir où il mène, nous devons partir maintenant, avant qu'Elle ne s'en rende compte et ne le coupe. »

Elle écarta ses cannes, s'agrippa aux rebords de la calèche et se pencha en arrière, comme pour lui laisser assez de place pour monter. C'est alors qu'il vit ses doigts brillants de fraîcheur et de vitalité. Il saisit un mouvement du coin de l'œil : le Cocher levait un objet de couleur noire. Stepovich se jeta sur lui, s'étalant de tout son long en travers de la calèche. Son centre de gravité bascula à l'intérieur du véhicule et il atterrit dans une position bizarre sur le siège avant. Il tenait maintenant avec fermeté le poignet du Cocher et le secouait pour lui faire lâcher la poignée d'un fouet.

Le conducteur le lâcha sans se faire prier, n'opposant aucune résistance. Stepovich ramena ses pieds sous lui et s'agenouilla sur le siège, sans lâcher l'homme qu'il tenait solidement par un poignet et par le devant de sa veste. Bon Dieu, que sa hanche lui faisait mal. Il sentait le goût du sang dans sa bouche à l'endroit où il s'était mordu la lèvre. L'autre restait aussi droit que possible, le visage impassible, la bouche pincée, malgré le policier qui s'accrochait à lui. Stepovich plongea le regard dans ses yeux noirs plus profonds que les failles de l'enfer.

Il resserra sa prise. « Et maintenant, connard, on va descendre gentiment et calmement, c'est compris ? » L'homme hocha la tête avec lenteur, et Stepovich crut apercevoir une lueur dans ses yeux, mais il se pouvait que ça ne soit qu'un reflet de la canne en bois de Madame Moria lorsqu'elle l'abattit fort à propos sur la nuque de Stepovich.

*Il avait perdu presque tout son argent très tôt ;*
*Il sourit et sortit son couteau.*
*« Très bien, dit-il, faisons une autre partie,*
*Mais cette fois, tu joues pour ta vie. »*

The Gypsy

JOUR D'AUTOMNE, NON LOIN DE MIDI

La brume demeurait sur la ville comme une couverture de cocher, et le Gitan décida que les caprices du temps dissimulaient quelque chose de plus profond. Et pourtant il n'y sentait rien de malfaisant, ni de bon d'ailleurs.

Et après ? Qu'est-ce qui pourrait le conduire au Loup, au moment opportun ? Comment rejoindre ses frères ? Ses mains se contractèrent et il pensa pouvoir se rappeler une époque où il aurait été capable d'apprendre ces choses très facilement, et sans doute une autre où il les aurait tout simplement sues. Il éprouva le désir de s'échapper, de fuir, par des chemins que lui seul connaissait. Pas un désir irrépressible, non, mais familier. Il sut alors qu'il l'avait non seulement déjà ressenti, mais que celui-ci l'avait jadis poussé à agir. Il avait tourné les talons, pour fuir, et puis…

Sa tête lui fit mal. Il sortit le morceau de papier, qu'il comprenait enfin, en fit une boule et le jeta. Il inhala une grande bouffée de brouillard pour se clarifier l'esprit. Au même moment, il entendit la sirène – cette sirène qui l'avait suivi depuis le début et semblait le prévenir de l'imminence du danger plutôt que lui causer des ennuis.

Il prit la direction opposée. La brume tourbillonnait devant lui et formait des motifs amusants, quoique – il le savait – dépourvus de sens. *Qu'il est étrange de savoir cela*, se dit-il. *Il y aurait donc des motifs porteurs de sens dans la brume ?*

Puis il hocha la tête pour lui-même. *Oui, c'est la magie du jour, et c'est un jour de magie*. Il tendit les mains pour prendre possession du pouvoir qui flottait dans l'air autour de lui, et… « *Tu ne dois plus faire ça… Te servir des lois d'un autre monde dans celui-ci.* »

Bon, très bien. Mais ce monde doit posséder son pouvoir et ses lois propres. Il pourrait les trouver et les mettre à profit, et il le ferait parce qu'il était…

Il était…

*Non !*

Il rassembla ses souvenirs comme un enfant ses billes éparses. Ne pas se laisser distraire, pas maintenant qu'il avait, peut-être, une chance d'agir.

Il se trouvait là, dans la ville, dans la forêt de murs, l'océan de lumières, les vastes étendues sauvages de sons, les prairies de courants et les marées de forces qui dépassaient l'imagination des dieux anciens. De la lumière ? Mouvante. Deux rayons jumeaux perçant la rue, des yeux qui scrutent et une voix qui donne l'alerte. Des murs ? Sans fin. Les uns commençant là où finissaient les autres, grimpant tous à l'assaut du ciel à perte de vue, brillant de mille feux. Des sons ? La sirène s'était tue, mais quelque chose grondait sous ses pieds, et de la musique sortait de nulle part et partout à la fois. C'était la voix de la Bête. Et les rues les liaient entre eux, telle une mosaïque au motif aussi intriqué que les veines d'une feuille de chêne, toutes différentes mais toutes la même.

Choisis-en une.

Alors la lumière apparut, pour le guider tout au long du jour éternel.

Là, le halo de la devanture d'une agence d'intérim menait à celle-ci, les yeux d'une camionnette, qui elle-même pointait sur celle-là, le néon d'un snack.

Et ainsi de suite, de plus en plus vite, aussi beau et terrible que le baiser de la Belle Dame, qu'il avait une fois connu, aussi.

*Toutes tes faims à rassasier*
*Toutes tes soifs à étancher*
*Tu peux voir ce qu'on t'a donné,*
*Mais pas ce qu'Elle va te voler.*

The Fair Lady

UN JOUR OU L'AUTRE

*Le son constant du rouet de la pièce d'à-côté dure depuis un temps immémorial lorsque la Belle Dame pose Son tricot et retire Ses pieds du feu. Le* liderc, *qui était en train de mâchonner sa patte-d'oie, lève les yeux. La* sage-femme *arrête sa chanson, celle-là même qu'elle chante à son propre nouveau-né qu'elle a tué, et porte à son tour le regard sur sa maîtresse. Le* nora, *qui jouait avec ses parties génitales dans un coin, s'approche lui aussi en clopinant.*

*« Le Loup flaire notre piste, annonce-t-Elle. Et la Colombe prend son envol.*

*— Que devons-nous faire, Maîtresse ? » demande le* liderc *d'une voix qui évoque les sifflements et les craquements du feu dans lequel la Belle Dame faisait rôtir ses pieds.*

*« Eh bien, il faut que tu brouilles la piste suivie par le Loup. Tu peux le laisser te suivre jusqu'ici, si tu le souhaites, mais s'il t'attrape, il te mangera.*

*— Oui, Maîtresse, répond la créature en passant la porte.*

*— Toi, continue-t-Elle en s'adressant au* nora, *tu dois t'assurer que l'attention du Loup se porte sur d'autres choses. Va me chercher son louveteau.*

*— Oui, Maîtresse, fait le* nora *en s'envolant par la fenêtre.*

*— Et moi, Maîtresse ? interroge la* sage-femme.

*— Tu vas chanter quelque chose pour attraper la Colombe par l'aile.*

*— Oui, Maîtresse. De quoi devra parler ma chanson ?*

*— De cages aussi confortables que des lits de plume, et de sang dont l'odeur est aussi douce que celle des fleurs de pommier.*

*— Oui, Maîtresse. Dois-je chanter fort ?*

*— Chante assez fort pour faire trembler les nids dans leur arbre, mais pas assez pour que les loups hurlent dans les collines.*

*— Oui, Maîtresse. Pendant combien de temps dois-je chanter ?*

*— Chante jusqu'à ce que la neige tombe de bas en haut, mais arrête avant que la première note ne te parvienne aux oreilles.*

*— Oui, Maîtresse », répète la* sage-femme *en collant son visage au conduit de la cheminée où elle se met à chanter.*

*Gardez la meute loin de mes pas,*
*Et les geôliers dans leur misère.*
*Enlevez-moi ces bracelets-là,*
*Et faites qu'il pleuve sur mes arrières.*

Hide my Track

16 NOVEMBRE, 12H09

Le confort aurait été total sans cette douleur lancinante à la base de son crâne. Il avait chaud, pelotonné dans une couverture remontée jusqu'au menton, mais une brise froide lui soufflait au visage. Il changea de position afin d'essayer de s'écarter de ce qui lui meurtrissait la tête, puis se souvint qu'on l'avait frappé. Il s'assit, luttant pour sortir son pistolet du holster sur lequel il était à moitié assis.

« Pas bouger ! siffla Madame Moria. Est-ce que tu crois que c'est facile ? »

Stepovich l'ignora et se tourna pour observer d'un œil sauvage ce qui l'entourait. Il secoua la tête dans l'espoir d'en chasser les nappes de brouillard, mais la brume qui tournoyait et ondulait autour du carrosse, et même à l'intérieur par ses fenêtres ouvertes, n'avait rien d'illusoire. Tout comme le bon cuir de vachette sur lequel il était assis, les loquets, les poignées et les rivets en cuivre étincelant, ainsi que la doublure du toit. Une épaisse couverture de cocher, dont un coin s'ornait d'un grand M brodé, le protégeait du froid. Rien ne rappelait plus la petite calèche dans laquelle il était monté. Rien.

Face à lui, une petite fenêtre contre laquelle claquait un rideau de cuir lui donnait un aperçu du Cocher assis sur son banc. Stepovich, victime d'une soudaine faiblesse, due en partie seulement à la douleur, se mit à tanguer. Il s'agrippa au rebord de la fenêtre ouverte et tendit la tête au-dehors. Vers l'avant, il voyait les formes imprécises des chevaux de couleur sombre, quatre peut-être, enveloppés de brume. Mais autour du carrosse, rien. Il ne distingua ni bâtiment, ni réverbère, ni parcmètre, rien. Il éprouvait une sensation de mouvement, mais d'un genre mauvais, propre à vous donner la nausée, comme si le carrosse oscillait d'avant en arrière sur des roues en gelée. On n'entendait pas les sabots battre les pavés, ni les roues crisser sur l'asphalte. Aucun son normal ne lui parvenait, sinon celui du vent et des marmonnements de Madame Moria. Et d'autres voix, ricanant et baragouinant à la limite de l'audible.

« Arrêtez le carrosse ! » rugit Stepovich, mais la brume engloutit sa voix, réduisant son ordre à une plainte pitoyable.

« Nous y sommes presque, fit Madame Moria d'une voix réconfortante.

— Presque où ? » demanda-t-il.

Elle l'ignora et continua à marmonner tout en tripotant quelque chose qu'il ne pouvait voir. On aurait dit une vieille dévote disant ses prières en égrenant son rosaire. Il tâta la bosse à l'arrière de sa tête, une proéminence poisseuse et humide. Cela le rendit malade. Ça serait bien fait pour elle s'il dégobillait sur eux deux. Il savait devoir prendre le contrôle de la situation, comme le ferait un bon flic. Il détacha la sangle de son holster, mais Madame Moria lui décocha un regard farouche.

« Le froid du fer et de l'acier, oh oui, imbécile, cela nous aiderait beaucoup ! Est-ce que tu veux vraiment tomber ? Non ? Alors reste tranquille ! » Le vent avait libéré de son châle quelques mèches de cheveux qui lui faisaient comme un voile devant ses yeux bruns et ses pommettes hautes. Stepovich resta interdit au son claquant et péremptoire de sa voix. Il l'avait déjà entendu, ce ton « obéir ou mourir » employé par les leaders dans les situations critiques. Quelque chose en lui s'y plia d'instinct.

« Où allons-nous ? murmura-t-il.

— Je l'ignore. En arrière. Nous suivons les fils, jusqu'à avant. Elle le cachait.

— Qui ? » demanda-t-il, perdu.

« Le ver. Chut. Si Elle nous entend, Elle coupera le fil, et il n'y aura plus moyen de le suivre, ni dans un sens ni dans l'autre. Il n'y aura plus que la brume et le Cocher.

— Faites-moi confiance », furent les premiers mots que ce dernier prononça, la voix chargée de contes folkloriques et de violons. Stepovich était enclin à lui obéir, mais Madame Moria éclata du rire d'une vieille femme sceptique. « Te faire confiance ? Oui, jusqu'à ce que tu croises le goulot d'une bouteille ! » Stepovich aperçut ses yeux aveugles qui fixaient pourtant le bon endroit avant de se détourner. Il serra les poings ; Bon Dieu, que lui arrivait-il ?

Il se pencha de nouveau par la fenêtre. Brouillard et air gorgé d'humidité, rien de plus. Ou bien était-ce là un morceau de façade que la brume lui avait dissimulé un court instant, la corniche décorée d'un vieux temple massonique ? En ce cas, il savait où il se trouvait ; mais aussi vite qu'elle était venue, cette sensation d'orientation disparut. On avait démoli le vieux temple maçonique six ans plus tôt. Les lampadaires à tête courbée qu'il apercevait maintenant avaient été remplacés quand il avait vingt-trois ans. Il se rappelait être un jour rentré chez lui après sa tentative d'intégration de l'Institut de Formation des Maîtres et s'être rendu compte de leur absence.

La compréhension déferla en lui comme une vague glacée, mais il la refusa, préférant se cramponner à sa propre réalité. « Nous y sommes presque, Maîtresse », fit le Cocher, qui s'était penché à l'intérieur d'un geste habile pour leur parler. Il portait maintenant un haut-de-forme et un long manteau en laine noir, mais son visage était resté trait pour trait le même, le sourire en plus. Ses dents d'une blancheur immaculée étaient, d'une certaine façon, pires que tout autre chose. À leur vue, Stepovich sentit sa raison quitter son esprit pour aller hurler à la lune. Il s'accrocha au rebord de la fenêtre comme un naufragé se cramponne aux restes flottants de son navire.

La brume se dissipait autour d'eux, s'effilochait comme des toiles d'araignée. L'air se réchauffa d'un coup et le soleil brilla comme le sourire d'une femme ; les arbres bordant la rue de banlieue où ils se trouvaient obombraient des maisons victoriennes début de siècle. Des enfants jouaient et riaient, mais Stepovich avait l'impression de les voir comme à travers une vitre de verre fumé. L'aboiement du terrier auquel un enfant avait lancé une balle lui parvenait depuis un écho lointain. Ni l'enfant ni le chien ne tournèrent la tête pour voir passer un carrosse tiré par des chevaux. Des gros ormes bordaient la rue. La ville n'avait pas vu d'ormes de cette taille depuis l'épidémie qui les avait décimés en 1963, laissant la ville presque vide de tout arbre. Le Cocher ne se souciait pas de la rue, lui non plus ; bon sang, il ne roulait même pas sur la chaussée. Il passait par les pelouses, près d'arroseurs qui ne les mouillaient même pas, traversaient un terrain vague envahi d'herbes hautes, jonché de canettes de soda qui n'étaient pas en aluminium, sous l'œil vénérable d'un chêne plein de vie.

Une cabane précaire était juchée dans ses branches, une authentique cabane d'enfants, tout en angles impossibles et en morceaux de ferraille récupérés. Une bataille animée pour sa possession s'y jouait. Deux garçons en jeans et en T-shirt blanc uni s'y trouvaient perchés et secouaient avec énergie une corde à nœuds à laquelle un troisième, plus petit, essayait de grimper. Celui-ci portait un pantalon de velours côtelé bleu ciel et une chemisette à manches courtes exactement de la même couleur boutonnée jusqu'au menton. Il avait aussi une ceinture blanche et des petites chaussures basses assorties, comme des tennis de fille, qui avaient l'air neuves, à l'inverse des godillots noirs cabossés que Stepovich aperçut aux pieds des deux autres garçons. Tout en lui criait le petit préféré à sa maman, aussi ne fut-il pas surpris d'entendre les deux autres le charrier : « Rentre chez ta maman, petit Timmy. Elle t'appelle. Elle veut moucher ton joli petit nez. »

Timmy ? Timothy DeCruz ? Non, il n'était quand même pas remonté *si* loin.

« Mais non, Josh, elle veut lui laver son petit derrière de bébé ! » railla l'autre, et tous deux donnèrent une dernière secousse à la corde qui glissa des mains de Timmy. Ce dernier tomba lourdement, non pas comme un gosse, mais comme un vieil homme effrayé, et atterrit sur ses fesses dans la poussière, à la recherche de l'air dont le choc avait privé ses poumons.

« R'garde ça, Timmy le petit bébé va se mettre à pleurer ! » ricana un des garçons, celui qui avait fait la remarque à propos de son derrière. Stepovich trouva que son acolyte avait l'air quelque peu inquiet. Lui-même, impuissant, se contenta de fixer Timmy, ressentant une sorte de sympathie malsaine pour lui, tempérée par une compréhension innée de ce que les grands pouvaient ressentir. Peignez un moineau de toutes les couleurs et ses congénères le tueront à coups de bec.

Timmy se leva, ses épaules étroites toujours secouées de larmes. Non. Pas des larmes. Une rage qui n'avait rien d'enfantin convulsait son petit visage rubicond. « Je vous aurai, fils de pute », jura-t-il d'une voix qui se brisa sur les mots.

« Oh, il va nous avoir, oh, Josh, tiens-moi la main, je suis terrifié », se moqua l'un des deux garçons. Il riait toujours à gorge déployée quand la pierre le frappa.

Le projectile, jeté avec fureur et précision, frappa sa cible entre les deux yeux. Stepovich vit ceux-ci se révulser une fraction de seconde avant que son propriétaire ne tombe de la cabane. Le garçon heurta le sol avec une telle violence que son corps rebondit, les bras et les jambes inertes comme un épouvantail.

« Tu l'as tué ! » gémit Josh avant de glisser à terre le long de la corde à nœuds et de s'agenouiller auprès de son ami. Pendant un instant, Stepovich craignit que ce ne fût vrai, mais alors le garçon au sol remua avant de se mettre à pleurer, de ce terrible son que produit un enfant qui se croit trop vieux pour pleurer mais qui a trop mal pour ne pas le faire. Petit Timmy semblait se repaître de ce son, les yeux fixés sur sa proie, sa petite bouche haineuse déformée par un rictus de plaisir. « J't'ai eu, j't'ai eu ! » criait-il à tue-tête avec jubilation. Mais ses deux aînés accusaient encore trop le choc pour faire cas de lui. Josh soutint son ami titubant en direction de la maison ; au moment même où ils eurent libéré la cabane, Timmy grimpait le long de la corde à nœuds avec autant de ténacité que de maladresse. Une fois en haut, il remonta celle-ci, puis se pencha au-dehors, son petit visage brillant de haine et de triomphe. « J'vous ai eus, et la cabane est rien qu'à moi, maintenant ! » cria-t-il d'une voix perçante.

Stepovich aurait pu parier que c'était vrai. Il y avait quelque chose dans les yeux de cet enfant qu'aucun gamin sain d'esprit ne voudrait croiser deux fois.

Quelque chose, une créature faite de feu et de morceaux d'animaux – patte d'oie, patte de cheval – arrivait dans leur direction. Il brûlait au-dessus du sol comme une flamme distante. Le Cocher fit claquer son fouet vers lui, et Stepovich comprit soudain que rien de tout ceci n'était réel – sa tête avait été prise pour cible et il se trouvait sans doute maintenant dans une ambulance, pour peu que Durand s'en soit sorti. Il se demanda si la balle était dans son crâne, cette fois, et si le rêve prendrait fin lorsque les docteurs la lui enlèveraient. Madame Moria agitait le poing vers la créature en criant de probables malédictions, mais le Cocher, penché en avant, secouait déjà les rênes. Et soudain il ouvrit le monde en deux ; une vaste faille noire apparut devant eux dans un sifflement perçant.

## II

# Comment la Chouette et le Corbeau se sont mis à chanter

*Il dit : « Vous pouvez rentrer chez vous*
*Et ne jamais croiser le danger,*
*Ou choisir une vie*
*Que vous passerez avec des étrangers... »*

Raven, Owl and I

Jeudi après-midi

Daniel attendit le Cocher aussi longtemps qu'il le put – presque dix minutes. Ce que ce dernier avait dit à propos des rythmes propres à chaque ville lui avait donné envie d'y goûter. Il prit son violon et sortit à la rencontre de l'air embrumé et du sol enneigé. C'est à peine s'il remarqua le froid ; il avait vécu dans un endroit où les hivers étaient plus rudes et plus longs. Il espéra que le Cocher trouverait son frère cadet ; ses deux frères, en fait. Son frère aîné pouvait rester assis des heures d'affilée à ne rien faire sans que cela lui pose le moindre problème ; il se contenterait d'afficher un sourire hautain et de hocher la tête de temps à autre. Quant à son petit frère, il n'avait jamais à attendre, car des choses passionnantes se produisaient en permanence autour de lui. Daniel, lui, semblait toujours attiré par cette effervescence, mais il ne savait jamais trop comment se comporter une fois qu'il la rencontrait.

Non, ça n'était pas vrai ; il n'avait jamais été mis à l'épreuve. Tout au long de ces années d'errance et d'attente et, à l'exception de l'erreur originelle de s'être séparé de son frère cadet, faute qu'il partageait avec la Chouette, il n'avait jamais eu l'occasion d'apprendre de quelle étoffe il était fait ; jamais un test, jamais un choix difficile, jamais le besoin de tout remettre en question sur un coup terrible et merveilleux. Il en avait conscience et l'attendait, car cela lui manquait.

Il s'assit sur un banc en fer forgé et attendit que quelque chose de voyant attire son attention, mais rien ne vint, sinon quelques passants. Un jeune homme de grande taille à l'air dangereux qui portait des peaux d'animaux teintes en noir. Une femme pressée qui avait peint son visage de telle manière qu'il était impossible de deviner la texture de sa peau, sauf sur ses mains qui accusaient un âge avancé.

Daniel sortit son violon, se leva et joua une musique d'attente avec une pensée inquiète pour son petit frère. « Si mon violon était un bouclier, songea-t-il, j'en jouerais pour te protéger, où que tu sois. » Alors il joua pour détourner le mauvais œil, pour semer les créatures de Luci. Le plaisir simple qu'il en retirait dessina un sourire sur ses lèvres. Au bout d'un moment, il dériva vers d'autres airs puis, avec l'étrange sentiment d'avoir accompli quelque chose, il soupira et reprit le chemin de l'hôtel. Il termina la bouteille d'eau-de-vie, quelle qu'elle soit, et essaya d'attendre patiemment le Cocher.

*Ses yeux s'adoucirent un instant,*
*J'entendais à peine sa voix :*
*« Il n'est pas facile de décider,*
*mais bien peu ont le choix. »*

Raven, Owl and I

6 NOVEMBRE, L'APRÈS-MIDI

Raymond s'assit dans la brume, un peu troublé par le froid mordant, mais pas trop ; là d'où il venait, les hivers étaient plus rudes et plus longs. Il étudia les silhouettes imprécises qui traversaient le brouillard, au nombre de vingt-huit ; remarqua comment celui-ci se blottissait dans son manteau, comment celle-là tenait son sac à main serré contre elle. Et, surtout, il écoutait leur façon de marcher et les rythmes bizarres nés du tap-tap des talons hauts ou la gifle des semelles en cuir contre le murmure incessant de la ville: une porte qui claque, puis une autre, plus proche ; des sifflements ; une petite voiture à boîte manuelle qui passe de la première à la seconde ; une autre, plus grosse, s'éloignant avec un bruit de plus en plus grave, jusqu'à un bourdonnement qui se confondit bientôt avec le gémissement d'un train dans le lointain.

Il devint conscient de la présence de la Colombe ; non pas dans son entourage immédiat, mais implantée dans la ville depuis un temps assez long pour produire un effet. Des vies que la Colombe avait changées, quelque part, s'écoulaient et respiraient. Un irrépressible désir de retrouver ses deux frères le gagna. Il savait qu'avec les pouvoirs dont disposait son frère cadet, il pourrait les réunir tous les trois ; il ne les lui enviait pas pour autant: les pouvoirs étaient aussi des fardeaux, que Raymond n'aurait pu alléger. Son autre frère – comment se faisait-il appeler? Ah, oui, Daniel. Daniel aurait voulu redessiner les chemins à sa convenance, mais Daniel était un actif, pas un contemplatif; lui pourrait alléger le fardeau de la Colombe. Il se pourrait que Daniel, lui aussi, ne soit pas loin ; Raymond n'aurait pu le dire. Chacun suivait son chemin, les trois se croiseraient peut-être.

Il se raidit soudain. *Quelque chose vient de se produire*, songea-t-il. Il fronça les sourcils. Cela ressemblait au tremblement de la toile quand l'araignée, à l'autre bout, en secouait légèrement un brin. Raymond avait une petite idée de l'identité de l'araignée et se demanda quel brin elle agitait. Pendant un moment, il ressentit la frustration que Daniel devait éprouver en permanence – le besoin d'agir, mais l'impossibilité de le faire – mais les vieilles habitudes reprirent le dessus et il se détendit, attentif aux mouvements et aux bruits.

Enfin, dans le simple but de s'occuper les mains, il déballa son tambourin, soigneusement enveloppé dans de vieilles serviettes. Il battit quelques mesures sur la peau tendue et grimaça en entendant le son vidé de toute vie par l'humidité. Ça devait être la proximité du lac. Le froid convenait en général très bien au cuir. Il s'assit néanmoins dans le parc et se mit à jouer en rythme avec la ville, trouvant le contrepoint d'un chant étrange qu'il avait presque l'impression d'entendre, porté par le vent autour de lui.

Il resta assis des heures à jouer ainsi, sans remarquer ni se soucier des passants qui s'arrêtaient un moment pour l'écouter, puis reprenaient leur chemin. Deux jeunes filles, l'une brune et l'autre blonde, le regardèrent avec cette expression perplexe que les gens adoptent quand ils se rendent compte pour la première fois que le tambourin est un instrument de musique. Il ressentit une certaine fierté à l'idée de susciter cette réaction, puis il remarqua qu'elles avaient l'air effrayé. Elles devisaient des choses les plus triviales : les chaussures de l'une qui étaient trop serrées, les cheveux de l'autre qui avaient tendance à rebiquer… Mais sous la surface, toutes deux partageaient une terreur commune, qu'aucune d'entre elles ne voudrait admettre. Il crut apercevoir un animal filer à toute allure, mais lorsqu'il y regarda de plus près, il n'en vit aucun. Voilà qu'elles s'en allaient maintenant, après lui avoir glissé un dollar dans la poche de son manteau en gloussant. Elles ne semblaient plus aussi terrifiées que quelques minutes auparavant.

Il joua jusqu'à ce que la nuit et le froid pénètrent ses doigts, puis rangea son instrument, se leva et se mit à arpenter les rues de la ville, sans but précis.

*Tu as ton stylo et du papier,*
*Tu as ton règlement,*
*Tu as ta petite liste*
*De rois, d'escrocs et de bouffons…*

If I had the Voice

16 NOVEMBRE, 13H13

Stepovich tombait. Son estomac le lui confirmait, il tombait aussi vite et lourdement qu'une pierre, comme un peu plus tôt le garçon de la cabane. Il se demanda si l'atterrissage serait douloureux, puis même si cette obscurité avait un quelconque fond. Peut-être cette noirceur correspondait-elle au moment où les chirurgiens retiraient la balle de sa tête. Ou bien était-ce justement ce qui arrivait quand on ne pouvait la retirer. Il sentait quelqu'un lui tenir la main avec force. Jennie était peut-être venue à son chevet mortuaire, auquel cas cette noirceur serait celle de la mort. Il avait entendu dire qu'on était censé voir une lumière quand on mourait, une lumière dont on ne pouvait se détourner. Il plissa les yeux, mais il ne voyait rien d'autre que les ténèbres. Il éprouvait le contact de cette main dans la sienne et sentait l'odeur de l'eau-de-vie bon marché et de l'ail ainsi que la sueur des chevaux.

La calèche atterrit dans un fracas assourdissant, étrangement semblable au bruit d'un corps projeté contre un grillage. Il ouvrit les yeux, s'attendant à moitié à trouver Marilyn près de son lit de mort, mais il ne vit rien d'autre que le brouillard, les immeubles et la voiture de patrouille le long du trottoir. Quelqu'un s'agrippa à l'avant de sa veste d'uniforme. Ce satané Cocher n'aurait pas pu faire preuve d'une telle force, mais sans doute la frayeur lui donnait-elle des muscles. Il souleva Stepovich à moitié et le poussa assez fort pour l'envoyer s'étaler sur la chaussée. Stepovich se râpa les mains en atterrissant au milieu de la route. De toute évidence, tout ceci ne plaisait pas à Madame Moria, qui hurlait dans son sabir gitan sans discontinuer; mais le Cocher semblait avoir ses propres plans. Stepovich se remettait à peine quand il entendit claquer le fouet noir. Les sabots de l'attelage dépareillé dérapèrent et glissèrent sur la chaussée humide alors que la calèche, dangereusement inclinée, dévalait la rue avant de tourner dans une venelle. Madame Moria, tournée vers l'arrière, agitait sa canne en aluminium vers lui comme si tout était de sa faute.

Il avait ramené ses genoux sous lui et avait presque réussi à se mettre debout quand Durand arriva près de lui en trottinant. « Ça va, Step? » demanda-t-il d'une voix anxieuse. C'était là la seule chose qui aurait pu empirer la situation: que le chiot l'aide comme un civil hébété, qu'il l'attrape par la chemise pour le stabiliser. « Tu es blessé?

— Non! » grogna Stepovich en le repoussant avec rudesse. Il dut néanmoins s'appuyer contre le mur de l'immeuble. Putain, que sa tête lui faisait mal. Il toucha sa blessure. Une bosse. Pas de point d'entrée. Merde alors.

« Bon, eh bien si tu n'es pas blessé, comment ont-ils réussi à partir?

— En calèche », répondit Stepovich d'un ton vicieux. Il retira la main de l'arrière de sa tête et regarda le sang sur ses doigts.

« Tu veux les prendre en chasse?

— Putain, non! » Stepovich prit une inspiration tremblante, puis se rendit compte que Durand essayait seulement de faire en sorte que l'officier le plus âgé prenne le contrôle de la situation. « Qu'est-ce que tu as trouvé là-haut? » demanda-t-il d'une voix qu'il voulait dure et professionnelle, mais qui sonnait abasourdie à ses propres oreilles.

« Rien.

— Comment ça, rien?

— Personne dans l'appartement. Pas d'arme. Aucun signe de lutte. Mais j'ai senti l'odeur de la poudre. Quelqu'un s'est servi d'un flingue là-dedans.

— Du sang ? »

Durand fit une mine déconcertée. « Eh bien… Je n'en ai pas vu… Enfin, tous les tapis sont rouges, et je n'ai pas pensé à…

— Ça va », coupa Stepovich. Il marcha d'un pas pesant jusqu'à la voiture de patrouille et se pencha à l'intérieur pour attraper le micro. Il informa le dispatcher que la situation était sous contrôle, qu'il n'y avait aucun signe d'arme ou de dispute et qu'il fallait annuler l'appel. Le préposé répondit d'une voix où perçait clairement l'exaspération malgré les parasites. « J'avais déjà entendu la première fois, Stepovich. Je l'ai annulé il y a dix minutes. »

Il se tourna vers Durand. « C'est toi qui les as appelés ?

— Hein ? Non. » Durand avait lui aussi l'air perplexe, ce qui rassura Stepovich.

Une plume reposait sur le siège de la voiture, dont l'intérieur puait le poulailler et les graines.

Sa tête bourdonna quand il se redressa. Il examina la rue, incertain de ce qu'il recherchait. Il s'arrêta soudain et fronça les sourcils. « Et que fais-tu de ça ? dit-il.

— Quoi ? demanda Durand en se retournant.

— Sur la porte de l'immeuble. »

Durand marcha jusque-là et contempla la traînée sur le verre. « Du sang, observa-t-il.

— C'est bien ce qu'il me semblait.

— Qu'est-ce qu'on fait de ça ? »

Stepovich soupira et secoua la tête. « Rien. »

Durand revint jusqu'à lui et s'arrêta un peu trop près ; sa voix était un peu trop exigeante lorsqu'il dit : « Marre de cette merde, Step, je veux savoir…

— C'est Stepovich, petit con ! » rugit-il en lançant son poing, dans lequel il mit tout le poids du monde.

*Regarde cet étang noir et profond, dis-moi ce que tu vois :*
*Les étoiles dans le ciel,*
*Écho d'un ciel de minuit,*
*Branches d'un rêve,*
*Détours d'un labyrinthe.*

Stars Overhead

Un jour ou l'autre

*La Belle Dame hoche la tête à l'attention du* liderc, *soudain apparu devant Elle. Son visage saigne et il garde une main devant l'un de ses yeux. « Qu'y a-t-il ? l'interroge-t-Elle d'un ton assez prévenant.*

*— C'est le rampant. Il est blessé et vous demande.*

*— Blessé ? »*

*Ils ne remarquent même plus le son constant du rouet.*

*« Il dit avoir été taillé en pièces, reprend le* liderc. *Je crois que c'est l'œuvre du Cocher.*

*—Ah oui ? Et comment cela serait, puisqu'il était occupé avec une vieille dame à remonter une bobine de fil le long d'un couloir de malédictions ?*

*— Je ne sais pas, Maîtresse. Peut-être avant qu'ils ne partent ?*

*— Possible. As-tu coupé le fil, mon petit ?*

*— Non, Maîtresse. Pas à temps. Le Cocher m'a vu et m'a emporté l'œil avec le crampon au bout de son fouet.*

*— Je vois. Eh bien, en voici un nouveau. » Elle tire une cendre du feu et l'introduit à la place de l'œil manquant. Puis Elle réfléchit un instant avant de hocher de nouveau la tête. « Très bien, nous allons donc couper un autre fil. Laissons le Ver se vider de son sang, et d'ailleurs, laissons le Loup l'attraper. Pour le moment, prépare une autre chambre d'ami. Nous en aurons bientôt besoin, je crois.*

*— Oui, Maîtresse.*

*— En ce qui concerne le Cocher, nous allons lui envoyer une bouteille d'eau-de-vie, ainsi lorsqu'il la boira, il se fera écraser par un cheval à cinq pattes et encorné par un taureau à trois cornes.*

*— Oui, Maîtresse », répond le* liderc *qui s'en va en courant exécuter les ordres.*

*Au même moment, un trottinement de pieds et de mains contre le sol se fait entendre comme le* nora *entre dans la pièce. Il se met à ramper aux pieds de la Belle Dame. Son crâne chauve, à la peau comme du cuir, semble absorber la lumière du feu.*

*« Eh bien ? » demande-t-Elle, gagnée par un début d'impatience. « As-tu toi aussi échoué ?*

*— Oui, Maîtresse, répond la créature. Elle était protégée.*

*— Protégée ? Comment ? »*

*Le* nora *remue ses oreilles de rat d'avant en arrière, agité. « Il y avait un son comme un carillon de cloches et le grondement d'un canon, et je n'ai donc pas pu m'approcher.*

*— Donc ? C'est son détestable frère. Bon, nous allons voir ce que nous pouvons faire à ce propos. Envoie-lui un bon repas, ainsi lorsqu'il le mangera, la terre s'ouvrira sous ses pieds et l'engloutira.*

*— Très bien, Maîtresse », répond la créature en se précipitant pour lui obéir.*

*Près du feu, la* sage-femme *continue de chanter.*

*« As-tu plus de chance que tes compagnons ?*

*— Non, Maîtresse, réplique la* sage-femme.

*— Qu'est-ce que ça veut dire ? » crie la Belle Dame, les dents grinçantes de rage.*

*« Il y avait des hurlements, Maîtresse, comme ceux d'un empalé. Il ne pouvait pas m'entendre.*

*— Ça doit être son autre frère. Eh bien, nous allons nous en occuper. Envoyons-lui la jeune fille, dont un baiser le tuera sur-le-champ.*

*— Très bien, Maîtresse », acquiesce la* sage-femme *en partant chercher la jeune fille.*

*Si j'avais la voix,*
*J'irais le crier sur les toits.*
*Si j'en avais la force,*
*Je le plierais de mes mains.*
*Mais tout ce que j'ai, c'est une idée,*
*Et il me faut un plan,*
*Pour le ramener là où tout a commencé.*

If I had the Voice

16 novembre, 16h27

Le reste de leur journée fut horrible. Durand ne parlait pas, soit par choix, soit à cause de la douleur. Il s'était avancé au moment du coup et l'avait pris sur le côté de la tête et non sur la mâchoire. Stepovich y jeta un coup d'œil coupable. Violet. Enflé comme pas permis. Ça devait lui faire aussi mal qu'à lui sa nuque.

Le déjeuner s'était réduit à des burritos et du café du snack dans la voiture. Ils n'étaient pas allés chez Norm. Aucun des deux ne l'avait suggéré, car aucun des deux ne se voyait expliquer la situation à Tiffany Marie. Stepovich n'avait pas envie de lui dire comment il en était venu à flanquer un coup de poing à son chéri, et Durand ne voulait sûrement pas admettre qu'un vieux comme Stepovich puisse le mettre au tapis d'un seul direct. Ce dernier massa les articulations de ses doigts sur sa cuisse avec discrétion. Dix minutes de plus passèrent dans la voiture. Ensuite il faudrait rédiger les rapports. Puis rentrer chez soi, manger une boîte de conserve et passer le temps en regardant la téloche ou le plafond. En se demandant quel bordel sa vie était devenue. Il soupira.

« C'qu'y a ? fit Durand à contrecœur.

— Je me sens merdeux. Je me sens con comme un balai. » Et trop fatigué pour dire autre chose que la vérité.

« T'as d'quoi. »

Le pauvre gosse ne pouvait même pas ouvrir la bouche. Stepovich était prêt à parier qu'il s'était réduit l'intérieur de la bouche en charpie avec ses propres dents. « Je sais. »

Le silence devint un peu plus supportable. Le reflet des réverbères enflait puis refluait dans la voiture. Chaque jour il faisait nuit un peu plus tôt. Et un peu plus froid. « Tu mets un gant de toilette chaud dessus quand tu rentres. Aussi chaud que tu peux le supporter. Et tu bois quelque chose de froid, milk-shake ou autre. »

Stepovich se tut et plongea dans ses souvenirs. Ed lui avait ruiné deux dents. Pour quoi déjà ? C'était tellement loin. Ça lui revint. À cause de sa stupide habitude de vérifier si son pistolet était chargé à chaque fois qu'ils sortaient de la voiture, soit à peu près six fois par jour. Jusqu'au jour où Ed avait écrasé la pédale de frein avant de lui envoyer un direct en criant : « Tu veux pas plutôt jouer avec ta bite, connard ! Au moins tu risqueras pas de me tuer ! »

« C'pas drôle », dit Durand d'un air vexé.

Stepovich se rendit compte qu'il souriait. Il se recomposa une expression sérieuse. « Je pensais à autre chose. Ce sang, sur la porte. À qui il appartenait, d'après toi ?

— Et ça, c'est drôle ?

— Non. Ce n'est pas à ça que je pensais. Mais c'est le cas maintenant. Alors ? »

Durand haussa les épaules avec précaution. « Sais pas. Toi ?

— Non plus. Ce Cocher et Madame Moria semblaient bien s'entendre. Je ne crois pas qu'ils se tiraient dessus. S'il y avait quelqu'un d'autre, il était déjà parti quand nous sommes arrivés. » Stepovich respira profondément, renifla et se força à s'ouvrir. « J'ai vu du sang dans la calèche. Sur les doigts de Madame Moria. Mais je ne crois pas que ç'ait été le sien. Elle n'avait pas l'air blessée.

— Conducteur ?

— Lui non plus. » Stepovich fronça les sourcils. « Ou peut-être que si. Il se tenait raide, comme s'il faisait attention à ne pas remuer. Ça n'a pourtant pas semblé le gêner quand il m'a balancé hors de la calèche. » Stepovich tourna la tête vers Durand qui ôta brusquement la main de la mâchoire qu'il massait. Il se souvint d'une seconde chose, ce jour où Ed lui avait cassé la figure.

« Petit, après le travail, tu veux aller boire une bière ? »

Durand le regarda à travers l'obscurité de l'habitacle. Il hocha lentement la tête.

« Bien », fit Stepovich avec un entrain qu'il ne ressentait pas. Mais pourquoi avait-il dit ça ? La dernière chose dont il avait envie ce soir, c'était de la compagnie.

Ou peut-être était-ce la première chose qu'il souhaitait.

*Des rides en surface,*
*Des courants par le fond.*
*Des rides en surface.*
*Des étoiles dans le ciel.*

Stars Overhead

Jeudi après-midi, à l'heure de pointe

Après le travail, Brian MacWurthier rentra chez lui en conduisant doucement à travers le brouillard de la dernière heure du jour. Il s'arrêta sur un coup de tête au magasin de spiritueux pour acheter une petite bouteille de crème de menthe. Deux raisons le poussaient à agir ainsi. D'abord, il commençait à avoir envie de vivre à nouveau, ce qui voulait dire se soigner aux pâtisseries fourrées de temps à autre, comme celles qu'il préparait jadis pour Karen. Deuxièmement, elle n'avait jamais aimé la crème de menthe, or préparer un dessert qui lui aurait plu aurait forcément ravivé sa douleur. Il était temps de la laisser partir.

Tant qu'il y était, il prit un journal et jeta un œil aux gros titres. « Nom de Dieu », marmonna-t-il.

L'homme derrière le comptoir lui rendit sa monnaie. « Quoi ? »

Brian lui indiqua le titre. « L'accident. Six morts. À tous les coups, ils avaient tous une famille.

— À qui le dites-vous », déclara l'employé.

Brian le dévisagea. Pas loin de quarante ans, peut-être. Costaud, une petite moustache. Il portait peut-être un chapeau ridicule et riait trop fort, mais il était sans doute un bon maître pour son chien. Et après ? Brian hocha la tête. « Vous avez perdu un proche récemment ?

— Non. » Puis : « Enfin, pas vraiment. »

Brian attendit, le petit sac en papier contenant la crème de menthe dans une main.

L'employé le regarda et haussa les épaules. « Un ami.

— Un bon ami ?

— Bof, non. »

Brian resta là à attendre, sans trop savoir pourquoi. L'autre reprit la parole :

« Ce qui craint, c'est que j'étais là quand c'est arrivé.

— Oh.

— Mais bon, c'est pas comme si on était proches. » Après une nouvelle pause, il continua. « Mais c'était violent. Encore aujourd'hui, je dors mal. Vous avez perdu quelqu'un, vous ? »

Brian hésita. « Ma fiancée. Emportée par une leucémie il n'y a pas si longtemps. » Les larmes affleuraient, mais il pouvait désormais dire ces mots sans craquer.

« Ouais, c'est terrible, mon vieux. »

Brian acquiesça. « Je m'en remets, petit à petit. J'ai fini par en parler, ça aide.

— Ouais, je sais. Cette merde-là, on peut pas la garder pour soi. »

Brian hocha de nouveau la tête. « Le Gitan a dit…

— Qui ça ? fit l'autre d'une voix étonnamment sèche.

— Son ami. Le type à qui j'ai parlé. »

L'employé lui jeta un regard mauvais.

« Quoi ?

— Ne me parlez pas de Gitans. C'est un des leurs qui a tué mon pote. Juste là. J'étais dans l'arrière-boutique, trop effrayé pour faire le moindre mouvement, et ce Git… Tiens, c'est bizarre.

— Quoi donc ? »

Le regard de l'homme se perdit dans le vague un instant. « Pourquoi est-ce que j'ai dit que c'était un Gitan ? »

Brian haussa les épaules. « Est-ce que la police l'a mentionné ? »

L'autre secoua la tête. « Non. C'est ça qui est bizarre. Il me paraît différent maintenant.

— Hein ? »

L'employé cligna plusieurs fois des yeux. « Je sais pas. La vache, c'est bizarre. C'est comme si mes souvenirs changeaient. La description que j'ai donnée aux flics, c'est tout faux. Mais j'aurais juré… J'espère que je ne suis pas en train de devenir dingue…

— Vous vous sentez bien ?

— Ouais, je crois. Mais je ferais mieux de rappeler les flics tout de suite. Putain, c'est trop bizarre. »

Brian patienta pendant que son interlocuteur téléphonait, puis encore un peu le temps de s'assurer que l'homme irait bien. Quand la voiture de patrouille se gara devant le magasin, il haussa les épaules et sortit du magasin en éprouvant toujours une vague curiosité.

*Monsieur DeCruz, j'espère que ça va.*
*Cela vous ennuie-t-il que je m'assoie là*
*Le temps de jeter un sort ?*
*Désolé de ne pas être parti pour de bon*
*Comme vous l'aviez cru.*

Back in Town

Un soir de semaine

Timothy, allongé sur son lit, saignait de ses coupures au flanc et à la poitrine, juste sous la clavicule. Presque une heure s'était écoulée avant qu'il ne réalise que quelque chose n'allait pas. Il passa la plus grande partie de l'heure suivante à nier cet état de fait, jusqu'à ce que cela devienne impossible. L'idée de sa mort prochaine évoqua des souvenirs d'enfance ; pour la première fois en vingt ans, il craignit l'enfer.

L'heure suivante n'en finit plus. Les mots « Elle m'a abandonné » ne prirent jamais tout à fait forme dans son esprit, mais ils affleuraient sous la surface ; c'était comme marcher dans un marais en sachant qu'un serpent s'y tapissait, quelque part. Il ouvrit les yeux et tenta de s'asseoir en vain. Il se prit à penser que ses draps immaculés étaient maintenant tâchés de sang, et qu'il n'aurait plus l'occasion de les donner au pressing. Il voulut hurler mais n'en eut pas la force. L'idée qu'il pourrait mourir revenait sans cesse, jusqu'à ce que, au dernier stade de la peur, il finisse par décoller sa chemise de ses blessures et y presse son oreiller, résigné à le souiller, lui aussi.

*Maudits soient-ils, maudits soient-ils, qu'ils aillent pourrir en Enfer pour l'éternité. Pourquoi ne m'aide-t-Elle pas ? Je Lui ai toujours obéi. J'ai essayé de tuer la vieille femme, mais l'homme au couteau…* L'homme au couteau. Pourquoi n'était-il pas tombé sous le feu de son tir nourri ? Droit dans le buffet, comme ce type du magasin d'alcool. Le type l'avait pourtant rejoint d'un seul bond puis l'avait poignardé. Timothy s'était enfui, sans même prendre conscience de ses blessures avant d'avoir descendu plusieurs étages et d'avoir vu le sang tremper sa chemise.

*Je ne vais pas mourir*, songea-t-il. *Je ne vais pas mourir. Je vivrai pour Lui montrer que je vaux quelque chose. J'ai toujours le pistolet. J'y retournerai, je trouverai cet homme et lui tirerai dans la tête, cette fois. La vieille aussi. Non, mieux. Le Gitan. C'est lui qu'Elle veut, en réalité. Je l'attraperai pour Elle, et Elle me reviendra.*

*J'ai besoin d'Elle. J'ai besoin d'Elle. J'ai besoin d'Elle.*

Il resta éveillé pendant des heures, l'oreiller pressé contre son flanc. Enfin, alors que la nuit se couchait, il s'endormit, bercé par ses idées de vengeance. Pendant la nuit, sans autre magie que celle de son propre corps, les saignements s'arrêtèrent.

*Si c'était à refaire,*
*Ce n'est pas la vie que je choisirais,*
*Mais la route continue, et moi aussi.*
*Au moins suis-je passé à la télé.*

Red Lights and Neon

FIN D'APRÈS-MIDI D'AUTOMNE, AVANT LE LEVER DE LUNE

Cela se passait quelques instants avant le crépuscule, à la fin de ce jour magique dont la brume retenait la lumière, comme une feuille la rosée. Ça ne ressemblait pas encore au coucher du soleil, mais le Gitan savait. Et alors que la brune sombrait à travers les strates de brouillard, la conscience du phénomène coulait dans les esprits ; un nombre croissant de lumières s'allumaient. Il fut de plus en plus difficile de trouver, parmi toutes ces lumières, quel serait son prochain phare.

Il fronça les sourcils. Pourquoi est-ce que c'était si dur à dire ? Il suivit ses pas, ses instincts, qui le guideraient, s'ils lui étaient fidèles. Ainsi en allait-il, ainsi en avait-il toujours été. Les voies de la ville l'avaient un moment désorienté, mais plus maintenant, et les règles devaient être les mêmes. Dans le cas contraire, il était perdu.

Il se leva, méditatif, ferma les yeux et crut entendre le son ténu d'un chant, aussi loin que la mer et aussi doux que le vent soufflant sur la plaine. Il frissonna et porta la main au couteau sous sa chemise, sans savoir pourquoi.

Il se tenait à un coin de rue. Quatre chemins, un carrefour. Mais ici il y en avait tant et tant. Si l'on déposait une chemise à chacun d'entre eux pour soudoyer le *csuma*, il n'y en aurait plus aucune à porter. Sans parler du fait qu'une chemise laissée à un carrefour serait prise par le premier venu, qu'il en ait besoin ou non, car les choses se passaient ainsi, par ici. Les carrefours auraient dû être un lieu de pouvoir pour lui, mais il n'en ressentait aucun. Ç'aurait aussi dû être un lieu dangereux, mais le danger était partout.

Il resta là encore un moment, scrutant les alentours en quête d'un signe lui indiquant la bonne direction, ou lui évitant la mauvaise. Pendant ce temps, le brouillard commença à s'éclaircir et la nuit tomba tout à fait, mettant fin à ce jour de miracles. Il soupira, vaincu.

Alors que la brume se dissipait, il vit, droit devant lui, un cercle avec, en son centre, un point. Il était dessiné sur une porte étroite, sous un panonceau annonçant dans une écriture baroque :

MADAME MORIA, VOYANCE ET PARAPSYCHOLOGIE, APPARTEMENT C.

Le Gitan se permit presque un sourire. Ses pas n'hésitèrent pas un instant lorsqu'il poussa la porte et s'engagea dans le long escalier. Il le grimpa avec une belle assurance et frappa à la porte marquée d'un C renversé, tenu par un seul clou. Alors que la porte s'ouvrait, une voix fluette et haut perchée l'invita à entrer.

Elle était assise derrière une table étroite. Un paquet de cartes de tarot, le dos orné de roses brillantes, reposait devant elle. Un petit tabouret lui faisait face.

« Tu en as mis du temps, fit-elle d'un ton claquant. Assieds-toi et coupe. »

# 12

# Comment le Démon a posé Ses pièges

*Il faut que je sache qui*
*T'a donné la clé ;*
*Il faut que je sache le prix*
*Qu'ils t'ont payé...*

If I had the Voice

Mi-novembre, 1989

Le Cocher marchait lentement. Même dans ses meilleures années, il n'avait jamais aimé la marche à pied. Sur le sol, il se sentait petit et vulnérable ; pour lui, rien ne valait un banc de cocher surélevé, seize pattes et quatre roues. Deux jambes, ça n'avait rien à voir, surtout quand un Ver vous avait creusé un gros trou au beau milieu du ventre.

Il songea brièvement à l'appartement de Madame Moria. Il y était retourné, une fois que le Loup était parti. Il s'était présenté devant sa porte, avec l'idée qu'elle le laisserait entrer, ne serait-ce que pour s'asseoir et reprendre ses esprits, à défaut de le panser. Mais elle n'en avait rien fait. Elle avait fait preuve d'une colère et d'une rudesse dont les vieilles dames ont le secret. « Va-t'en », lui avait-elle dit, avec un geste qui s'adressait autant à lui qu'au chat gris assis sur le seuil de sa porte. « Va-t'en. J'avais mon Loup et tu l'as jeté. Crois-tu que je vais te laisser chasser l'invité que j'attends ce soir ? Pars, va lire ton avenir dans le cul d'une bouteille. »

Puis elle leur avait claqué la porte au nez. Le chat avait levé sur lui ses froids yeux jaunes, partageant manifestement avec Madame Moria la même opinion de lui. « Tu ne comprends pas, expliqua-t-il, le Loup avait faim. Il ne serait pas parti sans sa nourriture. » Le chat ne semblait pas impressionné. Inutile d'en débattre avec un matou aux yeux jaunes ou une vieille femme, se dit-il en descendant avec précaution les escaliers.

Spider, lui aussi, s'était mis en colère quand le Cocher lui avait rapporté l'attelage sans aucune recette pour sa journée de travail. « À partir d'aujourd'hui, tu ne travailles plus pour moi, enfoiré d'ivrogne ! avait-t-il crié. Tu ne m'apportes que des emmerdes, d'abord les flics, puis tout ce qui me tombe dessus. Casse-toi d'ici ! » avait-il ajouté en agitant son fouet, comme s'il avait jamais su s'en servir. Le Cocher avait caressé l'idée de le tailler en pièces avec le sien, pour lui donner une leçon. Mais il avait assez fait de découpe pour la journée, et le froid, la fatigue, la douleur, et pas le moindre verre pour supporter ne serait-ce qu'un seul de ces maux, l'en dissuadèrent. Il avait donc entamé la longue marche qui le ramènerait chez lui, curieux de savoir si quelqu'un l'y attendait.

Ses pieds l'avaient amené dans une ruelle qui contournait des entrepôts pour aboutir à des docks où les réverbères coloraient la nuit en jaune. Là, deux hommes essayaient de charger une caisse sur un chariot élévateur. Il s'arrêta pour les regarder faire, une main doucement appuyée contre le bandana humide sous sa chemise. *Elle aurait au moins pu me panser proprement*. Les deux ouvriers s'arrêtèrent un instant. L'un essuya son front, mouillé de sueur malgré le froid, et l'autre sortit une bouteille dont il dévissa le bouchon. Le son chantant de l'eau-de-vie raisonna dans l'air alors qu'ils se la passaient. Le Cocher en renifla l'odeur avec convoitise, ce baiser chaud et réconfortant qui aurait pu soulager sa douleur.

Tremblant, il s'appuya contre le mur de l'air de chargement pour les regarder reprendre le travail. Un camion, dont la remorque béait sur ses profondeurs obscures, était garé sur les docks. Six grandes caisses étiquetées MUSÉE DES SCIENCES ET DE L'INDUSTRIE DE LAKOTA reposaient à proximité. Les deux hommes couvraient d'insultes un troisième qui n'était pas venu les aider. La façon dont ils procédaient indiqua au Cocher qu'ils n'avaient aucune expérience de la tâche qu'ils effectuaient. L'un amena sur les docks un gerbeur inutilisé et le manœuvra laborieusement jusqu'à l'une des caisses. Mais celle-ci s'éloignait doucement de la machine, et l'homme fit rugir le moteur, rejetant un panache blanc de gaz d'échappement tel un taureau furieux. « Fais marche arrière », lui cria l'autre. Le conducteur lui répondit quelque chose en retour et l'engin bondit en avant, déformant l'énorme caisse sous la poussée rugissante.

« En arrière, bordel ! » hurla encore l'autre homme, et le conducteur tira un levier qui fit reculer la machine essoufflée, arrachant au passage un morceau de la caisse. Le Cocher sentit un frisson lui parcourir l'échine : en se fendant, les planches de pin révélèrent des yeux d'argent étincelants et une crinière blanche rejetée en arrière où s'entrelaçaient des roses. Le fier étalon mâchonnait un morceau de métal entre ses dents blanches. Des veines saillaient de son museau et ses pattes avant se dressaient vers le ciel. Le sculpteur de cet animal de carrousel savait à quoi ressemblait un cheval. Le Cocher aurait juré que seule la perche verticale qui le traversait de part en part le maintenait immobile. Sans celle-ci, l'étalon se serait déjà débarrassé des débris de la caisse d'un bond. Il s'avança malgré lui.

Les deux hommes juraient et criaient. L'un d'eux jeta même sa casquette par terre, dégoûté. Ils changèrent de position. L'autre homme monta sur le chariot élévateur qui n'avait pas cessé de grogner, tandis que son acolyte essayait en vain d'orienter le cheval vers la pale élévatrice. Mais il était trop lourd.

Le Cocher s'avança encore d'un pas. « Je vous demande pardon », dit-il.

Ils remarquèrent sa présence pour la première fois. Tous deux paraissaient agacés par son intervention, mais si le conducteur montrait de l'impatience, l'autre semblait faire preuve de curiosité. « Contre un peu de gnôle, je vous donne un coup de main. »

L'homme auprès de la caisse cessa ses efforts. Il s'essuya le front d'un revers de main, regarda le Cocher, hocha la tête, sortit la bouteille de sa veste et la lui tendit. Le Cocher la prit et apprécia le poids du liquide dans sa main. Il leva le coude une première fois et le liquide lui donna un baiser brûlant, la promesse qu'il allait chasser le froid. Une deuxième fois, et le baiser alla envelopper ses entrailles meurtries de sa chaleur et calma la douleur comme le sommeil apaise un enfant souffrant de coliques.

« Ça suffit », fit l'homme de la caisse en lui arrachant la bouteille des mains. « Le reste quand on aura fini. » Il posa la bouteille par terre derrière eux et tendit le bras vers la caisse.

Le Cocher acquiesça. Il prit sa place et ensemble, ils soulevèrent la caisse et l'orientèrent dans le bon sens. Le gerbeur s'approcha et la pale s'abaissa avec un grognement alors qu'elle cherchait à le prendre par en dessous.

L'engin arriva trop vite. Celui qui tenait la caisse cria et s'écarta d'un bond. Pendant un instant, le Cocher se retrouva à supporter seul le poids de la caisse et, les yeux dans ceux de l'étalon, crut qu'il pourrait tenir. Mais alors son talon rencontra la bouteille d'eau-de-vie. Malgré le bruit du moteur et les cris du conducteur – « C'est où, la marche arrière ? » –, il entendit clairement la bouteille se briser. Ses bottes crissèrent sur les bris de verre puis il glissa et tomba en arrière. L'étalon blanc le suivit, les sabots avant dressés vers le ciel. Il sentit l'haleine brûlante du chariot-élévateur quand celui-ci lui fonça dessus à une allure incontrôlable. Une des dents brillantes de la pale métallique lui déchira la hanche, d'où jaillit le sang dans une gerbe chaude et rouge. Ses membres s'entremêlaient avec ceux de l'étalon, dont les pattes avant le chevauchaient. Il semblait transpercer le Cocher de son regard furieux et argenté. Non loin de là, les deux ouvriers poussaient des cris, et une femme s'esclaffait, d'un rire à la fois gras et cristallin, alors que dans la tête du Cocher, ses propres chevaux rompaient leur bride et s'enfuyaient au galop dans les ténèbres enveloppantes.

*Laisse le clair de lune nous montrer le chemin*
*Et nous conduire jusqu'au grand cyprès.*
*En route, je te dirai des contes,*
*Des contes sur ce que tu m'as fait.*

Gypsy Dance

JEUDI SOIR

Comme le Cocher ne revenait pas, Daniel enfila son manteau vert et ressortit. Il commençait à se sentir oppressé entre les murs crasseux de la pièce. L'air froid de la nuit était préférable aux relents de moisi de la petite chambre d'hôtel pleine de rats. Son violon le suivit, tout aussi naturellement que ses pieds, ses mains ou son cœur. Les rues au pied de l'hôtel étaient éclairées par des enseignes au néon rouges et bleues qui traçaient dans l'obscurité des noms de bière, ou plus simplement SEXE SEXE SEXE. Trois filles à un angle lui adressèrent des sourires fatigués.

Elles n'étaient pas aussi jeunes qu'elles l'auraient souhaité ; les strass de leur robe pendaient au bout de leurs fils, victimes de trop de caresses hâtives, les coutures étaient distendues par trop d'empressement sur la banquette arrière des voitures. Elles rappelaient à Daniel les ours qu'on faisait danser, un collier au cou, un anneau dans la truffe et la fourrure dégarnie à cause d'un mauvais régime. Il s'arrêta un peu plus bas dans la rue, ouvrit la boîte de son violon sur le trottoir et leur joua un air d'innocence et de rêves. Il les vit d'abord attentives, puis mal à l'aise. Il le changea donc en une vieille ballade où le rire affleurait sous les larmes, où peine et joie se mêlaient étroitement. Elles connaissaient bien cette chanson dont les paroles étaient leur vie même. Elles restèrent debout dans le froid et le sillage de la musique à observer les voitures s'arrêter, puis repartir au feu vert. Leur attente s'était faite plus passive qu'auparavant.

Il se demanda où se trouvait le Cocher. Il songea à ses frères, mais la musique se chargea d'une telle tristesse qu'il reprit l'air des putains.

Une quatrième sortit d'un bar tout proche, accompagnée par des éclats de rire gras. « Même pas de poil à la touffe ! » cria quelqu'un sur son passage. Elle se précipita hors du bar dans sa direction. Son talon se coinça dans une fissure du trottoir et elle chancela un instant avant de retrouver son équilibre. Alors qu'elle passait en trombe devant Daniel, il perçut la puanteur de son parfum musqué. Elle avait les paupières peintes de mauve et d'argenté, et les pommettes d'un rouge si intense qu'on aurait cru des ecchymoses. Elle hésita, puis s'approcha lentement des autres filles au coin de la rue.

Elles tournèrent leur regard acéré sur elle, sans pitié. « C'est pas le soir des amateurs, chérie ! » grogna l'une d'entre elles, alors qu'une autre lui conseilla : « Rentre chez maman, petite.

— Je… Je cherche mon amie », déclara-t-elle, la voix vibrant comme une corde de violon.

« Tu n'as aucune amie par ici, mineure. Vire-moi ton petit cul de là avant qu'on te l'botte. »

Elle s'écarta en vitesse, titubant sur ses talons hauts. La façon dont elle balayait la rue du regard convainquit Daniel qu'elle disait vrai : elle semblait en effet chercher quelqu'un. Elle passa à nouveau devant lui et son parfum l'assaillit une fois de plus. Après cinq ou six pas, elle s'arrêta puis se serra contre le mur du bâtiment pour laisser passer deux hommes. À sa vue, l'un secoua la tête et l'autre fit un commentaire sarcastique avant d'entrer dans le bar. Elle ne décolla pas du mur après leur passage mais se pressa contre lui comme un animal tapi. Daniel continua à jouer, des airs qui lui paraissaient confortables dans une ville. Un moment plus tard, il la sentit s'aventurer plus près. Il l'observa du coin de l'œil.

« Salut… » tenta-t-elle.

Il continua de jouer. Si jeune. Elle aurait dû être chez elle avec sa mère. Peut-être les vieilles traditions avaient-elles encore du bon, cette époque où l'on choisissait un mari pour chaque fille, où elle avait son avenir tout tracé. Dans certaines *kumpanias*, celle-ci aurait été assez vieille pour avoir un bébé accroché au sein, et peut-être un second en route. Mais c'était là de très anciennes traditions. Aujourd'hui, ces gens aimaient tourmenter leurs enfants en les gardant entre deux âges, déjà plus des enfants, mais pas encore des femmes non plus : des créatures vulnérables aux blessures de ces deux mondes.

« Vous vous rappelez de moi ? » La prière dans sa voix était tangible. « On vous a vu, aujourd'hui. Chrissy et moi, on s'est arrêté pour vous écouter jouer et j'ai mis un dollar dans votre poche, et puis on est allé chez elle et on s'est changé parce qu'elle a dit que nous allions à une soirée. Mais quand on est arrivées au bar, ses amis n'étaient pas là. Alors elle m'a dit d'aller refaire mon maquillage, parce que j'avais oublié que j'en portais et je m'étais frotté les yeux, mais quand je suis ressortie, elle n'était plus là, et on m'a chassée du bar. S'il vous plaît, vous l'avez vue ? Vous vous souvenez d'elle ? Elle a des cheveux blonds bouclés, elle est très jolie et elle portait un pantalon en spandex argent avec un T-shirt Guns'n'Roses noir et des escarpins rouges. »

Sa voix s'amenuisait et le violon en fit autant, s'adoucissant au fur et à mesure de ses paroles. Lorsqu'elle s'arrêta, le violon se réduisait à un murmure dans la nuit. Il secoua de nouveau la tête en l'observant. Son pantalon bleu brillant bouffait au niveau des genoux, ses pieds nageaient dans les escarpins une pointure trop grands pour elle. Les affaires de Chrissy, songea-t-il, comme la chemise décolletée qui montrait le haut de sa poitrine. « Ton parfum est horrible, furent les premiers mots qu'il prononça, dans un murmure.

— Chrissy m'a dit qu'il était très cher et qu'elle l'avait eu par une dame qui avait très bon goût », répliqua-t-elle. Puis son visage se contracta imperceptiblement. « Je sais, ça pue. Ça me donne mal à la tête. J'ai essayé de le faire partir, dans les toilettes, mais ça n'a pas marché. S'il vous plaît, vous n'avez pas vu mon amie ? »

Il secoua encore la tête, lentement, et son violon suivit le mouvement.

Comment aurait-il pu savoir où se trouvait cette amie ? Peut-être étaitelle en train de lui jouer un mauvais tour qui consistait à la laisser se dépatouiller avec des problèmes d'adultes. Ou bien était-elle tout simplement partie ; les enfants qui jouaient aux adultes ne faisaient jamais preuve de patience.

« Je ne sais pas quoi faire », dit-elle d'une petite voix où s'insinuait la peur.

Ce n'est pas mon problème, pensa-t-il avant de se demander ce que ses frères diraient de ça. Mais où tracer la frontière ? Quand décide-t-on de la franchir ou de rester en retrait ? La Colombe se contentait de le savoir, alors que la Chouette savait interpréter une centaine de signes qui lui disaient tout ce dont il avait besoin. Mais lui, Daniel, butait toujours sur de telles décisions et se torturait par la suite. Il jura en silence, ce que le violon traduit par une plainte stridente dans la nuit.

La fille recula d'un pas, ce qui, d'une certaine manière, le blessa. En guise de réparation, il dit dans un souffle : « Reste ici avec moi.

— Ici ? » fit-elle d'un air perplexe.

Pourquoi ai-je dit ça ? songea-t-il. Parce que je le voulais. « Ton amie va peut-être revenir. Il est possible qu'elle te cherche. » Il savait qu'il serait inutile de lui dire de rentrer chez elle.

« Je n'ai plus d'argent pour vous », dit-elle tout bas.

Il secoua la tête. « Ce n'est pas moi que tu as vu. »

Elle prit un air offensé. « Si, bien sûr. Vous étiez de l'autre côté du parc, avec un manteau rouge, et vous jouiez du tambourin. J'ai glissé un dollar dans votre poche.

— Non, je n'ai pas de... » Il s'arrêta, puis les mots prirent soudain sens. Un tambourin ? Raymond ! Une joie soudaine jaillit de son violon ; elle recula d'un pas, effrayée par sa puissance. Et puis un sourire vint éclairer son visage, et il la trouva jolie, à travers les défauts de l'épaisse couche de maquillage.

Elle s'approcha de lui et vint se tenir presque dans son ombre, diffusant dans la nuit l'odeur lourde de son parfum. Il entama une jolie petite valse qui sembla la réconforter.

« Parle-moi de ce joueur de tambourin », demanda-t-il.

Elle fronça les sourcils. Elle devait se demander s'il se payait sa tête.

Puis elle répondit : « Vous jouiez du tambourin, assis sur le banc d'un arrêt de bus. Près de Pine, je crois.

— Ce n'était pas moi, répéta-t-il. Mais peut-être mon frère. Je t'en prie, dis-m'en plus. »

Elle cligna des yeux. « Eh bien, il a joué pour nous et je lui ai donné un dollar. Il était… » Elle chercha ses mots. « Très gentil. » Elle se tut le temps de jeter un regard vers le haut et vers le bas de la rue délabrée. « Comme vous », ajouta-t-elle d'une voie spontanée. Mais les mots suivants vinrent après une pause trop longue, et il sut qu'ils ne venaient pas d'elle. Comme les vêtements, sans doute, empruntés à Chrissy. « J'ai toujours aimé les hommes plus âgés que moi. Ils semblent tellement plus sûrs d'eux-mêmes. »

Il la regarda en laissant toutes ses années s'accumuler dans son regard. Il s'attendait à ce qu'elle capitule, mais elle se rapprocha encore, comme aimantée à lui. Elle s'enveloppa de ses bras et se tassa un peu plus dans sa fine chemise. Il se détourna, essaya d'ignorer qu'elle se tenait derrière lui et se rendit compte qu'il ne le pouvait. Il l'entendait s'abriter dans son dos. Il jeta un coup d'œil par-dessus son épaule et ils échangèrent un regard. Pendant un instant, toutes ses peurs lui apparurent clairement, puis elle détourna les yeux avec une modestie qu'il n'avait pas vue depuis de nombreuses années. Daniel soupira. En dépit de toutes ses stupides mignardises et cette fausse audace, elle avait peur. Il allait devoir l'aider.

Il la sentit se rapprocher encore. Cette fois, il continua à jouer en se tournant légèrement, de manière à pouvoir l'observer sans perdre la rue de vue. Elle avait refait le plein de courage car cette fois, elle croisa volontairement son regard. Elle laissa ses bras tomber le long du corps et posa les mains sur sa taille, puis se déhancha légèrement et pencha la tête sur le côté. Elle lui rappela ces mannequins qui posaient dans les vitrines des magasins ; rien n'y était naturel, il n'y avait aucune raison de se tenir ainsi sinon pour montrer ses vêtements ou son corps. Surtout par une nuit aussi froide. Il laissa délibérément ses yeux se balader sur son corps, puis croisa de nouveau son regard. Elle en recula presque d'un pas, mais comme il ne lui fit aucune autre avance, son visage refléta la perplexité. Il soupçonna que rien ne se produisait comme son amie le lui avait décrit. Elle devait faire un appel, auquel il était censé répondre, puis il fallait qu'elle le repousse. Un jeu dangereux pour une jeune fille.

Il faisait froid, ce soir. Il la sentait frissonner, mais pas seulement à cause du temps. Le petit jeu d'audace auquel elle se livrait y contribuait aussi. Elle se mettait au défi, pour voir si elle oserait se confronter au danger qu'elle avait elle-même suscité. Il ne voyait pas comment elle pouvait gagner.

« Moi, c'est Lorelei », lui dit-elle d'une voix coquette dans laquelle il entendit une partie de la vérité. Comme il ne répondait rien, elle balança ses jeunes hanches de manière provocante et vint se tenir plus près de lui. Si près qu'il l'effleurait presque à chaque fois qu'il ramenait le coude en arrière.

« Je m'appelle Daniel », lui dit-il en ne mettant dans les mots rien de plus qu'un échange de noms poli. Un homme héla les putains depuis l'intérieur de sa voiture. Lorelei tressaillit et s'agrippa à son coude un instant avant d'en arracher ses doigts.

L'embarras fonça encore ses joues déjà rougies par le froid. Elle avait perdu la face devant lui. Il sentit un soudain affermissement de sa volonté. Elle allait lui montrer. Il essaya de ne pas soupirer. Elle prit une profonde inspiration pour se donner du courage et choisit un nouvel angle d'attaque. « J'aime beaucoup tes cheveux, dit-elle. Leur noirceur, la façon dont ils bouclent. Et ta moustache. J'aimerais bien que les hommes se la laissent pousser plus souvent. J'aime les hommes très… tu sais, masculins. »

Il savait en effet ce que *très masculin* voulait dire. Il était prêt à parier qu'elle, en revanche, n'en avait pas la moindre idée.

Elle partit d'un gloussement nerveux haut perché et poussa le jeu un peu plus loin. « Mais je me suis toujours demandé comment on faisait pour s'embrasser avec ce genre de moustache. Tu vois ce que je veux dire ? » Invitation sans équivoque.

De nouveau il voyait, pas elle. Il la regarda. Elle était si proche maintenant que le bras qui tenait l'archet ne manquait pas d'effleurer celui de la jeune fille à chaque passage. Il expira bruyamment afin de chasser le lourd parfum de son esprit. Si jeune. Il observa son corps se mouvoir avec grâce au son de la musique, sans qu'elle en ait conscience. Elle lui rappelait quelque chose, une personne tellement enfouie dans le passé qu'elle semblait appartenir à une autre vie. C'était peut-être le cas. Avait-il vraiment un jour été ce petit garçon, s'éloignant de ses congénères assemblés autour du feu pour partir à la poursuite de cette fille jusqu'à l'orée des bois, puis sous le couvert des arbres, ou bien n'était-ce là que les souvenirs de la musique ? Il y avait si longtemps. La douce sensation au creux de ses reins réveillait une vieille douleur, et la musique se réchauffa de désir, non pas pour cette fille peinturlurée, mais pour ces deux enfants qui s'étaient embrassés et effleurés… combien de vies plus tôt ?

La musique l'atteignit et la nuit lui emplit les yeux, la rapprochant d'un pas vers la féminité, lui rappelant quelque chose dont elle n'avait aucun souvenir. Un homme passa et le sentit. Daniel ne lui avait guère prêté attention lorsqu'il avait ralenti pour reluquer les putes au coin de la rue, mais ensuite il avait vu la fille. L'homme l'avait regardée un moment, un rictus lui tordant les coins de la bouche, puis il s'était approché et avait jeté vingt dollars dans la boîte du violon en la désignant du menton. Daniel l'entendit retenir sa respiration alors qu'elle se glissait derrière lui.

« Vous faites erreur, l'ami », dit Daniel avec douceur en faisant un geste vers l'argent, dans l'espoir que l'homme se contenterait de le ramasser et de s'en aller.

Au lieu de cela, son rictus se changea en un regard mauvais. Il dévisagea la fille, fit quelques pas, puis tourna de nouveau les yeux vers elle. Daniel espérait qu'elle ne lui rendait pas son regard. C'est sa peur qui attirait l'homme à elle, qui lui fit se lécher les lèvres et demander: « Combien, alors, putain ? »

Daniel le jaugea. Costaud, mais rien d'inhabituel. Petit, les cheveux roux sous sa casquette. Une veste marron taillée dans une matière synthétique qui devait être plus chaude qu'il n'y paraissait. Daniel secoua lentement la tête. Il ne voulait pas en arriver là. Son violon y récolterait quelques coups au passage. Il s'arrêta de jouer et baissa son instrument avec des gestes mesurés, dans l'espoir de régler cette histoire sans violence. « Il y a erreur, l'ami. Celle-ci n'est pas à vendre. Elles, là-bas, le sont », ajouta-t-il en désignant les trois autres filles d'un air gêné, mais sans trop savoir quoi faire d'autre.

L'homme ne bougea pas. Ses yeux se firent encore plus froids. Daniel pouvait presque le sentir recroqueviller les orteils dans ses bottes de cow-boy en essayant de savoir si, oui ou non, ce gitan se payait sa tête, et si cette fille valait vraiment qu'on se batte pour elle. La fille remua et agrippa le manteau de Daniel. Il sentit sa peur croître à la mesure de la concupiscence de l'homme. Il rangea précautionneusement le violon dans sa boîte, accrocha l'archet à sa place et referma l'étui. Il tendit le billet de vingt dollars à son propriétaire, mais celui-ci gifla la main qui le tenait. « Putain, me prends pas pour un con. Je t'en donne cinquante. »

Daniel fourra le billet dans la poche de la chemise de l'homme. « Maintenant, on s'en va », dit-il d'une voix mesurée en se baissant pour ramasser le violon. L'homme en profita pour essayer de le frapper, mais en se relevant, Daniel lui balança un coup de genou dans l'entre-jambes et le repoussa en arrière. Son adversaire rencontra un parcmètre puis tituba sur la chaussée où une voiture fit beugler son klaxon et l'aspergea d'eau huileuse.

« Espèce d'enfoiré, je te tuerai. Je jure que je te tuerai ! » cria l'homme, mais Daniel, le violon sous un bras et la fille sous l'autre, s'éloignait déjà à grands pas.

La fille, accrochée à lui, tremblait de tous ses os ; il sentait la douce tiédeur qu'elle irradiait à travers sa manche. Il la prit par les épaules et accéléra le pas. Trois pâtés de maisons plus loin, ses tremblements avaient forci. Ses chaussures la faisaient encore trébucher. Pauvre petite chose. Il s'arrêta à l'entrée d'une ruelle, posa son violon et ôta son manteau dont il l'enveloppa avant de relever le col sur sa gorge nue. Mais, alors que ses gestes n'avaient rien de calculé, elle s'avança dans ses bras, leva le visage vers lui et l'embrassa.

Ses bras se refermèrent autour d'elle malgré lui. Elle était si jeune, si pleine d'innocence et d'émerveillement ; tout pour elle était nouveau, une enfant, une femme, et pendant un instant il crut qu'il pourrait l'emmener quelque part où il serait possible de tout recommencer, une vie sans présage ni destinée, une vie de bébés et de prés herbeux, une vie de voyages où l'on ne vieillirait pas. Une vie qui n'appartenait qu'à lui seul, et pas à ses frères. Sa bouche était très douce, en dépit de son inexpérience, et le parfum écœurant semblait soudain lui donner le vertige. Le baiser qu'elle avait initié devint une leçon qu'il lui donna. Et, alors que ç'aurait dû s'arrêter là, elle commença à y répondre – à le tenir plus près qu'elle ne l'aurait dû, à ressentir des désirs qu'il n'aurait pas dû susciter en elle, ni elle en lui. Et pourtant sa passion était aussi réelle que celle de Daniel, ce qui aurait dû l'effrayer davantage. Et ce qui aurait dû l'effrayer, elle, plus encore que ça n'en avait l'air.

Elle porta la main à la bouche quand il s'éloigna d'elle et se toucha les lèvres comme si elle sentait encore le contact de sa moustache.

« Voilà, maintenant tu sais ce que ça fait », dit-il en reconnaissant dans sa propre voix des accents de stupidité béate. Elle leva les yeux sur lui, en une demande muette, les yeux brillants de mille feux. C'était pour lui qu'ils brillaient. Il se sentit ivre de cette fille, de cette nuit, et même de ce parfum. Son odeur lui faisait tourner la tête. Sa place sous son bras était aussi naturelle que celle du violon sous son menton. Quelque chose comme de l'amour gonfla son âme méfiante. Il éclata de rire, et elle lui passa alors le bras autour de la taille. Ils marchèrent enlacés, sans savoir ni se soucier de la direction. Ils arrivèrent devant un café.

« Je n'ai pas dîné, dit-elle d'une façon si irrésistible que son cœur se brisa.

— Je te nourrirai », lui promit-il en ouvrant la porte, peu soucieux de n'avoir pas un *cent* en poche. Cette soirée n'était pas de celles où l'on se préoccupe de tels détails pratiques ; il était temps de redevenir jeune.

Ils prirent place à une table et s'assirent côte à côte sur la banquette, Lorelei près de la fenêtre. Il se fit la réflexion qu'il n'avait rien vu d'aussi adorable que cette fille enveloppée dans son manteau vert élimé. Il prit une serviette dans le petit distributeur et, avec des gestes doux, lui enleva un peu de son maquillage, révélant une peau magnifique. Elle le laissait faire.

Quelqu'un posa des verres d'eau sur la table. « Prêts à commander ? » demanda une serveuse aux cheveux rouges, et il se rendit compte qu'ils se trouvaient là depuis déjà un bon moment. Il regarda sa Lorelei avec un sourire d'encouragement.

« Hamburger, frites et un Coca, fit-elle sans la moindre hésitation.

— Café pour moi », ajouta-t-il sans faire cas de la mine sinistre et désapprobatrice de la serveuse.

« As-tu encore froid, petit moineau ? » lui demanda-t-il. Elle hocha timidement la tête en regardant le plateau de la table. Il dut lui prendre le menton dans la main et lui lever le visage pour voir de nouveau ses yeux. Alors, il n'eut d'autre choix que de lui effleurer le front des lèvres, car il n'aurait pu supporter de ne pas le faire.

*Les lumières de la ville me blessent les yeux*
*Et je tressaille au moindre de ses bruits*
*Le Cocher m'a laissé là,*
*Ce que je regrette depuis.*

Raven, Owl and I

16 NOVEMBRE, LE SOIR

Le vent était devenu tranchant, aussi menaçant qu'un couteau. Raymond accéléra le pas et resserra le col de son manteau autour de son cou. Encore vingt pas et il ne put nier l'évidence davantage : il sentait autre chose que le froid et le vent. Son âme elle-même gelait, comme si des murs jusqu'alors solides s'effondraient et le laissaient exposé.

Il se palpa la poitrine et trouva son tambourin enveloppé bien au chaud. Il battit quelques mesures et sentit plutôt qu'il n'entendit le tintement muet des zils. Comme en contrepoint, son estomac gronda. De la nourriture et un abri, voilà ce dont il avait besoin ce soir. Quelque chose le tenait éloigné du Cocher et de ses frères, mais quoi ? Il haussa les épaules. La meilleure façon de le combattre était peut-être de l'ignorer. De quoi manger et une bonne nuit de sommeil l'aideraient à s'y préparer. Il n'avait rien avalé depuis seize heures et était éveillé depuis vingt-neuf.

Sur Mount Falcon, quand le soleil se couchait et que Denver se réduisait à un rougeoiement graisseux sur l'horizon, l'obscurité de la nuit le ressourçait et le réconfortait. Même la plus noire des nuits, ses étoiles pressées contre le haut des collines, ne l'avait jamais effrayé. Il s'allongeait sur son tapis de sol et écoutait la vie sauvage dans les broussailles autour de lui, le son des écailles du serpent sur le gravier, le flap-flap, flap-flap, flap-flap des ailes de la chouette, le crépitement ténu des pas de la souris prise pour cible à la recherche d'un abri.

Ici, il ne faisait jamais nuit, et les lumières colorées faisaient aux immeubles comme des tumeurs bulbeuses sur leur façade. Comme tout autre chouette, Raymond s'y sentait aveuglé, harcelé par ses scintillements insistants ; l'un d'entre eux – FOOD FOOD FOOD – le harcela, et ses lèvres dessinèrent un grand sourire. C'était exactement ce qu'il espérait trouver. Bientôt. Les rafales de vent glacial eurent presque raison de lui. De la chaleur et un peu de nourriture seraient les bienvenus. Il n'arrivait pas à négliger ces choses-là, comme ses frères. Il se demanda, et pas pour la première fois, quel effet ça faisait de vendre des endroits, d'avoir le pouvoir et le fardeau qui allait avec. Peu importait. Le cadet de ses frères l'avait, mais c'était du ressort de Raymond de mettre la main sur lui. Si ses frères se trouvaient quelque part dans cette ville, ils avaient oublié tout ce qu'ils avaient un jour appris sur les signes ; il n'avait repéré aucun symbole dessiné dans la poussière aux carrefours, aucune brindille brisée et pas le moindre bout de fil pour le guider.

Bon, ce n'était pas tout à fait vrai ; ou du moins le supposait-il. Il existait d'autres sortes de signes. Parfois il croyait pouvoir sentir ses frères ; il espérait tourner à l'angle suivant et ils seraient là à l'attendre, à se réjouir de le voir. Mais dans ces moments, il ne rencontrait que le vide à travers la lumière sombre de la ville.

Faim. L'heure de manger.

Il s'apprêtait à entrer dans un bar, se demandant si c'était le genre d'établissement où l'on servait des cacahuètes et des biscuits apéritifs en attendant les plats, quand une voiture s'arrêta derrière lui.

« Eh, toi ! appela une voix excitée de jeune fille. Eh, le gitan ! » Puis plus fort : « Eh, le Gitan ! Ça t'dirait de venir faire la fête avec moi ? »

Il s'approcha de la voiture spacieuse dont la grille de radiateur faisait comme une mâchoire d'acier. Il essaya de distinguer le visage de la fille du lavis trompeur de la nuit. Oui, il la connaissait. Un peu plus tôt, elle et son amie s'étaient arrêtées pour l'écouter jouer. Mais elle était plus jeune, alors ; les lumières de la nuit la vieillissaient. Ses seins ballottaient sous un T-shirt noir orné d'une image criarde alors qu'elle se penchait par la fenêtre. Lors de leur précédente rencontre, le vent avait coiffé ses boucles en un joli désordre. Elle les portait désormais raides et dressées tout autour de son visage ; ses cheveux lui rappelaient à quoi ressemblait un manteau de cheval après que l'écume eut séché. Le maquillage lui agrandissait les traits, lui distordait le visage en bouche, yeux et cils, le tout immense et mouillé. Il s'avança d'un autre pas pour essayer de savoir où elle se terrait derrière la peinture. Comment distinguer la vérité du mensonge ? Son frère, le Corbeau, l'aurait su tout de suite : il savait toujours discerner l'apparence de la réalité. Lui aussi l'aurait découvert, songea-t-il, si ç'avait vraiment été la nuit : proie ou pas proie. Mais il ne le pouvait, donc il valait mieux se montrer prudent. Et en même temps, il se rappelait ce que la Colombe disait des rencontres fortuites. Il serait prudent, mais il ne l'éviterait pas.

Elle ouvrit la portière de la voiture, lui fit une place et tapota le siège en guise d'invitation. « Rapplique, le gitan, viens t'amuser. »

Ils étaient deux à l'arrière et trois à l'avant. Un jeune homme à la joue tatouée d'une croix était assis à côté d'elle derrière le conducteur. Sa tête inerte ballottait contre l'appuie-tête. Il gardait les yeux fermés et la bouche ouverte, mais Raymond n'eut pas l'impression qu'il dormait. À l'avant, deux autres garçons encadraient une seconde fille. Le conducteur laissait pendre une cigarette au coin de sa bouche, et le bon cuir de son blouson s'ornait de chaînes. Son compère était occupé à enfouir son visage dans la poitrine de la fille par sa chemise ouverte. Elle gardait le regard fixé sur un point imaginaire à l'extérieur, par-dessus la coiffure étrange de son voisin. Son visage n'arborait aucune expression.

« Allez, viens, le pressa la fille sur la banquette arrière. Tu te souviens de moi ? On t'a donné un dollar tout à l'heure. Je m'appelle Chrissy. On t'a cherché dans toute la ville, parce qu'on a quelque chose pour toi de la part de quelqu'un que tu connais. »

Serait-ce un signe ? Oui. Ou bien un piège. Le Corbeau ou la Colombe l'aurait su tout de suite. « Qui ? » demanda Raymond.

Chrissy sourit. « Monte et je te le dirai, gitan. Mais je te donne un indice : on m'a dit de chercher une Chouette. »

Encore un moment d'hésitation. Ses frères n'étaient pas les seuls à le connaître par ce nom. Mais la nuit froide, l'habitacle chaud et la curiosité de ce qu'il pourrait apprendre, que cela vienne de ses frères ou d'Elle, l'incitèrent à monter dans la voiture sous les gloussements ravis de la fille. Il s'en tiendrait à sa ligne de conduite habituelle : observer, patienter, apprendre. Elle repoussa son voisin contre la portière opposée, comme s'il était un gros oreiller. Elle se pencha ensuite par-dessus Raymond pour fermer sa portière, puis resta appuyée contre lui. La voiture s'éloigna du trottoir.

« Qu'avez-vous à me dire ? » interrogea-t-il en repoussant doucement les mains de la fille de sa poitrine. Mais elle se contenta de rire et d'essayer à nouveau d'atteindre son tambourin à travers son gilet.

« Ce type a la musique dans la peau », dit-elle au conducteur dans un nouvel éclat de rire, d'une façon si stupide que Raymond en fut frappé. Le conducteur observait Raymond dans le rétroviseur. Ce dernier soutint son regard sans un mot. Au bout d'un moment, le garçon hocha la tête, comme s'il avait eu confirmation de quelque chose.

Du papier bruissa alors qu'il lui passait une bouteille dans un sac pardessus son épaule.

« Réchauffe-toi d'abord, mec, fit le jeune homme. Après on te donnera le message.

— Non, merci, refusa Raymond.

— Comme tu veux », dit l'autre avant d'en boire une gorgée.

Raymond reprit la parole. « Je cherche des amis. »

La fille, maintenant appuyée contre lui, tapait sur son tambourin à travers son gilet, mais il l'ignora. Elle ne sentait pas l'alcool, mais se comportait comme si elle avait bu. « Mais c'est nous, tes amis », proposa-t-elle d'une voix stridente. Elle tendit la main vers ses cheveux, mais il se pencha pour l'éviter.

« Ça suffit, Chrissy, gronda le conducteur. Ce mec ne veut pas se faire peloter, il veut juste son message, alors dépêche-toi de lui donner.

— Ouais. T'en fais pas pour ça. Mais… eh, le gitan, t'as faim ? On a de la pizza, quelque part par là, je crois. » Elle chercha sur la plage arrière et en ramena un carton blanc graisseux. Elle l'ouvrit devant lui et lui offrit un mélange de saucisses et de fromage sur du pain. Il renifla l'odeur des piments et de la graisse et son estomac grogna sans retenue.

« Tu préfères un hamburger ? On en a un, par là, au cas où t'en voudrais un. Eh, Jer, où est-ce qu'on a foutu le burger ?

— Chrissy », fit le conducteur d'une voix aussi tranchante que du verre brisé. Il jeta un coup d'œil à Raymond dans le rétroviseur et essaya de sourire. « Sois gentille avec lui. Donne-lui à manger et son message.

— Ah, ouais. Voilà. » Elle posa le carton plein de graisse sur ses genoux et prit appui sur l'homme-oreiller du côté opposé. « Laissez-moi réfléchir. Comment ça faisait ? C'était une sorte de poème. »

La pizza ne lui faisait pas envie, mais elle était chaude et c'était de la nourriture. Raymond en découpa une part et la mangea. Celui qui l'avait assaisonnée de ketchup n'avait aucun respect pour les épices. Il attendit que la fille reprenne la parole, mais elle se contentait pour le moment de marmonner et de glousser dans sa barbe. Puis elle se redressa soudain. « Je l'ai », annonça-t-elle.

« Sandwichs aux papillons
Qui croquent sous la dent,
Petits corps croustillants
Aux ailes de coton. »

Puis elle s'affala de nouveau sur la banquette, riant jusqu'aux larmes. Le visage du conducteur s'assombrit de colère. Il ôta la cigarette de sa bouche et la fit passer par la fenêtre d'une pichenette. « Bordel, Chrissy », gronda-t-il d'une voix si affreuse que Raymond sentit les poils de sa nuque se hérisser. Chrissy sentit elle aussi la menace car elle se redressa d'un coup, la mine contrite.

« Mange quelque chose pendant que je fais travailler ma mémoire. Je dirai ce qu'il faut, cette fois, promis. Jer, pourquoi tu nous filerais pas la bouteille ? Il lui faut un truc à boire avec sa pizza. Et laisse-moi le temps de me souvenir du poème, confia-t-elle en aparté à Raymond.

— Non, merci », répéta ce dernier.

Elle prit la bouteille et s'enfila une rasade. Dehors, la lumière des réverbères et des néons rampait sur les fenêtres de la voiture. Il se força à avaler une autre part de pizza, en se disant qu'il importait peu qu'elle soit insipide, car c'était de la nourriture, et qui pouvait dire quand on lui en offrirait de nouveau ? Il croisa encore le regard du conducteur. Chrissy, d'un geste brusque, s'appuya contre lui et frotta son front contre son épaule. « Et merde, dit-elle d'une voix misérable. Je le perds… Je redescends. Jer, il te reste de tes trucs ? Non ? » Son visage se contracta alors que le conducteur secouait la tête. « Putain, tout ça me file la déprime. Donne-moi un coup à boire et peut-être que je me souviendrai du le poème. » Après s'être envoyé quelques rasades, elle lui demanda : « Tu n'en veux vraiment plus ? »

Raymond fit non de la tête. « Tout à l'heure, il y avait une autre fille avec toi. Où est-elle ? »

— Putain, j'en sais rien. On était censé la refourguer au violoniste – oh, merde, je devais pas dire ça. Mais ça change rien, maintenant qu'il en a mangé, non ? » Ses mots s'adressaient à présent au conducteur, qui secouait la tête avec colère.

Raymond referma la boîte avec des gestes lents, puis la lui tendit. Elle l'en débarrassa, sachant qu'il savait. Une façon stupide d'échouer... Un instant, il crut lire de la sympathie dans ses yeux. Le conducteur tourna dans une ruelle où les murs de briques leur renvoyaient les vibrations du moteur au ralenti.

« Récite le poème, espèce de conne ! » tonna le conducteur.

Chrissy se tourna vers Raymond.

« Le Cocher est tombé sous le sabot et la corne.
Le Corbeau va périr avant que pointe l'aube morne.
La pauvre Chouette git sous des tonnes de gravats
Laissant seule la Colombe avec son trépas. »

Raymond demeura de marbre. Au bout d'un moment, elle geignit : « C'est un poème stupide, j'avais bien dit qu'il était stupide. Je préfère le mien : sandwichs aux papillons, qui croquent sous la dent, petits corps croustillants, aux ailes de coton, sandwichs aux papillons, qui croquent sous la dent, petits corps croustillants... »

Le conducteur jura et sortit du véhicule. Un courant d'air froid s'engouffra dans la voiture par la portière laissée ouverte et vint piquer les joues de Raymond. Soudain, il transpirait. Il ne ressentait aucune douleur, pas encore. Peut-être n'y en aurait-il pas. Peut-être que tout se résumerait à cette immobilité forcée. Le conducteur ouvrit la portière de Raymond et le tira à l'extérieur jusqu'au mur, entre deux poubelles. Chrissy se pencha au-dehors. « Prends-lui son tambourin, mendia-t-elle. Je le veux, ça fait de la jolie musique », mais le conducteur lui claqua la portière au nez, manquant ce dernier de peu.

« Bye bye, la Chouette, lui dit-il, la bouche tordue par un rictus. Le poème pue, mais je crois qu'on a tous saisi l'idée. » Il marqua une pause. « Si j'ai bien compris, ça ne va pas te tuer ; tu auras seulement *l'air* mort. Bien sûr, la mort viendra quand même, au bout d'un moment. Quel pied, hein ? » Il rit, sortit une autre cigarette, la tassa et l'alluma. Il jeta l'allumette sur Raymond. Elle atterrit sur la manche de son manteau où elle creusa un petit trou avant de s'éteindre.

« S'il te plaît, Jer, prends-lui son tambourin, supplia de nouveau Chrissy par la fenêtre ouverte.

— Ta gueule, salope. » D'un geste négligent, il lui envoya une gifle qui la renvoya sur la banquette. Elle ne broncha même pas. Puis le conducteur reprit sa place et la voiture démarra. Elle se réduisit bientôt à deux lumières rouges qui disparurent à leur tour au coin de la rue. Raymond resta assis. Il pouvait encore remuer les yeux, mais de plus en plus difficilement. Il contempla ses mains, immobiles sur ses genoux, dont les doigts blanchissaient dans la nuit froide. Puis, les yeux toujours ouverts, tout devint flou. La vue le quitta tout à fait et il eut l'impression que la terre elle-même l'engloutissait.

*L'eau fraîche de la montagne vient des profondeurs noires.*
*Qui es-tu pour le demander ? Qui suis-je pour le savoir ?*

Stars Overhead

16 NOVEMBRE, 18H45

Le bar plongé dans l'obscurité était étouffant après l'air froid du dehors. Le Cochon au Sifflet ne se trouvait qu'à quatre pâtés de maisons du poste et faisait office de bar des flics depuis que Stepovich était entré dans la police. Ed lui avait raconté que le propriétaire avait essayé une fois d'en faire une taverne chic, mais qu'il avait abandonné le jour où certains des gars lui avaient fait faire une nouvelle enseigne : un cochon en uniforme bleu jouant d'un sifflet argenté. L'enseigne n'était plus là, aujourd'hui, tout comme la tentative d'influencer l'atmosphère du bar. Le Cochon au Sifflet restait ce qu'il avait toujours été : un bar de flics.

Ce soir-là, la clientèle ne le démentait pas. Elle allait des simples flics en jeans et sweat-shirt usés aux inspecteurs en complet-cravate. Mais quel que soit le grade, tous, même ici, restaient sur le qui-vive. Les yeux remuaient constamment, tout le monde se retournait dès que la porte s'ouvrait. La plupart des femmes étaient aussi des flics, ou des employées du commissariat. Des groupies dispersées çà et là écopaient de regards noirs de la part du personnel féminin. « Comme si on n'en avait pas assez de se voir toute la journée, murmura Stepovich, il faut encore qu'on traîne ensemble toute la soirée. » Il leva sa pinte et la sécha.

« Hmm ? fit Durand.

— Rien. »

Durand tenait un sac en plastique rempli de glace contre sa mâchoire et buvait de la bière glacée. Il ne pouvait toujours pas beaucoup parler. Ils s'étaient installés à une table au fond après que le barman leur avait demandé ce qui lui était arrivé. « Je lui ai claqué la portière sur la tête par accident, avait expliqué Stepovich. La radio s'est mise à brailler et Durand s'est penché pour prendre l'appel au moment où je la refermais. » L'histoire était juste assez bizarre pour paraître véridique. C'était quelque chose que lui avait enseigné Ed longtemps auparavant. « Si tu t'avises de mentir, raconte un truc énorme. C'est plus facile pour garder la même version par la suite. » Un grand conseil, de la part de quelqu'un qui ne mentait jamais. Quelqu'un qui ne se serait jamais attiré des ennuis comme ceux de Stepovich.

Celui-ci leva sa pinte à l'attention de Lois, la serveuse, et hocha la tête quand il fut sûr qu'elle l'avait repéré. « On va bientôt commander à manger », dit-il à Durand. Il sentait la chaleur de la bière dans son ventre vide.

« Huh-huh », acquiesça Durand. Il décolla le sac de glace de son visage, l'observa un moment puis le remit à sa place. Ce satané gamin restait là à le regarder, comme ça, de ses grands yeux. Sans rien demander, sans insister. Il se contentait de patienter, sachant que Stepovich connaissait déjà toutes les questions et qu'il devait des réponses à Durand.

Il prit une inspiration, et se demanda ce qui lui montait le plus vite à la tête, de la bière ou des yeux du chiot. « Écoute, petit. Voilà ce qui est arrivé. C'est comme une chaîne, une petite chose après l'autre ; aucune d'entre elles n'est vraiment mauvaise, mais en a l'air, si tu ne sais pas ce qui s'est passé.

— Huh-huh. »

Toujours aussi doué pour la conversation. Stepovich soupira. « Tu es sûr que ça va ? Peut-être que tu préfères manger quelque chose, une soupe… Nous parlerons après.

— Hon-hon. »

Stepovich fit grincer le cuir de sa ceinture en changeant de position ; le pistolet qu'il portait en civil appuyait contre son aisselle. Il déplaça légèrement le holster. « Il y avait bien un couteau, quand nous avons arrêté le Gitan. Mais je ne l'ai pas enregistré avec ses autres possessions. Je... euh... Il était tombé dans la doublure de ma veste. Et... Je le sentais, Durand. Je le sens toujours. Je ne crois pas que ce Gitan ait tué l'employé du magasin d'alcools. Je sais que tu voudrais bien lui coller le meurtre de Cynthia Kacmarcik sur le dos aussi, mais je ne l'en crois pas coupable non plus. Je pense néanmoins qu'il est lié à tout ça. Donc je dois lui mettre la main dessus.

— Pourquoi ?

— Pour lui parler.

— Non. » Durand déplaça son sac de glace et prononça avec effort : « Pourquoi penses-tu qu'il a un lien ? »

Stepovich se gratta le nez avant de répondre. « Je ne sais pas. Peut-être parce que ce sont tous les deux des Gitans. C'est plutôt un pressentiment.

— Où est le couteau, maintenant ? »

Stepovich hésita. « En lieu sûr. » Il pria pour ne pas mentir. « Je ne veux pas... Tu sais... Eh bien, si je peux régler cette histoire sans que personne apprenne que j'ai négligé de mentionner le couteau... Je veux dire, tu sais comment ça se passe. Il vaut mieux ne pas leur donner de raison de commencer à fouiner dans tes affaires, n'est-ce pas ? Je fais du bon boulot, Durand. Et si, là, j'ai un peu merdé, je ne crois pas devoir en payer le prix fort, tu comprends ? »

Durand but lentement plusieurs gorgées de sa bière, puis la reposa sur la table, soupira et posa le sac de glace à côté. « Je me sentirais mieux si le labo avait jeté un œil au couteau », dit-il en s'appliquant.

Stepovich le regarda sans ciller. « Le type du magasin a été tué par balle. Et le couteau était en ma possession quand Cynthia Kacmarcik a été assassinée. Tu le sais. »

Durand renifla, pensif. Il leva ses grands yeux pour rencontrer ceux de Stepovich, puis son regard sembla le transpercer. « Ouais. Je le sais. »

*Sur le seuil, la bougie a brûlé jusqu'au pied.*
*Les rideaux ont pris feu mais la maison est restée*
*Droite comme un i.*
*Passant par là, je t'ai vu me regarder*
*Et tes larmes couler depuis l'endroit*
*Où tes yeux logeaient autrefois.*

Walk Throught the Door

UN JOUR OU L'AUTRE

*Le* nora *touche le genou de la Belle Dame et dit : « Elle a fini de tourner, maintenant.*

*— Ah, oui ? Eh bien, va me la chercher. »*

*Le* nora *se précipite vers la porte mais la trouve déjà ouverte. La femme en sort. Elle tient dans ses mains une longueur de fil. Elle arrive devant la Belle Dame, qui prend la parole. « J'ai cherché celui qui me causait du tort et tu t'es mise en travers de mon chemin. Alors je t'ai prise, toi, plutôt. Puis tu as trouvé le moyen de tisser, et tu as cru que tu arriverais à me tenir à distance de cette manière, mais ton esprit n'est pas plus résistant que ta chair ne l'était. Tu as bien dû finir par t'arrêter, Cynthia Kacmarcik, et maintenant nous te tenons.*

*— Quand je suis née, répond celle-ci, on m'a appelée Rozsa. Mais, bébé, je suis tombée malade, et serais morte si on me m'avait pas donné un nouveau nom. Ainsi la maladie ne pouvait plus me trouver. »*

*La Belle Dame fronce les sourcils, comme si cela la dérangeait. La vieille femme reprend. « L'arbre du monde existe, ses feuilles caressent la lune, où le roi David joue du violon et les saints dansent. Vous m'avez fait venir parce que j'ai vu l'arbre et que j'ai compris qui se tenait sous ses branches, à l'abri de vos grêlons, et parce que je vous ai empêchés de les couper. Mais voyez, j'ai tissé un fil avec ses brindilles. La Colombe s'était aveuglée, mais je lui ai ôté tous ses voiles, et bientôt il retrouvera la vue. Le Corbeau sera sauvé par l'amour, celui-là même que vous avez maudit. Et le Cocher a ses chevaux. Quant à la Chouette, voici pour elle. »*

*Sur ces mots, elle jette le fil dans le feu, où il s'enflamme instantanément. La fumée, anthracite comme un nuage d'orage, s'échappe par le conduit de la cheminée et gagne le monde des hommes. Pourtant, le bout de fil n'en finit pas de brûler dans le foyer.*

*La Belle Dame grince des dents alors que le* nora *et le* liderc *se précipitent sur la vieille femme et l'emmènent. Elle ne résiste pas.*

# 13

# Ce que le Blaireau a dit au Corbeau, et la Chouette au Cocher

*Comment as-tu pu vivre si longtemps*
*Sans t'abandonner à la rage ?*
*Est-ce qu'au moins tu comprends*
*Que tous deux avons passé l'âge ?*
*Il n'y a pas de rideau final ;*
*Pas de scène.*
*Arrives-tu seulement à lire*
*Cette page noircie ?*

Blackened Page

Après-midi d'automne

Le Gitan sentit l'odeur du thé aux herbes et se demanda avec ironie si « huh » était une sorte de formule magique, car la vieille femme la prononçait à chaque fois qu'elle retournait une carte. Elle les avait battues et distribuées elle-même et s'était évertuée à l'ignorer depuis qu'il avait coupé le paquet comme elle le lui avait ordonné. Puis elle les avait disposées sur un carré de soie brillant orné de motifs qui réveillaient en lui des bribes de vieux souvenirs – de vieux souvenirs qui tentaient de l'entraîner, mais il ne les laissait pas faire. Une vieille femme était morte pour lui donner une chance de mener sa tâche à bien, pas pour qu'il rumine le passé.

Elle eut bientôt terminé de placer les cartes de ses mains fermes. Les cartes formaient un schéma que le Gitan reconnaissait presque. Puis elle les observa pendant un long moment, levant parfois les yeux sur le visage de son vis-à-vis en quête d'une confirmation ou d'une infirmation de ce que les cartes lui disaient.

« Humph…, conclut-elle en s'apprêtant à les ramasser.

— Attends », l'arrêta-t-il.

Elle suspendit ses mouvements. « Quoi donc ?

— Vas-tu me dire ce que ça signifie ?

— Pourquoi ? Tu me croirais ?

— Comment as-tu su que j'allais venir ? »

Elle hocha lentement la tête, puis tira une carte de sous un petit paquet. Elle montrait un homme avec un globe dans une main et un bâton dans l'autre. « L'Hermite, commenta-t-elle. Inversé. On dirait que c'est toi, mais je ne l'aurais pas cru.

— Pourquoi pas ? »

Elle ignora la question. « La clé est l'Empereur inversé, par lequel je savais commencer. L'As d'Épées le croise. Le…

— Qu'est-ce que ça veut dire ? » répéta-t-il, de plus en plus excédé.

« Ce que veut dire l'As d'Épées ? Regarde-le. »

Il haussa les épaules et obéit. Une épée unique pointait vers le ciel, environnée d'un nuage de feuilles, et il pensa soudain au couteau pressé contre sa hanche. Mais ce n'était sans doute pas aussi simple. Il ouvrit la bouche de nouveau, mais elle le prit de vitesse. « C'est la Tour qui te motive, qui te guide, mais je n'arrive pas à dire si tu œuvres pour la construire ou la détruire. J'espère que tu cherches à la démolir, car c'est la Roue de la Fortune qui t'a amené jusque-là. »

Le Gitan sentit croître son impatience. « Mais où donc, vieille femme ? »

Elle sortit la carte suivante, qui montrait un vieux roi debout sur un disque parmi les étoiles. Il en tenait une à la main, et une autre reposait sur sa couronne. « Au point où converge le pouvoir, petit oiseau. Là où s'amassent les forces, où une armée se lève. Ou peut-être là où les autres font ton travail. Comme moi, petit oiseau, et ça ne me plaît pas, mais je ne puis rien y faire pour l'instant. »

Après une pause, elle reprit : « Le Dix de Pentacles[12] indique que tu pourrais obtenir ce que tu crois vouloir. Mais cette carte se réfère indifféremment à toi ou à ceux qui essayent de t'aider. » Il regarda la carte suivante, sur laquelle dix épées saillaient du corps d'un homme étendu face contre terre, puis leva les yeux.

« Oui », observa-t-elle, ses mots claquant comme des coups de fouet. « C'est là le jeu auquel tu joues, ce à quoi tu t'exposes à voleter en tous sens, à roucouler dans toutes les oreilles. Penses-y, puisque tu poses la question. »

Elle soupira. « Voilà ce que nous avons néanmoins comme cadre. C'est mieux que rien. » Une belle femme buvait dans une coupe tout en la contemplant. « Et ton désir est la Tempérance, ce qui me donne aussi quelque espoir ; c'est plus que je n'en aurais cru, venant de toi. Et tu pourrais souhaiter le Neuf de Coupes, mais n'avoir que le Cinq pour regretter. La conclusion ? Hmmph. Peut-être en réchapperas-tu. »

Elle se tut.

Le Gitan la dévisagea. Il dit enfin : « Si tout ceci a le moindre sens, vieille femme, dis-le-moi maintenant. Je suis plus âgé que toi, et beaucoup plus las. Je vis bien trop d'énigmes pour prendre plaisir à en entendre davantage de ta bouche. Je ne sais pas pourquoi on m'a placé sur cette voie, mais certainement pas pour servir tes caprices. »

Elle lui rendit son regard depuis le rideau de velours de ses yeux. Puis elle les détourna et hocha la tête. « Très bien. Cela ne fera peut-être qu'entraver le cours des choses au lieu de l'aider, mais tu as le droit de savoir le peu que je puis te dire.

« L'Hermite inversé représente quelqu'un sur le chemin, quelqu'un qui cherche quelque chose. Est-ce que ça prend sens ?

— Seulement si je le veux.

— Exact, acquiesça-t-elle. La Reine d'Épées inversée est… hmm, as-tu remarqué que toutes les femmes sont ici inversées ? Soit tu te frottes à de mauvaises femmes, petite colombe, soit tu as des dispositions…

— Parle-moi de la Reine d'Épées, vieille femme. »

Elle le fixa pendant quelques instants avant de reprendre la parole. « Elle est intelligente, Elle est perspicace, Elle est cruelle. Elle tire les bonnes conclusions. Son influence est tout autour de toi. Ça te dit quelque chose ? Tu as une petite idée de son identité ?

— Garde tes sarcasmes pour toi. Cette carte ?

— La Tour. La lueur de vérité ou d'inspiration. La fin de tout ce en quoi tu crois.

— Ça a l'air pire que ça ne l'est.

— Ça le sera quand ça arrivera.

— Et la carte avec la roue ?

— La Roue de la Fortune inversée n'est rien de plus que le passé. Tu n'as pas été capable d'influencer le cours des événements, et tu as dû patienter. C'est le passage.

— Et cette carte, que tu as qualifiée de rassemblement des forces ?

— Appelle ça le pivot. La façon dont tu vas affecter les événements, de toute évidence. À travers les actes des autres. Est-ce que ça t'effraye ?

— Continue.

— La Tempérance. Tu cherches à rassembler les parties éparpillées. Mais ça aussi, je crois que tu le sais déjà. Le résultat, cependant, est partagé. Il y a d'un côté la peste, la maladie, le Dix d'Épées ; de l'autre, il y a trois cartes, le Neuf de Coupes qui réalise les souhaits, le Cinq pour le chagrin et le Soleil pour la fuite et la protection.

— Alors, je vais soit mourir, soit m'enfuir, mais je ne peux gagner ?

— C'est ce que je lis. Mais tu peux interpréter ce que tu veux.

— Ces cartes… Elles semblent appartenir à différents styles.

— J'utilise les cartes qui me plaisent, toutes ne proviennent pas du même paquet.

— Oui, je veux bien le croire. »

Les yeux de la vieille femme lancèrent des éclairs. « Ce n'est pas à toi de me juger. »

Il éclata soudain de rire. « Si je ne le fais pas, jeune fille, alors qui ? »

Elle fronça les sourcils. « Jeune fille ?

— Sans doute plus vieille que celle qui s'est fait tuer en essayant de m'aider, mais bien plus jeune que mes frères ou moi.

— Tu es plus vieux que tu ne le parais. Je crois… » Sa voix mourut et elle plissa les yeux.

« Qu'est-ce que tu crois, jeune fille ? »

Ses lèvres se contractèrent. « Je te crois aussi bête que le Cocher, qui voit le chemin, mais pas la destination. Tu nous pousses tous sur le sentier de… »

Il se leva, soudain perdu dans les affres de la peur, de l'espoir et de la colère. « Le Cocher ? Qu'est-ce que tu sais du Cocher ?

— Je sais que c'est un idiot d'alcoolique, aboya-t-elle. Je l'ai renvoyé pour qu'on puisse être seuls…

— Tu l'as renvoyé ?! » s'écria le Gitan.

Pour la première fois, elle ne sembla plus trop sûre d'elle. « Il avait joué son rôle dans…

— La Reine d'Épées tire les bonnes conclusions, tu dis, mais si les faits sur lesquels elle se fonde sont faux ? Que deviennent ses pouvoirs ? Quels dégâts va-t-elle causer ? C'est peut-être bien toi, la Reine d'Épées inversée, et c'est ton arrogance qui nous mènera à notre perte.

— Je…

— Peut-être que la révélation douloureuse est pour toi, et qu'elle est censée se produire maintenant.

— Je n'ai jamais voulu être impliquée…

— Silence. Lequel d'entre nous a-t-il un jour voulu être mêlé à tout ça ? Tu oses m'accuser *moi* de manipuler les gens ? Ton intelligence est-elle si vive qu'elle te permette de prendre Luci de vitesse ? Ta Vision est-elle si claire que tu peux voir dans Son cœur ? Tes mains sont-elles si habiles que tu es capable de démêler tous les fils qu'Elle tisse ? Ton pouvoir est-il assez grand pour la bannir ? Qu'as-tu fait, femme ? » Elle le dévisagea, effrayée et perplexe. « Qui es-tu ? demanda-t-elle dans un murmure.

— Moi ? Je suis Csucskari le Gitan. Je suis un *Taltos*. Je suis celui qui a juré la perte de la Belle Dame et de ses œuvres. Je suis le seul espoir contre Elle, pour ce que ça vaut. Tu es une vieille femme idiote et arrogante. Tu vois le fond du ruisseau si clairement que tu en oublies l'eau. Tu nous laisserais nous noyer dans ton orgueil puis tu nous maudirais de ne pouvoir respirer. Eh bien, puisque tu as un regard si perçant, utilise-le maintenant, pendant qu'il en est peut-être encore temps. *Où est le Cocher ?*

— Je ne sais pas, murmura-t-elle un instant plus tard. Ma sœur pourrait le savoir.

— Alors demande-le-lui. Maintenant. »

Elle leva les yeux sur lui puis les détourna. Elle semblait se tasser sur elle-même. Elle soupira et baissa les yeux d'un air absent sur sa tasse de thé, dont elle remua les feuilles d'un doigt osseux. Au bout d'un moment, elle parla.

*Eh bien quoi ? J'ai semé*
*Des démons par milliers.*
*Woah, lannan sidhe, fous-moi la paix.*

Lannan Sidhe

16 NOVEMBRE, 19H20

Ed attrapa la télécommande et éteignit le poste en trois clics avant de répondre au téléphone.

« Ed ? » fit une voix avant même qu'il n'ait dit allô.

Il se redressa sur le canapé pour ajuster le son de sa voix. « Oui, répondit-il avec circonspection.

— C'est moi, Tiffany Marie », continua-t-elle. Devant son silence, elle ajouta : « Fais celui qui ne me connaît pas et je laisserai traîner un ongle sur la portière de cette Cadillac la prochaine fois que je la vois sur le parking du restaurant.

— Tiffany Marie, personne ne pourrait jamais t'oublier, ni même tes cheveux rouges. C'est juste que je ne m'attendais pas…

— Écoute-moi, Ed, c'est important. Merde, je crois que je suis bien placée pour savoir à quel point, ajouta-t-elle presque pour elle-même. Je n'arrive pas à joindre Stepovich, ça sonne dans le vide, et de toute façon ça ne serait pas une bonne idée de l'appeler. Et Randy… Durand ne répond pas non plus, alors je me suis dit que le mieux serait de t'appeler. C'est au sujet de la gamine de Mike.

— Quoi ? » s'étonna Ed en enfilant ses chaussures. Il avait le cuir chevelu pris de fourmillements et les poils de la nuque hérissés alors que son instinct de flic lui envoyait des signaux d'alarme.

« Sa fille, elle s'appelle comment déjà… Laurie ? Tu la connais ?

— Je suis son parrain… », répondit Ed d'un air sinistre, mais Tiffany Marie ne le laissa pas continuer.

« Elle est là. Enfin, je suis presque sûre que c'est elle. Je ne l'ai rencontrée que deux fois. Quoi qu'il en soit, elle est maquillée comme une pute, et elle est avec ce type plus vieux qu'elle, qui ressemble à un gitan et qui est, comment dire… tout autour d'elle. Bon sang, Ed, elle ne doit pas avoir plus de quatorze ans, et ce type lui fait vraiment des avances, et elle, comment dire, on ne peut pas vraiment dire qu'elle le repousse. Ce n'est pas un gamin du coin, plutôt un musicien des rues ou quelque chose dans ce genre. Bordel, il n'est pas seulement trop vieux pour elle, il le serait pour moi ! Écoute, je ne crois pas qu'elle ait encore fait de grosse bêtise, et peut-être que si quelqu'un comme toi venait... Oh merde, il y a une bagarre, maintenant. Faut que j'y aille...

— J'arrive », conclut Ed en raccrochant d'une main et en attrapant sa veste de l'autre. Merde. Quelqu'un faisait faire le trottoir à Laurie ? Où donc se trouvait Mike, et à quoi pensait-il en laissant traîner sa fille dehors à cette heure de la nuit ? Il ramassa les clés de la Caddy sur la table basse et songea un instant à appeler Jenny. Mauvaise idée. Elle deviendrait hystérique, débarquerait là-bas et ferait un beau bordel. Il allait éviter ça. Tiffany Marie avait bien fait de l'appeler. Il s'occuperait de ça vite et bien.

Il s'arrêta sur le seuil de la porte, fit demi-tour et se rendit dans sa chambre. Il sortit du tiroir inférieur de la commode une boîte contenant des gants cloutés. Une blague que lui avait faite Stepovich longtemps auparavant, après que Ed se fut montré trop timoré lors d'un interrogatoire. « La prochaine fois, essaye ça », disait la carte collée sur le papier cadeau.

Il enfila le gant de cuir noir. Bonne taille. « Elle a bien fait de m'appeler, se répéta-t-il. Je ne vais pas le tuer, comme Mike l'aurait fait. Et je ne vais pas le coffrer et me taper une tonne de paperasse. Ça risquerait de faire des vagues, en plus. Je vais juste choper la fille, faire passer à ce type l'envie de la revoir et la ramener chez elle. » Il fit jouer ses doigts dans le gant clouté. Il était parfois plus simple de ne plus être flic.

Il empocha ses clés et sortit en sifflant *I'm Called Little Buttercup*[13]. Le ciel se réduisait à un panache de fumée sombre.

*J'ai pas le temps d'écouter,*<br>
*J'ai pas d'yeux pour regarder.*<br>
*Woah, lannan sidhe, fous-moi la paix.*

Lannan Sidhe

16 NOVEMBRE, 19H22

Ils avaient éclusé trois tournées de bière. Il aurait dû en ressentir les effets, avoir l'esprit un peu embrumé, être capable de laisser ses épaules reposer contre le dossier de sa chaise. Mais au lieu de cela, Stepovich se sentait de plus en plus crispé, aussi raide qu'un robot. Ses mâchoires ne desserraient pas, comme s'il craignait qu'une trop grande vérité ne lui échappe s'il les relâchait. Et Durand serait incapable d'appréhender toute la vérité. Et quoi que Durand puisse dire, dans les actes, il respectait le règlement à la lettre. Les lettres de la loi. Stepovich s'éclaircit la gorge et sentit les yeux de Durand lui sauter au visage.

« Ok. » Sa voix sortit comme rouillée ; il se racla de nouveau la gorge. « J'ai fait des conneries. Mais je n'ai pas les mains sales, Durand, et je n'ai rien fait de mal. Enfin, rien de répréhensible moralement. Peut-être était-ce mal de ne pas suivre la procédure standard, mais je n'ai rien fait contre l'éthique. Tu vois ce que je veux dire ? »

Durand hocha lentement la tête. « Ouais, très bien. Mais je ne suis pas sûr d'approuver. Peut-être que tu n'as rien fait de mal, mais tu as fait un certain nombre d'entorses au règlement. Et si ça n'était pas le cas, tu ne serais pas sur la sellette aujourd'hui. Et moi non plus. Mais je suis prêt à t'aider, tant que ça ne signifie pas en faire d'autres. Il faut que tu comprennes, Ste… heu, Mike, que je viens de commencer. Ce genre de trucs peut me bousiller ma carrière pour longtemps. Tu vois, je ne suis pas aussi stupide que tu le crois. »

Stepovich fut bien obligé d'en convenir, à la fois soulagé que Durand puisse comprendre et honteux d'avoir toujours présumé qu'il était trop bête pour cela.

« Donc. Où en est-on ? » s'enquit Durand après quelques instants. Le sac de glace formait une flaque de plastique au milieu de la table. Il se massait la mâchoire de temps à autre, mais le plus gros de l'inflammation était passé.

« Eh bien, commença Stepovich en rassemblant ses pensées. Pas bien loin. Aucun indice, seulement des intuitions, des peut-être et des pièces qui ne s'emboîtent pas bien. Voilà comment je vois les choses. Nous avons un type tué dans un magasin d'alcool et le cadavre d'une vieille gitane dans un hôtel. Toi, tu penses que c'est le même type qui a fait les deux coups, tu crois que c'est ce gitan qu'on a ramassé…

— En fait, le témoin du braquage… », intervint Durand, mais Stepovich leva une main pour l'arrêter.

« Laisse-moi finir. Parce qu'il correspondait à la description du témoin et parce qu'il avait un couteau semblable à celui utilisé dans le meurtre de la vieille dame.

— Et il cadrait aussi avec la description donnée par le réceptionniste de l'hôtel aux enquêteurs de la Criminelle, quand ils lui ont demandé qui louait la chambre », tenta Durand, mais Stepovich choisit de l'ignorer et continua d'une voix laborieuse et butée.

« Je te suis sur l'idée que c'est le même coupable dans les deux cas. Que je sois pendu si je sais pourquoi, ce n'est qu'une intuition qui n'a rien à voir avec le fait que les descriptions se recoupent.

— Si tu m'écoutais... », essaya de nouveau Durand. Stepovich tapa sur la table.

« Nom de Dieu, laisse-moi finir. Écoute-moi jusqu'au bout. Je ne crois pas que ça soit notre gitan. Réfléchis. Une arme à feu la première fois, un couteau la seconde. C'est bizarre. Les meurtriers choisissent en général une arme et s'y tiennent, c'est elle qui leur donne la puissance, le contrôle. Je sais que le Gitan n'avait pas son couteau quand la vieille femme s'est fait tuer. Mais le crime a été perpétré avec une arme très similaire et peut-être dans sa propre chambre. Pourquoi ? Un coup monté ? Ce n'est pas grand-chose, Durand, je veux bien l'admettre. Le seul fil sur lequel on peut tirer, c'est notre Gitan. Sauf que je n'ai aucune idée de la façon dont on va le retrouver.

— Tu as fini ? » demanda Durand, impatient.

« Ouais, je crois. » Stepovich attendit que Durand mette en pièces sa fragile théorie.

« Bien. Parce qu'il y a autre chose qui ne colle pas. Le témoin du magasin de spiritueux a changé sa version. Il dit maintenant que le tueur n'était pas un gitan, mais un maigrichon à la peau claire. Personne ne veut le croire, et donc le mandat contre le Gitan est toujours valable. Ils croient tous que quelqu'un a fait pression sur lui pour qu'il change son histoire...

— Ou bien, enchaîna Stepovich, il mentait la première fois, va savoir pourquoi, et c'est maintenant qu'il dit la vérité. Bordel. Il faut que je parle à ce gitan. C'est lui, la clé.

— C'est pour ça qu'Ed t'a branché sur Madame Moria, parce qu'il pensait qu'elle aurait des tuyaux sur les autres gitans ?

— Ouais. » Stepovich but une gorgée de bière. Il en avait déjà avalé la moitié lorsqu'il s'étrangla. Il toussa et ne put formuler la question suivante, mais Durand y répondit quand même. Son visage se colora d'une teinte rosée.

« D'accord, fit Stepovich d'une voix épaisse. Depuis combien de temps Ed et toi comparez vos notes ? »

Les mots sortirent de la bouche de Durand comme si on les lui arrachait.

« C'est pas ça, Stepovich. Ce qu'il y a entre Ed et moi remonte à loin ; ce n'est pas seulement cette histoire de gitan. Ed était un copain de mon père, il y a longtemps. Ils ont fait l'académie ensemble, et puis ils ont perdu contact. Ou ne se sont pas entendus. Ed est comme toi, il prend des libertés avec les procédures, et ce n'était pas le genre de mon père. Quoi qu'il en soit, je l'avais complètement oublié, mais pas ma mère. Le jour où je suis sorti de l'académie, juste avant que je sois officiellement engagé, elle a appelé Ed et l'a supplié de jouer de son influence pour que je tombe sur un bon coéquipier. Quelqu'un avec qui je serais en sécurité. Je suppose qu'il t'a choisi. » Alors que la colère envahissait le visage de Stepovich, Durand ajouta : « Attends, je n'en ai rien su avant que ça n'arrive. Ça m'a fait chier, qu'elle croie que je ne pourrais pas m'en sortir seul. Mon père n'aurait pas aimé ça non plus. Ce n'était pas le genre de flic qui acceptait les faveurs, ou les accordait. J'aurais très bien pu me débrouiller tout seul. Je croyais que tu le savais et que c'était pour ça que tu me traitais comme de la merde, que tu t'imaginais faire du baby-sitting…

— C'est la première fois que j'entends parler de ça, commenta Stepovich.

— Je sais, reprit Durand d'un air contrit. Il y a deux jours, Ed m'a appelé et m'a demandé comment on s'en sortait et je lui suis rentré dans le lard. C'est alors qu'il m'a dit que tu n'en savais rien, et qu'il fallait que je gagne ton respect par moi-même. Alors je me suis vraiment senti con pour toutes les fois où j'ai essayé de me montrer fort et intelligent au point de ne pas avoir besoin de ton aide.

— Alors nous sommes deux, murmura Stepovich.

— Et donc, reprit Durand. Tu as appris quelque chose de Madame Moria ? »

Stepovich fit tourner la fin de sa bière au fond de son verre, puis la but d'une traite. D'un geste brusque, il leva sa pinte et l'agita dans l'espoir que la serveuse le remarque. Il prit une profonde inspiration et croisa le regard de son équipier. « Tu es prêt à entendre des trucs vraiment bizarres ? », lui demanda-t-il.

*Et à la fin, il restera*
*L'endroit d'où la Chouette partit,*
*Comme les gitans, tu danseras*
*Une danse que jamais je ne vis.*

Gypsy Dance

Jeudi soir

Du point de vue de Daniel, la bagarre n'avait pas vraiment eu de début. La première chose dont il fut conscient, c'est de se retrouver à quatre pattes, à essayer de se relever, ainsi que des bouts de verre incrustés dans son cuir chevelu. Il savait qu'une botte à bout pointue allait suivre, mais connaissait un moyen de l'éviter. Sa Lorelei hurlait ; la serveuse aux cheveux rouges se précipitait dans leur direction armée un plateau levé au-dessus de sa tête. Un peu stupidement, tout ce qu'il avait en tête, c'était que la plupart des chiens déguerpissaient quand on leur criait dessus, mais certains revenaient en douce dans votre dos pour vous mordre. Daniel n'aurait jamais dû lui tourner le dos ; il aurait dû lui fourrer son billet au fond de la gorge et attendre qu'il s'étouffe.

La botte arrivait. Alors qu'il roulait de côté et l'attrapait pour déséquilibrer son adversaire, sa Lorelei se leva de la banquette comme un chat sauvage en jetant au visage de son agresseur la salière, la poivrière, le sucrier puis elle-même. L'homme lui attrapa le visage d'une main et l'envoya bouler contre une autre table. La serveuse aux cheveux rouges lui donna une grande claque avec le plateau juste au-dessus de l'oreille, ce qui le mit à genoux, puis elle fondit sur Lorelei en criant. « Laurie ! Reste en dehors de ça, tu vas te blesser ! »

La voir ainsi malmenée insuffla à Daniel la force de se remettre debout en vacillant. Dans sa main apparut son couteau qu'il ouvrit lentement, savourant le cliquetis caractéristique et le regard horrifié de son adversaire. La vermine attrapa une chaise et la leva alors que Daniel s'avançait vers lui, non pas comme une arme mais comme un bouclier. « Tu voulais savoir ce qu'elle coûterait ? » lui demanda Daniel d'une voix calme, dans une langue qu'il n'avait pas parlée depuis des années. « Elle coûterait et ta vie et la mienne, et même alors, je ne te laisserais pas la toucher. »

L'homme jeta un regard paniqué autour de lui, mais il n'y avait que peu de clients à cette heure avancée ; tous battaient en retraite vers la porte. La serveuse tenait fermement Laurie par le poignet et les cheveux, et il paraissait évident qu'elle la retenait de se mêler à la rixe. Daniel lut dans les yeux de son assaillant qu'il n'avait jamais prévu que les choses se passent ainsi, qu'il avait cru pouvoir les surprendre et emmener la fille avec lui. Il regrettait son impulsivité, mais il était maintenant trop tard. Et Daniel vit aussi que l'homme ne connaissait rien à ce genre de bagarre ; cela le fit sourire.

Il s'avança d'un pas souple, lame baissée, assurant son équilibre à chacun de ses pas. Quand l'autre lui lança la chaise au visage, il fit un pas de côté aussi naturellement qu'un chat. « Eh, mec, je suis désarmé ! J'ai pas de couteau ni rien ! » protesta son adversaire alors que Daniel et son couteau approchaient. Que ce type le supplie de suivre les règles de l'honneur élargit encore le sourire de Daniel. Même lorsqu'il baissa son couteau, il savait ce qui allait venir ensuite.

Il était prêt lorsque l'homme bondit en avant. En un instant, il ne fut plus à l'endroit où l'autre s'attendait à le trouver, mais le pommeau du couteau, lui, ne le manqua pas au passage et l'envoya s'écraser sur une autre table. Daniel le suivit et ses doigts se refermèrent telles des serres sur la gorge de l'homme. Les poings de l'homme martelèrent le corps de Daniel, mais ils étaient davantage mus par le désespoir que par la force. Si c'était là le mieux qu'il pouvait faire, Daniel pourrait le supporter le temps que cela prendrait de rendre l'homme inconscient. Les coups perdirent rapidement de leur force et Daniel sut que la victoire était à portée de main quand la respiration de son adversaire devint un râle et qu'il chercha désespérément à accrocher la main qui l'enserrait. De l'autre, Daniel referma son couteau et le rangea dans sa poche arrière.

« Ça suffit. Lâche-le ! »

La langue de l'homme commençait à poindre entre ses lèvres. Il avait les yeux vides ; un vaisseau sanguin avait éclaté dans l'un d'entre eux.

« J'ai dit : lâche-le ! »

Daniel ne comprit pas que la voix s'adressait à lui avant d'être littéralement soulevé de terre par le col de sa veste. Il y avait d'autres voix, comme celle de la serveuse s'exclamant : « Dieu merci ! Pourquoi as-tu mis si longtemps ? » ou celle de Lorelei criant : « Ed, si tu lui fais le moindre mal, je ne te le pardonnerai jamais et je le dirai à mon père. »

« Tu vas le lâcher, nom de Dieu ! » rugit la voix juste dans son oreille. Daniel obéit. Il observa l'homme s'écrouler au sol. Pendant quelques longues secondes, celui-ci resta immobile, puis il émit un bruit sifflant, puis un autre.

Daniel sentit la tension quitter les poings qui s'étaient refermés sur le cou de l'homme. Il les desserra.

Un flic. Il n'avait pas besoin de voir l'uniforme ou l'insigne pour le savoir. Tout était dans la position, les yeux et le calme avec lequel il dit à Daniel : « Toi, tu viens avec moi. » Il se détourna et parla plus fort à l'attention de la serveuse : « Annule l'ambulance, Tiffany. Le type au sol semble pouvoir marcher, une fois qu'il aura repris son souffle. Et je ne veux pas que ça fasse d'histoires, si tu vois ce que je veux dire. » Le flic poussa l'homme allongé du pied. « Tu veux que je le mette dehors ? »

Cheveux rouges secoua la tête. « Non, laisse-le là, Ed. Quand il se relèvera, il partira tout seul. S'il trouve le moyen de se plaindre, je ne sais rien de tout ça. J'étais dans l'arrière-cuisine à remplir les bouteilles de ketchup. »

Un mince sourire fissura le visage de l'homme. « C'est bien ce que t'aurais dû faire. Mais tu es sûre que c'est ce que tu veux ? Il se pourrait qu'il devienne méchant en se réveillant. »

Tiffany secoua la tête et plissa le nez de dégoût. « Ça va, Ed. Je crois qu'on lui a passé l'envie d'être méchant, à ce gars-là. Je crois pas qu'il me cause aucun problème. »

Lorelei, qui était restée tranquille, s'arracha soudain à la prise de Tiffany. « Laisse-le partir, dit-elle en prenant le bras de Daniel.

— Il vient avec moi. Et toi, tu rentres à la maison. » La grosse voix de l'homme ne souffrait aucune contestation.

Daniel secoua la tête, mais ne sut quoi dire. Lorelei se dressa sur ses pieds. « Tu ne peux pas faire ça ! Il est blessé. Et puis, il te faut, heu… un motif ! Tu ne peux pas lui coller un trouble à l'ordre public puisqu'il me défendait. Cet autre type essayait de m'*acheter* ! » Le soudain outrage dans sa voix n'avait rien de feint.

« Oh, mince alors ! Je me demande bien ce qui lui a fait croire que tu étais à vendre. » Les sarcasmes d'Ed teintèrent ses joues de rouge et la honte lui fit baisser les yeux. « Regarde-toi, continua-t-il. Habillée comme une racoleuse et parlant comme un avocat des prisons. Oh, ton père va être très fier de sa petite fille chérie. »

Lorelei leva le regard mais la lueur de colère soudaine menaça de se noyer dans ses yeux baignés de larmes. Daniel sursauta, piqué au vif. « Je ne vous laisserai pas lui parler sur ce ton », dit-il. Il entendait la préoccupation qui sous-tendait les mots du policier, mais il ne supportait pas de voir sa Lorelei rabaissée de la sorte. « Vous ne comprenez pas ce qui s'est passé cette nuit. »

Le policier sourit de toutes ses dents. « C'est *toi* qui ne vas pas *me* parler sur ce ton, gitan. Toi et moi, on va aller faire un tour, puis on ira voir le père de cette fillette. Si tu veux expliquer ce qui s'est passé ce soir, c'est à lui qu'il faudra en parler. Mais je t'avertis, je ne crois pas qu'il sera du genre raisonnable. Alors peut-être que tu ferais mieux de penser à quelque chose d'autre à lui dire. Quelque chose que tu saurais à propos d'une morte du nom de Cynthia Kacmarcik. Ou d'un de tes potes gitans qui a des cicatrices très intéressantes. »

Le schéma que l'homme lui traçait au visage était parfaitement clair. C'était sans aucun doute à Csucskari qu'il faisait référence. Daniel se sentit à la fois excité et triste, comme si son âme s'était changée en plomb. Son cœur lui ordonnait de suivre Lorelei, mais le devoir façonnait sa vie depuis trop longtemps. Il devait suivre cet homme, endurer ses questions, et peu importait la façon dont il serait traité. Quelqu'un d'intelligent pouvait en apprendre beaucoup des questions ; ça le rapprocherait forcément de la Colombe. Il se tourna vers Lorelei.

« Tout va bien, lui dit-il. Je dois le suivre. Et toi, il faut que tu rentres chez toi, où tu seras en sécurité. Mais tout ira bien, tu verras. »

L'homme à terre se leva soudain et se précipita vers la porte en traînant la jambe. Personne ne fit un mouvement pour l'arrêter, ni même le moindre commentaire. La serveuse traversa la salle avec calme et commença à remettre en ordre tables et chaises.

« Mais tu es blessé ! » objecta Lorelei avec la voix du désespoir. Les larmes coulaient pour de bon, maintenant, et traçaient des rigoles dans le maquillage étalé. « Tu saignes de la tête ! Et c'est de ma faute. Si je n'avais pas…

— Il ira bien. Je m'occuperai de lui, fit l'homme imposant d'une voix brusque. Écoute-moi, Laurie. Tiffany va t'appeler un taxi et tu rentreras tout droit à la maison. Tu es passée à un cul de moustique des vrais ennuis, ce soir. Si je ne croyais pas que ce pauvre type t'avais gardée d'y plonger pour de bon, je lui fracasserais le crâne ici et maintenant. Alors tu rentres chez toi et tu y restes, c'est bien compris ?

— Oh oui, bien sûr ! » cria Lorelei avec colère. Elle se prit le visage dans les mains, parachevant le travail de barbouillage. « La petite Laurie devrait rentrer à la maison et être une bonne fille. Je sais très bien ce qui va se passer : je ne le reverrai jamais ! » Cette dernière phrase, à peine un gémissement, déchira le cœur de Daniel.

« Bien sûr que si », lui promit Daniel en ignorant le regard noir du policier. « Il faudra bien que je te retrouve pour récupérer mon violon, n'est-ce pas ? » Il désigna du menton l'étui qui était resté sur la banquette qu'ils avaient partagée.

Le visage de Lorelei s'éclaircit quelque peu.

« Tu promets ?

— Petit moineau, je me séparerai plus volontiers d'une main que de mon violon. Car l'un sans l'autre, nous ne sommes d'aucune utilité. Je viendrai chercher mon violon. » Et toi, par la même occasion, ajoutèrent ses yeux. Il vit qu'elle avait entendu la voix de son cœur. Elle traversa la salle pour aller chercher le violon, qu'elle berça dans ses bras avec amour.

« On y va », déclara le flic d'un ton bourru en le poussant doucement pour initier le mouvement. Daniel ne résista pas. Le gros homme ne pouvait pas le savoir, mais il le rapprochait de la Colombe et de la tâche à accomplir. Et quand tout serait fini, il faisait confiance à son violon pour le rappeler à lui.

« Ed ? », fit la serveuse, qui les avait suivis jusqu'à la porte. Elle parlait maintenant avec douceur. « Si ça ne te fait rien, je ne vais pas appeler le taxi tout de suite. Il y a quelques petites choses que je voudrais dire à la petite, avant qu'elle n'aille plus loin. C'est ma façon de rembourser Mike, si tu vois ce que je veux dire.

— Je ne connais personne qui pourrait le lui dire mieux, Tiffany Marie. Je vais amener ce gars-là à Mike, et je le lui ferai savoir. Eh, tu veux de l'argent pour le taxi ?

— Non. Inquiète-toi seulement de ce que tu as à faire. Mais… Ed, pour ce que ça vaut, c'est vrai. L'autre type avait vraiment des vues sur Laurie. Ce gitan n'a pas grand-chose pour lui, mais il ne lui veut pas de mal. Pour ce que ça vaut.

— Ok. Je m'assurerai que Mike le sache. À plus tard, petite. »

Le flic poussa la porte d'une main gantée de noir et poussa Daniel devant lui de l'autre. Une grosse voiture, grise sous les réverbères, longeait le trottoir. « Monte, lui ordonna le policier. Tu as déjà entendu parler de détention préventive ? Eh bien, on appelle ça des menottes préventives », ajouta-t-il en les lui passant quand Daniel grimpa en silence sur le siège. « Ne touche à rien et, pour l'amour du ciel, ne mets pas de sang sur les sièges. »

*Bondir dans les ténèbres, rire dans le vent ;*
*Baisse les yeux, baisse les yeux, baisse les yeux, baisse les yeux.*
*Regarde encore les étoiles.*

Stars Overhead

16 NOVEMBRE, 19H48

Durand leva lentement les yeux pour croiser ceux de Stepovich. « Est-ce qu'il t'arrive de prendre des drogues ? lui demanda-t-il avec curiosité.

— Nom de Dieu, non ! Ça n'avait rien à voir avec ça ! » Stepovich éleva la voix assez fort pour faire tourner les têtes de la table voisine.

Durand leva les mains. « Eh, c'était une blague. Bon, je suppose que ce n'était pas drôle. Regarde, tu as pris un mauvais coup sur la tête, voilà tout.

— Personne ne m'avait frappé quand je lui ai parlé dans son appartement.

— Ouais, eh bien, peut-être que c'était juste des trucs bizarres de gitans, non ? Tous ces machins mystiques, donnons-en au gogo pour son argent, et le toutim.

— Peut-être, acquiesça Stepovich à contrecœur.

— Ouais. Bon, eh bien, ce qu'on devrait peut-être faire, c'est retourner chez Madame Moria. Si elle est là, on parle, sauf que cette fois, on fait un peu plus de forcing, parce qu'on y sera en toute légitimité. » Durand prononça ce dernier mot avec une certaine emphase. « Nous viendrions au sujet de ce qui s'est produit cet après-midi.

— Pas bête », commenta Stepovich après quelques instants de réflexion. « Mais tu peux croire ce que tu veux, je suis convaincu que ce que j'ai vu était réel. Ainsi que ce qu'elle m'a dit l'autre soir. »

Durand haussa les épaules. « Comme tu veux. Ça ne fait de mal à personne de garder ça à l'esprit.

— Tu sais, reprit Stepovich, il y a cette femme, une voyante, à qui la police du Comté d'Ashtabula a fait appel plusieurs fois sur des affaires difficiles. Le Comté l'avait embauchée pour qu'elle regarde la scène du crime et décrive ce qui s'était passé, sur quelques cas de disparition. »

Durand avait l'air sceptique. « Ouais ? Et qu'est-ce que ça a donné ?

— Pas un pet de lapin. »

Durand éclata de rire. « Très bonne », approuva-t-il en séchant sa bière.

Stepovich venait de finir la sienne et de reposer sa pinte quand il vit la silhouette de Ed surgir derrière Durand. Voir celui-ci faire un bond quand Ed posa une de ses grosses paluches sur son épaule lui fit un plaisir pervers.

Ed se pencha par-dessus la table et leur dit à tous deux : « J'ai quelque chose pour vous. Dehors, dans ma voiture. »

Aucun des deux ne demanda quoi. L'expression de Ed suffisait. Ils se levèrent en silence et Stepovich laissa de l'argent sur la table. « La voiture est garée derrière, les informa Ed. Je ne voulais pas le laisser en pleine lumière. J'ai dû le menotter. Dépêchez-vous. Ça m'a l'air du genre de type capable de faire des dégâts si on le laisse seul. » Leur haleine laissait dans l'air un panache de fumée.

Mais le gitan était assis à l'avant, calme, et ne semblait pas faire cas des menottes passées autour du volant. Même dans la lumière sombre de la ruelle, Stepovich voyait qu'il avait été cogné. À quoi Ed était-il mêlé ? Il l'attrapa par le coude et l'éloigna de la voiture. « Ce n'est pas le bon, Ed.

— Oh, que si. » Ed se tourna vers la voiture où Durand jetait des coups d'œil curieux au gitan. Celui-ci regardait droit devant lui, impassible. La lumière se refléta un instant sur la clé que Ed tendit à Durand. « Détache-le du volant et mets-le sur le siège arrière. Mais laisse-lui les mains attachées dans le dos, compris ? »

Durand lui opposait obstinément son regard perplexe. Ed soupira. « Écoute, Randy, fais ce que je te dis, compris ? Je t'expliquerai plus tard. Ça ne te créera aucun problème, je te le promets. » Alors que Durand s'apprêtait à obéir à contrecœur, Ed revint à Stepovich. « Hum, Mike. Il y a quelque chose que je dois te dire. J'ai un peu peur que tu réagisses avec emportement. Alors avant de commencer, la première chose que je veux que tu saches, c'est que Laurie va bien, et qu'elle doit être en train de rentrer chez elle, à l'heure qu'il est.

— Quoi ? » Les entrailles de Stepovich se nouèrent d'un coup. « Quoi ?

— Tiffany m'a appelé juste après le dîner, pour me dire que Laurie était là avec un type et qu'elle était tartinée de maquillage. J'ai donc foncé là-bas et…

— Tu ne m'as pas appelé ?

— Pas le temps. Bref. Quand je suis arrivé là-bas, il y avait une bagarre. Un autre type… eh bien, il voulait Laurie, et celui qui est là dans la voiture, le gitan, était en train de le battre à mort. Il l'aurait sans doute tué si je ne les avais pas séparés. »

Le gitan passa sans résistance du siège avant à la banquette arrière. Durand posa une main sur sa tête pour le faire rentrer dans le véhicule. Il gémit et siffla de douleur, mais s'y plia de bonne grâce. Durand se glissa à sa suite en le poussant au fond.

« Où se trouve l'autre type ? » Stepovich sentait des envies de meurtre s'emparer de lui, son visage s'empourprait, les muscles de ses bras et de sa poitrine enflaient.

« Il s'est enfui. Tu sais, je ne suis plus tout jeune, Mike.

— Conneries ! explosa Stepovich.

— C'est vrai, répliqua Ed d'une voix plus dure. Je l'ai laissé partir, car je ne crois pas qu'il méritait la mort pour avoir fait des avances à une fille habillée comme une pute, même si la fille en question n'avait que quinze ans. Non, attends ! Je te dis la vérité. Les fringues de Laurie étaient sans équivoque. Et d'après ce que m'a dit Tiffany, elle était avec le gitan quand l'autre lui a fait une proposition. Mais… » Ed enserra le bras de Mike, le forçant à croiser son regard. « Mais le gitan n'était pas là pour la vendre et il a donné une sévère correction à l'autre qui avait simplement posé la question. Et il m'a même remis à ma place quand j'ai engueulé Laurie pour s'être comportée comme une fille de joie. Écoute-moi, nom de Dieu ! Ce n'est pas un mac, pas plus qu'un client, je pense. C'est une espèce de musicien des rues, et pour ce que ça vaut (Ed resserra sa prise sur le bras de Mike, alors que celui-ci essayait à nouveau de s'en libérer), il l'a protégée. Je ne crois pas qu'ils aient fait quoi que ce soit. Il m'a même appuyé quand je lui ai dit de rentrer chez elle. Alors, avant d'aller lui parler, pense un peu à l'endroit où serait Laurie s'il n'avait pas été là. »

Les deux hommes restèrent silencieux. Stepovich sentait le regard d'Ed sur lui, alors que lui-même fixait le gitan. Ce dernier lui rendait son regard, comme s'il connaissait chacun des mots qu'ils avaient prononcés.

« Ça va ? demanda Ed.

— Ouais, répondit Stepovich d'une voix ferme. Détache-le, je veux juste lui parler.

— Tu pourras lui parler avec les menottes. Chez moi. Il a été frappé à l'arrière de la tête avec quelque chose. On va l'amener là-bas, le laisser se nettoyer et seulement après lui parler. Dans un endroit tranquille et privé.

— Détache-le. Je veux d'abord lui parler. Ici.

— Je ne crois pas, non, protesta Ed doucement. Je crois qu'on va le laisser attaché jusque chez moi.

— Ed...

— Tu n'es pas du genre à frapper un type menotté. Et ce n'est pas seulement lui que je protège, c'est aussi toi. De deux choses : d'une inculpation pour voie de fait, et de battre à mort quelqu'un peut-être en mesure de te tuyauter sur ton affaire de gitan. »

Stepovich retint sa respiration un instant, pendant que se livrait en lui une guerre entre le flic et le père. Il finit par trouver une prise hésitante sur la froideur professionnelle. « Ok. » Il pourrait attendre. Il écouterait d'abord son histoire. Et une fois qu'il l'aurait entendue... Il sentit le regard de Ed sur lui, força ses muscles à se détendre et ses yeux à se vider. « Ok. Chez toi. Allons-y. »

*Il n'y plus de bière dans la canette*
*Je suis à sec, j'ai besoin de picoler*
*Il me faut un endroit où poser la tête*
*Et un peu de temps pour cogiter.*

Hide my Track

MI-NOVEMBRE, 1989

Satisfaits, les chevaux se reposaient. Des souvenirs d'eux lui revinrent d'un endroit qu'il ne connaissait pas : Setal, qui ne restait jamais en place, même dans sa stalle ; Sztrajktoro, que tout le monde croyait difficile, mais qui n'était qu'effrayé ; Madar, qui n'était pas vraiment têtue mais qui avait une idée bien arrêtée de ce qu'elle voulait ; Nagyful, qui l'écoutait toujours avec attention quand il parlait. Et le reste, à travers les siècles.

Maintenant, ils se reposaient, tout comme lui. Seule demeurait l'impression tenace d'avoir laissé quelque chose d'inachevé, mais il était désormais trop tard. Le carrosse s'était enfin arrêté, il devait descendre, bien qu'il n'ait aucun passager à qui tenir la porte. Il regrettait peu de choses, décida-t-il. L'eau-de-vie, sur la fin, avait été une erreur, mais la douleur avait été trop forte. Trop tard maintenant, de toute façon. L'impression d'être protégé par une couverture le gagnait peu à peu ; il se sentait au chaud, dans un endroit douillet, comme si la douleur avait disparu et ne reviendrait pas. Il pouvait se reposer, à présent, et c'est là tout ce qu'il souhaitait. Il dérivait, prêt à s'endormir. Mais, quelque part dans le lointain, quelqu'un faisait du bruit et l'en empêchait. Le bruit n'était pas très puissant, pourtant il persistait. Au début, il ne s'en était pas rendu compte, or il devenait plus agaçant à chaque seconde.

Il se sentit soudain perplexe. Il était mort, n'est-ce pas ? À quoi rimait ce vacarme ? Étrange. Qu'était-ce ? Bruit sourd suivi d'un clic-clic, bruit sourd et claquement. Comme le tambourin dont jouaient les gitans.

Alors qu'il formulait cette pensée, le son s'amplifia, de plus en plus insistant et agaçant. Maudits soient ces gitans. Depuis le jour où il les avait rencontrés, ils ne lui avaient apporté que des ennuis. Et aujourd'hui, voilà qu'ils ne le laissaient même pas mourir en paix. Il essaya de leur crier d'arrêter mais sa bouche ne répondait pas. Le bruit cessa pourtant et il vit un visage familier flotter devant lui.

*Tu ne peux donc pas me laisser tranquille ?* cria-t-il, ou du moins essaya-t-il.

*Tranquille ? Pas question*, répondit l'autre en riant. Lequel était-ce ? La Chouette… Oui, bien sûr. *Je ne risque pas de te laisser tranquille, tu dois nous reconduire chez nous quand tout sera fini.*

*Mais c'est impossible, ils m'ont tué.*

*Je le sais bien. Et ils m'ont enfermé dans un cocon de ténèbres. Je ne peux pas utiliser mon corps et le tien est endommagé, mais j'entends toujours les chants du* ritmus ordog.

*Moi, je vois les chevaux*, admit-il.

*C'est bien ce que je pensais. Il est temps de se relever. J'ai quelque chose pour mon frère, et je le lui donnerai s'il parvient à me trouver avant que je ne meure de froid. J'ai une écharpe de la couleur du feu et de la fumée, mais ça risque de ne pas suffire.*

*Mais que puis-je faire ?*

*Celle qui sait est morte ; conduis mes frères à celle qui agit.*

Tout était si confus. Il aurait voulu un verre. Non, en fait, il valait mieux rester sobre. *Très bien. Où es-tu ?*

*Ma foi, je n'en ai pas la moindre idée*, répondit la Chouette. *Dis-leur d'écouter le son du tambourin.*

*Très bien. Et moi ?*

*Vis.*

Ce maudit gitan semblait rire, maintenant. Le Cocher se demanda pourquoi. Puis, soudain, la douleur se fit telle qu'il ne se demanda plus rien. Le visage disparut dans un hâlo de lumière et de douleur.

*D'aussi loin que je me souvienne,*
*J'ai toujours haï ces lumières amarantes,*
*Les chambres d'hôtel aux murs blêmes,*
*Leurs nuits solitaires et bruyantes.*

Red Lights and Neon

NUIT D'AUTOMNE, LEVER DE LA DEMI-LUNE

Csucskari le Gitan resta en retrait pendant que Madame Moria alla voir ce que signifiaient ces lumières clignotantes. La ruelle comptait deux voitures de police et une ambulance. Un mauvais pressentiment lui nouait les entrailles. Quand Madame Moria revint après cinq interminables minutes, le regard de ses yeux âgés le lui confirma.

« Alors ?

— Il a eu un accident. Il est vivant et on l'amène à l'hôpital. Je ne sais pas... »

Une sirène l'interrompit. L'ambulance fit demi-tour dans la ruelle et accéléra. Csucskari la regarda passer et projeter des graviers. Le son de la sirène résonna longtemps dans ses oreilles alors qu'il décroissait très lentement. Il crut entendre derrière elle le son des zils d'un tambourin. Il tendit l'oreille ; le son était toujours là. Il tourna les yeux vers Madame Moria et comprit à son regard qu'elle l'avait perçu aussi. Il voulut parler mais elle leva une main et lui fit signe de la suivre. Il obtempéra ; le martèlement des cannes se mêla au rythme ténu qui battait encore dans ses oreilles.

*Cette rivière ancestrale continue de rouler*
*Et ce bon vieux Hannah n'est pas prêt d'y couler.*
*Je ne peux pas rendre ce que je n'ai pas pris.*
*Je ne capitulerai pas tant qu'on ne m'aura pas pris.*

Hide my Track

JEUDI SOIR

Timothy contempla le miroir de la salle de bains, tout en L'adjurant silencieusement de lui adresser un signe. Il songea à Sa beauté la première fois qu'il L'avait vue, essaya de concentrer sa pensée sur la façon dont Ses yeux l'avaient transporté. Il s'efforça de voir Ses traits dans le miroir, mais le verre restait désespérément froid et rigide sous ses doigts. Tout ce qu'il montrait, c'était son propre visage blafard, ses cheveux ébouriffés. Timmy détestait son air chiffonné et maladif. « Pauvre petit Timmy », aurait dit sa mère en le mettant au lit et en lui apportant une assiette de gâteaux secs arrosés de lait chaud. Elle l'aurait grondé d'un air triste pour s'être battu, puis elle aurait appelé la police pour se plaindre de ces hooligans du quartier qui terrorisaient son fils. Mais alors son père serait revenu à la maison, lui aurait hurlé de sortir son cul du lit et d'arrêter de faire la poule mouillée, bordel, pourquoi tu n'arrives jamais à te défendre tout seul, espèce de tapette.

Il claqua le miroir du plat de la main, ce qui eut pour effet d'ébranler l'armoire à pharmacie et de rouvrir la coupure de son ventre, d'où le sang se remit à suinter. Il attrapa une poignée de kleenex et tamponna la blessure avant de tout salir de nouveau. Il sortit les six derniers pansements adhésifs de leur boîte et les appliqua le long de la plaie en grinçant des dents et en gémissant à voix basse.

Il retourna dans la chambre à pas lents et y jeta un regard circulaire. En dépit de tout, cela lui était arrivé à lui, et malgré toute la crasse autour de lui, sa chambre était propre. Le vieux tapis marron était rongé jusqu'à la corde par endroits et effiloché de partout, mais propre. Les fenêtres étaient propres, les rideaux blancs aussi, et la commode pas seulement impeccable, le haut en était également dégagé, car tout se trouvait à sa place. Quand on laisse les choses s'empiler et le désordre s'accumuler, alors on devient mauvais, on devient un animal, et Timothy, lui, n'avait rien d'un animal. Il était davantage qu'un homme, car il avait une chambre plus propre que n'importe quelle autre.

Il gagna la commode et en ouvrit le second tiroir, celui des T-shirts. Il chercha dans la pile soigneusement pliée un des plus vieux. Il souhaitait presque avoir un de ces T-shirts colorés, noirs ou bleu marine, où le sang resterait invisible. Mais non, rien ne paraissait si propre et si frais qu'un T-shirt blanc. Il essaya d'en passer un mais ne parvint pas à lever les bras.

Il boutonna donc une chemise bleue en coton et polyester, et cria presque de douleur lorsqu'il fallut la rentrer dans le pantalon. Il retourna au miroir, pour le scruter, pour se peigner, scruter de nouveau, L'appeler encore comme Elle le lui avait appris. Elle ne répondit pas.

Il fallait Lui montrer. Il revint à la commode, déplaça avec précaution la pile de T-shirts, sortit le flingue et le soupesa. Il allait lui montrer, comme il l'avait fait pour son père et sa mère. Il songea un instant au regard de son père quand il lui avait dit : « Je vais te montrer qui est une tapette » avant de presser la détente. Puis il se rappela sa mère, comment elle s'était tournée vers lui, avait hurlé et couru vers le téléphone dans lequel elle avait obstinément répété « Allô, police, allô, police ? », même après qu'il lui eut mis deux balles dans le buffet. Elle lui avait tourné le dos. Tout comme la Dame.

Non. Non, pas Elle. Il Lui montrerait. Il descendrait la vieille dame, puis il se mettrait à la recherche du Gitan, et alors Elle verrait, Elle serait si fière. Elle ne se moquerait plus de lui et ne l'appellerait plus Petit Timmy, Elle poserait Ses mains délicates sur son visage et l'appellerait Son homme, Sa brute, oui, et Elle l'embrasserait de Ses lèvres pleines, embrasserait les blessures de son ventre…

Il demeura immobile pendant un moment à caresser ses fantasmes, se laissant galvaniser par eux, puis décrocha sa veste d'un crochet dans la penderie. Le flingue s'ajustait parfaitement dans sa poche, il pourrait le tenir tout en marchant, croiser des gens dans la rue tout en sachant que, s'il le voulait, il pouvait leur faire du mal. Il éteignit les lumières et ferma la porte à double tour puis parcourut le couloir à pas lents. Dans sa main dissimulée, le pistolet était doux et froid comme le verre d'un miroir.

*Regarde les nuages, ils m'ordonnent de filer*
*Le vent me souffle de me cacher ;*
*Mille accusations condamnent mes péchés*
*Et me poursuivent pour me juger.*

Lannan Sidhe

16 NOVEMBRE 1989

Il força ses paupières à s'entrouvrir. Blanc. Draps blancs, murs blancs, bruit blanc, le tout recouvert d'ombres douces. Même la lumière qui filtrait par la petite fenêtre de la chambre était d'un blanc amical. Et l'odeur. C'était comme si on avait tué toutes les odeurs du monde et éradiqué leurs reliquats à grand renfort d'alcool et d'eau oxygénée. Un endroit idéal pour mourir. Ils se débarrasseraient de son corps à grand renfort d'alcool et d'eau oxygénée. Et ces maudits gitans n'auraient plus qu'à rentrer chez eux.

Le Cocher laissa ses yeux se refermer. Il sentait le pansement serré autour de son ventre, il avait conscience de chacun des points de suture alignés sur sa cuisse. Non. Il n'allait pas mourir. Ç'aurait été trop facile ; rien n'avait été si facile depuis qu'il avait rencontré les gitans. Ou qu'ils l'avaient trouvé. Dans quel ordre, déjà ? Quelle importance ? Les mots de la Chouette lui revenaient en mémoire. Tekata, tekata, tekata, comme le trot d'un attelage synchrone, comme les battements de son cœur. Il ouvrit de nouveau les yeux. On lui avait donné quelque chose contre la douleur qui le clouait au lit et lui promettait la chaleur et la douceur du sommeil. Mais le rythme insistant d'un tambourin le tirait dans l'autre sens. Il s'assit.

Le reste du monde paraissait tranquille. Quelqu'un avait oublié d'éteindre une télévision dont l'écran dispensait un murmure blanc. Sa lumière bleutée éclairait des hommes endormis ou drogués, et quelques formes plates de lits vides. Le Cocher repoussa les fines couvertures en frissonnant et passa les jambes par-dessus le rebord du lit avec des gestes raides. Le carrelage glacé lui mordit les pieds. Ses habits se trouvaient-ils dans ce tiroir ?

Ils ne s'y trouvaient pas. Et alors il se rappela comment on les lui avait coupés à même le corps, comment les ciseaux brillants et froids avaient glissé le long dc sa peau. Il caressa l'idée de replonger dans le lit, mais se força à marcher sur la pointe des pieds jusqu'au lit d'un homme de la même taille et du même gabarit que lui. Pas le temps de lui demander, s'excusa-t-il pour lui-même, car il ne s'écoulerait pas longtemps avant que ces hommes cravatés ne viennent lui poser, bloc-notes à la main, des questions à n'en plus finir. Jusque-là, il n'avait rien dit à personne, pas même un nom. Il avait feint d'être trop ivre, trop hébété, trop sous le choc pour répondre. Finalement il n'avait que peu menti. Mais le jour ne tarderait pas à poindre, et avec lui des questions auxquelles il n'avait pas le temps de répondre.

Il manquait deux boutons à la chemise de flanelle à carreaux, et le jean était trop large au niveau de la taille, mais ils feraient l'affaire. Il trouva son canif, son crampon, son cure-pied et de la monnaie dans le tiroir de sa table de nuit, sous laquelle l'attendaient ses bottes. La tâche laborieuse consistant à se baisser pour les attraper et souffrir une agonie pour les enfiler lui fit perdre courage un instant. Il s'assit sur le bord de ce lit blanc et plat et essaya d'expulser la douleur par de longues expirations. Il essuya son visage humide de transpiration avec un coin de drap. Ses jambes ne le porteraient pas bien loin. Les quelques dollars qu'il avait en poche lui paieraient un trajet en taxi, mais pour aller où ? À la chambre d'hôtel où Daniel, peut-être, l'attendait encore ? C'était sans doute le mieux à faire. Alors Daniel pourrait trouver Raymond. Il considéra un instant l'idée de retourner chez Madame Moria. Mais la pensée qu'elle puisse de nouveau lui fermer la porte au nez l'en dissuada.

Sortir de l'hôpital fut plus facile qu'il ne l'aurait cru. Même en marchant en crabe, une main pressée contre son pansement, il n'attirait guère l'attention. Les trois infirmières qu'il croisa étaient épuisées et stressées. Il s'en débarrassa en demandant si les heures de visites étaient terminées, oui ? Tant pis, merci, au revoir. Aucune d'entre elles ne remarqua qu'il venait de la mauvaise direction. La zone autour du bureau des admissions ressemblait à une gare routière. Un homme tenait un vêtement ensanglanté sur le côté de sa tête tandis que sa femme bavardait sérieusement avec l'infirmière préposée aux admissions dans une langue que le Cocher ne reconnut pas. Une grosse dame assise berçait un bébé vagissant, ses trois enfants en bas âge autour d'elle. Deux adolescents se tenaient à côté d'une fille qui regardait droit devant elle, les pupilles dilatées. Le Cocher se faufila à l'extérieur et se retrouva dans le froid de la nuit.

L'air sur son visage l'aida à mettre de côté la confusion dans laquelle l'avaient jeté les drogues, mais le froid lui contractait les muscles. Il sentait le jean trop grand râper contre le pansement de sa cuisse à chacun de ses pas. Perché sur une colline, l'hôpital surplombait des quartiers obscurs. Il parcourut péniblement la longueur des deux pâtés de maisons qui bordaient l'ersatz de jardin de l'hôpital avant de sentir une chaleur révélatrice au creux de son ventre. Il marcha encore deux blocs en comptant chacun de ses pas douloureux, et arriva à un arrêt de bus. Celui-ci s'enorgueillissait d'un abri couvert, d'une unique ampoule derrière une grille de métal et d'un téléphone public auquel il manquait le combiné. Le Cocher s'assit lourdement sur le banc de béton glacé. Le prochain bus, se promit-il à lui-même et à Raymond, peu importait où il allait. Il monterait dans le bus suivant, dans sa lumière et sa chaleur, et en descendrait dans un quartier encore animé. Il pressa doucement le poing contre la blessure de son ventre et essaya de ne pas tousser.

*Baisse-toi, lève-toi, saute, tourne,*
*Laisse la musique guider tes pas.*
*Garde le soleil dans le dos ;*
*Quelqu'un a besoin de toi.*

Gypsy Dance

17 NOVEMBRE, 01H03

« Je crois voir encore un morceau de verre, là… Mais avec quoi il t'a frappé ? »

Le gitan qui affirmait s'appeler Daniel ne répondit pas. Stepovich regarda la cuisine de Ed en se disant que la scène ressemblait à un mauvais film. Daniel était assis sur l'une des chaises de cuisine à dossier droit, les mains toujours menottées dans le dos. Sa tête sombre retombait mollement sur son torse. Du sang lui avait coulé sur la nuque et imprégnait sa chemise verte. Quiconque rentrerait maintenant dans la cuisine, songea Stepovich, croirait qu'ils étaient en train de le torturer. Mais les mains massives de Ed manipulaient la pince à épiler avec autant de précision que lorsqu'elles attachaient les mouches au bout du fil de la canne à pêche. Le visage de Durand n'affichait rien de plus qu'une nausée contrôlée alors qu'il tenait la lampe-torche. Deux fois déjà il avait soulevé la question de la légalité de tout ceci, dans des murmures frénétiques que Daniel n'était pas supposé entendre. Les deux fois, Ed lui avait grogné de se taire.

« Nom de Dieu, petit, va chez le coiffeur », marmonna Ed, et Durand s'essaya à un sourire appréciateur.

Le gitan resta silencieux.

« Pour l'amour du ciel, détache-le, Ed. Je te promets que je ne le toucherai pas.

— Il t'a dit la vérité », répliqua Ed d'un ton neutre. Ses gros doigts se mêlaient à la chevelure du gitan.

« C'est juste que… » Pendant un instant, le vertige qui l'avait pris en entendant l'histoire du gitan s'empara de lui à nouveau. Laurie dans ce bar sordide, dans lequel lui-même n'aurait jamais mis les pieds. Laurie tartinée comme une putain. Stepovich s'agrippa à sa tasse de café des deux mains, la souleva et se força à boire. Rien de tout cela n'était de la faute du gitan. Mais quand il parlait de Laurie, sa façon de l'appeler Lorelei d'une voix douce et chaude donnait à Stepovich l'envie de lui envoyer son poing dans la figure. Nom de Dieu, elle ne pouvait pas déjà être aussi vieille. Impossible. Et même dans ce cas, ce gitan ne correspondait pas vraiment à ce qu'il avait prévu pour sa fille. Quelque sportif du lycée avec une veste de base-ball et une vieille voiture déglinguée, ou un ringard avec des culs de bouteille et des mocassins, ou même un punk avec une boucle d'oreille et la moitié du crâne rasé – voilà le genre de types à qui Laurie devrait s'intéresser, par qui elle devait se faire draguer dans les couloirs du collège. Pas ce violoniste des rues qui ne connaissait du monde que ses aspects les plus sordides.

Mais c'était celui-ci. Elle avait choisi de se fier à Daniel, de s'abriter derrière lui quand les choses la dépassaient. Elle lui avait accordé sa confiance, et il s'en était montré digne. C'était paradoxalement ce qu'il ne supportait pas. Ce Daniel avait été là pour elle, et pas lui. Bon sang. Ed le regardait. Stepovich détourna les yeux, chassa l'expression de jalousie de son visage. « Je ne te raconte pas de salades, Ed. Tout va bien, détache-le. »

Ed adressa un imperceptible signe de la tête à Durand, qui posa la lampe et sortit les clés de la poche.

« On va te détacher, petit. Mais je te préviens, au moindre geste suspect, on te tombe tous les trois sur le dos. Compris ? » Durand allait devoir travailler son style. Car peut-être Ed aurait-il mis plus de conviction dans ces mots si Durand avait été un peu plus sûr de lui.

« Je comprends », fit Daniel de la voix claire mais exténuée avec laquelle il avait répondu à toutes leurs questions. Ou presque répondu, songea Stepovich en regardant les menottes s'ouvrir. Daniel resta dans la même position, sauf que ses mains reposaient maintenant sur ses genoux et qu'il se massait les poignets. Aucune remarque. Aucune menace de plainte pour abus d'autorité, aucune interrogation sur les raisons de sa détention. Rien de tout cela ne collait, ni son refus d'aller se faire soigner aux urgences d'un haussement d'épaules, ni ses demandes constantes de reformuler leurs questions. Bordel, ce type posait plus de questions qu'il n'apportait de réponses. Ed et lui l'avaient cuisiné un bon bout de temps, esquivant et feintant comme des danseuses sur un ring. Est-ce que Daniel connaissait le Gitan aux cicatrices ? Eh bien, il n'en était pas sûr. Quel genre de cicatrices avait-il ? Oh, et s'agissait-il d'un vieillard mal en point ? Non ? En bonne santé, alors ? L'autre gitan avec qui il était, avait-il un tambourin ? Oh, il était donc seul ? *Et cætera, et cætera*. Stepovich n'était pas sûr que Ed en ait tiré le meilleur. Et rien de tout cela ne collait. Le premier venu aurait pu voir qu'il était parent avec le Gitan aux cicatrices. Les mêmes pommettes, les mêmes yeux, le même nez crochu et le même menton étroit. Il savait forcément quelque chose, mais il le cachait derrière des haussements d'épaules, des regards vides et des « je ne comprends pas ». Il n'était pas hostile, mais méfiant. Il attendait quelque chose, et semblait ravi de rester entre leurs mains pour connaître la suite des événements.

La suite, ce fut Ed qui lança « Je l'ai ! » en déposant sur la table de la cuisine un morceau de verre de la taille d'une pièce de cinq *cents*. Un instant plus tard il pressait un torchon contre l'arrière de la tête du gitan pour juguler le flot de sang, si rouge sur la touffe de cheveux noirs bouclés. « Oh… » Durand respira fort, et Stepovich comprit. La scène lui donna aussi un instant la nausée, comme le font parfois la vue et l'odeur du sang, et il se retrouva à grimacer pour contenir le malaise.

« Ce gosse a assez de cheveux », marmonna Ed. Stepovich enregistra que Ed l'avait déjà rangé dans les « petits » et autres « gosses », ce qui signifiait qu'il s'en était déjà fait une opinion positive. Sinon, il aurait plus volontiers utilisé des mots comme « voyou » ou « tête de nœud ». « Pas facile d'y voir clair avec tous ces cheveux. » Ed souleva avec précaution le torchon de la blessure maintenant coagulée, alors que Durand tendait le cou pour regarder.

« Aussi noir qu'une aile de corbeau », dit doucement Stepovich.

La tête de Daniel se redressa lentement, comme si quelqu'un la tirait à l'aide d'une ficelle. Il tourna vers Stepovich des yeux un instant brillants et affûtés comme ceux d'un oiseau, puis voilés l'instant suivant.

Flashs : une fuite, des poursuivants, un rêve de ragoût brûlé, un impossible voyage en carrosse, le suspect d'un meurtre vieux de cinquante ans revenu à la vie, une vieille femme morte dans une chambre d'hôtel, un couteau qui n'avait pas pu tuer.

Stepovich planta ses yeux dans ceux de Daniel et s'éclaircit la gorge. « Quelqu'un m'a dit, reprit-il d'une voix toujours rauque, que si j'étais sage, je laisserais un Corbeau s'asseoir sur mon épaule et chasser à mes côtés. » Était-ce une étincelle dans ces yeux qui le dévisageaient toujours ? « Et une Chouette voir dans la nuit pour moi. Et une Colombe me dire des secrets. »

Durand tourna vers Ed des yeux incrédules. Mais celui-ci affichait un regard neutre. Au bout d'un moment, Durand acquiesça d'un hochement de la tête.

Daniel ferma les yeux un instant. Il se redressa sur sa chaise, comme déchargé d'un fardeau. Non, plutôt comme s'il avait déplacé un poids lourd d'une épaule à l'autre. Ses yeux fatigués et âgés s'enflammèrent d'une lueur nouvelle et jeune. « La première chose que nous devons chasser, dit-il dans le silence surnaturel, c'est le Cocher. »

# 14

# Comment le Gitan a trouvé la Chouette

*Je n'ai rien à donner,*
*Je suis comme un cheval sans mors.*
*N'y a-t-il personne pour écouter,*
*Cet enfant seul, là dehors ?*

Hide my Track

Trois heures après le couvre-feu

Le taxi ne semblait pas pressé de venir la chercher. Laurie se coula plus profondément dans la banquette et but une autre gorgée de Coca. Elle était seule pour le moment ; Tiffany Marie était retournée au comptoir pour servir une femme âgée accompagnée d'un homme encore plus vieux. Dieu merci. Laurie n'en pouvait déjà plus de ses sermons. Chaque fois qu'elle avait fini avec un client, elle revenait voir Laurie et commençait par « Encore une petite chose... » suivi d'une histoire horrible censée lui être arrivée, mais Laurie savait que c'était des conneries. Tiffany n'avait pas l'air de savoir la moindre chose sur la rue. Laurie observa son sourire tandis qu'elle faisait la conversation aux personnes âgées dont elle prenait la commande en hochant la tête et en les écoutant comme si c'était important. Laurie se demanda ce qu'ils faisaient dehors à une heure pareille. Ils auraient dû être chez eux et dormir, lire les journaux ou regarder de vieux films.

Tout ce que Tiffany savait dire, c'était à quel point Ed et son père étaient géniaux, et que se serait-il passé s'ils n'avaient pas croisé son chemin ? Eh bien, Laurie, elle, ne les trouvait pas si géniaux. Là, par exemple, elle se démenait avec un gros paquet de problèmes, et que faisait son père ? En tout cas, il ne s'inquiétait pas pour elle. Bordel, il n'avait même pas appelé le restaurant pour demander si elle allait bien. Tu parles d'un père. Il était sans doute trop occupé à harceler Daniel.

Daniel. Penser à lui lui adoucit le cœur. Homme ténébreux, homme des ombres, tellement plus réel que les petits frimeurs qu'elle croisait à l'école, avec leurs trous design dans leurs jeans design et leur veste de cuir pré-usée. Daniel. C'était lui qu'elle voulait, qu'elle avait toujours désiré. Il n'avait rien à voir avec son père, ni avec personne au monde. Il était la nuit et la musique et le genre de sexe mystérieux qui lui faisait fondre le bas du ventre quand elle essayait de l'imaginer.

« Encore une petite chose, reprit Tiffany Marie en se glissant sur la banquette opposée. Ce type avec qui tu étais ce soir, celui à la moustache. Tu te fais probablement tout un tas d'idées romantiques sur lui, mais la vérité, c'est que…

— Voilà mon taxi ! » la coupa Laurie en se levant de la banquette, le violon sous le bras. Tiffany Marie lui avait déjà donné un billet de dix dollars. Alors qu'elle se dépêchait de sortir du restaurant, de traverser la rue et de monter dans le taxi, elle joua avec l'idée de ne pas rentrer chez elle. Peut-être aller chez Chrissy ? Non. Si Chrissy voulait encore être son amie après cette soirée, elle devrait lui faire des excuses. Chez son père ? Ça pourrait être marrant. Elle avait une clé et pourrait l'attendre là-bas, pour découvrir ce qu'il avait fait à Daniel. Le secouer un peu. Secouer sa mère, aussi, lorsqu'elle découvrirait au matin le lit de Laurie, vide.

« 2027, Garfield », dit-elle au chauffeur, qui répondit par un grognement, ajusta sa casquette et démarra.

Laurie s'installa confortablement contre la banquette. Les taxis puaient toujours la transpiration, la cigarette et le vieux parfum. Elle assit l'étui du violon sur ses genoux, comme un enfant, et posa le menton dessus. L'odeur de Daniel y était imprégnée. Elle l'étreignit plus fort. Le tenir ainsi lui permettait d'oublier la puanteur du taxi. Presque. Cela sentait, eh bien, pas vraiment comme dans un taxi. Davantage comme les cages des animaux du labo de biologie de l'école. Elle jeta un coup d'œil à l'extérieur alors qu'ils prenaient à gauche sur Cushman.

Après trois pâtés de maisons, elle était sûre qu'ils se dirigeaient dans la mauvaise direction.

« Eh, Monsieur ! » protesta-t-elle, indignée qu'il essaye de l'arnaquer ainsi. « Vous venez de dépasser Eucalyptus. »

Pour toute réponse, il rentra un peu plus la tête dans ses épaules. La lumière des lampadaires et des enseignes de bière au néon clignotaient au dehors. Il grilla le feu du croisement de Maple.

« Eh ! Je ne suis pas le genre de cruche que vous pouvez balader dans tous les sens pour doubler le prix de la course. J'ai grandi dans cette ville, je sais m'y repérer. »

Le chauffeur gloussa.

Cela fit à Laurie l'effet d'une douche froide. Elle remarqua pour la première fois la façon dont il avait relevé son col et rabaissé son chapeau, et ses manches, qui continuaient plus loin que ses poignets. Elle le voyait à peine dans le clignotement lumineux. Mais le peu qu'elle apercevait n'avait pas l'air très humain.

Elle serra contre elle l'étui du violon. « Déposez-moi au prochain feu », dit-elle d'une voix qui chevrotait en dépit de ses efforts.

Il se retourna et lui rendit son regard. Il avait un œil jaune et un autre rougeoyant. « Pas au prochain feu, non, ricana-t-il. Ton feu sera celui qui brûle dans les yeux de la Dame. »

*Passe la porte comme notre frère avant toi,*
*Il reste le temps d'une vie d'ici à l'aurore.*
*Les arbres semblent croire que tu passes par là*
*Et qu'en un clin d'œil tu t'évapores.*

Walk Through the Door

17 novembre, petit matin

Deux cent huit voitures étaient passées. Soixante-quinze piétons ; seulement deux d'entre eux l'avaient remarqué, trahis par la pause dans le rythme de leur pas. Venant de l'autre direction, la ruelle, deux ivrognes avaient trébuché sur son corps en jurant. Un des deux avait commencé à tâter son manteau, sans doute dans l'espoir d'y trouver quelque chose à voler, mais avait fini par changer d'avis. Peut-être le foulard le protégeait-il, d'une certaine façon. Peut-être expliquait-il pourquoi Raymond ne ressentait pas le froid, pourquoi il n'était pas encore mort d'hypothermie. Il aurait voulu savoir combien d'heures, ou combien de jours étaient passés, mais il n'avait aucun moyen d'apprécier l'écoulement du temps.

Il avait espéré, cent soixante-treize voitures plus tôt, que le foulard lui donnerait la force de remuer, mais non. Néanmoins, le simple fait qu'il soit venu jusqu'à lui témoignait que quelqu'un, quelque part, se préoccupait de son sort. Sa douceur et sa chaleur n'appartenaient pas à ce monde ; il n'y avait eu personne à ses côtés quand il l'avait soudain senti sur lui, entre deux respirations, enroulé autour de ses épaules comme les bras d'une mère. Il n'y comprenait rien, mais tant qu'il lui tenait chaud, il n'abandonnerait pas.

Il avait essayé, cent quarante-huit voitures plus tôt, de contacter le Cocher avec le peu de force qui lui restait et pensait avoir réussi. Mais celui-ci était mort ou sérieusement blessé, et donc cela ne servirait sans doute à rien.

Deux cent neuf. Deux cent dix. Dix-huit bus. Les bus produisaient un bruit puissant, comme ceux des camions, mais sans le cliquetis caractéristique du moteur, et ils abordaient le trafic d'une façon plus majestueuse.

« La mélodie, lui avait-on dit une fois, est dans les doigts. Alors que le rythme est dans la tête. » Cela n'avait eu aucun sens pour lui à l'époque ; à vrai dire, il ne comprenait toujours pas. Mais il joua, en esprit, du tambourin, lequel reposait près de son manteau. Non seulement il se pourrait que quelqu'un l'entende, mais ça l'occupait en plus de compter les voitures.

Il adopta un rythme indien très complexe qu'un joueur de tabla de Cincinnati lui avait appris : des triolets à l'intérieur de triolets, et cinq à l'intérieur de neuf. Il douta de sa capacité à le jouer réellement, mais dans sa tête il y arrivait très bien, et les zils tintaient claires et précises. Ses doigts imaginaires roulaient comme des vagues du bord jusqu'au milieu de la peau tendue ; chacun des tons était chaud, plein et parfait.

Deux cent onze.

Ça serait une bonne chose de trouver la Colombe – ou le Corbeau, d'ailleurs. Csucskari saurait quoi faire du foulard, et Hollo saurait trouver Csucskari. (Deux cent douze, plus un piéton.) Ce foulard nourrissait certainement d'autres projets pour lui que de le garder en vie. Après tout, que valait sa vie ? Que valait une vie, au juste ?

Bah. Pensées mortifères. Stupides. « Tu ne penses qu'à la mort, Bagoly, lui avait dit Hollo une fois. C'est malsain. Et tu sais pourquoi tu en es réduit à ça ? Parce que tu ne *fais* jamais rien. Tout ce que tu croises te bouscule. Et tu te laisses faire. Bousculer, bousculer, bousculer. Comme ci, comme ça, tel un bâton dans une rivière. » À quand remontait cette conversation ? Longtemps, d'après ses souvenirs. À l'époque, ils cherchaient Csucskari. Lui, Raymond, avait remarqué que la corruption de la Belle Dame s'étendait à leurs mouvements mêmes, et il avait essayé d'avertir son frère, mais Hollo ne pouvait pas attendre. Non, avec lui il fallait voler par-ci, voler par-là, chercher quelque chose sur quoi piquer, davantage pour le plaisir que pour le besoin.

Ils n'auraient pas dû se quereller comme ça. Ils n'auraient jamais dû se séparer. Mais si seulement Daniel n'avait pas été si…

Voilà qu'il se mettait en colère, ce qui était tout aussi stupide. Il valait mieux qu'il se contente de jouer du tambourin dans sa tête et laisse le monde dériver jusqu'à ce que celui-ci trouve une occupation pour Raymond. Et qu'il n'oublie pas le foulard, qui ne serait pas là si tout était vraiment fini.

La rue n'était pas très animée. Deux cents voitures correspondaient sans doute à un laps de temps important, et vu la température, le foulard devait bien remplir son rôle. Il revint à un rythme plus simple qui lui permettait de se concentrer. Oui, un *kajlamare*. Intéressant comme ils se fondaient l'un dans l'autre, ces rythmes issus de cultures qui avaient si peu en commun. Mais si l'on allait dans ce sens (deux cent treize), la Belle Dame leur était commune à toutes. Tout comme la volonté de lui résister. Était-ce le jour ou la nuit ? L'air s'était-il refroidi ? Réchauffé ? Pourquoi pouvait-il faire usage de l'ouïe et de l'odorat et pas de la vue ou du toucher, à l'exception du foulard dont il sentait la présence ? Avait-il conservé le goût ?

Une dynamique, voilà ce dont il avait besoin. La musique sans dynamique était… eh bien, ce n'était pas de la musique. Il se représenta un joli crescendo en secouant le tambourin imaginaire, pour ce que ça valait, puis le ramena à un murmure.

Deux cent quatorze. Deux piétons supplémentaires, qui tous deux remarquèrent sa présence. Et ne repartirent pas. Bon, et maintenant ?

*Je n'entendrai jamais plus ces chansons*
*Mais il m'arrive pourtant de pleurer, parfois,*
*Quand je songe à l'état du monde que nous avons*
*Laissé, le Corbeau, la Chouette et moi.*

Raven, Owl and I

SOIRÉE D'AUTOMNE

« Je crois qu'il est parti », dit la vieille femme.

Csucskari, les yeux fixés sur le corps étendu de son frère, grogna. « Je le saurais, si tel était le cas.

— Il est froid, observa-t-elle.

— Oui, j'imagine que c'est normal. Je ne doute pas qu'il soit là depuis des heures. Ils ont trouvé une bonne cachette.

— Mais comment pourrait-il… ?

— Chut, vieille femme. »

Il se pencha et plaça le corps de son frère en position assise, puis s'accroupit et le hissa sur son épaule. Il était léger comme l'air, comme un oiseau.

« Où est-ce que tu l'emportes ? demanda-t-elle.

— Chez toi, vieille femme.

— Mais il lui faut…

— Je pense qu'une tasse de thé le remettra sur pieds. Est-ce que tu sais faire du thé ? Tiens, prends son tambourin.

— S'il n'est pas mort…

— Psshht ! Ne sais-tu pas reconnaître l'œuvre de Luci quand tu la vois ? »

Elle soupira et entama d'une démarche traînante le chemin du retour. Un peu plus tard, elle dit soudain : « Je sais néanmoins reconnaître le travail de Cynthia.

— Hein ?

— Ce foulard, autour de son cou. C'est Cynthia qui l'a fait.

— C'est vrai ? Je me demande comment il est arrivé entre les mains de Raymond.

— Je ne l'avais jamais vu. Sauf… »

Csucskari s'arrêta et la regarda. « Oui ?

— Le motif. Il ne te rappelle rien ?

— Non.

— Hmmmph. Très observateur. Le tapis dans mon salon.

— C'est aussi Cynthia qui l'a fait ?
— Non, c'est moi. Mais pas le foulard.
— Peut-être Cynthia ne l'a-t-elle fait que récemment ?
— Elle est morte depuis… » La vieille femme s'arrêta à mi-phrase. « Oui, c'est possible. »

Csucskari synchronisa son pas sur celui de Madame Moria et ils finirent le trajet en silence.

*Qui connaîtra un jour ton cœur,*
*Qui peut dire cela ?*
*Personne ne croira,*
*L'ami,*
*Tout ce que tu recevras,*
*L'ami,*
*Avant qu'elle ne t'enferme dans ton enfer privé.*

The Fair Lady

UN JOUR OU L'AUTRE

*La Belle Dame remue les orteils et fronce les sourcils. « Eh bien, commence-t-elle, je suppose que je ne peux pas te blâmer. » La femme-enfant la dévisage de ses yeux comme deux pleines lunes. La Belle Dame songe à un Loup qui hurle à la lune et doit se forcer à ne pas frissonner. « Un chacal a suivi ta trace et t'a prise pour sa proie, le Corbeau a chassé le chacal et ainsi le Blaireau ne l'a pas tué. Le Blaireau l'a amené au Loup qui ne l'a pas mangé. Et maintenant c'est le Corbeau qui les guide jusqu'à ce qu'ils aient retrouvé la Colombe. »*

*La femme-enfant, que le* liderc *tient fermement par le bras gauche, ne répond pas. La Belle Dame est prête à croire que c'est la mortelle la plus effrayée qu'Elle ait jamais vue. « Mais au moins nous t'avons, toi, parfait appât pour le Loup et le Corbeau, tu ne crois pas ? »*

*La fille serre quelque chose contre elle de son bras libre. La Belle Dame le remarque pour la première fois et dit : « Qu'est-ce que c'est que ça ? » Sa voix ne tinte ni ne carillonne plus, à présent, elle aboie, et porte en elle les accents d'un plongeon dans l'eau glacée. La fille se met à pleurer.*

*« Qu'est-ce que c'est ? » répète la Belle Dame, mais la fille est trop effrayée pour prononcer le moindre mot.*

*Des hurlements parviennent depuis une petite pièce, mettant fin à ses larmes. Ses yeux s'ouvrent davantage, si cela est possible. La Belle Dame sourit. « Une vieille femme, dit-Elle, qui a cru pouvoir contrecarrer mes plans. Tu ne vas pas faire la même erreur, n'est-ce pas ? »*

*La fille tremble et secoue la tête.*

*« Bien. Alors, dis-moi, qu'est-ce donc que tu serres contre toi ? »*

*Parler lui demande un effort surhumain, et quand elle prend enfin la parole, sa voix est si faible qu'elle se perd presque dans les crépitements du feu. « Son violon.*

*— Son... ? » La Belle Dame fronce les sourcils. « Celui du Corbeau ? » Elle sourit, maintenant. « Tu m'as apporté son violon ? Tu lui as coupé les ailes pour me les offrir. Peut-être y a-t-il encore un espoir pour toi, jeune fille. »*

*Celle-ci se met à sangloter.*

*« Alors donne-le-moi, et tu ne seras pas punie. »*

*La fille continue de sangloter et secoue la tête.*

*« Quoi ? crie la Belle Dame. Tu crois pouvoir me tenir tête ? Donne-moi ce violon ! » Un autre cri leur parvient de la pièce attenante.*

*La fille étouffe un autre sanglot, serre le violon encore plus fort et, de nouveau, fait non de la tête.*

*Les yeux de la Belle Dame deviennent froids comme la glace, comme la neige, comme l'espace qui gît entre Son monde et le nôtre, froid comme le cœur de la* sage-femme. *S'adressant au* liderc *: « Va lui faire faire un tour. Tu me la ramèneras quand elle aura changé d'avis. »*

*La porte de la pièce d'où proviennent les cris s'ouvre sur la vieille femme dont le* nora *brûle la plante des pieds avec des braises. À cette vue, la fille manque de s'évanouir ; ses larmes s'écoulent en un flot ininterrompu.*

*« Eh bien, s'enquit la Belle Dame, vas-tu me donner ce que je veux ? »*

*Mais elle secoue la tête une fois de plus. La Belle Dame lui jette un regard noir et adresse un signe de tête au* liderc, *qui pousse la fille dans la petite pièce et ferme la porte.*

*La Belle Dame se perd, pensive, dans la contemplation du feu.*

*Quand tu fredonnes, je n'entends pas les violons,*
*Je ne vois pas le Corbeau s'envoler vers les cieux,*
*Pas plus que je n'entends le bruit des percussions,*
*Ni ne vois la forêt dans l'éclat de tes yeux.*

Gypsy Dance

17 NOVEMBRE, 01H48

Ed reposa le combiné. « Pas de chance. D'après le type qui tient la pension, votre Cocher n'est pas revenu. D'ailleurs, il m'a engueulé pour les jours non payés. » Il se laissa tomber dans un fauteuil rembourré défoncé et regarda le plafond.

« Où d'autre est-ce qu'il a l'habitude de traîner ? » demanda Durand à Daniel, assis à côté de lui sur le canapé. Durand tenait son mug de café en équilibre sur ses genoux. Daniel tenait le sien des deux mains, comme pour les empêcher de trembler. Stepovich songea qu'ils avaient plus l'air de deux potes d'université que d'un flic interrogeant un suspect. Il but une gorgée de café et appuya son épaule contre le montant de la porte. « Des bars ? suggéra Durand. Un en particulier ? Y a-t-il une femme, un ami chez qui il pourrait aller ? Où irait-il ? » Stepovich et Ed échangèrent un regard. Durand forçait les réponses de Daniel avant même de lui laisser le temps d'y réfléchir.

Daniel haussa les épaules d'un air las. « Je ne sais pas. Je vous l'ai dit, je ne suis là que depuis peu. Je ne vis pas dans sa poche.

— J'ai vu du sang dans cette calèche », intervint Stepovich. Madame Moria n'avait pas l'air blessée. Pas plus que le Cocher, mais il m'a semblé du genre capable d'encaisser une balle sans rien en laisser paraître. Cogite là-dessus, petit : s'il était blessé, peut-être grièvement, où irait-il ?

— On peut essayer d'appeler les hôpitaux, suggéra Ed. C'est fastidieux, mais ça a déjà payé.

— Si on n'a pas le choix, acquiesça Stepovich en haussant les épaules. Mais laissons-le d'abord réfléchir un peu. »

Daniel essayait. Des rides apparurent sur son visage. « Chez Madame Moria, peut-être ? » Ses épaules s'affaissèrent. « Ce n'est qu'une supposition », admit-il avec lassitude.

Stepovich refoula un bâillement. « Ça vaut le coup de vérifier.

— Appelons-la », proposa Durand.

Ed se contenta d'un regard. Stepovich expliqua : « Si elle dit qu'il est là, il faut qu'on aille le chercher. Si elle prétend le contraire, il faut quand même qu'on aille vérifier. Et nous ne voulons pas l'avertir, n'est-ce pas ?

— Demain matin ? suggéra Ed.

— Maintenant », répondirent Daniel et Stepovich à l'unisson. Ce dernier se demanda si le gitan ressentait la même urgence étrange que lui. L'impatience lui donnait des picotements tout le long de la colonne vertébrale. Il avait la sensation fourmillante que quelque chose était en train de se produire à l'instant même – quelque chose dans quoi il devrait être impliqué. Il prit sa veste sur le dossier du fauteuil et la jeta sur ses épaules à la hâte. Ed gagna la porte en faisant tinter ses clés. Durand se leva et s'étira. Daniel l'imita en vacillant légèrement. Ses yeux trahissaient la douleur ou la nausée, mais lorsque Durand lui proposa son bras pour s'appuyer, il le repoussa. Plus coriace qu'il n'en avait l'air.

Ed conduisait et Stepovich s'était assis à l'avant, à côté de lui ; il se tenait cependant de profil pour ne pas tout à fait tourner le dos au gitan. Il ne lui accordait pas encore sa confiance. Il s'était bien comporté avec Laurie, d'accord. Mais ça ne faisait pas de lui un type bien pour autant. Durand étouffa un bâillement monstrueux. Le gosse était crevé.

« Pourquoi faut-il qu'on retrouve ce type, le Cocher, ce soir ? » se plaignit-il pour la forme.

Mais Daniel avait pris la question au sérieux. « Nous étions trois », commença-t-il, et sa voix sonnait comme un conte narré de très nombreuses fois. « La Chouette, la Colombe et moi.

— Le Corbeau », précisa Stepovich, inconscient d'avoir parlé à haute voix.

« Oui. »

Durand se penchait en avant sur la banquette, la mâchoire légèrement entrouverte. Stepovich sentait que Ed écoutait comme lui seul savait le faire, avec tous les pores de sa peau, tandis qu'il laissait la voiture dériver sur la route.

« Nous étions trois frères, reprit Daniel, mais Csucskari, le benjamin, était un Taltos. Il ne mangeait pas, ne buvait pas, ne ressentait ni le chaud ni le froid, les animaux lui parlaient, les trolls le craignaient et il combattait des dragons, lorsque nous étions avec lui.

« Et c'est le Cocher qui nous a envoyés ici, qui nous a fait passer du lieu où se vivent les contes à celui où ils se lisent, car tel a toujours été le pouvoir du Cocher. Pourquoi nous a-t-il envoyés là ? Pourquoi avons-nous accepté ? À cause de la Belle Dame, qui avait franchi les frontières de Son monde ; la Belle Dame, qui apporte avec Elle la maladie et l'affliction corruptrices du corps et de l'âme. Elle est dans ce monde-ci désormais, et nourrit des projets pour lui.

« D'après la Chouette, Elle avait quitté notre monde. C'est moi qui ai retrouvé sa trace, ici, mais c'est le Cocher qui nous a amenés là, et lui seul peut nous ramener, une fois que nous aurons accompli notre tâche. Nous jouons chacun notre rôle – quiconque surmonte sa peur et sa cupidité assez longtemps pour déjouer cette corruption joue son rôle. Mais la Colombe, Csucskari, est le seul à pouvoir la bannir. »

Il soupira. « Et pour cela, il a besoin de nous, la Chouette et moi. Au départ, nous ne le savions pas. Csucskari est venu seul dans ce monde. À chacun de ses pas, il a perdu une partie de lui-même, jusqu'à errer, seul, sans savoir ni ce qu'il était, ni ce qu'il devait faire. Des années plus tard, mon frère et moi avons essayé de l'aider. Nous avons retrouvé sa trace en France avant la Grande Guerre, à La Nouvelle-Orléans après le conflit, puis ici et là depuis cette époque. Mais à la fin, alors que nous avions perdu espoir, nous nous sommes querellés et sommes partis chacun de notre côté.

« Et voilà que l'appel a retenti. Le Cocher a essayé de nous réunir mais la Belle Dame a frappé la première. Je ne sais pas ce qu'Elle a fait aux autres, mais à moi Elle a envoyé une femme dont le baiser aurait dû me tuer. Ce qui serait arrivé si… »

Il se tut. Stepovich le dévisageait, il attendait la suite.

Daniel haussa les épaules. « Mais j'ai eu assez de chance pour me faire attaquer par le mauvais type, si bien que le bon a changé d'avis. »

Dans l'obscurité de l'habitacle, leurs regards se croisèrent et se verrouillèrent. Une douzaine de commentaires possibles fusaient dans l'esprit de Stepovich. Il aurait pu ricaner et dire : « Conte de fées ! » Il aurait pu lui rappeler que Laurie n'était pas une femme, mais seulement une fillette jouant à se déguiser. Il aurait pu se pencher vers lui et lui murmurer que le « bon » type pouvait encore tenter sa chance.

Mais tout ceci n'aurait été que des prétextes. Car il était prêt à croire Daniel, conte de fées et le toutim. Ce gitan *disait* la vérité. Stepovich sentait Ed tirer les mêmes conclusions que lui, d'après son langage corporel, et les accepter comme il avait presque toujours accepté les intuitions de Stepovich. Le même genre de pressentiment qu'il avait eu – combien de siècles auparavant ? – lorsqu'il avait dit à Durand que le

Gitan aux cicatrices n'était pas leur homme, même s'il correspondait à la description.

Durand les voyait s'observer l'un l'autre, sans la moindre idée de ce qui se passait entre eux.

Stepovich ne dit donc rien au gitan, et se contenta d'un hochement de tête neutre pour Durand, afin de le laisser dans le coup. Durand lui répondit d'un mouvement à peine perceptible.

« Donc ? », continua Daniel, comme s'il ne s'était pas interrompu. « Nous sommes trois, mes frères et moi, tout comme vous. Et de la même manière que le Cocher nous a tous les trois amenés ici, il va nous raccompagner chez nous. Et pour vous… » Daniel marqua une pause. « Je vais vous dire comment ça s'est passé pour la Chouette et pour moi. Csucskari était parti. Il ne m'est pas facile de vous décrire ce que ça signifie. Sans lui… » Daniel s'arrêta encore, grimaça un sourire. « Essayez de vous imaginer tisser sans fibre ni trame, ou peindre sans toile, ou…

— Tirer sans cible, compléta Stepovich.

— Exact. Vivre une existence dont les buts vous restent cachés. Vos actes ne revêtent plus aucune forme, ne participent d'aucun schéma ou effort. Nous ne faisons qu'un avec notre frère, nous sommes des parties de son conte. Quand il est parti, nous étions perdus, bien que nous voyagions avec les nôtres le long de chemins que nous connaissions bien, et soyons restés ensemble sur la route, avec les feux et le rire de notre *kumpania* dans le dos. C'est alors qu'est arrivé un carrosse comme nous n'en voyions que rarement, tiré par des chevaux comme il n'en existe plus pour soulever la poussière d'aucune route. Et tout en haut, sur son banc, trônait le Cocher, avec sa bonne cape et son fouet enroulé dans sa main. Il arrêta ses chevaux et dit à chacun de nous : “ Je vous offre un voyage, mais un seul. Où donc vous portent les rêves de votre âme ? ” Et nos ventres rêvèrent d'une nourriture riche et d'un vin puissant. Et nos reins rêvèrent de femmes magnifiques et de la fortune des enfants qu'elles porteraient. Et nos oreilles se remplirent de la musique des jours que nous croyions enfuis depuis longtemps déjà. Mais nos cœurs ont parlé les premiers, et ils ont parlé le plus fort. D'une seule voix, ils ont crié : “ Dépose-nous sur la route que notre frère a prise et nous serons satisfaits. ” Et le sourire du Cocher mourut. Il a dit : “ Pour le meilleur ou pour le pire, vous avez choisi ”, et la portière s'est ouverte pour nous laisser monter dans le carrosse. C'est dans votre monde qu'il nous a conduits, il y a bien des années. »

Daniel marqua une pause. La Caddy arrêtée au feu rouge tournait au ralenti. Les phares puissants d'une voiture au croisement balayèrent l'intérieur, illuminant tour à tour chacun d'entre eux. « Supposez qu'il vienne vous voir ? ajouta Daniel doucement, et qu'il vous propose la même chose ? Que répondriez-vous ? Réfléchissez-y bien, tant que vous en avez le temps. »

Il finit par se taire. Stepovich observa Ed regarder ses mains sur le volant et les fléchir plusieurs fois. Sans doute y voyait-il les taches de l'âge, la façon dont les tendons saillaient… Les mains d'un vieil homme, qui arpentait ces rues comme il l'avait fait pendant toute sa vie de flic. Il avait toujours dit à Stepovich qu'un jour il partirait voir le reste du pays. Mais était-ce là le rêve de son âme, ou bien rien d'autre que la consolation d'une vie qui, en dépit du danger et de l'action, avait toujours semblé limitée par son amour pour cette misérable petite ville où il avait grandi ?

Il regarda Durand, qui s'étirait et faisait jouer ses articulations. Toute cette force qui n'avait encore jamais été mise à l'épreuve lui allait comme un costume trop grand. Il se demandait sans doute si et quand il devrait faire ses preuves, et s'il mourrait jeune, comme son père. Peut-être se sentait-il inachevé, incomplet. Ou peut-être qu'il désirait le pouvoir, qu'il rêvait de devenir capitaine ou commissaire divisionnaire pour fixer ces règles qui étaient si importantes pour lui.

Mais Stepovich, lui, ne songeait qu'à un seul moment, un bref instant où il aurait simplement pu dire : « Je suis désolé. Je ne voulais pas te faire de mal. » Et il serait resté avec elle, l'aurait écoutée crier, puis l'aurait tenue dans ses bras pendant qu'elle pleurait, et ils auraient fait l'amour pour panser leurs blessures, une fois de plus, juste un effort pour que ça continue, plutôt que de sortir, prendre la voiture et se rendre au motel, sans se douter une seule seconde que la dernière nuit où il l'avait tenue dans ses bras était déjà derrière lui, sans pouvoir imaginer que son désir le plus cher serait un jour que ce moment revienne.

La Caddy continua sa route, pleine de silence et de rêves, à travers les rues plus sombres qu'un cauchemar. Lentement, l'une après l'autre, Ed fit rouler ses épaules et secoua la tête ; Durand fit craquer ses phalanges et contracta la mâchoire ; Stepovich se demanda à quoi chacun avait bien pu penser alors qu'ils revenaient à eux.

« Le Cocher, encouragea Stepovich.

— Il aime tâter du goulot, fit Daniel avec calme. De la bonne qualité quand il en a les moyens, du tord-boyaux la plupart du temps. Il y a toujours des chevaux dans sa vie, et lorsqu'il boit il divague sur des chevaux de race pleins d'esprit et de force, là où un autre homme parlerait des femmes de bonne famille qu'il a mises dans son lit. Cherchez-le dans les endroits où il y a des chevaux : écuries de louage, centres d'équitation, haras, champs de course… Et il aime conduire. Il travaillerait comme chauffeur particulier, ou même comme chauffeur de taxi s'il ne trouvait rien de mieux. Mais s'il existe un endroit où il peut s'asseoir sur son banc et tenir les rênes dans ses propres mains, alors c'est là qu'il faut chercher en premier. »

Stepovich regarda Ed, qui haussa les épaules. La Caddy roulait en silence comme les ailes d'une chouette dans la nuit.

*D'un doigt, je frôle ta lèvre, ton sourcil, ta main ;*
*Caché par la verdure,*
*Je surgis d'un buisson.*
*Et que chante le tambourin !*

Gypsy Dance

UN JOUR OU L'AUTRE

Même après que la chose qui tourmentait la vieille femme fut partie, Laurie ne put s'arrêter de trembler. Sa respiration se mua dans sa gorge en un hoquet contracté. « Ce n'est pas réel, murmura-t-elle. Ce n'est pas réel, reprit-elle, cette fois en gémissant. Ce n'est pas réel, rien de tout ceci n'est réel, je vous en prie, mon Dieu, dites-moi que ce n'est pas réel. »

La femme accusait un âge très avancé. La couleur de sa peau était atroce ; on aurait dit que quelqu'un avait vidé tout le sang que contenait cette enveloppe autrefois olive, et l'avait remplacé par du lait. La couleur du lait écrémé dans un café froid. Elle ramena ses jambes maigres devant elle et leva ses pieds abîmés. Son regard se perdit dans le vide, comme si elle cherchait à se rappeler quelque chose. « Rien de tout ceci n'est réel, acquiesça-t-elle de sa voix cassée. Et c'est bien là le pire, tu sais. Les choses réelles ont une fin, quelque part, un jour ou l'autre.

— Ça prendra fin », murmura Laurie, incapable d'inspirer assez d'air pour parler à voix haute, « quand ils nous tueront.

— Je suis désolée, chérie, répliqua la vieille femme d'une voix lente, mais tu as tout faux. Tiens, pour moi, les choses n'ont commencé que lorsque je suis morte. » La vieille femme examina ses pieds d'un œil désintéressé. Les endroits brûlés étaient noirs. Ni rouges, ni enflés, ni sanguinolents. Noirs, comme si les braises n'avaient eu pour victime qu'une statue de bois ou une poupée de porcelaine.

« Si vous êtes morte, comment peuvent-ils encore vous faire du mal ? » gémit Laurie. Elle se voyait déjà à la place de la vieille femme. Elle serra l'étui du violon, comme si le tenir fermement pouvait être la clé de son salut.

« Ils peuvent me faire à peu près tout », répondit la vieille femme. Alors qu'elle inspectait la pièce du regard, un air entendu se dessina sur son visage. « Ils peuvent me faire presque tout, mais ils doivent me garder ici. Et tant que je reste ici, moi aussi je peux leur faire beaucoup de choses. » Elle jeta un autre regard circulaire. « Viens ici, petite », ordonna-t-elle.

Les jambes de Laurie tremblèrent sous elle lorsqu'elle traversa la pièce. Plus elle s'approchait, moins le doute était possible : la vieille femme était bel et bien morte. Il n'y avait pas vraiment d'odeur, mais quelque chose qu'elle sentait avec sa peau et non son nez. Quand elle s'accroupit enfin auprès d'elle, Laurie comprit que son interlocutrice avait beau être morte, ce corps n'était pas son cadavre. On aurait plutôt dit que la vieille femme se trouvait à l'intérieur d'un mannequin. Un corps que la Belle Dame avait façonné pour pouvoir la tourmenter éternellement. Laurie frissonna.

La vieille femme lui lança un regard pénétrant. « Tu as donc l'Œil avec toi. C'est rare qu'il s'attache à quelqu'un comme toi, mais en l'occurrence, ça va nous aider. C'est sans doute ce qu'Elle n'a pas vu du premier regard, et sûrement ce qui a rapproché de toi le Corbeau plus qu'Elle ne l'avait prévu. Oui, serre bien ce violon, car c'est le seul rempart dressé entre Elle et toi. Ou peut-être que non. Ouvre la boîte, petite. Voyons ce qu'il y a laissé pour nous. »

Laurie hésita, puis finit par poser l'étui sur ses genoux et souleva les fermoirs. L'intérieur était doublé d'un tissu vert foncé, non pas du feutre, du velours, ni quoi que ce soit que Laurie ait jamais vu dans ce genre de boîte. L'archet était fermement maintenu dans son emplacement et un petit compartiment supportait le cou de l'instrument et le maintenait bien en place. La vieille femme tapota le couvercle du rangement d'un doigt arthritique. « Là-dedans, fit-elle dans un murmure. C'est là qu'il garde toutes ses bricoles. Regarde là-dedans. »

Laurie sortit le violon et le posa sur son épaule. Le petit compartiment possédait un loquet sur le dessus. Elle l'ouvrit et souleva le couvercle.

Elle trouva à l'intérieur un cube de colophane usé, qui portait les stries des innombrables passages du crin de l'archet ; des sachets de papier blanc contenant des cordes de rechange ; des feuilles de papier sales, pliées en quatre et noircies de minuscules notes, telles des traces de pas d'oiseau ; un bouton de chemise et un pinceau comme ceux utilisés en maquillage. « Quoi d'autre, tout est là ? Ce n'est pas possible. Regarde encore, ma fille !

— Il y a un morceau de tissu ouaté. Et une plume.

— Ah ! » fit la vieille femme, satisfaite. « Donne-la-moi. » Elle prit la petite plume noire des doigts tremblants de Laurie, la passa une fois, deux fois, trois fois sur la colophane ambrée. Ses lèvres formèrent un sourire ancien. « Maintenant, réponds à une devinette, si tu le peux. Quel est le point commun entre la musique du violoniste et le carrosse du comte ? »

Laurie la dévisagea. Elle ne tremblait plus : à présent, la terreur la figeait. Et elle n'était pas moins désespérée.

La vieille femme lui adressa cette fois un sourire franc. « Tu ne sais pas, ma fille ? Eh bien, tous deux sont tirés par des chevaux. » Elle frotta le bord de la plume colophanée au crin de cheval de l'archet. Il en sortit un son plus léger que le soupir d'un bébé. « Le bon doigté, murmura-t-elle à Laurie, peut les conduire de conserve. » Puis elle tendit l'archet à Laurie. « À toi de jouer. »

Laurie secoua la tête avec perplexité.

La vieille femme sourit à nouveau. « Non, tu as du sang de Loup dans les veines, petite. Tu n'es pas de celles qui s'étendent pour mourir ; pas quand tu possèdes le fantôme d'une prière d'espoir. Prends ce violon et joue. »

De l'espoir ? Laurie n'avait pas la moindre idée de ce dont elle parlait, mais elle tenait le violon et savait que, espoir ou pas, Daniel était réel, et qu'il s'agissait de *son* violon. Elle ajusta donc maladroitement l'instrument sous son menton et sentit ses larmes glisser le long de ses joues sur le bois. Elle espéra que ça ne l'endommagerait pas. Elle leva l'archet de la main droite et, sans penser à ce qu'elle faisait, le posa sur les cordes.

# 15

# Comment le Gitan a appelé tous les Animaux

*Vieille femme, dis-moi quand retenir le sable*
*Et quand le laisser s'écouler.*
*Vieille femme, dis-moi quand la lumière du soleil*
*Atteindra le rebord de ma fenêtre.*
*Vieille femme, dis-moi si c'est moi*
*Ou les autres qui sont fous à lier.*
*Vieille femme, promets-moi*
*Que jamais je n'aurai besoin de tuer.*

Blackened Page

Automne, au petit matin

Escorter un petit oiseau blessé n'aurait pas demandé davantage de précautions à Csucskari qu'il n'en mettait à porter son frère. La raideur de ce dernier lui facilitait cependant grandement la tâche. Il observait le visage de son fardeau à mesure qu'il avançait dans les rues. Les années changeaient peu les trois frères, mais cela faisait si longtemps qu'il n'avait pas vu Raymond que le passage du temps semblait évident aux yeux de Csucskari. Bagoly s'était laissé pousser la barbe, dont la lumière des réverbères révélait les reflets roux. Le mouvement vers l'arrière de sa coiffure accentuait le creux au niveau des tempes qui délimitait la fin de la barbe et la naissance des cheveux. Il avait les sourcils plus fournis que dans le souvenir de Csucskari. *Bagoly. Bagoly*, chanta-t-il en silence. *Jojjon velem, repul hazafele, O Bagoly*, rejoins-moi, vole à la maison, dit-il.

Csucskari avançait en chantant, les yeux réduits à deux fentes. Des sensations qu'il croyait enfouies à jamais au fond du puits de son passé, dont seuls remontaient parfois de lointains échos, l'effleurèrent comme une nappe de brume. Ça ressemblait à un picotement électrique très ténu, comme lorsqu'un membre longtemps engourdi se réveille à la vie, tout en épingles et en aiguilles. Bien naturellement et sans la moindre difficulté, cette sensation se communiqua à son frère lorsqu'il posa ses lèvres sur celles de la Chouette et lui souffla son haleine dans les poumons. *Bagoly, Bagoly, jojjon velem*, continua-t-il de chanter pour lui-même. Son frère lui répondit par-delà le gouffre qui les séparait.

Les gens qu'ils croisaient dans la rue devaient descendre sur la chaussée pour contourner le fardeau dodelinant. Plus tard, Csucskari ne put se rappeler s'ils manifestaient une quelconque autre réaction ; la seule chose qui lui importait à cet instant était d'arriver chez Madame Moria et de faire le nécessaire pour ramener son frère à la vie.

Alors qu'il manœuvrait son frère pour le faire passer par l'étroite porte de l'immeuble, les paupières de la Chouette se contractèrent soudain et dessinèrent de nouvelles rides sur son visage buriné. Deux fentes s'ouvrirent lentement, puis se refermèrent et les muscles se détendirent. Et tandis qu'il montait les escaliers aux marches grinçantes, il sentit un frisson secouer le corps de son frère ; frisson qui se transforma en tremblement quand Madame Moria déverrouilla sa porte.

Elle appuya ses cannes avec précaution contre le grand portemanteau de bois et ôta son long pardessus de laine. « Je vais faire infuser du thé », annonça-t-elle avec emphase, comme si c'était là la solution à tous les problèmes du monde.

Csucskari leva les yeux du visage de son frère pour croiser ceux, vieux et sombres, de Madame Moria. « Il va s'en sortir », lui affirma-t-il. Elle hocha la tête une fois et quitta la pièce avec raideur.

Un étroit divan recouvert d'un tissu rouge passé et d'une couverture de laine en lambeaux occupait un coin du salon. C'est là qu'il installa son frère et le drapa dans la couverture. Csucskari éprouva entre ses doigts calleux la finesse du foulard enroulé autour des épaules de la Chouette en contemplant le tapis. Il s'humecta les lèvres et réfléchit. Il se sentait las. Du thé lui aurait fait du bien, mais on lui avait dit qu'il ne devait ni boire ni manger, et il savait désormais pourquoi.

Madame Moria apparut entre les tentures, précédée d'un lourd plateau chargé d'une théière et de tasses. Elle en remplit une pour elle-même et une pour Raymond. Csucskari souleva délicatement cette dernière et la tint devant la bouche de Raymond. Le liquide brûlant lui coula sur les lèvres, mais il ne put pas boire pour autant.

« Vingt-quatre, bredouilla-t-il.

— Quoi? demanda Csucskari d'une voix anxieuse. Vingt-quatre quoi?

— Marches, articula Raymond. Vingt-quatre marches jusqu'ici. » Et il se rallongea dans le canapé.

Csucskari reposa la tasse avec précaution sur le plateau et se tourna vers Madame Moria, qui s'était elle-même confortablement installée dans un fauteuil à bascule en bois courbé. « Le foulard et le tapis, dit-il tout de go. Ensemble, qu'est-ce qu'ils signifient? »

Elle abandonna la contemplation de son thé et leva sur lui des yeux perplexes. « Hein? Aucune idée. Et pas le temps d'y réfléchir. Il faut que je retourne faire bouillir de l'eau pour le thé. Nous allons bientôt avoir de la compagnie.

— Qui?

— Ça non plus, je n'en sais rien, répondit-elle d'une voix irritée. Sois donc un peu patient. » Sur quoi elle se leva en faisant craquer ses articulations et disparut de nouveau derrière la tapisserie.

Csucskari la suivit d'un regard mauvais. Quand il revint à la Chouette, celle-ci avait les yeux ouverts. « Eh bien, dit Csucskari avec douceur. On dirait que tu reviens de loin. »

Raymond ouvrit la bouche pour parler, mais se ravisa. Il secoua faiblement la tête. Des larmes lui emplirent les yeux et une esquisse de sourire se dessina au coin de ses lèvres. Il dit enfin: « Me voilà de retour, mon frère. Laisse-moi encore quelques instants. Ça va aller, maintenant que tu es venu me chercher. »

Csucskari chercha quelque chose à dire et ne trouva rien. Il tint à nouveau la tasse devant les lèvres de Raymond. Ce dernier consacra la plus grande partie de ses forces à avaler une gorgée de thé. Madame Moria et sa bouilloire venaient juste d'émerger de la cuisine quand la porte s'ouvrit à la volée.

*Bois l'eau de cet étang et dis-moi quel goût ça a.*
*— Celui, amer, des torrents de montagne*
*Qui, passées tes lèvres, coulent comme du nectar,*
*S'y arrêtent un instant et cascadent entre tes doigts.*

Stars Overhead

17 NOVEMBRE 1989, AU PETIT MATIN

La chaleur du sang filtré par le pansement rendait la nuit encore plus froide. Il aurait souhaité pouvoir ramener ses genoux contre lui afin de concentrer le peu de tiédeur qui lui restait, mais tous ses efforts en ce sens avaient été trop douloureux. Il valait mieux rester assis immobile, le dos appuyé contre le métal et le verre des parois de l'abribus. Rester assis dans le noir et rêver. L'abri n'était pas plus spacieux qu'une stalle de bonne taille ; mais une stalle aurait eu au minimum un tapis de paille propre sur lequel se reposer et l'odeur réconfortante des chevaux pour lui tenir compagnie.

Il se souvint d'un de ses maîtres, autrefois, dont le nom se perdait dans les brumes du temps. En fait, tout ce qu'il se rappelait de lui, c'était la fois où ce maître avait cru économiser son argent en n'allouant au Cocher qu'une chambre minuscule au-dessus de l'écurie. L'idiot ne sut jamais que son employé avait passé la plupart de ses nuits dans les stalles afin de rester au plus près de ceux qui l'aimaient le plus.

Ils étaient quatre, noirs comme la nuit et tout aussi doux ; cinq, si l'on comptait l'étalon au caractère sombre dans la stalle fermée de barreaux en métal où il les avait tous engendrés. Il s'appelait Tempête, le nom le plus stupide pour un étalon que le Cocher eût entendu. Ce nom ne lui allait pas plus que sa réputation d'animal sauvage. Tout ce dont il avait besoin, c'était d'un peu fermeté, d'un homme qui ne craignait pas ses piaffements colériques et de garçons d'écurie assez courageux pour venir nettoyer sa stalle. Il lui fallait un homme qui lui laissait assez d'espace et de temps avec les grandes juments baies qu'on lui amenait à saillir. Il appartenait à un autre homme, mais seul le Cocher avait réussi à le discipliner. Et, en retour, l'étalon avait enfanté les quatre noirs, trois pouliches et un poulain, qui avaient appris à obéir au doigt et à l'œil sous ses mains douces. Ils avaient bien grandi et avaient gagné leur harnais décoré de glands de cuir, leurs brides elles aussi en cuir et le plus beau carrosse du propriétaire, avec son banc surélevé, ses bas de caisse sculptés et ses lanternes rondes.

Comme ils s'élançaient pour lui, la tête toujours haute, le pas synchronisé ! Tempête étant leur père, le propriétaire les avait appelés Vent, Pluie, Tonnerre et Éclair. Mais le Cocher avait eu ses propres noms pour chacun d'entre eux : Setal, Sztrajktoro, Madar et Nagyful. C'était ainsi qu'il les nommait quand il leur parlait à la nuit tombée. C'était à ces noms-ci qu'ils répondaient, et peu importaient les obstacles entre eux et lui : aucun serpent, aucun feu, aucun chien hurlant ne les arrêtait. Une fois, Csucskari avait pris le pari qu'ils répondraient à son appel par-delà la mort s'il utilisait ces noms-là.

Il sourit, du sourire idiot de celui qui a froid, qui n'a plus d'espoir et qui saigne dans la nuit. Il sourit et murmura leur nom comme on prononce un charme. Puis sa tête retomba sur sa poitrine.

*Plonge dans cet étang noir et profond, dis-moi ce que ça fait,*
*Le monde que tu as laissé derrière toi,*
*Est doux et chaud comme la vie,*
*Les vivants et les morts,*
*Les étoiles dans le ciel.*

Stars Overhead

17 novembre, 02h21

« Donc, observa Durand alors que la Caddy ronronnait à un feu, si Luci est la dame que tout le monde veut tuer, et le Gitan le seul à pouvoir le faire, que vient faire le Cocher là-dedans ? »

Ed roula des yeux vers Mike, qui soupira pour lui-même. Laisser le gars parler jusqu'à épuisement des informations ; c'est ainsi qu'il en livre le plus. Voilà une chose qu'il aurait dû enseigner à Durand dès le début.

Daniel parut songeur. « Il… » commença-t-il en cherchant ses mots, qu'il ne trouva que dans une langue qu'aucun ici ne parlait. Il essaya un autre angle d'attaque : « Il est comme le musicien qui fait danser les autres. Lui-même ne danse pas, il ne connaît pas les pas, mais il est néanmoins celui qui… » Il retomba dans un silence embarrassant, incapable d'expliquer le rôle du Cocher, le comprenant peut-être à peine lui-même.

« C'est le Cocher qui nous a amenés ici, finit-il par dire. Et quand tout sera fini, c'est lui qui nous ramènera. Je sens que le Cocher devra être là, pour pouvoir témoigner de l'accomplissement de notre tâche. Que nous réussissions ou non, il en sera l'unique dépositaire. »

Ed réussit à avoir les feux verts de Woodwright et de Quince mais fut stoppé à Central. « Votre tâche ? » encouragea-t-il.

Daniel prit une inspiration puis expliqua d'une voix patiente : « Renvoyer la Belle Dame d'où Elle vient. »

Le silence qui suivit sembla faire écho aux paroles de Daniel, jusqu'à ce que Durand, l'air de lutter avec une idée, intervienne : « Ce Choo… heu, Chuch… heu, Csucskari, le Gitan aux cicatrices ? Le Cocher peut le trouver pour nous ? »

Daniel lui répondit d'un hochement de tête hésitant et Durand reposa son dos contre la banquette, satisfait. « Bon, tant que ce Cocher peut nous mener à cette anguille de F. D. P., alors ça me va. »

Le feu passa au vert. Ils roulèrent sous l'Interstate 79 et continuèrent sur West Drewry, à la limite de la zone industrielle et du territoire de la 4e Brigade. Daniel regarda Durand avec perplexité du coin de l'œil, puis se détendit. Il appuya sa tête blessée avec précaution contre le dossier de la banquette et laissa ses mains reposer sur ses genoux. Non. Pas détendu. Stepovich l'observa à la dérobée. Il s'octroyait du repos quand il le pouvait. Mais soudain, les doigts longs et gracieux du gitan se tendirent. Il s'assit d'un coup et dressa la tête comme un chien au son d'une sirène lointaine.

« Quoi ? » s'enquit Stepovich.

Les yeux de Daniel se mirent à briller d'un éclat que la lumière des réverbères n'expliquait qu'en partie. Ses mains flottaient en l'air comme dans l'attente du signal d'un chef d'orchestre invisible. Puis il commença à mimer les gestes d'un violoniste – les mimer avec une précision si troublante que Stepovich entendait presque la sinistre musique s'échapper des cordes inexistantes.

À en juger par leur expression, ni Durand ni Ed n'entendaient quoi que ce soit. Ed laissa la Caddy ralentir jusqu'au feu rouge de Pine. « Il a peut-être pris un mauvais coup sur le crâne », dit Ed à Stepovich à mi-voix. Stepovich haussa les épaules, se retourna et regarda droit devant lui le paysage nocturne de la rue et de son trafic clairsemé.

Alors que le feu s'apprêtait à passer au vert et qu'Ed laissait la voiture grignoter quelques centimètres, tous les poils de Stepovich se hérissèrent.

Plus tard, il se rappelerait que sa peau s'était manifestée la première par des picotements généralisés, quelques instants avant que le carrosse ne surgisse de la nuit, tiré par quatre chevaux noirs. Seize sabots se soulevaient et retombaient dans une parfaite cadence tandis que les grandes roues à barreaux glissaient silencieusement sur l'asphalte noir.

Aucun Cocher n'était assis sur le banc surélevé.

« Suis-le », souffla Stepovich.

La Caddy resta immobile. Stepovich tourna la tête vers Ed, cloué derrière son volant. « SUIS-LE ! » beugla-t-il. L'imposant véhicule fit un bond en avant et prit un virage à gauche en faisant crisser les pneus.

« Putain de merde », murmura Durand, qui ouvrait des yeux grands comme des soucoupes. Daniel, inconscient, continuait de jouer de son violon invisible, plus vite maintenant. Il souriait à travers les larmes qui lui ruisselaient sur le visage, penché en avant, remuant au son de sa musique silencieuse. Quand Stepovich se retourna, l'arrière du carrosse était toujours en vue, mais de plus en plus difficile à distinguer. Il se réduisait à présent à une forme se découpant dans les phares des voitures en sens inverse et dans la lumière des enseignes. Et il continuait à s'éloigner. Et ils suivaient davantage la lanterne accrochée à l'arrière du carrosse que le véhicule lui-même.

« Nom de Dieu, ce ne sont quand même pas des chevaux qui vont me semer ! » déclara Ed en enfonçant la pédale des gaz. La lourde Cadillac se rua et la lanterne grossit dans leur champ de vision. Au moment où ils recommencèrent à en discerner les détails, le carrosse tourna et disparut. Ed jura et accéléra encore. Le virage suivant projeta Stepovich contre sa portière. Mais le carrosse gravissait la pente à un pas impossible de vitesse et de régularité. Il tourna presque à l'instant même où il était redevenu visible. Ed projeta des graviers sur le bas-côté dans sa poursuite et arriva juste à temps pour voir la lanterne disparaître après un nouveau virage, sur Park qui repassait sous l'I-79. Il y avait bien d'autres voitures, mais aucune ne ralentissait, comme si eux seuls étaient capables de voir cette maudite chose ; ce qui, tout bien considéré était loin d'être improbable.

Ed écrasa l'accélérateur à la sortie du virage et les pneus agressèrent de nouveau l'asphalte. Daniel ne s'arrêta pas de jouer pour autant. Et soudain la lanterne apparut devant eux, arrêtée. Ed pesa de tout son poids sur la pédale de frein, jetant les occupants de la Cadillac en avant et provoquant un concert de « Putain, Ed ! » de Durand et un « Fais gaffe, fais gaffe, fais gaffe ! » insistant de Stepovich qui se retenait des deux mains au tableau de bord.

Les roues se bloquèrent et la voiture partit dans un dérapage incontrôlable. Les trois flics se préparèrent à une collision avec le carrosse qui soudain ne fut plus là. Devant eux, la nuit battait comme un rideau sur une corde à linge, puis s'immobilisa.

« Où ? » demanda Ed avec colère à la rue déserte. Mais Daniel s'arrêta de jouer de son violon invisible sur-le-champ et ouvrit sa portière à la volée, manquant de peu le montant de l'abribus.

« Venez m'aider ! » commanda-t-il par-dessus son épaule en se baissant sur une silhouette affalée sur le banc de l'arrêt de bus.

Durand, Ed et Stepovich échangèrent des regards embarrassés quand le Cocher leva lentement les yeux et posa une main sur l'épaule de Daniel. Il n'essaya pas de se lever mais attendit. Stepovich prit enfin la parole. « Venez, il n'y a rien à craindre », fit-il en ouvrant sa portière. Mais Durand se glissait déjà hors de la voiture. Ed et Stepovich le regardèrent s'accroupir légèrement pour laisser le Cocher s'agripper fermement à son épaule.

« Combien de gitans suis-je censé faire entrer dans cette Cadillac ? demanda Ed à la nuit.

— C'est une blague raciste ? demanda Stepovich alors que Durand et Daniel installaient délicatement le Cocher dans la voiture.

— *Nem cigány vagyok*, murmura ce dernier d'une voix quasi inaudible.

— Qu'est-ce que ça veut dire ? s'enquit Ed en se tournant vers eux.

— Il dit qu'il n'est pas un gitan, répondit Daniel.

— Il est dans un état merdique, observa Ed avec commisération. On l'emmène à l'hôpital ?

— Je ne crois pas, répliqua Daniel.

— Non », souffla le Cocher avec difficulté. Après une autre inspiration laborieuse, il changea prudemment de position sur la banquette. « Je viens d'en sortir.

— Qu'est-ce qu'il lui est arrivé ? », demanda Durand en s'asseyant à côté de lui.

Le Cocher tourna la tête vers Daniel alors que celui-ci s'installait du côté opposé. Ce qui passa entre eux deux sembla le rassurer. « J'ai été mordu par un serpent, écrasé par un cheval à cinq pattes et encorné par un taureau à trois cornes. Mais j'imagine, ajouta-t-il, que vous l'énonceriez différemment.

— On vous a tiré dessus, n'est-ce pas ? » dit Stepovich, pour qui les pièces du puzzle commençaient à s'assembler.

« Je savais que vous ne verriez pas les choses comme moi, acquiesça le Cocher.

— Tiré dessus ? » répéta Durand, et Stepovich de soupirer à nouveau. Pourvu qu'il le laisse parler. « Un peu plus tôt dans la journée, chez Madame Moria ? »

Le Cocher hocha la tête. Le siège moelleux et la chaleur de l'habitacle semblaient lui redonner vie.

« Qui a fait ça ? » demanda encore Durand.

Le Cocher haussa les épaules, un geste élaboré avec précaution. « Un des outils de la Belle Dame. S'il possède un nom, je ne le connais pas. Et s'il continue à La servir, lui-même l'oubliera bientôt. Ceux qu'Elle utilise, Elle leur prend tout.

— Laissez-moi deviner, reprit Durand : cet outil-là mesurait un mètre soixante-huit, pesait entre cinquante-cinq et soixante kilos, cheveux roux coupés court, visage allongé, nez camus parsemé de tâches de rousseur, yeux bleus rapprochés et front haut. Il était du genre nerveux et n'arrêtait pas de se passer la langue sur les lèvres. »

Maintenant tout le monde dévisageait Durand qui, lui, fixait le Cocher.

« Oui, quelque chose comme ça », acquiesça ce dernier.

Stepovich fronça les sourcils. « Mais comment… ?

— C'est la description modifiée du tueur dans le hold-up du magasin d'alcools. Je t'en ai parlé », répondit Durand, tout sourires.

« Je m'en souviens.

— Je t'ai aussi dit que je n'étais pas aussi stupide que tu voulais bien le croire.

— Timmy, lâcha soudain Stepovich.

— Hein ?

— Son nom… Timmy. C'est forcément lui. »

Le Cocher hocha la tête. « Mais oui. Le petit garçon.

— Tout concorde », commenta Stepovich. Il modifia son assise sur le siège et remarqua au passage les yeux de Ed braqués sur lui. Il détourna cependant le regard et fixa un point dans le lointain.

« Bon Dieu, c'est trop bizarre, souffla-t-il.

— Tu nous éclaires ? proposa Ed d'une voix calme.

— Je ne crois pas en être capable. Mais notre ami Csucskari semble tiré d'affaire. Au moins pour un chef d'inculpation.

— C'est clair, confirma Durand. Maintenant il ne reste plus que l'évasion et son éventuelle implication dans le meurtre de la vieille gitane.

— Tu crois toujours que c'est lui qui a fait le coup? demanda Stepovich en jetant à son équipier un regard perçant.

— Bien sûr que non. Mais il est toujours recherché pour ça. On ne peut rien y faire. »

Stepovich hocha tristement la tête. « Bon, alors que fait-on, maintenant? demanda-t-il à la cantonade.

— Je pense, dit prudemment Daniel, que nous devrions aller trouver cette Madame Moria sans perdre de temps. »

Le Cocher approuva de la tête. « Conducteur? dit-il à Ed en se penchant en avant, comme s'il s'agissait d'un titre. Vous seriez avisé de suivre ses conseils. N'épargnez pas les chevaux, quoi qu'il arrive : notre mission ne souffre aucun délai. »

Ed acquiesça d'un petit hochement de tête et démarra. Le bond en avant qui suivit les colla tous au dossier de leur siège et fit naître un sourire sur le visage du Cocher. Stepovich nota la façon dont ses mains reposaient sur ses genoux, les doigts légèrement pliés mais vides, comme s'il manipulait d'invisibles rênes.

*Je crois que je ne te laisserai jamais partir,*
*Je crois que je ne pourrai te retenir,*
*Je crois que je ne perdrai jamais les étoiles.*
*Je t'en prie, oublie ce que je te dévoile.*

Gypsy Dance

## UN JOUR OU L'AUTRE

Laurie dévisagea la vieille femme, qui lui sourit en retour. Puis elle regarda le violon et l'archet dans ses mains, mais ne trouva aucun mot pour décrire ce qu'elle avait ressenti. C'était comme si Daniel s'était trouvé là et avait pris ses mains dans les siennes pour exécuter chacun des mouvements, comme si la musique était née d'eux deux. La musique. Ensemble.

Le sourire de la vieille femme s'élargit. « Tu t'en es bien sortie, ma fille. C'est bien. Tu as ouvert un passage pour une convocation, et je crois que ça a marché. » Elle leva les yeux d'un air absent et ajouta : « Ça ne devrait plus être long… »

La porte s'ouvrit à la volée et un nabot chauve et disgracieux se rua dans la pièce. Il marchait sur les mains et les pieds, sifflait et crachait. Laurie cria et serra le violon contre elle. La vieille femme se plaça entre elle et la créature en faisant bruire sa jupe à son intention. « Arrête ! Tu ne fais que perdre ton temps et tu le sais. »

Au grand étonnement de Laurie, le monstre se figea et se recroquevilla comme si les jupes des vieilles femmes étaient des brandons. Il tourna la tête de côté comme un épagneul méchant. Laurie remarqua pour la première fois son nez plat et ses grands yeux ronds. D'où est-ce que cette chose venait, et qu'est-ce que ça pouvait bien être ?

La gitane dit avec brusquerie : « Trop tard, le mal est fait. Le Cocher a appelé les chevaux et le lien forgé de fil et de crin va les conduire jusqu'à nous, quoi que toi ou ta maîtresse fassiez. Pourquoi perdre votre temps avec nous ? Elle sait ce qui ne manquera pas d'arriver. Cours La rejoindre et arrête de terroriser cette enfant. »

L'homoncule dressa la tête en avant, puis la balança d'un côté et de l'autre comme un serpent flairant une souris. Il promenait sa langue épaisse et grise comme une sonde. Laurie frissonna mais ne recula pas. La chose en colère fronça soudain le nez, s'enlaidissant encore davantage, et battit le sol de ses mains calleuses tournées en dehors. Il se retourna et sortit de manière aussi abrupte qu'il était entré, claquant la porte derrière lui.

Un frisson irrépressible parcourut le corps de Laurie et lui donna la nausée. La vieille femme lui parlait, mais elle n'arrivait pas à distinguer les mots du bourdonnement grandissant qui remplissait petit à petit tout l'espace autour d'elle. Mais la vieille femme ne la laissait pas en paix. « Joue ! » cria-t-elle avec une telle ardeur que le mot se fraya un chemin à travers la confusion. « Tu ne dois pas t'arrêter de jouer. »

Laurie se secoua. Elle plongea les yeux dans les immenses et sombres pupilles de la vieille femme. Elle se rendit compte qu'elle était assise sur le sol glacé. Elle se sentit raide, comme si elle n'avait pas changé de position depuis des heures. « Je ne peux pas, geignit-elle, il est parti… »

Les mains ridées se posèrent sur ses épaules et, avec une force insoupçonnée, la remirent debout. « Je sais. Ça n'a aucune importance. Joue quand même, du mieux que tu peux. Ainsi, il reviendra. »

Laurie la dévisagea. « C'est vrai ?

— Oui. Il doit faire son devoir, comme nous tous. » La vieille femme soupira ; ses yeux se firent distants et sages. « La dernière danse a commencé, petite. Personne, ni les danseurs ni les musiciens, ne doit s'arrêter, pas avant que la dernière mesure n'ait été jouée, la dernière note tirée des cordes. Alors nous verrons quels sont les danseurs qui abandonnent et quels sont ceux qui demanderont l'air suivant.

— Très bien », acquiesça Laurie d'une voix faible. Elle leva le violon, dans l'unique but de se sentir à nouveau devenir une part de Daniel et de sa musique. Non. Ce n'était pas tout à fait ça. Elle souhaitait par-dessus tout sentir la musique couler entre ses doigts et dans son cœur. Elle porta l'instrument à son menton et actionna l'archet sur les cordes.

Et s'arrêta.

Un bruit de ferraille, de scie à métaux. Un son qui n'avait rien à voir avec de la musique, qui évoquait plutôt le crissement de la craie sur le tableau noir. Son cœur se serra.

« Je sais, intervint la vieille femme. Cynthia sait. Mais tu dois jouer encore. Fais-le revenir dans tes bras. »

Laurie respira un grand coup et posa de nouveau l'archet sur les cordes.

*Dans les yeux de Timmy Dee, j'ai vu la panique,*
*Sa langue dardée comme celle d'un basilic.*
*Le voir remis à sa place, un vrai délice,*
*Mais quelqu'un a appelé la police...*

The Gypsy

AUTOMNE, PETIT MATIN

Tant de choses se produisirent en si peu de temps. Csucskari se sentit dans la peau d'un badaud émerveillé devant le kiosque du marionnettiste. La porte de l'appartement s'ouvrit à la volée. Un éclair de lumière se refléta sur le canon du pistolet, Raymond tourna lentement la tête, Madame Moria hoqueta de surprise et sursauta, le couvercle de la bouilloire produisit un bruit sourd et de l'eau bouillante déborda. Csucskari prit conscience de tous ces événements séparés avec une clarté qu'il n'avait pas éprouvée depuis longtemps. L'homme se déplaçait avec raideur, très lentement. Csucskari songea à son couteau, mais le sortir prendrait trop de temps et le pistolet paraissait si gros ; sa bouche démesurée semblait vouloir les engloutir chacun à leur tour.

Le nouvel arrivant ferma la porte derrière lui en souriant. Il se passa la langue sur les lèvres avec nervosité. « Parfait, fit-il de la voix d'un homme effrayé qui se prétend courageux. Vous pensiez pas me revoir, hein ? Vous croyiez m'avoir tué, hein ? Je parie que vous vous êtes même dit qu'Elle m'avait abandonné parce que j'avais échoué, hein ? Mais je vaux plus que ça pour Elle. Je vaux plus que tous les autres. » Tandis qu'il parlait, il gardait les yeux fixés sur Madame Moria. Csucskari sentit Raymond lui agripper le bras. Seules des bribes de son sortaient des lèvres pales de Madame Moria ; la lourde bouilloire tremblait à chacun de ses frissons.

« Qu'est-ce que vous voulez ? » demanda Csucskari, attirant à lui le regard de l'homme et la bouche du pistolet.

L'homme le toisa en décrivant avec le canon de l'arme un cercle mal assuré qui ne quitta jamais la poitrine de Csucskari. Ce dernier se demanda pourquoi il ne sentait pas la peur le gagner.

« Ce que je veux ? » fit l'homme en écho, d'un air interrogateur, comme s'il se posait la question pour la première fois. « Ce que je veux ? » Sa voix se brisa soudain. « Toi ! C'est bien toi, n'est-ce pas ? Tout ceci est de ta faute ! J'ai tout fait comme Elle me l'a demandé. Ça aurait dû marcher, mais tu as tout gâché. Tout ! » Sa voix avait fini en un fausset vibrant.

« J'imagine que oui, répliqua doucement Csucskari. Mais tu es blessé, n'est-ce pas ?

— Non ! cria-t-il. Ça n'a aucune importance. Elle me soignera.

— Ou aggravera tes blessures.

— Non ! Tu mens. » Ses genoux s'étaient mis à trembler, ce qui le rendait d'autant plus dangereux. « Je vais te tuer, annonça l'homme comme si l'idée venait juste de l'effleurer. Je vais te tuer et tout va marcher comme sur des roulettes. À ma façon. Pas la Sienne. Je vais te refroidir et Elle m'aimera à nouveau.

— Bien sûr que non, observa calmement Csucskari.

— Je... vais... tous... vous... tuer... », affirma-t-il d'une voix qui semblait craindre son propre pouvoir.

Csucskari se rappela qu'il n'était pas seul. Il en était venu à l'oublier, alors qu'il s'adressait à cet homme. Il n'y avait plus eu qu'eux deux, liés par une sorte d'épreuve ; mais la présence de son frère et de la vieille femme lui revenait maintenant en mémoire et Csucskari en fut secoué. Les yeux de l'autre s'agrandirent encore et le tremblement de sa main s'aggrava. Sa main libre vint se poser sur son poignet pour immobiliser l'arme. Elle se stabilisa en direction de la poitrine du Gitan.

« Poussière ! cria soudain Madame Moria. Tu es plus bas que le ventre d'un serpent et te confonds avec le bousier où tu te vautres ! »

Le pistolet se tourna vers elle, et Csucskari sut, peut-être même avant le tireur, qu'il allait faire feu. L'étrange lucidité qui l'avait pris plus tôt le gagna de nouveau ; il dégaina son couteau et bondit en avant.

Sauf que ce n'était pas un couteau, mais un fil tissé aux palpitations douces qu'il tenait dans sa main, le foulard qui naguère reposait sur le canapé. Sa main se souvint du bref contact des doigts de Raymond sur les siens ; pourquoi ce dernier lui avait-il donné le foulard, il n'en avait aucune idée. Csucskari devait croire qu'il y avait une raison. Mais ni un couteau ni un foulard ne seraient assez rapides pour arrêter le doigt qui pesait sur la gâchette.

Il vit le marteau s'abattre alors même qu'il avançait, au moment même où la porte s'ouvrait une fois de plus à la volée. Le coup de feu, le cri et le claquement de la porte contre le mur, tout ceci se produisit en même temps.

*Monsieur DeCruz, comment vous sentez-vous ?*
*Pourquoi ne pas vous asseoir et traiter avec nous ?*

Back in Town

17 NOVEMBRE, 03H32

Ils faisaient trop de bruit en montant les escaliers. Stepovich en fut immédiatement conscient en sentant ses entrailles se nouer comme elles le font dans les pires moments. L'air véhiculait un parfum ténu et il lui aurait fallu plus de temps pour l'identifier. Durand avançait en tête tout en racontant à Ed ce qui s'était passé la dernière fois qu'il avait gravi ces escaliers. Il parlait à moitié retourné, par-dessus la tête de Daniel et du Cocher, qui le suivaient. Ces deux-là étaient plongés dans une conversation privée, le Cocher lourdement appuyé sur Daniel qui l'aidait à grimper. Ed venait ensuite et occupait toute la largeur de l'étroit escalier. Et Stepovich fermait la marche, la pire des positions dans la mesure où il n'avait aucun moyen de passer devant eux et où il bloquait toute retraite.

« Durand », cria-t-il, et au même moment Daniel dit « Chut ! » et le Cocher « Timmy ! »

« Écartez-vous de la porte ! » jeta Ed alors que Stepovich criait : « Sur le côté ! »

Mais Daniel avait déjà ouvert la porte. Durand sortit son arme et se glissa d'un côté tandis que le Cocher s'affalait de l'autre. Tous entendirent le coup de feu, l'impact sourd du plomb contre la fonte et le gémissement du ricochet. Dans une projection de plâtre, une balle jaillit du mur avec une lenteur telle que Stepovich, plus tard, affirmerait à Ed qu'il l'avait vue alors qu'elle consacrait le reste de son énergie à creuser un trou dans le biceps de Durand. Ce dernier cria, d'un cri rauque d'homme, mais ne lâcha pas son arme pour autant. Il la ramena à hauteur d'épaule et la stabilisa de son autre main tout en contournant le linteau de la porte pour pénétrer dans la pièce comme s'il l'avait fait toute sa vie. Ed et Stepovich dépassèrent le Cocher et le suivirent une demi-seconde plus tard, entraînant Daniel dans leur sillage.

Le temps d'un instant incertain, Stepovich vit la scène comme un cliché de Polaroïd : l'homme blessé sur le canapé tendant la main vers quelqu'un, oui, le Gitan couturé de cicatrices, un foulard flottant entre ses mains ouvertes, oui, ça devait être le petit Timmy, pas si petit, mais Timmy quand même, et Madame Moria ; une marque étoilée se découpait clairement dans la fonte de la bouilloire qu'elle serrait contre elle. Comme une photographie, tout lui apparaissait en détail mais demeurait figé, lui donnant l'impression d'y tomber et d'entraîner Durand et Ed dans sa chute.

*Peu avant l'aube, j'ai vu les cendres*
*De bouleaux morts depuis longtemps.*
*Woah, lannan sidhe, fous-moi la paix.*
*Je leur ai laissé les ombres à pourfendre ;*
*Sans leur infliger le moindre tourment.*
*Woah, lannan sidhe, viens me chercher.*

Lannan Sidhe

MATIN D'AUTOMNE, AVANT LE LEVER DU SOLEIL

Le pistolet fit un bruit si monstrueux en explosant dans la petite pièce qu'il parut s'accompagner d'un éclair de lumière. Csucskari se sentit assommé ; sa vision se brouilla avant de redevenir claire et, dans le tintement aigu qui résonnait à ses oreilles, il reconnut une autre voix, d'une chaleur et d'un accent familier. Le Cocher était revenu.

« Timmy. »

Tel était le mot qu'il avait prononcé, le mot que le canon du pistolet avait essayé d'avaler. Csucskari lutta pour lui donner du sens. Qui était Timmy ? Le tireur, bien sûr. Cette prise de conscience couvrit toute autre signification d'un raz de marée de souvenirs si prégnants qu'il en balaya presque Csucskari. Il observa le tireur, pétri dans le temps. Des voix et des ombres, où se juxtaposaient souvenirs et réalité, jaillirent à la lisière de sa conscience. Le passé et le présent se fondirent en un tourbillon. On l'appelle Timmy Dee et je ne sais pas quoi faire. Tout l'argent de l'épicerie… Papa va me tuer. Il a triché. Je le sais. Bon, très bien, mon ami, je vais aller trouver Timmy et voir si l'affaire peut se régler… Timmy. Petit Timmy. Timmy Dee.

Une secousse ébranla Csucskari alors que le temps le rattrapait. Un jeune homme – un officier de police – se glissa dans la pièce. Du sang maculait sa chemise. Il tenait un pistolet à deux mains, le visage calme, les épaules contractées mais les coudes détendus. Tel un limier, le canon de son arme trouva Timmy et se verrouilla sur lui. Les doigts du jeune agent se contractèrent sur la gâchette, avec oh ! quelle résolution ! quel calme ! quelle foi en la justice ! bien décidés à mettre un terme à l'histoire du petit Timmy. Celui-ci recula en titubant, les mains serrées sur la coupure qu'il avait reçue à la gorge, comme s'il était possible de juguler le torrent de sang qui s'écoulait entre ses doigts, le rouge qui imprégnait ses vêtements si vite. Il tomba au sol dans un gargouillis perplexe, les yeux voyageant entre le couteau et Csucskari, non, non, entre le pistolet et le policier, non…

Csucskari jeta le foulard comme un filet, les doigts toujours refermés sur un de ses coins, et l'espace d'un instant, un instant doré, personne ne bougea et le monde retint sa respiration, comme en attente.

Des voix jaillirent de nulle part et de partout à la fois, des murs de la pièce et de l'intérieur de son crâne. Celle du Corbeau, qui disait : « Il peut nous ramener chez nous » ; celle de la Chouette derrière lui : « Alors écoute le son de ton violon, mon frère » ; celle du Corbeau à nouveau : « Joue donc de ton tambourin, mon frère. » Le Cocher se tenait là, revenu pour eux, comme prévu, et avec lui un grand Loup hirsute et un Blaireau aux yeux brillants. Tous le regardaient à présent, comme les barreaux d'une roue ayant soudain retrouvé leur moyeu. Le poids du fardeau l'entraîna et pendant un instant le charme vacilla. Le jeune agent de police avait bien dû presser la détente, mais le son du violon envahit la pièce tel un vent de son. Csucskari, gagné par la joie de retrouver ses frères, vivants qui plus est, éclata d'un rire puissant. Il lança de nouveau le foulard en l'air, telle une bénédiction et dit d'une voix tonitruante : « Tiens-toi prête, Luci, nous voilà ! »

Le foulard s'agrandit, sa fibre et sa trame se fondant en une superbe maille, une image colorée, une cible, puis un réseau de fils éclatants. Tous furent contraints de rester immobiles alors que le tissage se développait et les enveloppait dans un motif qui emplit leur esprit à tous de la texture des notes aiguës du violon. Raymond jouait maintenant du tambourin dans le lointain, le secouait comme une boîte d'épices, les doigts prestes sur les zils en cuivre. Quelque part, ailleurs, loin, très loin, le Cocher marmonna : « Maudits gitans. Je suis trop vieux pour ces conneries. » Puis tous disparurent dans un tourbillon de fils et de musique.

# 16

# Comment le Gitan a battu le Démon

*Mon affaire gît morte au sol, dit-il.*
*D'habitude, je n'opère pas dans les bars sales.*
*Je ne tue les bêtes que lorsque je ne les supporte plus ;*
*La plupart du temps, je cherche les étoiles.*

The Gypsy

Un jour ou l'autre

*La Belle Dame a arraché ses plumes à un moineau et les a jetées au feu. La puanteur des plumes brûlées et les pépiements affolés de l'oiseau ont été très plaisants, mais La voilà maintenant qui se lève avec colère et lance un regard mauvais au fil encore fumant. Le moineau profite de son inattention pour disparaître dans les ténèbres à petits bons. La Belle Dame tourne la tête, mais la musique joue de plus en plus fort : tintement et coups sourds du tambourin au rythme soutenu des* csarda *que le violon enflamme comme une traînée de poudre. La Belle Dame convoque la* sage-femme, *le* nora *et le* liderc. *Le* nora *arrive en trottinant sur ses quatre membres, les dents claquant avec force ; son désir éperdu de La satisfaire se traduit dans le moindre de ses gestes affolés, grimace après grimace, sur son visage à la fois jeune et vieux. Le* liderc *se balance d'un côté puis de l'autre, un bras levé comme un gourdin, menaçant aussi bien tout le monde que personne en particulier. La* sage-femme *a apporté son tricot et fait cliqueter les aiguilles l'une contre l'autre ; ce son rappelle celui d'instruments chirurgicaux s'entrechoquant sur un plateau glacé.*

*Mais la musique gagne en puissance et leur passe dessus comme un balai énervé. Un morceau de fil se balance dans le feu, comme suspendu en l'air. Puis un autre le suit, et encore un autre... Voyez comme ils s'entrelacent ensemble, même dans le feu. Le tissu qu'ils confectionnent, insensible aux langues de feu, se contente de croître, jusqu'à devenir un foulard orné d'un motif singulier.*

*« Bientôt », avertit la Belle Dame. Elle hoche la tête et tourne son fauteuil face à la porte. Le* nora *pépie et s'approche du seuil, sautillant et trottinant comme une gargouille de table basse revenue à la vie. Les autres aussi se tiennent debout face au seuil, même la* sage-femme, *qui tient ses aiguilles en équilibre. Le feu s'est réduit à des braises que le foulard recouvre en totalité. Une volute de fumée implorante parvient à s'en échapper mais se désagrège au bout de quelques mètres. Les ténèbres sont partout. Au même moment, deux portes s'ouvrent à la volée.*

## UN JOUR OU L'AUTRE

Un instant auparavant, Daniel jaillissait dans une pièce aux murs tapissés pour voler au secours de son frère. Une demi-respiration plus tard, il tombait. « Cocher ! Demi-tour ! » cria-t-il d'une voix suppliante. Personne ne lui répondit.

Il tombait dans l'obscurité. Puisqu'il y avait eu un coup de feu, il pensait avoir été touché et, aveuglé, croyait tomber au sol. Mais il n'y avait ni douleur, ni sol, ni rien d'autre. Seules les ténèbres et la chute étaient perceptibles. Je devrais avoir peur, se dit-il, mais il n'avait pas peur. Il avait vécu tant de choses ces dernières vingt-quatre heures qu'il avait sans doute usé toutes ses réserves de peur. Il sentait la confrontation finale arriver. Il vivait dans l'attente de ce moment depuis si longtemps que l'anticipation avait fini par éroder ses sensations. Il ne lui restait qu'un vague engourdissement et un certain soulagement à l'idée que les choses sérieuses avaient commencé ; peu importait l'issue, tout ceci allait bientôt prendre fin, au moins pour un temps.

Mais il y avait la musique.

Au début, celle-ci ne faisait qu'une avec les ténèbres, mais voilà qu'elle s'aventurait en brins distincts, aussi fins que du crin de cheval, luisant comme la glace au clair de lune. Toute la musique qu'il avait un jour tirée de son violon flottait autour de lui en brins brillants et par bribes, qui se collaient à lui comme autant de toiles d'araignée alors qu'il tombait, ralentissant sa chute, le maintenant avec précaution dans un hamac de musique argentée.

Quand il cessa de tomber, quand sa musique l'eut attrapé et immobilisé, Daniel découvrit qu'il pouvait se lever. Aussi agile qu'une araignée, il avança à travers le vide qui s'étendait entre les notes. Chacun des brins, doux et brillant dans le noir, produisait un son sous ses pas. Quelque part, les autres suivirent.

La musique le dirigea, comme elle l'avait fait tout au long de ces années. Il l'avait toujours ressentie non comme quelque chose qu'il créait ou possédait, mais comme un insaisissable *phouka* de son qu'il poursuivait, toujours quelques notes derrière la musique parfaite de son esprit. C'était elle, maintenant, qui l'attirait dans l'obscurité, qui lui faisait signe, qui le guidait à travers d'invisibles détours, des volées de mélodies et des couloirs de refrains familiers. Par deux fois, il perçut quelque chose de glacé et d'affamé tapi dans les ténèbres, mais les deux fois la musique tourbillonnante le dissimula aux yeux de cette chose.

Il arriva alors à un endroit où la musique faiblit, où la toile de sons brillante se réduisit à une corde raide, d'abord lourde et épaisse, puis fine et fragile sous ses pieds. Il hésita. Ce n'était pas sa musique, et pourtant ça l'était. Il en demeura perplexe. Il se baissa pour toucher le fil, puis le suivit, le lissant au passage, le tramant, entrelaçant les notes en harmoniques, et celles-ci en vieilles ballades familières qui parlaient de trois frères errants.

De la lumière prenait forme autour de lui. Depuis un point de vue situé très haut, il observa en contrebas une jeune fille étreindre un violon et s'acharner à massacrer les cordes avec l'archet. C'était son propre violon, qui l'appelait. Oubliant tout le reste, il descendit le long de la plainte, se sentant gagner en substance à chaque mètre parcouru. Son instrument sembla percevoir son arrivée, car les notes devinrent soudain douces et justes. Un instant plus tard, Daniel se retrouva dans une pièce de pierre grise où Lorelei tirait du violon une note unique et claire, sous les yeux approbateurs d'une vieille femme assise dans un coin.

« Daniel ! » cria Lorelei en le voyant arriver. Elle faillit lâcher l'archet, mais la vieille femme la rappela à l'ordre : « Joue, joue… Joue comme si ta vie en dépendait. Tout dépend de la musique. Joue ! » La vieille femme sortit un peigne en écailles et le passa dans ses longs cheveux en parlant. Elle s'arrêta pour en secouer les mèches restées libres, les contempla un instant, puis continua à se coiffer.

Daniel s'avança jusqu'à Lorelei, par-derrière, et l'entoura de ses bras. Le sommet de la tête de la jeune fille arrivait juste au creux de sa gorge. Presque, pensa-t-il. Je pourrais presque la caler sous mon menton et en jouer comme elle joue de mon violon. Ses cheveux sentaient bon. Il posa une main sur le cou de l'instrument et ses doigts ne tardèrent pas à tomber sur les cordes. Il prit de son autre main celle de Lorelei, celle qui tenait l'archet. Les doigts de la jeune fille se détendirent. Alors qu'il la guidait doucement à travers la musique, il partageait avec elle tous les jours de sa vie et le moindre de ses battements de cœur. Il savait que la Belle Dame et ses frères devaient rester ses préoccupations premières ; on aurait besoin de ses armes. Mais pour le moment, il tissait la musique autour d'eux, les enveloppait d'un manteau de son, les protégeait de toute atteinte.

17 NOVEMBRE, 03H36

Le noir complet le poignarda comme une lame de couteau. « Ed ! » cria Stepovich dans un inutile avertissement en se jetant à terre. Il s'attendit à entendre le coup de feu au-dessus de sa tête ; en tombant, il guettait le flash de lumière que produit une arme à feu en tirant afin de localiser Timmy. Il lui sembla qu'une éternité s'était écoulé avant que ses mains tendues ne rencontrent le sol. Au moment du contact, une terreur atavique s'empara de lui.

De la pierre. De la pierre humide et froide, presque visqueuse. Pas d'épaisses couches de tapis, pas de sol en bois dur. De la pierre. Mais l'air qu'il respirait était chaud, presque suffocant. Où qu'il soit maintenant, cela n'avait rien à voir avec l'endroit où il se trouvait quelques secondes auparavant. « Ed ! » cria-t-il encore, et il crut entendre le son assourdi d'une réponse. Dans les ténèbres environnantes, il percevait des tâtonnements, des pas étouffés, le bruissement d'habits et des grognements alors que des gens tentaient de se remettre debout. Il n'était pas seul.

Une lampe-torche s'alluma dans l'obscurité. Durand. Le gamin pensait vite, mais pas encore assez. Au lieu de tenir la lampe loin de lui à bout de bras, il la serrait devant lui, à hauteur de poitrine, tel un phare pour guider la balle jusqu'à lui. Il tenait son bras blessé contre lui avec précaution. Une autre lumière apparut, beaucoup plus loin, irrégulière et vacillante. Sans doute le briquet sans flamme de Ed, l'ouverture réglée au maximum. Sa lumière fantomatique ne suffisait pas à illuminer la pièce, tout juste à dessiner des ombres.

Stepovich était toujours à genoux quand le faisceau de la lampe éclaira Timmy comme un projecteur. Timmy se tourna vers la source, manifestement paniqué. Son pistolet suivit le mouvement. Lumières, action, caméra, et Stepovich se retrouva à observer le doigt de Timmy se poser sur la gâchette.

Stepovich était encore sur un genou, l'autre pied posé à plat sur le sol, prêt à se lever. Dans la lumière vacillante du briquet de Ed, dans les reflets de la lampe torche ou bien dans son imagination, il accrocha le regard de Durand, et c'est ce qui le décida. Le gamin ne pouvait détacher les yeux du canon de l'arme et grimaçait de toutes ses dents, quelque part entre le défi lancé à la mort et le sourire stupide adressé à l'imbécile qu'il avait été. Un visage d'adolescent. Son bras continuait à saigner.

Stepovich abaissa son centre de gravité, se jetant à la fois vers l'avant et vers le sol, tel un sprinter au départ des starting-blocks. Son corps se déplaçait rapidement, mais son esprit avait des années-lumière d'avance. Il pouvait prédire comment tout allait se passer. Il savait déjà qu'il était trop tard ; l'idée était de prendre le contrôle de l'homme avant qu'il ne tire. Et ça ne marcherait pas. Non.

Sa main droite tomba lourdement sur l'épaule de Timmy, alors que la gauche lui attrapait la main qui tenait le pistolet et la forçait vers le haut. Elle était supposée s'élever assez pour que le pistolet se retrouve au-dessus de l'épaule de Stepovich au moment du tir ; il s'était déjà préparé à l'explosion sonore tout près de son oreille.

Mais le canon était toujours pointé sur lui quand le coup partit. Flash et odeur de poudre. Violent comme un coup du lapin, pas de ceux qui s'arrêtent, mais qui traversent la chair, l'os et tout ce qui s'y rattache. Soudain, toute force quitta ses membres. Une fois à terre, il attendit la douleur, attendit, ça vient, elle vient te prendre, Stepovich, vieux con de flic qui essaye de courir comme un gamin. Ed va t'engueuler, écoute, il commence déjà à crier, est-ce que c'est comme ça que tu as prévu de finir tes jours, dans un donjon de cauchemar ?

Il aurait cru que les lumières fondaient au noir quand on mourait, mais au contraire, une luminosité nouvelle et grandissante éclaira toute chose par le bas, telle une rampe de projecteur. Une lumière froide, cependant, celle que pourrait émettre un champignon vénéneux, qui leur donnait à tous l'air mort.

T'as perdu la boule, mon pauvre vieux, tu glisses sur la mauvaise pente. Des créatures horrifiantes apparurent à la lisière de son esprit. Elles se regroupèrent sur Durand et le jetèrent à terre. L'une ressemblait à une marionnette chauve, alors que l'autre se résumait à un amoncellement issu du pire cauchemar d'un zoologiste. Durand perdit sa lampe-torche qui partit rouler sur le sol inégal avec un bruit sourd, les balayant tous à tour de rôle de son cône de lumière. Tout cela avait quelque chose d'obscène, comme si le simple contact de leurs mains était un viol en soi. Les choses chauves ricanèrent en enfonçant leurs doigts dans la blessure de Durand. Cela devait faire extrêmement mal, songea Stepovich, qui se demanda pourquoi Durand ne criait pas. Peut-être souffre-t-il du même phénomène que moi : une douleur trop vive et pas assez d'air pour crier.

Et où diable était Ed ? Il essayait de se relever. On aurait dit qu'il s'était foulé le genou une fois de plus. Il avait toujours appelé cette faiblesse sa vieille blessure de football, mais Stepovich savait qu'il s'était fait ça en essayant de monter sur un skateboard qu'ils avaient confisqué à un môme sur l'autoroute, avec tout ce trafic venant en sens inverse, et ces putains de conducteurs qui ne voulaient pas baisser leurs phares, coince ce petit con sur le côté, enclenche la sirène, sors de la voiture. Sors de la voiture, Stepovich. Bouge-toi, va parler au Gitan. Où était-il d'ailleurs ?

Il aperçut un des gitans, dissimulé par les ombres, mais ce n'était pas celui qu'il cherchait. Jamais un gitan dans les parages quand vous en avez besoin. Ed agitait son briquet devant lui comme un talisman encore plus efficace que l'ail ou les croix.

Puis, le temps de se soucier de ce genre de chose passa. Tout le temps du monde était passé. Il se réduisait à un unique *maintenant*, ce maintenant où Timmy se dressait au-dessus de lui, l'enjambant comme un hors-la-loi de western de série B, tenant des deux mains son pistolet dirigé vers le visage de Stepovich. Pas dans le visage, voulut-il lui dire, mes gosses ne méritent pas ça, pas un service funéraire où on imagine les choses toujours pires qu'elles ne le sont en réalité. Mais il ne pouvait parler, seulement rester là allongé à regarder la mort, comme un chien écrasé sur l'autoroute.

## UN JOUR OU L'AUTRE

*Maudits soient ces gitans*, pensa-t-il en arrivant dans ce lieu où il ne les avait pas amenés, mais d'où il faudrait les ramener, si jamais il restait quelqu'un pour cela. Il tâta sa poche à la recherche du crampon, le sortit, le lança dans les airs et le rattrapa par la queue du fouet auquel il était attaché. *Voilà pour toi, Luci*, pensa-t-il. *Tout ce que j'ai à faire, est de passer cette porte, poser le pied sur la route et je serai comme un* Taltos *moi-même.*

Il entendit un coup de feu claquer et soupira. Aucun doute : ces maudits gitans et leurs stupides amis se faisaient tuer. Bon, ça ne le concernait pas, ça ne l'avait jamais concerné. Il conduisait un carrosse quand on lui en confiait un, et maintenant qu'il n'en avait plus…

Il y avait certes quelque chose qu'il pouvait faire. Cela ne sauverait aucun de ces imbéciles des conséquences de leurs actes, mais si ça avait marché là-bas, alors ça marcherait sans doute ici aussi ; si l'un d'entre eux survivait, au moins ne tomberait-il pas dans le Néant.

Toujours faible et souffrant, il glissa au travers d'impossibles formes qui se faisaient des choses improbables les unes aux autres. Il avança de biais le long d'un mur jusqu'à un feu. Là, comme il le pensait, se trouvait le foulard qui les avait amenés ici. Il le sortit du feu et remarqua sans surprise que celui-ci ne l'avait pas endommagé. Il refit le chemin en sens inverse jusqu'à la porte par laquelle il était entré. Elle demeurait grande ouverte, comme si des invités y étaient attendus. Il s'appuya sur ce qu'il identifia comme de la pierre froide. Sa respiration se fit haletante et, quand une crampe le prit, il crut que tout était fini ; mais elle passa.

Il se redressa, se retourna et regarda par l'ouverture, loin des lumières vacillantes et des bouffonneries des démons, là où il n'y avait rien du tout. Deux formes se dessinèrent justement à cet endroit. Des formes humaines. Deux jeunes filles, les yeux écarquillés et effrayés. Elles approchèrent de la porte, et quand elles le virent, la blonde recula d'un pas, tandis que la brune fit saillir ses ongles comme des griffes.

« Elle nous appelle, dit-elle. Tu ferais mieux de…

— Oh, la ferme, coupa le Cocher. Tout ce que vous trouverez ici, c'est la mort, et vous le savez. »

La blonde se tourna vers son amie. « Sue, j'ai les boules. Laurie…

— On s'en fout de cette mauviette. La bataille finale, c'est maintenant. On doit L'aider. On…

— Écoutez votre peur, mes enfants, reprit le Cocher d'une voix ronflante comme un *cimbolom*. Votre peur est sage ; faites-lui confiance. Ça vous tombe dessus comme une vague, et dans cette déferlante il y a des grains de douleur et des gouttelettes d'oubli. Cet appel est celui de ceux qui sont perdus en mer, dont l'âme, sans ancre, dérive. Votre belle maîtresse vous trompe, malgré Sa promesse. Vous rappelez-vous Ses mots ? Pensez-y, avant d'agir. »

Elles le dévisagèrent, là, au seuil de l'éternité. Il mit ce temps à profit pour avancer d'un pas et claquer la porte dans son dos. Elles crièrent, mais avant même qu'elles aient touché la porte *–clac ! clac !–*, il l'avait marquée du sceau de son fouet.

« Elle est maintenant scellée. Vous ne pouvez pas entrer. Rentrez chez vous ou devenez le Néant. » La peur et la confusion se lisaient sur leur visage trop jeune, mais alors la brune dit : « Viens, Chrissy, on peut passer. Elle a besoin de nous. »

La blonde émit une plainte grave, puis elle ouvrit les yeux en grand. « Oui ! Je L'entends ! »

Elles le chargèrent, mains tendues vers la porte, mais c'était dehors, c'était entre, ce n'était ni ici, ni là. C'était sur la route, là où le Cocher avait tout pouvoir. S'en servir ne lui fit aucun plaisir.

## UN JOUR OU L'AUTRE

Csucskari savait où il se trouvait, car c'est lui qui les avait amenés là. Mais où étaient les autres ? Des rayons de lumière explosaient autour de lui et lui montraient des instantanés de visages issus de ses cauchemars. Mais de ses amis, aucun signe. Il avait reconnu les serviteurs de Luci, qui reniflaient dans les ténèbres. Il tira son couteau, de peur que l'un d'eux ne s'approche, et patienta.

Puis il y eut un son claquant quelque part, bizarrement assourdi. Il se tourna de ce côté-ci. Des gens s'agitaient et marmonnaient autour de lui. Il s'aventura de quelques pas dans la direction d'une vague lueur sous laquelle un vieil homme s'effondra les mains en coupe autour d'un feu. Malgré les lumières aux vacillations irrégulières, il aperçut la Chouette qui luttait pour rester debout, et le tireur, qui pointait son arme vers le sol. Non, il en dirigeait le canon vers le policier, le Loup, étendu devant lui sans espoir, l'épaule gauche et la poitrine déjà maculées d'une tâche de sang noir. Le marteau reprenait son élan et le tireur souriait de toutes ses dents.

Il n'y eut aucune décision consciente. Le couteau se trouvait déjà dans sa main et le petit Timmy était devant lui, comme un instant plus tôt. Et comme un instant plus tôt, Csucskari se tenait là, un homme bien vivant devant lui et un couteau scintillant dans la main. On aurait dit une pièce, où chacun jouait un rôle qu'il connaissait par cœur. Même la luminosité semblait augmenter. Timmy dut entendre ses pas, car il leva les yeux à peine un instant avant de se faire poignarder. Les yeux de Timmy rencontrèrent les siens ; son regard l'ébranla davantage que la sensation du couteau s'enfonçant jusqu'à la garde sous sa clavicule. Le cri qu'ils poussèrent tous deux au même moment envahit tout l'espace. La main de Csucskari ne quitta jamais la garde ; il finit par sentir Timmy peser sur la lame. Celle-ci sortit toute seule de la plaie lorsque sa victime s'écroula. Il avait donc récidivé. Du sang suivit la lame. Csucskari contempla le cadavre qui jonchait le sol sous lui. Ce n'était pas ce pour quoi il était venu. Il lâcha le couteau, se prit le visage dans les mains et soupira.

Bagoly s'accroupit à côté de lui. Il sentait son frère trembler. Tous deux étaient si éreintés. « Hollo ? » chuchota-t-il, mais il n'y eut pas de réponse, et la musique qui aurait dû les conduire à la lumière était ailleurs. Elle avait donc bien fini par gagner, elle avait réussi à les séparer et à les distraire de nouveau, en utilisant ses outils tordus comme faire-valoir pour les débusquer. Fou comme un gitan, qui croit toujours pouvoir gagner. Il tendit la main vers la Chouette mais savait qu'ils ne se toucheraient jamais.

## UN JOUR OU L'AUTRE

« Ma blessure n'est pas si grave. Ma blessure n'est pas si grave », Durand s'entendait-il dire. Il ne savait pas depuis combien de temps il essayait de se convaincre en répétant cette phrase. Il leva les yeux vers le lointain plafond bordé d'argent. On aurait dit des racines de pierre et d'immenses blocs de roche, comme les parois d'une cave stylisée. Il tenta de garder les yeux fixés sur le plafond, mais la créature de cauchemar sur sa poitrine creusait dans son avant-bras et le pressait pour faire sortir le sang de la blessure. Durand avait la certitude qu'il s'agissait d'une hallucination ; il n'allait pas lui faire l'honneur de la regarder ou d'essayer de l'écarter. Mais s'il commençait à avoir ce genre de vision, c'était qu'il avait été touché plus durement qu'il ne le croyait. Il fit rouler sa tête sur le côté et vit Stepovich allongé, le tireur au-dessus de lui. La lumière n'était pas suffisante pour colorer le sang en rouge, mais la tâche épanouie sur la chemise de Mike n'en finissait pas de s'agrandir. « Officier à terre, dit-il un peu stupidement. Officier nécessitant des secours. » Il avait conscience de ne pas se débrouiller très bien. Il aurait dû mieux faire, mais il ne savait pas vraiment comment s'y prendre.

Suivre les règles, même si elles le conduisaient à se faire tuer ? Seulement, il ne voyait pas du tout à quelle règle se référer. Et ces maudits cauchemars sur sa poitrine pesaient si lourd et paraissaient si réels… Leurs mains moites, humides, aux doigts raides, l'odeur grotesque. Urine et sueur. Et encore, ce n'était pas le pire.

La pièce s'emplit d'une lumière nacrée corrompue. Ed avait mis le feu à quelque chose, un morceau de chemise qu'il agitait autour de lui comme un bouclier de fortune. Le vieil homme était gris.

Et puis il y eut le Gitan, qui fit quelque chose au tireur, mais tout se passait dans le silence. Durand vit le couteau, le vit s'enfoncer dans sa proie, puis une des choses se mit à lui griffer le visage en pépiant. Il n'y prêta pas attention. Rien de tout ceci n'était vrai.

Il fut donc surpris de la voir jaillir d'un coin sombre comme un danseur bondissant sur la scène. La vieille Madame Moria, débarrassée de ses cannes, brandissait sa bouilloire en fer débordant d'un tourbillon de thé. Elle cria quelque chose dans un langage que Durand ne reconnut pas, sans doute : « Arrière, démons ! » ou quelque chose d'approchant. Quelle que soit la menace, elle la mit à exécution avec le fer, l'eau et sa jupe claquante. Les choses sur sa poitrine s'accroupirent, et l'une des deux referma ses bras sur ses côtes osseuses.

Elles tressaillirent, ce qui les rendit réelles.

« Réelles… » La révulsion qui l'assaillit lui donna la force de rouler sur le côté. Il sentit alors sous lui un morceau de métal froid qui lui appartenait : son flingue, tombé là quand ils avaient tous atterri. Sa bonne main le chercha à tâtons, se referma sur la crosse et le leva comme il se mettait à genoux. Deux mains, se rappela-t-il. Il siffla de douleur en essayant de stabiliser l'arme.

Ed marchait sur les choses que Madame Moria avait effrayées. Au même moment retentit un rire perçant, à la fois jeune et vieux, en même temps le rire délicieux d'une jeune fille et le ricanement sardonique d'un démon. Les choses cessèrent instantanément de battre en retraite. Madame Moria peinait à reprendre sa respiration et chancelait, ses malédictions et ses forces déclinant comme la mécanique d'un vieux jouet, jusqu'à ce qu'elle tombe dans un dernier soupir entre le Gitan et le feu. Ed leur agita sa chemise enflammée sous le nez, mais aucun d'entre eux ne parut impressionné. Les deux créatures qui l'avaient torturé se regroupaient autour du corps de Stepovich. Une femme les accompagnait, une vieille chose maigre avec des cheveux filasse et un visage profondément ridé. Elle feula à la tête de Ed et écarta son bouclier dérisoire d'un revers de main. Elle s'avança ensuite vers lui, et dans ses mains grises aux ongles crasseux et brisés apparut quelque chose ressemblant à un petit couteau. Elle le leva.

Durand les arrêta. Il les arrêta avec son esprit. Il ne songea pas à être un héros. Dans sa tête, les créatures devinrent des formes, des choses en papier, tout comme à l'entraînement. Lève le flingue. Presse, presse, presse. Bang, bang, bang. Et elles tombèrent. Ni difficile, ni facile. Pas spécialement glorieux ni courageux. Un doigt qui joue son rôle, comme s'il soustrayait des nombres sur une calculatrice. Et tous tombèrent à terre.

## Un jour ou l'autre

Raymond se sentit tomber, ses ailes incapables de brasser l'air. Ses forces, qui lui étaient revenues lentement, le quittaient de nouveau en présence de Luci. Il leva les yeux et la vit surgir au-dessus de lui.

C'était comme contempler le paradis et l'enfer. Un visage trop parfait pour subir la description. Des yeux trop infernaux pour supporter leur regard, mais qui ne vous laissaient pas le choix. Une voix plus douce que du miel. « Bagoly », dit-elle d'un ton suave, utilisant son nom pour attirer son attention.

Ses yeux luisirent vers lui. « Non, haleta-t-il. Tu ne peux pas tuer la Colombe. » Où se trouvait son frère Daniel, le Corbeau ? Lui pourrait l'aider ; lui aurait la force. « Laisse-nous tranquilles, laisse ce monde tranquille. Tu ne tueras pas mes frères. »

Mots creux. Elle et lui le savaient tous deux. Et, bien pire, Csucskari en avait pleinement conscience, Raymond le sentait. Sa force l'avait quitté, il ne pouvait même plus la menacer. Les doigts glacés de Luci se refermèrent sur son épaule et l'écartèrent de son chemin avec mépris. Il fut projeté dans les airs et alla s'écraser contre un mur. Dans la lumière vacillante, il vit le gros homme à la torche se précipiter vers Luci. Mais elle l'écarta de son chemin sans effort. Quelque part, à un moment indéterminé, il entendit des explosions. L'odeur de la poudre lui parvint aux narines alors que Ses serviteurs s'étalaient dans leur sang. Mais ça ne suffisait pas. « Hollo ! » cria-t-il, et le nom fut noir et amer comme l'odeur des plumes brûlées. Pourquoi ne répondait-il pas ? Raymond se douta qu'il ne le saurait jamais.

Il observa Luci poser les mains sur la gorge de Csucskari. Elle les avait longues et fines ; elles devaient être douces comme la caresse d'une vierge. Il vit les doigts blancs se refermer, vit la chair de son frère se boursoufler entre chacun d'eux. Le blanc contre le rouge. « Hollo ! » cria-t-il encore, et sa propre main trouva la force de se lever et de retomber contre son cœur sur lequel reposait le tambourin. Il le prit en main et le posa sur ses genoux dans un bruit de ferraille funeste.

### UN JOUR OU L'AUTRE

Madame Moria gisait sur le sol, incapable de se lever sans ses cannes. Elle observait Luci penchée au-dessus de la Colombe lui retirer toute vie des poumons. L'ourlet de Sa robe aussi blanche que neige effleurait Madame Moria. Luci était aussi gracieuse que mauvaise. Ses yeux, fixés sur Sa proie, n'accordaient aucune attention à la vieille femme, ni au Loup qui mourait doucement de Son autre côté. Une robe magnifique, d'une blancheur immaculée mise en valeur par une fine ceinture noire.

Et, passée dans la ceinture, une mèche de cheveux gris.

Madame Moria sourit. Ce n'était pas la première fois qu'elle jouait les pickpockets, mais ça n'avait jamais été aussi facile. Quand elle l'eut en main, elle roula deux fois sur elle-même et jeta la mèche dans les braises fumantes du feu.

### UN JOUR OU L'AUTRE

Quelque part, dans une autre pièce, un peigne se coinça et une mèche de cheveux grisonnants tomba dans la main d'une vieille femme. Comme un voile qu'on lui retirait des yeux, Cynthia comprit comment on l'avait aveuglée, comment on avait fait d'elle un pion dans le piège de Luci. « Non ! fit-elle d'une voix stridente. Non ! » Elle se leva d'un bond et fouetta de sa mèche de cheveux le jeune couple blotti comme des oiseaux dans le nid de douce musique qu'il tressait autour de lui. Le jeune homme reçut le coup au visage. « Vous ne jouez que pour vous-même ! leur cria-t-elle. Ce n'est pas à ça que doit servir la musique. Jouez pour le monde, pour la vie. Et pas pour la sécurité, l'aveuglement et la complaisance. Jouez le danger, la vision et la lutte, la victoire sur le mal et la survie. Jouez la vie ! »

Et pour Laurie…

Laurie poussa un petit cri lorsque les mains de Daniel serrèrent soudain les siennes. La douce musique cessa, et tous deux demeurèrent figés un instant, comme des figurines en haut d'une pièce montée. Laurie tourna la tête pour observer le visage de Daniel. Elle y découvrit de la colère ; non pas dirigée contre elle, mais contre la tâche qui l'attendait. Elle pouvait presque le sentir tiraillé. « Impossible ! dit-il d'une voix forte. Impossible de conjuguer ma foi en mes frères et en notre mission et mon amour pour toi. » Il sembla pétrifié d'agonie pendant les instants qui suivirent. Puis il secoua la tête, comme pour s'éclaircir les idées. « Pardonne-moi », lui dit-il, et elle se demanda pourquoi. Mais il lui arracha soudain le violon et l'archet des mains et se détourna d'elle. Dos tourné, il pencha la tête sur sa musique.

L'archet s'abattit soudain comme un coup de couteau. Une mélodie poignante s'envola du violon ; elle déchira l'obscurité et la tranquillité de la pièce comme on arrache un rideau. Une lumière crue s'y déversa alors que la musique continuait de jaillir. Alors Laurie vit. Les murs de la chambre furent soufflés comme des lambeaux dans un vent de chant. Son père était étendu sur le sol, une tâche rouge grandissante sur la poitrine. Il y avait là un mélange hétéroclite de personnes qu'elle connaissait à peine et d'autres qu'elle n'avait ni ne souhaitait jamais rencontrer. Son père devint à cet instant la seule chose qu'elle voyait. Elle s'élança pour le rejoindre, mais la vieille gitane l'attrapa et la retint. « Non ! Reste là ! Ce n'est pas terminé, ça commence à peine. Et nous autres, tous autant que nous sommes, perdrons quelque chose ici. » Les doigts raides de la vieille femme se refermèrent sur l'épaule de Laurie pour l'empêcher de bouger.

UN JOUR OU L'AUTRE

Stepovich aurait souhaité que la mort survienne plus vite. Il se passait tant de choses autour de lui. L'idée qu'il ne puisse y prendre part ajoutait encore à son agonie. Il voulait que tout se finisse. S'il ne servait à rien, autant se laisser mourir.

La plus belle femme qu'il ait jamais vue était en train d'étrangler le Gitan. Elle avait les yeux clairs et brillants et riait d'une joie enfantine alors même qu'Elle chassait toute vie des poumons de sa victime. Le Gitan, flasque comme une poupée de chiffon, était secoué entre Ses doigts. L'homme mourait, et Stepovich pressentait qu'une Mort encore plus grande attendait en coulisses de faire son entrée une fois que le Gitan aurait rendu l'âme. Pendant un instant, il crut distinguer Laurie entre les deux silhouettes arrimées l'une à l'autre, crut voir son visage horrifié, un visage que toute innocence avait quitté. Mais elle se fondit à nouveau dans la grisaille palpitante et il comprit que c'était une illusion. Il avait si froid. Pourtant, le sang qui mouillait sa chemise était chaud.

Encore des coups de feu. La belle étrangleuse parut surprise ; Elle se tourna pour voir d'où ils venaient. Dans un immense effort, Stepovich traîna sa tête sur le sol de roche pavée. Là, à la limite de son champ de vision, Durand marchait sur eux. Il tenait son pistolet des deux mains et celui-ci bougeait de haut en bas comme une baguette de sourcier. Il tirait sur Elle à bout portant. La femme éclata de son merveilleux rire, dont le tintement frappa Durand et le projeta dans les airs comme un jouet.

Une diversion. Le flic planqué dans la tête de Stepovich lui fit de grands signes. Elle est distraite. Profites-en. Protège ton équipier. Tu vas mourir, de toute façon, attire donc l'attention sur toi et donne sa chance à Durand. Meure comme un flic, toi qui n'as fait que vivre comme un flic, au point de bousiller tout ce qui t'était cher.

Stepovich aurait voulu rester immobile et mourir paisiblement. Il ne pouvait rien faire de plus ici. Mais quelqu'un, quelque part, jouait de la musique, du violon. Les notes attiraient son attention aussi sûrement que des doigts tirant sur sa manche. Elle lui écorchait les nerfs. Il ne pouvait mourir, pas tant que la musique jouait. Mais un autre homme était en train de mourir non loin. Un des gitans. Le corps à côté du sien était celui de Timmy. Bon Dieu, qui l'avait eu ? se demanda Stepovich un instant. Puis il se souvint. Le couteau reposait toujours là où il était tombé. Il pointait sur Stepovich comme un doigt accusateur.

Le couteau. Ce nom de Dieu de couteau. Tout ce temps, ce même putain de couteau. Celui qui a coupé ma vie en lambeaux.

Elle continuait d'étrangler le Gitan, mais il sentait les doigts se refermer sur sa propre trachée. Il n'y prêta guère attention. La seule chose à laquelle il pensait, c'était combien il haïssait ce couteau.

C'était avec un curieux sentiment d'inéluctabilité qu'il le sentit sous ses doigts. Son contact lui fit l'effet d'une rasade de whisky, mais dans son sang et non dans son ventre. Galvanisé, il referma ses doigts autour de la poignée puis poussa sur la main qui tenait l'arme, se forçant à se soulever de terre pour se mettre à genoux. Son autre bras pendait comme un poids mort et rebondissait contre lui à chaque mouvement. Il y avait la douleur, aussi, une incroyable douleur quelque part, mais il aurait pu jurer qu'elle n'était pas sienne. Il n'avait pas la force de se lever, mais n'en eut pas besoin. Sa vue devenait confuse et inutile. Il cligna des yeux pour essayer d'y voir clair, s'imagina derrière la Dame le sourire de Ed qui l'encourageait. Stepovich se traîna en avant, rampa plutôt, et le bruit de ses chaussures raclant le sol de pierre attirèrent Son attention au moment où il levait le couteau. Ses yeux magnifiques brûlèrent dans les siens et le gelèrent en plein mouvement.

Il L'aurait combattue s'il l'avait pu, mais il avait perdu toute volonté – du moins quand elle le regardait. Sa vision périphérique tenta de lui dire que les mains de Ed se levaient et retombaient sur les épaules de la Dame. Ed l'attrapa et murmura : « C'est moi qui T'ai eue ! »

Dans un instant de surprise, son pouvoir vacilla. Elle projeta Ed sur le côté, comme un fétu de paille. Stepovich crut entendre le craquement de ses côtes. Aucune importance. Ed avait parfaitement conscience du coût à payer pour offrir à Stepovich cet instant. Et il ne le gâcherait pas.

Stepovich enfonça le couteau jusqu'à la garde dans la plus belle poitrine qu'il eut jamais vue.

## UN JOUR OU L'AUTRE

Un cri ; une femme ou un violon, il n'aurait su le dire. Mais il pouvait maintenant faire entrer de l'air dans ses poumons et relever la tête. Le cri de nouveau, si doux qu'il ne pouvait appartenir qu'à Luci ; Elle mourait – du moins retournait là d'où Elle venait, là où Elle pourrait l'attendre jusqu'à… Eh bien, pas tout de suite. Il y avait le Corbeau qui jouait une valse célébrant sa mort, tandis que la Chouette à terre battait faiblement les palpitations vacillantes de Son cœur en bout de course. Csucskari roula sa tête et La vit sur le sol, empalée sur un couteau, le sien, transperçant sa robe blanche d'une tache rouge grandissante. Le Loup gisait à ses côtés, les yeux réduits à des fentes, mais il sembla se rendre compte du regard de Csucskari sur lui car pendant un instant les fentes s'agrandirent. Leurs yeux se croisèrent et le hochement de tête qu'ils échangèrent lui coûta un monde de douleur. Puis les yeux du Loup se fermèrent et sa tête se détourna.

Ça n'avait aucun sens. Cette tâche aurait dû être sienne. Il n'y comprenait rien. Csucskari sentit quelque chose lui piquer les yeux.

Il y avait une vieille femme, et il découvrit qu'il connaissait son nom. Cynthia. Cynthia Kacmarcik. Elle avait tenu l'épaule de la petite du Loup pendant tout ce temps, mais maintenant que tout était terminé, elle la libéra. Cynthia se tourna vers une autre vieille femme. Madame Moria. Elles ouvrirent toutes deux leurs bras, traversèrent la pièce comme des danseuses avançant en mesure. « Je l'ai trouvée, petite sœur, dit Madame Moria. La mèche de cheveux. Et je l'ai détruite.

— Je le sais, petite sœur, répliqua l'autre. C'est ce qui m'a libérée. »

Elles se rencontrèrent sans se toucher, mais échangèrent un regard qui durerait sans doute pour l'éternité. Ce qui passa entre elles deux, même le Gitan ne put le savoir, mais à un moment Cynthia Kacmarcik poussa un soupir à peine audible et s'écroula. Soudain elle ne fut plus que des éclats blancs de porcelaine, un fagot de paille, un bout de toile de sac et un fouillis de fils. Pendant un instant, le simulacre resta dressé, ironique épouvantail de l'âme qu'il avait piégée, puis il dégringola au sol en une pluie de mille et une bricoles. De dédain, Moria les éparpilla du pied et se détourna. « C'est fini, dit-elle à tous et à personne en particulier. Nous devons partir en vitesse. »

Le violon joua une dernière mesure, dont le volume décrut jusqu'au silence.

Comme en réponse, des fissures de lumière jaune apparurent sans bruit dans les murs, comme des fenêtres dont on aurait écarté les rideaux. Un vent bleu ciel circula entre eux en murmurant. Sa fraîcheur lui permit de se rendre compte de la puanteur qui régnait dans la pièce. Il y eut un gémissement monstrueux, comme si deux mondes se séparaient, une plainte au-delà du son.

Daniel baissa son archet. Csucskari leva la tête et planta ses yeux dans les siens. *Presque*, il avait presque été trop tard. Mais lors du compte à rebours final, le sang avait parlé, et le Corbeau avait volé avec ses frères. Daniel abaissa son violon et le laissa pendre au bout de son bras. « Lorelei », dit-il, mais la jeune femme à qui il s'adressait ne se retourna pas. Elle s'avançait à pas lents vers le corps du Loup. Daniel tendit une main vers elle, mais il ne réussit pas à la toucher, pas dans un endroit éclairé par un feu vacillant et la lumière blafarde du jour, un endroit où les morts côtoyaient les blessés, et les démons les hommes.

Luci était toujours agitée de convulsions; allongée là sur le dos, Sa danse avait quelque chose d'obscène, comme une parodie de femme hystérique. Le couteau planté dans la poitrine, elle grinçait des dents. Du sang giclait de la blessure, puis le flot, ainsi que Ses mouvements, se ralentirent tandis que les doigts hésitants de la Chouette battaient les dernières pulsations de Son cœur : *teckadum, teckadum, teckadum.*

Hollo se détourna de la jeune femme et revint à ses frères. Le cœur de Csucskari se mit à saigner en voyant ce qui mourut dans ses yeux, mais Hollo se mit à genoux et leva son frère par l'épaule. Csucskari sentit les forces lui revenir. « C'est fini, mon frère », dit Hollo.

Csucskari hocha la tête et frissonna. Il se libéra doucement de l'étreinte de son frère, réussit à se tenir debout tout seul. Il parvint à marcher jusqu'au corps de Luci et à s'accroupir. Il posa la main sur le manche du couteau. « Je vais avoir besoin de ça, affirma-t-il.

— Sans doute », soupira Hollo.

Csucskari sortit le couteau du corps. Il sentit le peu de vie qu'il Lui restait s'en aller avec. « Aide notre frère, dit-il.

— La Chouette n'a pas besoin d'aide », intervint Raymond d'un ton bourru en se mettant debout avec peine. Daniel et lui s'observèrent un long moment, comme deux étrangers. Puis Raymond haussa les épaules très lentement. « Tu as fini par venir, commenta-t-il.

— Oui, répliqua Daniel. Je suis venu. » Mais il suivait des yeux Laurie qui tombait à genoux auprès de son père. Il ajouta d'une voix absente : « Mais pour encore combien de temps, mes frères ? S'il existe une autre fois, une chance d'échapper à tout ceci, croyez-vous que je ne la saisirai pas ? Je n'en sais rien. »

Le sol trembla imperceptiblement.

Les deux officiers de police encore debout, le jeune et le vieux, s'aidaient l'un l'autre. Le premier saignait du bras et des morsures des mignons de la Belle Dame. L'autre avait seulement l'air très vieux alors qu'ils se rassemblaient autour du Loup à terre.

« Laurie », dit le vieux d'une voix douce. Mais elle s'agrippait à la bonne main de son père.

« Laurie », répéta-t-il d'une voix faible, presque inaudible. « Tu ne peux pas rester là. Tu ne peux pas rester là. »

Le jeune policier posa une question silencieuse à son aîné, qui haussa les épaules.

Le vieux Blaireau poussa la fille avec douceur dans les bras de Durand. « Très bien, fit-il d'une voix sinistre. Voyons ce que tu t'es fait, cette fois. » Il s'accroupit délicatement près de son ancien équipier et posa deux doigts sur son cou. « Tu seras content d'apprendre que tu as un pouls », observa-t-il au bout d'un moment. Il déplaça sa main et appuya du pouce sur la blessure. Le Loup eut un sursaut et ses yeux se fermèrent. La fille poussa un cri et se débattit, mais le jeune agent la tint fermement et la rassura avec des mots calmes.

Le Gitan mit son bras autour de Daniel. Puis il tituba et chercha à reprendre son équilibre alors que le monde entier s'était mis à trembler. Des fissures apparurent dans le sol, dans les murs, et le vent entre les mondes souffla au travers avec la force du blizzard. Une demi-lune et un demi-soleil apparurent.

« Regroupez-vous ! cria Csucskari par-dessus le bruit. La Belle Dame est partie et son domaine ne peut exister sans Elle.

— Que se passe-t-il, maintenant ? demanda Daniel. Où allons-nous ? Comment repartons-nous ? »

Le Gitan haussa les épaules. « Je n'en ai pas la moindre idée. Nous avons accompli notre tâche ici. De ce qui suit, je ne sais rien. »

Un craquement sonore déchira soudain l'air comme un éclair. Tous, même la fille, levèrent les yeux.

Il était vêtu de noir, mais dans ses yeux brillait une lueur encore plus sombre. Le manteau sur ses épaules claquait au vent. Ses doigts agiles jouaient du fouet alors qu'un sourire sardonique lui tordait les lèvres.

« Par ici, je vous prie », dit-il, comme s'ils avaient tout le temps du monde. « Le carrosse vous attend dehors. »

# 17

# COMMENT ILS SONT REVENUS CHEZ EUX

*Je vous ai donné tout loisir de choisir,*
*Monsieur DeCruz.*

Back in Town

TOUT LE TEMPS DU MONDE

*Il rit dans le vent.*

*Sous lui, le carrosse cliquette et secoue comme il se doit. Six chevaux tirent le véhicule, en lignes de quatre et de deux ; il en a conjuré quatre du passé, sans aucune garantie de pouvoir un jour recommencer, et les deux autres sont nouveaux : le cheval de tête sombre et timonier droit à la robe claire. Les nouveaux paraissent hésitants mais les quatre expérimentés sont là pour les guider. Deux fois, pas plus, il a fait claquer le fouet au-dessus de leur tête, et maintenant ils filent, car ils savent que la main qui tient les rênes est sûre. Les six têtes se dressent fièrement, elles fendent les ténèbres de cet impossible lieu où tout est possible tandis que lui, le Cocher, les guide le long des sentiers de la mémoire, du hasard et des choix.*

*Ici, une roue plonge dans une flaque de peur et éclabousse tout autour d'elle. Mais le carrosse ne ralentit même pas. Là, des pierres égarées de malchance jonchent le chemin, mais les chevaux les évitent en réponse à une pression à peine perceptible sur les rênes. Au-dessus, les démons de la frustration persiflent et menacent, mais il les chasse d'un coup du crampon attaché au bout du fouet.*

« Alors, à quelle vitesse va-t-on ? » Ed se rendit compte de la trivialité de sa question au moment même où il la posait. Mais le vent sur son visage le ravissait, et la simplicité de tout ceci lui plaisait beaucoup. Des lumières brillaient dans l'obscurité au-dessus d'eux et un monde immense s'étirait tout autour. Il avait conscience que tout ceci n'était qu'un songe, comme la fois où il avait rêvé qu'il pouvait voler en battant des bras. Mais maintenant comme alors, il pensa : « Mince ! profites-en ! » car rien ne lui disait que le réveil serait aussi agréable.

« Aussi vite qu'on le veut, ou aussi lentement », répondit le Cocher, et ils échangèrent un sourire entendu. Bon sang, ce type lui plaisait. Ed se souvint vaguement que quelque chose l'attristait, mais quoi ? Il avait seulement conscience de voyager, comme il l'avait toujours désiré. Traverser d'étranges terres et rencontrer d'étranges personnes. Le vent nocturne apportait un parfum d'exotisme, d'épices, de fumée et de fleurs d'ailleurs. L'air était chaud sur son visage.

Il se pencha en avant pour admirer les doigts du Cocher sur les rênes, la façon dont il parlait aux chevaux. Il supposa qu'il pourrait en être capable, s'il le regardait faire assez longtemps. Le Cocher agita les rênes, et ce fut comme s'il avait appuyé sur l'accélérateur.

« Et donc, où allons-nous ? » demanda-t-il au Cocher.

Celui-ci tourna vers lui des yeux narquois, un sourcil relevé. « Nulle part, répondit-il. Partout. » Pendant un long moment, le monde bascula derrière eux, aussi doux qu'un vieil alcool. Ed aperçut des fenêtres éclairées, un visage de femme qui se penchait au-dehors dans la nuit. Ici, les maisons étaient basses, les toits larges et rebondis. Entre chacune d'elles, le vent faisait bruire la moisson dans les champs. « Partout, répéta le Cocher. Partout sauf chez soi. »

Chez soi. Ces deux mots restèrent suspendus entre eux comme un rideau. Ed eut soudain la sensation que le Cocher ne savait pas vraiment ce que cela voulait dire. Pas comme lui. Le Cocher connaissait sans doute le monde entier, et même tous les mondes qui existaient, mais il n'y avait aucun endroit qu'il pouvait appeler chez lui. Aucun dont il connaisse chacune de ses ruelles, ou sache à quoi elles ressemblent en été comme en hiver. Aucun, non plus, dont il se rappelle les terrains vagues avant l'érection des gratte-ciel. Il n'avait jamais vu un joli quartier devenir un taudis puis, des années plus tard, embrasser la religion des condominiums et se refermer sur lui-même. Il n'avait jamais connu le monde entier encapsulé dans une ville comme Ed le connaissait.

« Tu viens avec moi ? » demanda le Cocher.

Ed contempla les rênes pendant un long moment. Partout sauf chez soi. Plus jamais ce soupir au coucher du soleil, plus d'épicier qui vous appelle par votre nom, plus de marchand de journaux pour vous saluer dans la rue. Ne plus jamais débarquer chez un copain et lui dire : « Je connais un super petit resto sans prétention ». Plus aucun bar où se lever et lancer par-dessus l'épaule en sortant : « Mets ça sur mon compte. » Le prix pour tous ces mondes serait d'y être étranger à jamais.

« Non, répondit Ed. Mais j'ai bien aimé la balade. »

*Les mondes disparaissent en tourbillonnant sous les roues. Mille possibilités, un million. Il pense parfois savoir ce qu'il y a de mieux. Il croit pouvoir en déposer un ici, l'autre là, et tous seraient heureux. Mais ce n'est pas à lui d'en décider. Son rôle se limite à proposer. Il ne persuade pas, il ne dissuade pas. Il propose et il écoute, et les chevaux galopent sous ses mains.*

L'intérieur de l'habitacle de la voiture sentait l'encaustique. Les sièges étaient plus moelleux que ceux de la voiture familiale ; Durand était si profondément enfoncé dans le sien qu'il voyait à peine par la fenêtre. Sa mère était assise à côté de lui et lui tenait la main. Il aurait préféré qu'elle ne le fasse pas. Des gens bien intentionnés l'avaient serré dans leurs bras et lui avaient tapé sur l'épaule un nombre si incalculable de fois qu'il ne voulait plus qu'une seule chose : qu'on le laisse tranquille.

Le sergent Cleary conduisait lentement. Giles Durand essaya de voir son visage dans le rétroviseur, mais son chapeau, qu'il portait bas, lui masquait les yeux. Ses mains sur le volant paraissaient étranges, maigres et tachées, pas comme celles de son père. Il ne verrait plus jamais les mains de son père sur un volant. Encore une de ces pensées qu'il savait vraies mais auxquelles il ne croyait pas. Il jetait de fréquents regards sur le siège passager vide, sachant que s'il y voyait son père apparaître, il ne serait pas surpris. Un jour, il le savait, ça deviendrait vrai, mais pas encore. Il essaya de se concentrer sur les paroles de sa mère.

« … Change-toi les idées. Je sais que ça t'est difficile de comprendre…

*Tu comprendras quand tu seras plus grand, fiston.*

« … Mais tu dois continuer de croire en tout ce qu'il t'a enseigné, Giles. Papa est mort, mais en faisant ce qui est juste. C'est ce à quoi nous devons nous raccrocher. Il est mort pour ce en quoi il croyait, et nous devons continuer à y croire… »

Sur le siège avant, le sergent remua d'un air gêné. Il croisa un instant le regard de Giles dans le rétroviseur avant de détourner les yeux. Sa mère continuait de parler.

« Voilà ce dont nous devons nous souvenir. Quand tu seras grand et que tu seras policier comme papa, c'est le code que tu devras suivre, toi aussi. Faire ce qui est juste, peu importe le coût. Ton père y croyait, Giles. C'est pour ça qu'il vivait et c'est pour ça qu'il est mort, et c'est de ça qu'on doit se souvenir quand on pense à lui. C'est de ça que les gens se souviendront, tous ceux qu'il a aidés et qui lui seront toujours reconnaissants.

— Alors pourquoi n'étaient-ils pas là à l'enterrement ?

— Quoi ? »

La soudaine confusion de sa mère lui fit comprendre qu'elle ne s'adressait pas du tout à lui mais pensait tout haut. Peut-être même disait-elle ces choses uniquement pour que le sergent les entende et les répète à ses collègues, une fois de retour au commissariat. Au moment même où le garçon formulait cette idée, il sut qu'elle était vraie. Mais ça ne l'empêcha pas de poser la question de nouveau.

« Toutes ces personnes qu'il a aidées au cours de sa carrière de policier. Pourquoi n'y en avait-il aucune ? Il n'y avait que nous, Grand-mère, Oncle Ted et tous ses amis flics. Comment se fait-il que tous ceux qu'il a aidés n'étaient pas là ?

— Eh bien, chéri, ce n'est pas comme s'ils l'avaient connu personnellement. L'important, c'était ce qu'il symbolisait. Je suppose que tu es un peu trop jeune pour comprendre ce que je veux dire par là... »

*Tu comprendras quand tu seras plus grand, fiston.* Son père repoussant de son entrejambe le visage de la fille et se détournant d'elle en fermant sa braguette. L'odeur de chaussettes sales dans les vestiaires du commissariat. Le visage écarlate de son père. Le rire du sergent Cleary. Qui aujourd'hui ne souriait même plus.

« ... Si tu veux, ce n'était pas une personne pour eux, c'était un policier. La plupart ne savaient sans doute même pas son nom.

— Cette fille le connaissait. » Giles jeta un coup d'œil dans le rétroviseur. Il était là, il savait ; mais il ne croisa pas le regard de Giles. « Vous vous souvenez d'elle, sergent Cleary ? »

Ce dernier garda les yeux fixés sur la route et les mains serrées sur le volant, les mâchoires tendues.

Giles ouvrit la bouche pour parler et, à cet instant précis il lui sembla voir et entendre ce qui allait se produire.

Elle connaissait son nom, allait-il dire, sauf qu'elle l'appelait Ricky, et pas Richard, comme toi. Et Papa l'aidait, l'aidait de tout son cœur à lui faire tout ce qu'elle pouvait pour ne pas aller en prison, parce qu'elle était vraiment trop jeune pour y aller. Et s'il l'a si bien aidée, pourquoi n'était-elle pas là à l'enterrement ? Alors sa mère se tournerait vers lui et lui poserait d'autres questions, et le sergent Cleary s'aplatirait sur son siège. Et à la fin, après qu'il lui aurait tout raconté, elle demanderait au sergent si tout cela était vrai, lequel ne saurait pas du tout de quoi le gamin voulait parler. Alors sa mère se tournerait à nouveau vers lui et le giflerait si vite et si fort qu'il ne verrait même pas la main partir, qu'il se souviendrait seulement que sa tête avait heurté le dossier de la banquette avec une telle violence qu'il aurait l'impression d'avoir reçu une deuxième gifle. Et puis ils se tairaient, et ils ne parleraient jamais plus du retour de l'enterrement, de ce qu'il aurait dit et tout se passerait comme s'il n'avait rien dit. Il ne s'en souviendrait même plus, mais sa mère et lui seraient incapables de l'oublier quand ils parleraient de son père. Donc ils n'en parleraient plus beaucoup.

Comment pouvait-il savoir ça ?

« Quelle fille ? demanda sa mère.

— Oh, une fille dont le sergent Cleary m'a parlé, une fois. Une fille que papa avait arrêtée puis laissée filer », répondit Giles.

Sa mère lui opposa un sourire indulgent. « Richard a arrêté quelqu'un et l'a relâché ? Giles, je ne crois pas que les policiers soient autorisés à faire ce genre de choses. Une fois qu'ils ont attrapé quelqu'un, il faut que cette personne soit punie. »

À l'avant, le sergent Cleary s'anima. « Ça dépend, m'dame, dit-il d'une voix faible. Il arrive qu'on donne une seconde chance à un délinquant, si c'est sa première fois. On se dit parfois qu'ils ne méritent pas cette tache sur le casier, alors on passe l'éponge. »

Sa mère parut perplexe un moment, mais ne dit rien de plus. Giles s'adossa sur la banquette en se demandant d'où lui venait cette sensation d'avoir évité quelque chose de terrible ; il se demanda aussi comment il pouvait se souvenir du capitaine Cleary assis au premier rang lors de sa remise de diplôme.

*Le Cocher dévisage le jeune homme assis à côté de lui, qui lui rend son regard. « Qu'est-ce qui a changé ? » demande le jeune agent, et le Cocher n'est pas sûr de savoir répondre.*

*« C'est toi qui as changé, finit-il par dire. Tu as pris un autre chemin.*
*— Mais je... » Il ne termine pas sa phrase. Après un moment, il reprend : « Un meilleur chemin ?*
*— Je ne sais pas, répond le Cocher. Meilleur pour qui ? Est-ce que ta mère et toi parlez souvent de ton père ?*
*— Mon père ? Bien sûr, tout le temps... Oh. »*
*Les chevaux ne se fatiguent jamais, pas plus que le Cocher. Derrière eux, par-delà une éternité, quelque chose d'irréel, quelque chose qui n'aurait jamais dû exister, s'effondre sur lui-même. Il ne laisse pas un trou, car un millier d'autres possibilités affluent pour prendre sa place.*
*Le Cocher soupire.*
*Plus qu'un à qui poser la question. Et le choix qu'il lui faut offrir est teinté d'amertume. C'est celui qu'il redoute. Il ne s'est jamais senti un tel escroc qu'aujourd'hui. Il sait que ce n'est pas de son ressort de choisir ce qu'il propose. Mais s'il le pouvait, il s'écarterait de ce chemin et demanderait aux chevaux d'en trouver un meilleur.*
*Si le choix était sien.*
*Mais il ne l'est pas.*

Chaque inspiration était douloureuse. Stepovich n'y comprenait rien. La nuit était douce, pleine du calme qui, l'été, règne en ville ; le bruit régulier des sabots avait un effet apaisant, comme une berceuse. À ses côtés, le Cocher conduisait en silence, ce qui lui convenait parfaitement. Il avait eu son compte de bruit et d'action. Il n'aspirait à rien d'autre que cette paix. Ç'avait été une longue et rude journée, stressante au possible, mais tout s'estompait derrière lui. Le calme, voilà qui faisait du bien.

Le carrosse avançait à la même vitesse qu'un jeune couple qui flânait sur le trottoir. Il avait son bras autour de sa taille fine, elle posait sa tête brune sur son épaule. Il reconnut une version plus jeune de lui-même et de sa femme. Non, pas sa femme, pas encore. Sa fiancée. Quelle élégance il avait alors éprouvée à prononcer ce mot si riche. Il le savoura.

Quelque chose d'étrange affleura au seuil de sa conscience, mais il ne réussit pas à mettre le doigt dessus. Aussi le chassa-t-il de son esprit lorsqu'il se rendit compte qu'il pouvait les entendre parler. Il se souvint de cette conversation, après tant de temps. Amusant. Ça n'avait pas semblé si important, alors. Comment deviner que leur vie allait prendre un tournant ?

« Chéri, dit-elle. Ça ne me dérange pas de travailler. En fait, j'adorerais ça. Ça te permettrait d'aller aux cours à plein-temps, et donc de terminer beaucoup plus vite. Je crois que c'est la seule façon d'obtenir ce que nous voulons. Mike, je t'aime. Je déteste te voir travailler toute la journée, puis essayer d'étudier toute la soirée. Et tu sais que ton niveau en souffre. »

La voix de la raison. Patiente, encourageante. Dieu, qu'il avait envie d'une cigarette, mais il avait déjà arrêté pour elle. Plus de cigarettes, plus d'œufs marinés, plus de pince à chaussettes.

Mais pas question d'arrêter la police.

Il s'était inscrit aux cours du soir pour l'impressionner. « Je vais devenir avocat », lui avait-il dit. Mensonge, autant l'admettre. Il avait assisté à juste assez de cours pour savoir à quel point cette matière était glissante. La justice, voilà ce qu'il voulait étudier. Et Ed pouvait lui en apprendre davantage sur la justice avec une arrestation en bonne et due forme que tous ces professeurs des cours du soir. Il se souvenait de tout cela. C'était le soir où il lui avait dit qu'il allait interrompre ses études pour un temps, juste un semestre, histoire de rattraper son retard. Ainsi quand ils se marieraient un mois plus tard, il aurait du temps pour partir en lune de miel avec elle. Sauf qu'il savait à cet instant qu'il n'y retournerait jamais, qu'il lui mentait.

Il se vit lui mentir, la vit l'accepter. Il savait qu'il pouvait descendre du carrosse et leur hurler la vérité, et ce jeune lui-même devrait lui avouer qu'il voulait devenir flic, qu'il ne pensait pas que c'était un travail de gagne-petit qui le mettait en permanence en contact avec des petites gens. Il aurait pu forcer ce jeune lui-même à lui expliquer ce que ça signifiait pour lui.

Il l'entendit répondre.

« Très bien. Tant que ce n'est pas définitif. Ça me fait tellement peur, parfois, de te savoir la cible de tous les dingues de la ville. Tant que ça te rend heureux, je suppose que c'est d'accord. Et tu reprendras les cours à la rentrée, n'est-ce pas ? »

Stepovich entendit ce que ce jeune lui-même n'avait jamais entendu : le mensonge dans sa voix. Elle n'avait jamais été d'accord. Ne le serait jamais. Mais elle avait cru que ce n'était que temporaire, elle croyait épouser un futur avocat, pas un uniforme bleu et une arme de service.

« Chacun de nous croyait les mensonges de l'autre », dit-il au Cocher.

Celui-ci hocha la tête. « N'est-ce pas ce que nous faisons tous ?

— Je pourrais lui dire la vérité, reprit Stepovich. Je pourrais lui dire maintenant, et tout serait changé. Peut-être même qu'elle ne voudrait plus m'épouser.

— Ou peut-être que tu irais suivre des cours à plein-temps et deviendrais un avocat. Tu en as les capacités.

— Mais pas les tripes », répliqua lentement Stepovich. Il prit une autre inspiration douloureuse. « Ce n'est pas un rêve, n'est-ce pas ? »

Le Cocher se tourna vers lui et l'observa un long moment. « C'est ton choix, dit-il enfin. Cela peut rester un rêve. Où un lieu où tu réintègres ton corps pour choisir un autre chemin. »

Stepovich sentait le froid s'infiltrer dans son sang. Il leva une main à son épaule, se souvint presque. Quelque part dans la nuit, un doigt battait un rythme paresseux sur un tambourin.

« Est-ce que je suis en train de mourir ?

— Mourir ? Non, mais… Tu n'es pas en train de mourir.

— Et si tel était le cas, j'aurais une autre chance ? »

Le Cocher secoua la tête. « Nous y sommes ; tu es arrivé à cet embranchement, et c'est le seul choix que je puisse t'offrir.

— Qu'est-ce que tu suggères ? »

Il lui sembla un instant voir le Cocher grimacer, mais il se contenta de dire : « Je ne fais aucune suggestion. Prends ta décision. »

Stepovich les observa s'embrasser, le jeune agent de police et sa fiancée. Mais lui pensait embrasser la femme d'un flic et elle un futur avocat. Ils se trompaient tous les deux. Il avait encore une chance, maintenant, de descendre du carrosse et de choisir un autre chemin, un chemin qui le mènerait loin des douleurs des querelles et du divorce. Peut-être qu'il n'y aurait pas de mariage du tout. Ou peut-être qu'il apprendrait à aimer le métier d'avocat. Mais il n'y avait aucune garantie.

Puis une pensée claqua comme un fouet : aucune garantie non plus qu'il y ait une Laurie ou un Jeffrey ; voilà ce qu'il abandonnerait avec tout le reste. Ce baiser pourrait bien être le dernier. Stepovich balaierait les joies aussi bien que les peines. Était-il prêt à prendre ce risque ? Effacer tous ces moments de douleur était une chose. Abandonner les pique-niques et les dîners familiaux pour une vie peut-être pire, d'accord ; mais si ça voulait dire que les enfants ne viendraient jamais au monde ?

Il lui vint la vague idée qu'il annulerait quelque chose d'autre. Il referma la main sur une arme qui n'était pas là, chercha dans sa mémoire un acte qu'il n'arrivait pas à se rappeler, mais qui avait eu son importance. Et qui, d'une certaine manière, avait gardé Laurie en vie. Amusant comme tout devenait brumeux. Pas seulement ses pensées, mais aussi la nuit autour de lui. Amusant comme les chevaux s'acharnaient sans parvenir à dépasser le couple qui s'embrassait sous le réverbère.

« Allez, finit-il par dire. En avant. » Et il retourna à sa douleur.

*Un des gitans, le plus grand, tapote sur un tambourin. « Alors, en fin de compte, tu les ramènes tous les trois chez eux ? » demanda-t-il.*

*Le Cocher hoche la tête.*

*« Et la fille ? N'a-t-elle rien à choisir ?*

*— Non, répond le Cocher. Pas encore, pas ici, et pas par moi.*

*— Et la vieille femme ?*

*— Tous ses choix sont loin derrière elle. »*

*Le grand gitan approuve de la tête. Il ressemble un peu à une chouette ; le regard, peut-être. Le Cocher se concentre de nouveau sur la route.*

*Il arrive en un lieu où palpite doucement la lumière des étoiles, bientôt rejointe par celle d'une demi-lune croissante, et il se sent gagné par le chagrin. Le voyage touche à sa fin. Le temps qu'il lui reste à passer assis sur son banc à sentir les chevaux lui parler à travers les rênes est court. Il a parcouru de nombreuses vies, ce soir, mais le trajet lui paraît toujours trop court. L'idée de faire demi-tour et de les emmener ailleurs – en un endroit où le carrosse conserverait sa réalité – l'effleure un instant. Peut-être cligneraient-ils des yeux dans la lumière du soleil et le remercieraient-ils, ou peut-être que non. Cela n'a aucune importance, car il sait qu'il ne le fera pas.*

*Le soleil se lève devant lui, rouge et épais derrière les strates de nuages. Dans ce rougeoiement, les chevaux commencent à disparaître et la sensation de mouvement à décroître. Il arrive maintenant à distinguer le contour ténu des murs autour de lui. Il tire sur les rênes pour ralentir les chevaux. Une fois arrêtés, ils disparaissent et les rênes dans ses mains ne sont plus qu'un morceau de foulard qui pend entre ses doigts.*

*J'ai passé une vie en enfer, l'an dernier.*
*Je ne sais pas trop quand je suis revenu.*
*Les statues de plâtre courent sur place,*
*Certaines commencent à se fissurer.*
*L'une sourit, l'autre fronce les sourcils ;*
*Toutes deux me semblent idiotes.*
*Le jeu ne prendra fin qu'avec la mort de l'une,*
*Mais on ne sait jamais laquelle.*

Tellers of Tales

17 NOVEMBRE, 03H37

Durand eut l'impression d'ouvrir les yeux, quoiqu'il ne se rappelât pas les avoir fermés. C'était comme une pièce qui reprenait, une scène encombrée de meubles en désordre et de personnes qui s'animaient. Madame Moria s'attelait déjà à remettre debout une affreuse petite table qui avait été renversée. Elle y posa sa bouilloire endommagée et lui rendit son regard quand elle le surprit à l'observer. Avec un soupir et un sifflement, elle se cala confortablement dans son fauteuil, comme si elle ne l'avait jamais quitté. Durand se rendit compte au bout d'un moment qu'il s'appuyait contre un tapis tendu le long d'un mur et qu'il soutenait son bras blessé.

Il vit Daniel se lever lentement, jeter un regard sur ce qui l'entourait puis faire la révérence au Cocher, qui renifla. « Ne te courbe pas devant moi, espèce de… *gitan.* » Daniel eut un petit sourire et se tourna vers ses frères. Raymond était soutenu par Csucskari, qui tenait toujours le couteau ensanglanté.

« Un agréable voyage », fit Raymond avec douceur. Il baissa soudain les yeux. « Comment est-il arrivé ici ? » demanda-t-il au Cocher, d'un ton presque accusateur.

Ce dernier haussa les épaules. « Peut-être n'est-il jamais parti. »

Durand suivit son regard. Petit Timmy. Le type qu'ils avaient tué. Le corps sanglant ne l'émouvait pas le moins du monde. Seul le pistolet dans sa main avait l'air réel, et la seule émotion qu'elle suscitait chez lui était la colère.

« Nous devons nous occuper du Loup », dit Csucskari.

Et le Loup, c'était Mike, étendu sur le sol, Ed accroupi à ses côtés. Celui-ci pressait son mouchoir contre l'épaule de Mike, tandis que

Laurie se tenait à genoux de l'autre côté et se balançait d'avant en arrière, les bras serrés autour d'elle. Durand traversa la pièce pour rejoindre son équipier ; de son bras valide, il prit Laurie par l'épaule et l'immobilisa.

Durand cligna bêtement des yeux et regarda autour de lui. Son partenaire était à terre, son propre bras saignait. Il déduisit à la couleur de Ed qu'il était lui aussi blessé, même si son sang ne coulait pas. Un simple coup de vent aurait pu balayer les trois gitans. Le Cocher appuyé contre l'encadrement de la porte, fouet en main, ne paraissait pas le moins du monde concerné par tout ceci. « Qu'est-ce qu'on fait ? » demanda Durand à personne en particulier.

Madame Moria poussa un profond soupir. Elle plia un foulard avec un luxe de précautions et le posa à côté d'elle. Elle garda les yeux fermés pendant une interminable seconde. Puis elle les rouvrit et annonça : « Je n'ai pas ma canne, je ne peux pas faire de thé. » Comme tout le monde se tournait vers elle, elle ajouta : « Et ma bonne bouilloire est fichue. » Elle jeta un regard appuyé à Csucskari, comme pour le défier d'accepter le blâme.

Durand s'anima soudain. Il se dirigea vers le téléphone, une chose noire ramassée sur une petite table, et composa un numéro.

« Officier Durand. Mon partenaire est à terre, et je suis blessé. Il nous faut une ambulance au 3416, Oak Street, au coin nord-est du croisement Oak et Carradine. Non, pas besoin de renforts, la situation est sous contrôle. Mais faites vite avec l'ambulance, Mike est salement touché. Non, je ne reste pas en ligne, servez-vous du traceur du 911, bon sang ![14] » Il reposa le combiné sur son socle. De retour auprès de Stepovich, il posa une main ferme sur l'épaule de Laurie et la poussa dans les bras de Ed. Il s'agenouilla et commença à déboutonner la chemise de Stepovich.

« C'est pas beau à voir », marmonna Ed en essayant d'empêcher Laurie de regarder. Durand replia le mouchoir et le pressa de nouveau contre la blessure.

Stepovich remua et poussa un cri, auquel Laurie fit écho. Elle se glissa hors des bras de Ed, mais soudain Daniel fut là et la serra dans ses bras malgré le violon qu'il tenait toujours à la main. Il appuya la tête de la jeune fille contre sa poitrine et l'étreignit fort. Elle cessa de bouger. Durand vacilla et décida de s'asseoir à côté de son équipier. Il posa les doigts sur le cou de Stepovich pour sentir son pouls et les y laissa. Ed se leva et se laissa tomber sur le canapé, un bras protecteur enroulé autour de ses côtes. « Il va s'en sortir, dit-il, mais… » Sa voix mourut.

Madame Moria avait trouvé sa seconde canne. Elle martelait maintenant le tapis avec impatience. « C'est fini, maintenant, n'est-ce pas ?

— Fini ? dit Csucskari. Non. La Belle Dame a été bannie de ce monde, mais il nous reste des tâches à accomplir.

— Nous voilà réunis, intervint la Chouette. Ce n'est pas rien. »

Durand tourna la tête et s'adressa à Csucskari sans lâcher pour autant le cou de Stepovich. « Il y a toujours un mandat de recherche contre toi, tu sais. »

L'intéressé acquiesça.

« Peut-être vaudrait-il mieux que tu t'en ailles.

— Je ne sais pas où aller.

— C'est une grande première, commenta Raymond en éclatant de rire.

— La frontière de la Pennsylvanie serait un bon début », conseilla Durand.

Csucskari croisa le regard de Raymond. « Nous devons partir ensemble », déclara-t-il. Tous deux se tournèrent vers Daniel.

Sa prise sur Laurie se resserra. Il leur rendit leur regard par-dessus la tête de la jeune fille et dit : « Je pourrais être heureux.

— Tu as déjà fait ton choix, répliqua Csucskari, quand ça importait le plus. Cesse de te torturer.

— Nécessité fait loi[15] », commença Raymond, mais le Gitan secoua légèrement la tête. Le Cocher grogna.

Daniel fut pris d'un tremblement. L'archet lui glissa entre les doigts et tomba sur le tapis. Il sembla vieillir sous leurs yeux. Il la laissa partir, ce qu'elle parut à peine remarquer.

Daniel ferma les yeux un instant, puis les rouvrit et serra les dents. Un frisson le parcourut.

Laurie cligna soudain des paupières et se redressa. Elle regarda autour d'elle et Durand vit la confusion lui emplir les yeux. « Daniel ? » fit-elle, perplexe.

« Daniel n'est plus là », répondit le Corbeau.

Stepovich grogna.

Laurie pivota soudain, sembla voir son père à nouveau sur le sol. « Papa ! » gémit-elle en s'élançant vers lui.

Mike avait remué. Il émit un son qui aurait pu passer pour son nom, et elle se jeta à genoux à côté de Durand.

Le Corbeau se détourna d'elle.

« Il faut y aller, leur rappela le plus grand des gitans.

— Comment ? » demanda Csucskari.

Un objet brillant fendit l'air pour venir s'écraser contre la poitrine du Cocher avant de glisser à terre. « Tirez-vous d'ici, grogna Ed. Vous n'êtes qu'un paquet d'ennuis, de toute façon. » Le Cocher s'accroupit lentement et se releva avec les clés de la Cadillac de Ed en main, qu'il fit tinter.

« Tu es sûr ? » s'enquit-il.

Le bruit croissant d'une sirène d'ambulance lui répondit. Une deuxième fit chorus. « Cassez-vous, insista Ed. Les flics vont bientôt se pointer. Et ne te trompe pas : super sans plomb, ou bien le moteur cognera comme pas permis dans les montées.

— On y va, dans ce cas », dit le Cocher en ouvrant la porte. Le grand gitan agita une main en guise d'au revoir et prit le chemin des escaliers. Le Gitan prit le Corbeau par le bras avec autant de délicatesse que s'il avait été blessé.

« Viens, mon frère, dit-il.

— J'étais ce qu'elle avait fait de moi, observa le Corbeau. Ce n'est pas comme si mes actes m'avaient trahi. »

Le Gitan le tira doucement.

Le Corbeau regarda une dernière fois Laurie penchée sur son père, et ce fut là son ultime adieu. Il redressa les épaules. Puis il ramassa l'archet et resta immobile à contempler son violon alors que le son des sirènes s'amplifiait.

« Mon frère », l'avertit le Gitan.

Daniel fit un pas en avant et tendit brusquement violon et archet à Ed. « Pour elle, dit-il. Plus tard. Quand elle le voudra. »

Moria lui jeta un regard mauvais. « Tu es sûr et certain ?

— Assurez-vous qu'elle lui trouve un étui. » Le Corbeau se détourna de manière aussi abrupte qu'un père abandonnant son enfant. « Allons-y », dit-il au Cocher en attrapant le coude de son frère pour le presser de descendre les escaliers.

Le Cocher offrit à l'assistance une élégante révérence, un dernier sourire sardonique et les suivit.

# ÉPILOGUE

# LE LOUP ET LE LOUVETEAU

*J'accrocherai des clochettes à tes pieds,*
*Pour que seul tu ne sois plus,*
*Et je danserai avec toi la Danse Gitane,*
*Celle que tu as toujours connue.*

Gypsy Dance

21 NOVEMBRE, APRÈS-MIDI

« … pas vraiment surpris… Non, je m'attendais à ce qu'elle le fasse… Parce que si elle avait attendu que ça vienne du gamin, elle y serait encore. Alors qu'est-ce qu'il a dit ? … Ouais, c'est bien ce que je pensais… Oui, ça serait peut-être plus sage qu'ils attendent que la situation se calme un peu, mais tu sais, la sagesse, il ne faut pas toujours l'écouter, Marilyn. Dis ça à Tiffany de ma part. » Stepovich écouta en feuilletant une fois de plus les pages de sa déposition. Il voulut changer le combiné d'oreille avant de se rappeler que l'autre épaule ne fonctionnait plus. « Ouais. Je sais, c'est un beau gâchis. Ils ont dit qu'ils auraient pu sauver mon bras si le charlatan qui m'a raccommodé l'épaule la première fois n'avait pas tout foutu en l'air… Eh bien, merci, j'apprécie… J'imagine que je n'aurai pas le choix, n'est-ce pas ?… Non, je n'avais pas l'intention d'être amer, c'est juste que j'en ai marre de toutes ces questions sur… Oui, je comprends, je ne parlais pas de toi, pose toutes les questions que tu veux… Ce qui rend les choses difficiles, c'est que tout est brumeux dans ma tête après le moment où j'ai été touché… Ed? Je ne sais pas. Dans mes souvenirs, il était planqué sous une table basse, derrière un canapé ou ailleurs au moment où Durand s'éclatait… Non, c'était ironique, Marilyn. Mais comme je te disais, après avoir été touché, je ne sais pas trop ce qui s'est passé… Ouais, je connais l'amie de Ed, Madame Moria, mais… Ouais, j'ai entendu dire que le type qui m'a tiré dessus est le même que celui qui a descendu l'employé du magasin d'alcools, mais je ne sais pas ce qu'il faisait chez Moria… Moi? Je te l'ai dit, Ed voulait juste nous présenter Durand et moi à Madame… Hein? Ouais, autant que je le sache, c'est pile à ce moment que s'est pointé le tueur. Ce sont des choses qui arrivent… Des trous? Mais qui es-tu, les Affaires internes?… Non, vraiment… *Non, vraiment*… Bon, tu sais quoi, Marilyn? Quand j'irai mieux, je t'emmène boire un café et je te raconte toute l'histoire… C'est ça, toute l'histoire… Ouais, je suppose que je te dois au moins ça, mais ne me jette pas la pierre si tu ne me crois pas. Bon Dieu, j'y étais et je ne crois pas la moitié de ce que j'ai vu… Ouais, je suppose que c'est une promesse. D'accord, un dîner, pas un café… D'accord. Eh! J'ai de la compagnie, il faut que je raccroche… Hein? Tu l'as dit, Marilyn. Une très belle femme. » En entendant cela, l'intéressée détourna les yeux et contempla les murs de la chambre d'hôpital avec un peu trop d'insistance et se racla la gorge. Il s'efforça de lever les sourcils vers elle. « Bien… Beaucoup mieux. Tu sais bien que les flics sont faits en plastique incassable… Comment le saurais-je, Marilyn? Peut-être. Je ne sais même pas s'ils me proposeront un travail de bureau, après avoir lu mon rapport… Ouais, ils l'ont enfin sortie. Elle avait fini coincée entre deux côtes… Après avoir rebondi un peu partout à l'intérieur… Oui, je suppose. C'est ce qu'ils ont dit, que j'avais eu de la chance… très bien. Je le ferai. Non, vraiment, je le ferai, promis. Toi aussi. Merci d'avoir appelé… Au revoir. »

Au moment même où Stepovich eut raccroché, elle lui tendit le paquet de cartes. « Coupe. Trois fois. »

Il lui obéit en soupirant. Ce n'était pas facile à faire d'une seule main. Des cartes singulières, même pour ce type d'exercice. Leurs bords épais s'étaient émoussés après des années de manipulation; elles sentaient un vieux parfum épicé. Même les dos étaient dépareillés. Elle ramassa les trois tas en marmonnant dans sa barbe. Il observa ses doigts experts tirer les cartes une à une et les placer selon un schéma strict sur le drap blanc du lit mitoyen au sien. Penchée au dessus, ses cheveux lui pendaient devant les yeux comme un rideau. « Bien sûr, marmotta-t-elle. Je peux le voir.

— Voir quoi ? » s'enquit Stepovich d'une voix grognon.

Elle tapota du bout de l'ongle une carte où deux personnes échangeaient des coupes. « Je vois Durand demander à une femme aux cheveux rouges de joindre sa destinée à la sienne. Elle hésite, mais pas longtemps.

— En fait, c'est Tiffany Marie qui lui a demandé », observa Stepovich. Elle ignora l'interruption.

Ses mains bougèrent de nouveau et désignèrent d'autres cartes ornées. « Celle-ci, la Reine d'Étoiles. Elle va bientôt recevoir des présents. Des cadeaux qui lui sont dus. Une bouilloire, peut-être, et une nouvelle canne. Peut-être une livre de thé. »

Stepovich se racla la gorge.

Ses doigts continuèrent leur manège. « Un homme plus âgé que toi ouvre de nouvelles portes, ou trouve de nouvelles opportunités. » On voyait sur celle-ci une main sortir d'un nuage et tenir un rameau fleuri. Stepovich remarqua qu'il n'y avait qu'un seul bras, mais rejeta cette pensée.

« Tout le monde sait que Ed a pris un job à mi-temps à la concession Classic Caddy. Il passe la moitié de ses journées à parler de voitures avec une poignée de vieux raseurs. » Il toussa. La douleur causée par ses blessures internes et ses cicatrices en cours de formation le fit grimacer. Prenant une inspiration rapide, il tendit le doigt vers une carte à l'effigie de la lune. « Et celle-ci ? »

Elle secoua la tête. « Une dont nous ne voulons pas parler. Elle est partie d'ici, mais pas assez loin pour que je me sente en sécurité. Mais en voilà une autre, ajouta-t-elle en tapotant une carte où un homme se tenait à l'envers sur une croix. Une qui n'est pas loin derrière elle. Ça, le six d'Épées, pas loin ? Il ne voyage pas tout seul. » Sur une autre carte, dix étoiles en cercle surmontaient un cavalier qui portait déjà lui-même une étoile. Ses doigts se posèrent sur les deux.

« Ici, dit-elle. C'est toi. L'idiot.

— Oh, merci beaucoup.

— Non, fais-moi confiance. C'est la carte qui te correspond le mieux. Le début du savoir, le commencement d'un voyage spirituel (Stepovich leva les yeux au ciel) et quelqu'un qui peut traverser les dangers sans être blessé.

— Sans être blessé ? » Il désigna le vide où aurait dû se trouver son bras. « Et ça, qu'est-ce que c'est, une égratignure ?

— Et celle-ci, reprit-elle très vite, le cinq de coupes à côté ? Ce sont les déceptions, mais elles appartiennent au passé. Voici le futur. » On voyait une femme dans un jardin, un oiseau posé sur le doigt. « Elle apprécie les bonnes choses de la vie. Elle est seule mais elle devient plus lucide sur elle-même. »

Il pensa soudain à Marilyn, puis se réprimanda en silence. S'il ne faisait pas attention, il allait se mettre à prendre tout ceci au sérieux. Et après, quoi ? Pas de patrouille aujourd'hui, les cartes ne sont pas favorables. Mais non, il n'irait de toute façon plus jamais patrouiller. Merde. « Un jeu de cartes peut vraiment dire tout ça ? » demanda-t-il d'un ton sceptique.

Elle soutint fermement son regard. « Les réponses sont déjà en moi. Les cartes ne sont rien de plus que des phares qui guident ma Vision. » Ses yeux se firent distants. Elle avait encore vieilli depuis la dernière fois qu'il l'avait vue, mais pas d'une mauvaise façon. Il voyait presque l'âge qu'elle prétendait avoir. Une tristesse, un regret dans ton passé, lui dirait-il, mais un enseignement, aussi.

« J'ai le don, tu sais », lui confia-t-elle d'une voix pleine de mystère. Puis Laurie sourit soudain, ruinant son effet. « En tout cas, c'est ce que Madame Moria m'a dit.

— Tu ne devrais pas t'approcher de cette vieille sorcière, la gronda Stepovich. Elle te bourre le crâne de superstitions.

— Papa ! objecta Laurie avec emportement. Pas du tout. Et elle va nous emmener, Jeffrey et moi, à la foire de l'agriculture. C'est là qu'elle achète les épices qu'elle met dans son thé.

— Ta mère est d'accord ? »

Laurie haussa les épaules. « Elle a dit qu'elle y réfléchirait.

— Je veux bien le croire. Ne va pas lui dire que c'était mon idée.

— Tu ne veux pas me voir dans le schéma ? dit-elle pour changer de sujet.

— Où es-tu ? demanda Stepovich à contrecœur.

— Ici. » Elle désigna une carte où un jeune homme tenait un poisson dans sa coupe. « C'est moi. Le Valet de Coupes. Ça signifie une jeune personne captivante, studieuse et initiée aux arts. Et tu sais ce que ça veut dire, ça, dans mon avenir ? » Un homme avec une couronne et une baguette, vêtu d'un pourpoint vert.

« J'ai presque peur de le demander.

— Ça évoque le début d'un apprentissage. Apprendre quelque chose, ajouta-t-elle en rassemblant les cartes.

— Comme quoi ? demanda-t-il avec circonspection.

— La musique, répondit-elle d'une voix neutre. C'est ce que cette carte signifie presque à tous les coups. »

*La lumière de la rue jamais ne vacille,*
*La lueur rouge jamais ne faiblit,*
*Et le néon toujours brille,*
*Il valait mieux que ça soit moi que lui.*

Red Lights and Neon

## Notes du traducteur

1. Le Darvon est un analgésique non distribué en France.

2. Nom d'usage dont la police américaine affuble toute personne inconnue de sexe masculin ; Jane Doe, pour les femmes.

3. Dans de nombreux magasins aux États-Unis et au Canada, les prix en rayon sont affichés hors taxes et la TVA se paye à la caisse.

4. *Barnacle Bill the Sailor* : chanson à boire écrite par Carson Robison et Frank Luther en 1930.

5. Chaîne d'hôtels très répandue sur le sol américain (du Nord et du Sud), en Chine, en Inde et au Moyen Orient.

6. Comic américain de plus de 270 numéros publiés entre 1941 et le début des années 1980 par Quality Comics puis National Periodical Publications, *Nighthawk* mettait en scène les histoires d'une poignée de pilotes de chasse pendant la Seconde Guerre Mondiale.

7. Les *halfsies* sont des figurines comiques représentant des animaux en deux parties, sectionnés au niveau de l'abdomen. Le jeu, très populaire, consiste à monter les jambes de l'un sur le tronc de l'autre et à les mettre en scène afin de leur donner l'air le plus ridicule possible.

8. Matière synthétique imitant le cuir faite de tissu recouvert de vinyle.

9. Dessin animé télévisé américain très populaire, diffusé pour la première fois entre 1959 et 1964 et rediffusé encore aujourd'hui. Il a fait l'objet en 2000 d'une adaptation cinématographique mêlant réalité et infographie, avec (entre autres) Rene Russo, Robert De Niro et John Goodman.

10. Très célèbre poupée américaine « née dans les choux », à la bouille ronde.

11. *H.M.S Pinafore* : opéra de Gilbert et Sullivan joué pour la première fois à l'Opéra Comique en 1878. Porté à l'écran en 1906 par Arthur Gilbert lui-même, avec Iago Lewis dans le premier rôle.

12. Ou Deniers, ou Écus, selon la terminologie.

13. Autre chanson célèbre de *H.M.S Pinafore*, *ibid.*

14. La police américaine dispose d'un moyen pour identifier instantanément la provenance des appels d'urgence (911). Ce dispositif, au cœur de polémiques, possède de nombreux détracteurs pour qui il s'agit d'une violation de la vie privée.

15. L'expression anglo-saxone est beaucoup plus parlante : *Needs must when the Devil drives* (littéralement : « Les besoins font loi quand le Démon conduit »).

## Remerciements

Les auteurs souhaitent remercier de manière individuelle et collective :
Adam Stemple, pour nous avoir aidés à écrire les chansons,
Cats Laughing et Ravan's Tir, pour les avoir jouées,
Tekia Dömötör, pour *Hungarian Folk Beliefs*,
Maria Pinkstaff, pour la lecture des tarots,
Beth Friedman, pour les informations d'ordre médical,
*The Interstate Writers Workshop* (Les Gribouilleurs), pour nous avoir aidés à donner au manuscrit une forme définitive,
Terri Windling, pour le travail d'édition,
Victoria Fleming, pour son travail de secrétaire de rédaction,
Fred, pour s'être occupé des enfants.

Les auteurs désirent aussi exprimer leur gratitude au Lieutenant P. Jefferson, aux relations publiques, et à la police de Lakota, qui nous ont beaucoup aidés et savent où trouver du bon café.

Et surtout, les auteurs souhaitent se remercier l'un l'autre.

## Table des matières

## MNÉMOS

### Collection Icares

Légendaire (Anthologie)
Icares 2 004 (Anthologie)
Les Ombres de Peter Pan (Anthologie)
Mission Alice (Anthologie)
La Machine à remonter les rêves - Les Enfants de Jules Verne (Anthologie)
Ludovic Albar, *Le Songe des Immortels* (Quantex, vol. 1)
Ludovic Albar, *La Révolte des Ombres* (Quantex, vol. 2)
Ludovic Albar, *La Coexistence* (Quantex, vol. 3)
Catherine Asaro, *Point d'Inversion*
Catherine Asaro, *Radiance*
Catherine Asaro, *Quantum Rose*
Catherine Asaro, *Soleil ascendant*
Nicolas Bouchard, *Le Réveil d'Ymir*
Nicolas Bouchard, L'Empire de poussière, vol. 1
Nicolas Bouchard, L'Empire de poussière, vol. 2
Nicolas Bouchard, L'Empire de poussière, vol. 3
Ugo Bellagamba & Thomas Day, *Le Double corps du Roi*
Steven Brust, *Jhereg*
Steven Brust, *Yendi*
Richard Canal, *Deloria - La Légende des Frahmabores*
Fabien Clavel, *Les Légions dangereuses*
Fabien Clavel, *L'Antilégende*
Fabrice Colin & Mathieu Gaborit, *Les Confessions d'un automate mangeur d'opium*
Thomas Day, *Rêves de guerre*
Thomas Day, *L'Instinct de l'équarrisseur*
Stephen Donaldson, *La Véritable Histoire* (Le Cycle des Seuils, vol. 1)
Jennie Dorny, *Eridan*
Catherine Dufour, *Le Goût de l'immortalité*
David Gemmell, *Le Lion de Macédoine* (Le Lion de Macédoine, vol. 1)
David Gemmell, *Le Prince noir* (Le Lion de Macédoine, vol. 2)
David Gemmell, *L'Esprit du chaos* (Le Lion de Macédoine, vol. 3)
Pierre Grimbert, Le Secret de Ji, vol. 1
Pierre Grimbert, Le Secret de Ji, vol. 2
Pierre Grimbert, *Les Armes des Garamont* (La Malerune, vol. 1)
Pierre Grimbert/Michel Robert, *Le Dire des Sylphes* (La Malerune, vol. 2)
Pierre Grimbert/Michel Robert, *La Belle Arcane* (La Malerune, vol. 3)
Johan Heliot, *La Lune seule le sait*
Johan Heliot, *La Lune n'est pas pour nous*
Johan Heliot, *Reconquérants*
Johan Heliot, *Faerie Hackers*
Johan Heliot, *Faerie Thriller*
James A. Hetley, *Le Royaume de l'été*
Robert Holdstock, *La Forêt d'émeraude*
Robert Holdstock, *Earthwind*
Robert Holdstock, *Le Bois de Merlin*
Robert Holdstock, *Nécromancien*
Nicolas Jarry, *Le Loup de Deb* (Chroniques d'un guerrier Sînamm, vol. 1)
Nicolas Jarry, *La Terre d'Horizon* (Chroniques d'un guerrier Sînamm, vol. 2)
Nicolas Jarry, *La Prophétie de SaharAma* (Chroniques d'un guerrier Sînamm, vol. 3)
Oliver Johnson, *La Forge de ténèbres 1* (Les Porteurs de Lumière, vol. 1)
Michaël Karle, *Le Château sans nom* (Le Domaine de l'ombre, vol. 1)
Michaël Karle, *Le Gouffre de l'enfer* (Le Domaine de l'ombre, vol. 2)

Katarine Kerr, *Le Sortilège de la dague* (CYCLE DE DEVERRY, vol. 1)
Laurent Kloetzer, *La Voie du cygne*
Laurent Kloetzer, *Mémoire vagabonde*
Megan Lindholm/Robin Hobb, *Le Dernier Magicien*
Megan Lindholm/Robin Hobb, *Le Vol des Harpies*
Megan Lindholm/Robin Hobb, *Les Ventchanteuses*
Megan Lindholm/Robin Hobb, *La Porte du Limbreth*
Alexandre Malagoli, LA PIERRE DE TU-HADJ, vol.1
Alexandre Malagoli, LA PIERRE DE TU-HADJ, vol. 2
Colin Marchika, LA REINE DE VENDÔME, vol.1
Colin Marchika, LA REINE DE VENDÔME, vol. 2
Colin Marchika, *Les Poubelles du Walhalla*
Colin Marchika, *Les Gardiens d'Aleph-Deux*
George R.R. Martin, *Riverdream*
Xavier Mauméjean, *La Ligue des Héros*
Xavier Mauméjean, *L'Ère du dragon*
Xavier Mauméjean, *La Vénus anatomique*
Xavier Mauméjean, *Car je suis Légion*
Patricia A. McKillip, *Les Fantômes d'Ombria*
L.E. Modesitt, *Le Banni de Recluce* (LE MONDE DE RECLUCE, vol. 1)
L.E. Modesitt, *L'Empereur d'Hamor* (LE MONDE DE RECLUCE, vol. 2)
L.E. Modesitt, *La Mort du chaos* (LE MONDE DE RECLUCE, vol. 3)
L.E. Modesitt, *Les Tours du crépuscule 1* (LE MONDE DE RECLUCE, vol. 4)
Larry Niven, *L'Anneau-Monde*
Larry Niven, *Les Ingénieurs de l'Anneau-Monde*
Isabelle Pernot, LES ENFANTS DE LUGHEIR, vol.1
Isabelle Pernot, LES ENFANTS DE LUGHEIR, vol.2
Michel Robert, *L'Ange du chaos*
Michel Robert, *Cœur de Loki*
André-François Ruaud, *La Cité d'en haut*
Sean Russell, *Le Royaume Unique* (LA GUERRE DES CYGNES, vol. 1)
Sean Russell, *La Rivière aux esprits* (LA GUERRE DES CYGNES, vol. 2)
Sean Russell, *L'Île de la bataille* (LA GUERRE DES CYGNES, vol. 3)
Sean Russell, *Les Routes de l'Ombre* (LA GUERRE DES CYGNES, vol. 4)
Pierre Saviste, *Les Héritiers de Ghern Arg* (OMBRAMÈRE, vol. 1)
Pierre Saviste, *La Marque des Primans* (OMBRAMÈRE, vol. 2)
Pierre Saviste, *Le Chemin des larmes* (OMBRAMÈRE, vol. 3)
Pierre Saviste, *La Grande Conjonction* (OMBRAMÈRE, vol. 4)
Charles Stross, *Crépuscule d'acier*
Sheri S. Tepper, *L'Aube du Visiteur*
Roland C. Wagner, *Aventuriers des étoiles*

**À paraître**

Oliver Johnson, *La Forge de ténèbres 2* (LES PORTEURS DE LUMIÈRE, vol. 1)
L.E. Modesitt, *Les Tours du crépuscule 2* (LE MONDE DE RECLUCE, vol. 5)
Stephen Donaldson, *Le Savoir interdit* (LE CYCLE DES SEUILS, vol. 2)
Charles Stross, *Aube d'acier*
Michel Robert, *Sang-Pitié*
Megan Lindholm/Robin Hobb, *À la fortune des roues*
Katarine Kerr, *Le Sortilège de l'ombre* (CYCLE DE DEVERRY, vol. 2)

Achevé d'imprimer en mars 2006
sur les presses de la **N**ouvelle **I**mprimerie **L**aballery
58500 Clamecy
Dépôt légal : avril 2006
Numéro d'impression : 603108

*Imprimé en France*